W0357098

Olivia Dade a toujours été une intello du genre rêveuse, le nez plongé dans un bouquin à longueur de journée, au point de faire totalement abstraction du monde extérieur. Après son diplôme en histoire, elle a exercé divers métiers, notamment guide-interprète costumée, enseignante et bibliothécaire. Maintenant qu'elle se consacre à l'écriture, elle mène la vie dont elle a toujours rêvé, et passe ses journées en pyjama comme toute bonne écrivaine-ermite-sorcière qui se respecte. Elle réside non loin de Stockholm avec son mari d'une patience d'ange, leur fille vive comme l'éclair, et leur collection de livres qui grossit à vue d'œil.

Ce livre est également disponible
au format numérique

www.editions-hauteville.fr

Olivia Dade

Attention Spoiler

Traduit de l'anglais (États-Unis) par Claire Allouch

Hauteville

Hauteville est un label des éditions Bragelonne

Titre original : *Spoiler Alert*
Initialement publié aux États-Unis par Avon,
une marque de HarperCollins Publishers.

ISBN : 978-2-38122-436-7

Bragelonne – Hauteville
60-62, rue d'Hauteville – 75010 Paris

E-mail : info@editions-hauteville.fr
Site Internet : www.editions-hauteville.fr

À toutes celles et ceux qui doutent, comme moi autrefois :
quelle que soit votre apparence, vous pouvez être désiré.
Vous pouvez être aimé. Vous pouvez vivre heureux.
Promis. ♥

Chapitre 1

Entre deux prises, Marcus faisait de son mieux pour ne pas admettre l'évidence : c'était une mort idiote.

Pourtant, lorsque le réalisateur cria « Action ! », il poussa un grognement guttural et se jeta une fois de plus dans le chaos de la guerre, un goût métallique d'adrénaline dans la bouche. L'odeur âcre des machines à fumée lui brûlait la gorge. Secoué par les soubresauts réguliers de sa monture, il croisait des cascadeurs à cheval, hurlant à pleins poumons. De la boue – probablement mêlée à du crottin, à en juger par la puanteur – vint lui maculer la joue. Le matériel de prise de vues filait devant lui, une caméra tenue par une grue embarquée dans un 4x4 ne ratant rien de sa détermination, de son désespoir.

Il n'aimait pas le scénario de cette saison, c'est vrai. Mais il aimait tout le reste. Le côté physique. Le fait que le gros budget de la série permette de louer ces gigantesques machines à fumée, la Skycam qui volait au-dessus de sa tête, les cascadeurs, et les heures de leçons d'équitation dont il avait bénéficié. Cet argent avait permis de réserver d'innombrables hectares sur le littoral espagnol, juste pour cette dernière bataille, ce climax de l'épisode final, qu'ils avaient pu répéter et filmer pendant des semaines entières, d'affreuses semaines en quête de la prise parfaite.

Oui, c'était affreux. Souvent. Mais, grâce à une équipe de milliers de professionnels de haut vol qui avait préparé la scène avec une telle minutie, l'avait rendue si convaincante, il n'avait pas besoin de faire semblant, de se forcer pour se perdre dans l'instant. Le paysage dévasté et brumeux tout autour de lui l'aidait à entrer dans son personnage. La chorégraphie, au propre comme au figuré, lui revenait comme par magie.

Il n'y avait aucun changement de plan lorsque Didon – incarnée par Carah, sa talentueuse collègue depuis désormais plus de sept ans, date du début de la préproduction – apparaissait à travers le brouillard à l'endroit exact qu'ils avaient repéré, son épée pointée vers lui. Les directeurs de série avaient précisé qu'ils voulaient des plans longs et fluides pour cette séquence de bataille.

— Je suis venue chercher ma revanche, Énée le traître ! cria Didon d'une voix rauque et fêlée de rage.

D'épuisement réel pour l'actrice aussi, supposa-t-il.

À bonne distance, il arrêta son cheval et mit pied à terre lestement. Il s'approcha d'elle à grands pas, lui arracha son épée d'un geste plein d'aisance, et la prit par les épaules.

— C'est pour toi que je suis venu, ma bien-aimée, dit-il en lui posant une main sale sur la joue. Dès que j'ai su que tu étais à nouveau en vie. Rien n'aurait pu m'en empêcher, pas même le retour des morts du Tartare. Rien ni personne d'autre n'a d'importance à mes yeux. Le monde peut bien brûler ! C'est toi que je veux, toi seule, et pour t'avoir je suis prêt à défier les dieux.

Que ces lignes du scénario contredisent des saisons entières de développement du personnage, sans parler des livres dont la série était tirée, il préférait ne pas y penser. Pas maintenant.

Pendant un instant, Carah se radoucit à son contact, s'appuyant contre sa paume.

Après une longue journée de tournage, elle ne sentait pas la rose. Lui non plus. Et ils n'étaient pas les seuls. Le champ tout entier était jonché de crottin. Et il avait de la boue jusque dans des endroits auxquels il n'avait pas envie de réfléchir. Ce n'était pas difficile d'incarner la détresse, et la persévérance contre vents et marées.

Didon le repoussa.

— Mais tu *es* un demi-dieu, rappela-t-elle avec mépris. Marié à une demi-déesse, et infidèle avec ça. Tu as couché avec ma sœur, et en apprenant mon retour de l'Hadès elle a préféré s'empaler sur son épée que d'endosser cette disgrâce. Tout ce que j'espère, c'est qu'elle se relèvera elle aussi aujourd'hui pour venir chercher vengeance.

La honte, qu'il éprouvait si facilement, lui fit baisser la tête. Les sourcils froncés, il la suppliait de le comprendre, malgré ses apparentes trahisons.

— J'ai cru t'avoir perdue pour toujours. Lavinie est peut-être mon épouse sur le papier, mais elle n'a pas sa place dans mon cœur. Quant à Anne… elle n'était qu'un terne reflet de toi. Rien de plus.

Une pensée lui traversa l'esprit. *Lavinie Is The Star va exploser de rage lorsqu'elle verra cette scène.*

— Tu as trahi des mortels et maintenant tu trahis aussi les dieux. Le « pieux » Énée, vraiment !

Didon s'accroupit d'un mouvement vif pour récupérer son épée.

— Je serai la première à me venger, reprit-elle. Tous les autres devront se contenter de te tourmenter après ta mort.

Elle tenait l'arme d'une main sûre et ferme, et la brandit avec aisance. Malgré sa lourde poignée de bronze, elle avait, comme celle de Marcus, une lame factice en aluminium léger afin d'éviter les blessures. Cela n'empêchait pas les chocs, métal contre métal, de résonner fortement lorsqu'ils entamèrent la danse qu'ils avaient apprise pendant des semaines maintenant.

Grâce à une chorégraphie savamment étudiée et de nombreuses répétitions, il bougeait sans avoir besoin de réfléchir.

Le chorégraphe en arts martiaux et le coordinateur de combat avaient préparé chaque mouvement pour souligner le déséquilibre de la bataille : Didon tentait de lui faire du mal, alors que lui ne cherchait qu'à la désarmer et voulait à tout prix éviter de la blesser.

Après l'avoir fait reculer par une attaque violente et soudaine, elle s'écria d'une voix rauque :

— Aucun homme ne peut me vaincre !

Nouvelle galopade à côté d'eux. En partie masqués par la fumée, des échappés des Enfers mordaient, frappaient et ferraillaient à l'aide d'armes trouvées au sol. Ils résistaient aux mortels comme aux Immortels qui tentaient de leur faire regagner le Tartare. La mort, les cris et les hurlements s'élevaient de toute part autour de leur joute. Jeu de pieds précis, retour vers Didon. Précis… précis… bloquer son moulinet affolé.

— Sans doute, répondit-il avec un sourire acéré de prédateur. Mais comme tu viens de le rappeler : je suis plus qu'un homme.

Maladroit écho de la réplique célèbre du deuxième tome du *Royaume des dieux* et de la deuxième saison de la série, quand Didon murmurait dans ses bras qu'aucun homme ne pourrait la séduire. « Je suis plus qu'un homme », avait-il soufflé. Puis le tournage s'était interrompu le temps que la doublure de Carah vienne la remplacer pour la suite de la scène.

Nouveaux mouvements d'épée. Certains atteignant leur cible, d'autres pas. Puis arrive le moment fatal : il pare sa dernière attaque, passionnée, et, sans le vouloir, la pousse sur la lame en caoutchouc peinte en vert de l'un de ses hommes.

Le département des effets numériques s'occuperait de l'arme et du sang plus tard. Le public verrait une blessure mortelle là où, pour le moment, il n'y avait que de la soie tachée de boue.

Larmes.

Derniers mots, chuchotés.

Il s'agenouille sur l'herbe, elle meurt dans ses bras.

Quand elle est partie, il regarde une dernière fois, les yeux humides, la bataille qui fait rage autour de lui, voit que les forces du Tartare sont en train de perdre, et que ses hommes n'ont plus besoin de lui. Alors il la dépose doucement par terre à côté de sa propre épée, un présent d'une grande valeur sentimentale offert par Didon lorsqu'ils vivaient à Carthage, puis s'éloigne à grands pas dans le chaos, et se laisse poignarder par l'un des morts.

— Dans les Champs Élysées, je te reverrai, ma bien-aimée, murmure-t-il dans un dernier souffle.

Pendant tout ce temps, Marcus n'était plus. Seul existait Énée, désorienté et éploré, mourant et plein d'espoir.

— Coupez ! cria le réalisateur.

L'ordre se répercuta parmi les membres de l'équipe.

— Je crois qu'on a toutes les prises nécessaires, cette fois. C'est dans la boîte pour cette scène !

Alors que le réalisateur et le directeur de production s'éloignaient pour discuter de quelque chose, Marcus refit surface en clignant des yeux. Il avait l'impression que sa tête flottait, dégagée et légère, comme cela lui arrivait parfois lorsqu'il était vraiment sorti de lui-même pour entrer dans son personnage.

L'euphorie, à sa façon. C'était pour cette sensation qu'il avait vécu et travaillé, jour après jour, depuis si longtemps.

Ça ne suffisait plus. Plus maintenant.

Carah reprit ses esprits plus vite que lui. Elle se redressa dans la boue, se releva et poussa un soupir de soulagement.

— Merci, mon Dieu ! s'écria-t-elle en lui tendant la main. Si j'avais voulu avoir la raie des fesses pleine de boue, j'aurais payé pour un soin détox. Au moins, ça sentirait l'arbre à thé ou la lavande, pas la merde de canasson.

Il rit et accepta son aide pour se relever à son tour. Son armure de cuir semblait aussi lourde que Rumpelstiltskin, le frison que le maître de cheval emmenait à présent.

— Si ça peut te consoler, l'escrime te donne un joli teint.

— Dommage qu'ils aient fait tous les gros plans dans les premières prises, alors.

Elle se renifla l'aisselle, grimaça et haussa les épaules avec résignation.

— Merde, faut vraiment que j'aille me doucher. Au moins, c'est fini pour aujourd'hui.

Carah n'attendait en général pas de longs discours. Il se contenta d'un hochement de menton.

— Il ne me reste plus qu'une scène, ajouta-t-elle. Au studio, dans la semaine. Le montage de mes leçons d'escrime. Et toi ?

Il répondit d'abord dans sa tête, peinant à croire que ce qu'il allait dire était vrai.

— Non. C'est fini. On a tourné ma scène d'immortalité avant la bataille pour les vivants.

Si, pour lui, la scène qu'il venait de tourner resterait la dernière image qu'il aurait de la série, pour les téléspectateurs, ce serait cette autre bataille. Ambroisie, nectar, et une bonne gorgée d'eau du Léthé, c'était mieux que le sang, la boue et le désespoir.

L'eau du fleuve ferait oublier à Énée aussi bien Didon que Lavinie. Et la pauvre Anne avec.

Et quand l'ultime saison serait diffusée, les fans allaient descendre R.J. et Ron – scénaristes en chef, producteurs exécutifs et directeurs de la série – aussi bien en ligne que dans les salons. Et ce pour de nombreuses raisons, car l'abrupt retournement de l'arc narratif d'Énée n'était que l'une des multiples erreurs de construction de ces derniers épisodes. Marcus n'aurait même pas pu estimer le nombre de fanfictions mécontentes et sans équivoque qui seraient destinées à réparer les dégâts. Des *fix-it*, comme on les appelait, qui pulluleraient après l'épisode final.

Des centaines, c'était sûr. Peut-être même des milliers.

Lui-même en écrirait au moins une ou deux en tant que Livres:ÉnéeNenFeraitRien, avec l'aide de Lavinie Is The Star.

Les yeux plissés par le reste de fumée, il regarda les épées au sol. Des lambeaux de costumes déchirés. Une bouteille d'eau en plastique, dont il espérait qu'elle ne serait pas visible à la caméra, derrière un mannequin habillé en membre de la flotte d'Énée tombé au combat.

Fallait-il ramasser quelque chose, en souvenir ? En avait-il seulement envie ? Et quel objet, sur ce champ boueux, pourrait représenter plus de sept années à travailler pour la série, et avoir une odeur assez supportable pour qu'il l'expose chez lui ?

Rien. Rien du tout.

Aussi, après une dernière accolade sincère à Carah, c'est les mains vides qu'il se dirigea vers sa caravane, et dut s'arrêter à peine dix pas plus loin lorsqu'on l'attrapa par l'épaule.

— Attends, Marcus ! ordonna une voix qu'il ne connaissait que trop bien.

Il se retourna et vit Ron qui faisait signe aux caméras d'approcher – on tournait de nouveau, apparemment – et rappelait Carah et tous les techniciens qui se trouvaient à proximité.

Merde. Dans sa fatigue, Marcus avait oublié cette petite cérémonie. En théorie, il s'agissait d'un hommage à chacun des principaux acteurs à la fin de son dernier jour sur le plateau. En réalité, on fabriquait des contenus supplémentaires pour inciter les téléspectateurs à acheter les DVD, ou au moins à repayer pour télécharger des bonus.

Marcus avait toujours la main de Ron sur l'épaule. Il ne se dégagea pas, mais se mit à contempler le sol. Il se reconcentra et se prépara.

Avant de pouvoir enfin partir, il avait un dernier rôle à jouer. Un rôle qu'il avait perfectionné pendant plus de sept ans, et auquel il avait de plus en plus envie d'échapper à mesure que le temps passait.

Marcus Caster-Rupp.

Aimable. Prétentieux. Pas plus futé que les tas de crottin qui les environnaient.

Il était un Golden Retriever Bien Propret, fier des quelques tours qu'il avait par miracle réussi à apprendre.

— Quand on s'est mis en quête de notre Énée, on savait qu'il nous fallait un acteur athlétique. Quelqu'un qui puisse jouer un meneur d'hommes et tombeur de femmes. Et par-dessus tout… un joli minois.

Ron pinça la joue de Marcus, assez longtemps pour peut-être percevoir la chaleur d'une bouffée de rage sous ses doigts.

— On n'aurait pas pu trouver plus joli, même en cherchant dix ans de plus.

Les techniciens rigolèrent.

Marcus sentit son estomac se tordre.

Nouveau pinçage de joue. Il se força à sourire d'un air satisfait. À secouer sa chevelure et tomber l'armure afin de dévoiler au public invisible le renflement de ses biceps. En même temps, il s'écarta de Ron.

Puis le directeur de série et l'équipe insistèrent pour qu'il dise quelques mots, qu'il honore d'un discours toutes ces années passées à travailler pour la série.

Une prise de parole au pied levé. Cette putain de journée ne finirait-elle donc jamais ?

Son rôle, pourtant, l'enveloppait comme des bras rassurants. Familier. Réconfortant et, en même temps, de plus en plus étouffant. Pris dedans, il savait que faire. Que dire. Qui être.

— Il y a cinq ans…, commença-t-il en se tournant vers Ron. Attends. Ça fait combien de temps qu'on tourne, maintenant ?

Le patron rit d'un air indulgent.

— Sept ans.

— Il y a sept ans, alors, reprit Marcus avec un haussement d'épaules gêné et un sourire radieux vers la caméra. Il y a sept ans, on a démarré l'aventure, et je ne me doutais pas de ce qui nous attendait. Je suis très reconnaissant pour le rôle et pour notre public. Puisqu'il vous fallait…

Il se contraignit à poursuivre :

— Un joli minois, je suis content que le mien ait été choisi. Je ne suis pas étonné, mais je suis content.

Il haussa un sourcil, mit les poings sur les hanches dans une pose de héros, et attendit de nouveaux rires. Cette fois, volontairement suscités par lui-même.

Reprendre le contrôle l'apaisa un peu, même si c'était seulement temporaire.

— Je suis aussi content que vous ayez recruté tant d'autres jolis visages pour jouer à mes côtés, conclut-il avec un clin d'œil à Carah. Pas aussi joli que le mien, bien sûr, mais mignons quand même.

Nouveaux sourires de l'équipe. Carah leva les yeux au ciel.

Il pouvait partir maintenant. Il le savait. À part ses collègues les plus proches, personne n'en attendait davantage de lui.

Pourtant, il avait quelque chose à ajouter, car c'était bel et bien son dernier jour de tournage. C'était la fin de sept années de sa vie, des années de travail acharné, de défis, de réussites, et de joie. De faire ce métier, de relever ces défis, et enfin, enfin de se permettre de considérer ces réussites comme ayant de la valeur, étant siennes.

À présent, il savait monter à cheval comme s'il avait fait ça toute sa vie.

La maîtresse d'armes disait qu'il était le meilleur de la troupe, et que son jeu de jambes était le plus rapide de tous les acteurs qu'elle avait rencontrés.

Et, après tant d'années, il avait enfin appris à prononcer le latin avec une fluidité que ses parents avaient saluée et considérée avec une amère ironie.

Durant cette période de tournage du *Royaume des dieux*, il avait été nominé pour cinq grandes récompenses. Il n'avait jamais gagné, bien sûr, mais il devait croire – et il croyait – que les nominations ne valorisaient pas qu'un beau visage, mais reconnaissaient aussi un savoir-faire. Une profondeur d'émotion. Le public le prenait peut-être pour un singe savant, capable de mimer l'intelligence bien qu'en étant dépourvu, mais lui savait combien d'efforts il avait faits pour développer ses compétences et sa carrière.

Rien de tout cela n'aurait été possible sans les techniciens.

Il se détourna des caméras pour regarder certains d'entre eux, et pour masquer son changement d'expression.

— Pour finir, je voudrais remercier tous ceux qui sont dans les coulisses de notre série. Vous êtes près de mille, et je… je ne peux…

Il buta sur les mots si sincères, et se tut un moment.

— … Je ne peux imaginer une équipe plus dévouée et compétente. Alors à tous les producteurs, cascadeurs, régisseurs, coachs en langue, décorateurs, costumiers, coiffeurs et maquilleurs, responsables des effets numériques et des effets spéciaux, et tant d'autres : merci. Je vous dois… euh… plus que je ne peux dire.

Voilà. C'était fait. Il avait réussi à s'exprimer sans trop trébucher.

Plus tard, il ferait son deuil et réfléchirait à l'avenir. Pour le moment, il avait tout simplement besoin de se laver et de se reposer.

Après une dernière salve d'applaudissements très gênante et quelques tapes dans le dos, accolades et poignées de main, il s'évada. Vers sa caravane pour une toilette rapide au lavabo, avant de regagner sa chambre d'hôtel anonyme où l'attendait une douche bien méritée, qu'il allait faire durer longtemps.

Du moins, c'est ce qu'il croyait, jusqu'à ce que Vika Andrich le rattrape juste quand il approchait de la réception de son hôtel espagnol.

— Marcus ! Vous avez une minute ?

Elle parvenait à parler d'une voix posée alors même qu'elle traversait le parking en courant dans ses chaussures confortables.

— J'aurais quelques questions sur la grande séquence que vous êtes en train de tourner…

Il n'était pas tellement surpris de la voir. Une ou deux fois par an, elle débarquait sur les lieux d'un tournage afin de récolter autant d'impressions et d'entretiens que possible. Ces articles étaient toujours particulièrement populaires sur son site. Bien sûr, elle voulait couvrir en personne la fin du tournage de la série.

Contrairement à d'autres journalistes, elle était capable de respecter son intimité s'il le lui demandait. Il l'aimait bien, même. Ce n'était pas le problème.

Les autres qualités qui faisaient d'elle sa blogueuse/paparazzi préférée étaient les mêmes qui le faisaient la craindre : elle était amicale. Drôle. C'était facile de se détendre avec elle. Beaucoup trop facile…

Elle était aussi intelligente. Suffisamment pour avoir subodoré que quelque chose en lui n'était pas… pas si simple.

Il lui adressa un grand sourire et s'arrêta, à quelques centimètres de la liberté.

— Vika, vous savez que je ne peux rien vous révéler des événements de cette saison. Mais si vous pensez que vos lecteurs ont envie de me voir couvert de boue…, suggéra-t-il avec un clin d'œil, et nous savons tous les deux que c'est le cas, je vous laisse prendre une ou deux photos.

Il prit la pose, lui présentant son meilleur profil (c'était du moins ce qu'on lui avait dit), et elle fit quelques clichés.

— Je sais que vous ne pouvez pas entrer dans les détails, répondit-elle en regardant ses photos, mais peut-être pourriez-vous décrire la saison en trois mots ?

Il se tapota le menton et fronça les sourcils, puis joua l'intense réflexion pendant un long moment.

Soudain, il s'illumina et se tourna vers elle avec un sourire benêt.

— Je sais ! La dernière saison. J'espère que ça vous aide.

Elle plissa les yeux et le dévisagea, juste un peu trop longtemps.

Confronté au rayon aveuglant du sourire innocent qu'elle lui adressait à son tour, il fut obligé de cligner des yeux.

— J'imagine…, supposa-t-elle sans se départir de son expression agréable. J'imagine qu'il faudra que je mette la main sur l'un des autres acteurs pour demander comment la conclusion de la série dévie aussi bien des livres d'E. Wade que, bien sûr, de *L'Énéide* d'Homère. Énée finit marié avec Didon dans ces deux versions, mais la série a peut-être une tout autre approche.

Homère ? Et puis quoi encore ?

Et puis Didon était morte depuis des lustres à la fin de *L'Énéide*. Quant au *Royaume des dieux*, elle était certes bien vivante à la fin du tome trois, mais avait tourné la page d'Énée, même s'il songeait que cela pourrait changer si jamais Wade publiait les deux derniers volumes de la saga.

Virgile était sans doute en train de se retourner dans sa tombe avec force gros mots en latin, et Wade, si elle l'entendait depuis sa superbe propriété d'Hawaï, lui lancerait sans doute des regards en biais.

Il se frotta le front et remarqua sans vraiment la voir la saleté qu'il avait sous les ongles.

Bordel, il fallait que quelqu'un corrige ces énormités !

— *L'Énéide* n'a pas…

Vika haussa aussitôt les sourcils. Elle l'enregistrait avec son téléphone ; il vit le piège. Oh, oui.

— *L'Énéide* n'est pas un livre que j'ai lu, malheureusement. Je suis sûr qu'Homère est un bon écrivain, mais je ne suis pas un grand lecteur.

La dernière partie de la phrase, au moins, avait été vraie autrefois. Avant qu'il découvre les fanfictions et les livres audio, il n'avait pas lu grand-chose d'autre que ses scénarios, sur lesquels il avait peiné jusqu'à ce qu'il les connaisse assez bien pour les enregistrer avant de se les repasser en boucle.

Elle tapota son écran pour arrêter l'enregistrement.

— Merci, Marcus. C'était gentil à vous de me répondre.

— C'était un plaisir, Vika. Bonne chance pour les autres interviews.

Après un dernier sourire futile, il put enfin entrer dans l'hôtel et se traîner jusqu'à l'ascenseur.

Il appuya sur le bouton de son étage, s'adossa contre la paroi et ferma les yeux.

Bientôt, il faudrait qu'il se préoccupe de son personnage. Voir où ça accrochait, comment ça l'avait servi par le passé, et comment ça le servait encore. Si s'en défaire valait le coup, en termes de conséquences sur sa vie personnelle et sur sa carrière.

Mais pas aujourd'hui. Putain, qu'il était fatigué…

Enfin arrivé dans sa chambre, la douche était aussi délicieuse qu'il l'avait anticipé. Meilleure, même.

Ensuite, il alluma son ordinateur et laissa de côté les scénarios envoyés par son agente. Choisir son prochain projet

– dont il espérait qu'il marquerait un tournant dans sa carrière – pouvait attendre aussi, de même que jeter un coup d'œil sur ses comptes Instagram et Twitter.

La seule chose qu'il devait absolument faire avant de dormir pendant des millions d'années : envoyer un message privé à Lavinie Is The Star. Ou Litsie, comme il s'était mis à l'appeler, à sa grande indignation. Elle avait écrit :

> Litsie, c'est parfait pour une vache, mais pour une vache seulement !

Mais elle ne lui avait pas demandé d'arrêter, et il avait donc continué. Le surnom, qu'il était seul à employer, lui procurait plus de plaisir qu'il n'aurait dû.

Il se connecta au forum Évinie qu'il avait contribué à créer plusieurs années auparavant à l'intention de la bouillonnante, talentueuse et solidaire communauté des fanfictions dédiées au couple Énée-Lavinie. Sur AO3, il lui arrivait encore, de temps à autre, de tâter des fanfics Énée-Didon, mais de moins en moins souvent désormais. Surtout depuis que Litsie était devenue la principale bêta-lectrice et correctrice de toutes les histoires postées par Livres:ÉnéeNenFeraitRien.

Elle vivait en Californie et devait être encore au travail. Elle ne pourrait pas répondre tout de suite à ses messages. Mais s'il ne lui envoyait pas de MP ce soir, il ne trouverait pas sa réponse au réveil le lendemain matin, et il en avait besoin. Un peu plus à chaque nouvelle semaine qui passait.

Bientôt, très bientôt, Litsie et lui seraient à nouveau dans le même fuseau horaire. Le même État.

Certes, la proximité n'avait aucune importance, puisqu'ils ne s'étaient jamais rencontrés en personne.

Sauf que si. D'une certaine façon, ça importait.

Le Royaume des dieux **(livre 1)**
E. Wade
Le tour de force littéraire qui a inspiré la série télévisée au succès planétaire
Édition numérique : 8,99 $
Broché : 10,99 $
Relié : 19,99 $
Livre audio : 25,99 $

Quand les dieux jouent à la guerre, c'est l'humanité qui trinque
Au cours des siècles, Junon a trop souvent vu Jupiter badiner avec des mortelles, et quand elle le quitte avec une colère pourtant légitime, il se laisse aller à toute la puissance divine de sa rage. Sans penser aux conséquences, il jette des éclairs si violents que les Enfers eux-mêmes se fissurent en failles qui atteignent jusqu'au Tartare, où résident les défunts les plus vicieux. Libérés du châtiment éternel, ils vont revenir sur terre, défier Jupiter… et condamner le genre humain à sa perte.
Pour préserver son pouvoir cruel, pour sauver les mortels qu'il séduit sans les respecter, Jupiter charge les autres dieux de surveiller les nouveaux passages vers les Enfers qu'il a créés dans sa rage incontrôlée. Mais les Immortels, comme toujours, sont plus

préoccupés de leurs éternelles disputes que de leur devoir. Pour sauver l'humanité, il faudra que les demi-dieux et les mortels surveillent les passages également.

Quel dommage, en ce cas, que Junon ait ses raisons de vouloir que le Tartare reste sans surveillance… et tant pis pour les humains.

Chapitre 2

De la terre. Et encore de la terre.

Cette terre en particulier raconterait une histoire, pourtant, si April écoutait avec suffisamment d'attention.

Les yeux plissés derrière des lunettes de sécurité adaptées à sa vue, elle contempla la dernière carotte de terre, compara sa couleur avec son nuancier, puis nota sur sa feuille de terrain le taux d'humidité de l'échantillon, la consistance et l'élasticité du sol, la taille du grain et sa forme, ainsi que toutes les autres informations pertinentes.

Pas de décoloration. Pas d'odeur particulière, ce qui ne l'étonnait guère. Les solvants avaient une fragrance douceâtre, et les combustibles sentaient… eh bien, le pétrole. Les hydrocarbures. Mais le plomb n'avait qu'une odeur de terre. L'arsenic également.

Après avoir essuyé sa main gantée sur son jean, elle consigna toutes ses observations.

En temps normal, elle aurait parlé avec son assistant-échantillonneur, Bashir, de leurs collègues les plus loufoques, ou peut-être des dernières séries de téléréalité qu'ils avaient avalées par saisons entières. Mais, à ce point de l'après-midi, ils étaient tous deux trop épuisés pour bavarder, et elle finit d'enregistrer l'échantillon en silence, pendant qu'il remplissait l'étiquette pour le bocal en verre et complétait le formulaire de la chaîne de contrôle.

Elle versa la terre dans le bocal et s'essuya à nouveau les mains sur son jean, puis colla l'étiquette, glissa le tout dans un sac en plastique zippé, qu'elle déposa dans la glacière. Une dernière signature pour confirmer qu'elle confiait l'échantillon au coursier du labo qui l'attendait, et la journée était terminée. Merci, mon Dieu.

— C'est bon ? demanda Bashir.

— C'est bon !

Ils regardèrent le coursier s'éloigner avec la glacière. Elle soupira.

— Je peux faire le ménage, proposa-t-elle, si tu veux te détendre quelques minutes.

— Je t'aide, protesta-t-il en secouant la tête.

À part les trente minutes de leur pause-déjeuner, ils avaient été à pied d'œuvre et concentrés depuis 7 heures du matin, et il s'était écoulé près de neuf heures depuis. Elle avait mal aux orteils dans ses chaussures de sécurité, des coups de soleil, des maux de tête sous son casque de chantier à cause de la déshydratation, et elle ne rêvait que d'une bonne douche, bien longue, à l'hôtel.

Elle avait aussi la joue qui démangeait, sans doute à cause d'une trace de boue. Ce qui était bien dommage, car le contact de la terre sur la peau représentait, dans le jargon, un risque de contamination. Ou, pour le formuler avec ses mots à elle, une putain de mauvaise idée.

Elle ouvrit sa bouteille, mouilla une serviette en papier et se frotta la joue.

— Il t'en reste… là, dit Bashir en grattant un point près de sa tempe.

— Merci.

Malgré son mal de crâne, elle lui adressa un sourire sincère. Elle pouvait compter ses vrais amis dans l'entreprise sur les doigts de la main, et Bashir en faisait partie.

— On a bien bossé, aujourd'hui, conclut-elle.

Après un dernier frottement, et un hochement de tête affirmatif de Bashir – elle était enfin propre, apparemment –, elle jeta la serviette en papier dans le même sac-poubelle que ses gants usagés. Bon débarras.

Le sol était sale, et de plus d'une façon. Jusqu'au milieu du siècle, le site avait hébergé une usine de pesticides qui avait pollué les environs au plomb et à l'arsenic. C'était la raison pour laquelle April avait passé les dernières semaines à recueillir des échantillons. On y chercherait des traces de ces deux éléments chimiques. Aucun des deux ne devait rester en contact avec sa peau. Ni sur son jean, en réalité, mais en fin de journée, elle n'en pouvait plus des serviettes en papier.

— Je ne t'ai pas raconté ? demanda Bashir avec un sourire malicieux alors qu'elle rangeait leurs paperasses. La semaine dernière, Chuck a dit à la petite nouvelle de ne jamais boire d'eau dans la zone d'exclusion. Parce que c'est contraire aux règles et que ça contrevient aux instructions de santé et de sécurité.

Ils se tournèrent d'un même mouvement pour contempler leur glacière rouge remplie de bouteilles d'eau, qu'elle avait placée sur le hayon de leur fourgon le matin même.

— Chuck est un petit con de vingt-deux ans, autosatisfait, qui n'a pas dû passer plus de trois minutes sur un chantier.

Bashir écarquilla les yeux en l'entendant énoncer cette vérité crue.

— Il n'a pas la moindre idée de ce dont il parle, insista-t-elle, mais il se croit autorisé à nous apprendre notre métier !

Bashir étouffa un reniflement méprisant.

— Et si c'était que notre métier…

— Seigneur, protesta April en levant les yeux au ciel. Ne me dis pas qu'il t'a *encore* donné une leçon de houmous ?

— Eh si… Même si j'en mange rarement, et que je n'ai pas une passion particulière pour les pois chiches. J'imagine qu'il suppose que je ne me nourris que de ça, parce que… tu sais bien…, soupira-t-il avec un geste pour se désigner lui-même.

Ils s'y mirent à deux pour rapporter les documents à leur véhicule de service.

—Eh oui, je sais… Mais j'espère qu'il ne t'a pas conseillé d'essayer le…

—… houmous au chocolat ? Une fois de plus ! Et si tu veux tout savoir sur sa teneur en fibres et en protéines, ou les raisons pour lesquelles c'est tellement mieux que les variantes traditionnelles… « le houmous de chez toi », comme il dit… je suis désormais une mine d'informations et serais ravi de partager mes nouvelles connaissances avec toi.

Il lui ouvrit la portière passager, et elle inséra les papiers dans la pochette à fermoir de son porte-bloc.

—Arf… désolée pour toi, compatit-elle avec une grimace. Si ça peut te consoler, il a aussi une opinion bien arrêtée sur la façon dont ses rares collègues féminines devraient s'habiller pour décrocher plus facilement du travail.

Dans une petite entreprise privée, les consultants comme elle devaient se battre pour les clients, les courtiser lors de déjeuners d'affaires ou de réunions, les prendre à part lors de salons ou de séminaires sur les techniques de réhabilitation. Les convaincre qu'elle était une bonne professionnelle et qu'ils auraient raison de payer sa société pour s'offrir son expertise géologique.

Pour rester compétitive, elle devait avoir une certaine apparence. Un certain type de voix. Se présenter de la manière la plus carrée possible, à tout instant.

Ces dernières années, « compétitif » était devenu une insulte à ses oreilles.

Dans son secteur, la réputation était une chose fragile. Facilement esquintée. Par, disons, la révélation qu'une collègue d'apparence sérieuse et pragmatique aimait se déguiser en son personnage préféré, et passait le plus clair de son temps libre à discuter de demi-dieux imaginaires.

Bashir leva les yeux au ciel.

— Ça ne m'étonne pas qu'il ait quelque chose à dire sur la tenue des femmes ! Tu en as parlé aux chefs, au moins ?

— Même pas cinq minutes plus tard.

— Bien. J'espère qu'il ne leur faudra pas plus de temps pour le virer…

Bashir retourna avec elle vers la table d'échantillonnage.

— Il ne connaît rien à rien. C'est un ignorant total, acquiesça-t-elle. Franchement, regarde comment on a transpiré aujourd'hui !

Elle pinça son tee-shirt qui lui collait à la peau.

— Abondamment, renchérit-il en baissant les yeux vers sa chemise orange, trempée également. Comme des porcs.

Elle s'arrêta devant la table et secoua la tête.

— Exactement. Il faut que quelqu'un prévienne cette gamine. Si elle ne veut pas se retrouver à l'hôpital, elle doit apporter de l'eau.

— Et tu en sais quelque chose, souligna Bashir, la tête baissée.

— Ça, oui…

Et c'était le cas. Jusqu'à maintenant, elle avait passé près du tiers de sa carrière de géologue sous le vent de forages comme celui-ci, à examiner des carottes de terre avant de les enregistrer, de les enfermer dans des bocaux et de les envoyer au labo. Pendant longtemps, elle avait aimé les procédés et les défis, et jusqu'au caractère physique du travail de terrain. Une part d'elle-même les appréciait encore.

Mais pas toutes. Plus assez.

Alors qu'ils basculaient la table sur le côté pour en replier les pieds, Bashir se tut.

— Alors, c'est vrai que tu t'en vas ? finit-il par demander.

— Ouais.

C'était son dernier jour sur un site contaminé dans son rôle actuel, sa dernière semaine en tant que consultante dans une entreprise privée, et la dernière fois qu'elle nettoyait un jean plein de boue.

— Tu vas me manquer, mais il est temps. Grand temps.

Dans moins d'une semaine, elle quittait Sacramento pour Berkeley. Et, une semaine après ça, la future April commencerait son nouveau boulot dans une agence de régulation publique à Oakland, et superviserait le travail de consultants comme l'April d'aujourd'hui. Cela signifierait davantage d'analyse de documents et de réunions, et moins de travail de terrain.

Elle était prête. Pour de nombreuses raisons, aussi bien personnelles que professionnelles.

Une fois l'équipement rangé dans le fourgon, elle remit ses lunettes normales et enleva le reste de ses protections. Avec un soupir de soulagement, elle délaça ses chaussures poussiéreuses et les déposa dans un sac plastique, puis enfila des baskets usées mais propres. À ses côtés, Bashir en faisait de même.

Bientôt, elle eut fini. Pour la dernière fois. Elle avait désespérément envie d'une douche, d'un cheeseburger, et d'environ quatre litres d'eau glacée. Sans oublier des fanfics Évinie, des discussions de groupe sur le forum, et des messages privés de Livres:ÉnéeNenFeraitRien. Avec un peu de chance, LENFR lui aurait écrit pendant qu'elle était au travail.

Mais, avant cela, elle devait dire au revoir à Bashir.

— Je ne sais pas si tu as déjà des choses prévues pour le week-end, mais avec Mimi on avait envie de t'inviter à dîner. Pour fêter ton nouveau poste et te dire au revoir.

Même après plusieurs années de travail en commun, il était encore assez timide pour se tortiller en l'invitant.

— Elle sait que tu es ma collègue préférée, avoua-t-il.

Et il faisait partie de ceux d'April. Quant à Mimi, elle la considérait comme une véritable amie aussi.

Mais même eux ne savaient pas tout sur elle. En particulier, ils ignoraient qu'elle passait le plus clair de ses soirées et de ses week-ends plongée dans le fandom du *Royaume des dieux* : elle twittait sur son couple préféré, ou OTP, pour *One True Pair* dans le jargon, écrivait et bêta-lisait des fanfics, discutait sur le forum Évinie, et mettait son infatigable enthousiasme et ses infimes talents de costumière au service de son cosplay de Lavinie.

Il suffirait d'une photo lors d'un salon, d'une boulette de sa part, pour que sa réputation en pâtisse. Elle passerait de professionnelle expérimentée à fangirl débile en moins de temps qu'il n'en faut pour prélever une carotte.

Pour cette raison, elle ne se rendait pas aux salons *Royaume des dieux*. Elle ne parlait pas à ses collègues de son fandom. Pas même à des amis auxquels elle tenait autant que Bashir.

Les fonctionnaires, dans son nouvel emploi, en revanche...

Eh bien, la différence de culture n'aurait pas pu être plus évidente. Là-bas, vie professionnelle et vie privée étaient inextricablement liées.

À son arrivée, dans moins de deux semaines, elle deviendrait le cinquième membre de l'équipe de géologues. La troisième femme. Quand elle s'était rendue dans les locaux la semaine passée pour signer son contrat, les autres femmes, Heidi et Mel, avaient offert à April une part du gâteau que l'équipe était en train de partager pour fêter leurs dix ans de relation amoureuse.

Mel et les deux mecs de l'équipe – Pablo et Kei – avaient carrément monté un groupe. Un groupe. Évidemment, ils ne jouaient que lors des pots de retraite et autres rassemblements où les invités ne pouvaient échapper à leur talent folk unique en son genre.

« Ils sont très mauvais, avait chuchoté Heidi en se cachant la bouche avec sa bouteille d'eau, mais ils s'amusent tellement bien qu'on n'a pas le cœur de le leur dire. »

À cet instant, dans ce sinistre local bureaucratique de la fonction publique, April avait senti se dénouer la tension qui était sur le point de la submerger. Tous ses doutes s'étaient envolés.

Changer de travail était la bonne décision, malgré la perte de salaire que ça entraînait. Malgré les prix de l'immobilier dans la baie de San Francisco. Malgré le stress du déménagement.

Dans son nouveau travail, elle n'aurait pas besoin de dissimuler des parts d'elle-même par crainte d'être jugée. À partir de la semaine prochaine, la compétitivité ne serait plus son problème.

En fait…

Ce n'était plus son problème ici non plus. Plus maintenant.

— Merci beaucoup pour l'invitation, Bashir.

Quand elle le serra dans ses bras, il lui tapota le dos d'un geste gauche.

— Je suis prise ce week-end, malheureusement. Je dois aller dans mon nouvel appartement, tout préparer pour l'emménagement. Mais je reviens par ici dans la semaine. Ça vous va si on dîne ensemble à ce moment-là, plutôt ?

Elle s'écarta, et il lui sourit, ravi.

— Bien sûr. Je vérifie avec Mimi et je t'envoie un texto dans la soirée, quand on sera rentrés du dîner chez ses parents. Ils habitent dans le coin, et j'y vais directement.

Et merde pour la compétitivité, songea-t-elle.

— Quant à moi, je vais commander un burger au room service et écrire une fanfiction du *Royaume des dieux*, confia-t-elle. Je suis sûre que tu vas passer une meilleure soirée que moi !

Il la dévisagea quelques secondes avant d'oser esquisser un sourire malicieux.

— Tu ne dirais pas ça si tu connaissais mes beaux-parents !

— Peut-être ! rit-elle.

— Quand tu viendras dîner, j'espère que tu me parleras de ce que tu écris, ajouta-t-il d'un air curieux, la tête penchée de côté. Mimi adore cette série. Surtout le beau gosse, là…

— Marcus Caster-Rupp ?

La description de Bashir aurait pu s'appliquer à bon nombre d'acteurs, mais Caster-Rupp était sans nul doute le plus beau de tous. Et aussi le plus ennuyeux. Tellement ennuyeux qu'elle se demandait parfois comment un homme pouvait être à la fois si éclatant, et si incroyablement dépourvu d'intérêt.

— Oui, celui-là !

Il fit une grimace peinée en direction du ciel.

— S'il venait chez nous, elle n'irait pas dormir dans la baignoire. Chaque fois qu'on regarde un épisode, elle me bassine avec ça.

April lui tapota le bras.

— Si ça peut te consoler, elle ne le rencontrera jamais. Ni elle, ni aucun d'entre nous, à moins de déménager à Los Angeles et de vendre un ou deux organes vitaux pour se payer un coiffeur.

— Ah ! C'est vrai ! se réjouit-il.

Avant de quitter le site, ils remercièrent les techniciens. Puis, après avoir une fois encore dit au revoir à Bashir, elle se hissa sur le siège conducteur du camion pendant qu'il regagnait sa voiture. Elle klaxonna pour le saluer et se dirigea vers son hôtel tandis qu'il partait vers chez ses beaux-parents.

Au fil des kilomètres, elle sentait céder les liens invisibles qui l'entouraient. Une curieuse euphorie lui faisait tourner la tête. Certes, elle avait toujours cette migraine, comme si on lui forait le crâne en quête d'échantillons, mais ça passerait après quelques verres d'eau, sans problème. Et puis, était-ce grave que son jean soit maculé de boue contaminée ? Rien ne pouvait ternir la vérité, si essentielle et pleine de joie.

Elle aperçut son reflet dans le rétroviseur. Elle arborait un sourire tellement large qu'elle se serait crue dans une pub pour dentifrice.

Et ça se comprenait. Ça se comprenait…

C'était son dernier jour dans la boue.

La vraie vie commençait maintenant.

En rentrant à l'hôtel, elle se déshabilla et enfouit son jean dans un sac plastique prévu à cet effet. Sous la douche brûlante, elle se frotta jusqu'à devenir rose.

Son pyjama de flanelle propre doux comme un nuage sur sa peau, elle avala un verre d'eau tout en lisant les derniers messages de LENFR. Il avait enfin décidé du thème de sa prochaine fanfic. Le thème de lundi pour la semaine Énée et Lavinie qui arrivait était « Une épreuve de force entre les deux amours d'Énée », et cela faisait plusieurs jours que LENFR cherchait une approche.

Les deux femmes ne se rencontraient ni dans les livres, ni dans la série, et on pouvait donc inventer une histoire guimauve dans un univers alternatif. C'était l'intention d'April, comme elle le lui avait annoncé le matin avant de partir au travail. Elle savait d'avance comment il réagirait à ce genre de suggestion ! Ou bien, avait-elle proposé, peut-être qu'Énée pourrait rêver de cette confrontation ?

Je pense vraiment que ça marcherait pour toi, car tu pourrais rester dans l'univers des livres et garder le point de vue d'Énée. Qu'en penses-tu ?

La deuxième option offrait toutes sortes de possibilités de souffrance, et bien sûr, c'était celle qu'il avait choisie. LENFR était un auteur très fin, mais April devait le reconnaître : certains de ses textes étaient déprimants à mort.

C'était moins le cas ces derniers temps, cependant. Quand il avait commencé, même ses histoires Énée/Lavinie dégoulinaient de culpabilité et de honte du héros à l'égard de Didon. Ce n'était que chants funèbres, bûchers funéraires et lamentations. Pour tout dire, lors de la première vraie conversation d'April et de LENFR sur le forum Évinie, elle lui avait suggéré d'utiliser l'avertissement « Ohé, tristesse ! » pour certains de ses textes, et elle ne plaisantait qu'à moitié.

Pour préserver sa santé mentale, il valait mieux qu'il se concentre sur le couple Lavinie-Énée. De toute évidence. Écrire des histoires tendres de temps à autre ne pourrait pas lui faire de mal non plus.

Ce soir, cependant, elle n'avait pas le temps de chanter les louanges du genre guimauve. Quand elle eut fini de décrire son propre synopsis rose bonbon – Lavinie et Didon se rencontraient à l'adolescence dans un quiz de culture générale, leurs sentiments pour Énée rendant chaque série de questions-réponses plus tendue et cocasse –, elle était sur le point de perdre courage. Une fois de plus.

Des mois auparavant, lorsqu'elle avait postulé pour son nouveau travail, elle avait décidé que cacher des facettes d'elle-même par peur de la réprobation, c'était terminé. Et ça s'appliquait à son fandom aussi.

Sur Twitter, pour éviter une potentielle catastrophe professionnelle, elle avait toujours recadré ses photos de cosplay afin de ne pas montrer son visage. Mais c'était pour une tout autre raison qu'elle n'avait pas partagé son compte Twitter avec les autres fans d'Évinie.

Son corps.

Elle ne voulait pas que ses amis du forum voient son corps dans ces costumes de Lavinie. En particulier l'un d'entre eux, dont l'opinion lui importait plus qu'elle n'aurait dû.

Pour un couple dont la caractéristique principale était l'amour de la bonté, d'un caractère en or, de l'intelligence plus que du physique, les fanfics Évinie contenaient une énorme et très décevante quantité de grossophobie. Pas celles de LENFR, et c'était tout à son honneur. Mais certaines de ses fanfics préférées, qu'il avait mises en favori et partagées avec elle, n'en étaient pas exemptes.

Après toute une vie à lutter contre les kilos en trop, April avait enfin réussi à aimer son corps. En entier. Du sommet de ses cheveux roux à la pointe de ses orteils dodus et couverts de taches de rousseur.

Elle n'en attendait pas autant des autres. Même aujourd'hui. Mais elle était fatiguée de se cacher, et ce n'était pas seulement de la boue sur ses jeans qu'elle avait marre : c'était aussi de tenir ses collègues à distance.

Cette année, elle se rendait au plus grand salon de son fandom, la Conv des dieux, qui se tenait comme toujours à San Francisco. D'innombrables reporters et blogueurs s'y pressaient. Parmi les photos qu'ils prenaient, il y en avait toujours quelques-unes qui devenaient virales, ou sortaient dans la presse écrite, voire à la télé.

Cela ne lui importait plus. Plus maintenant. Si ses collègues pouvaient discuter ouvertement de leur épouvantable trio folk, elle avait bien le droit d'évoquer sa passion pour la série la plus populaire du moment.

Et, lors du salon, elle allait enfin rencontrer ses amis du fandom en chair et en os. Peut-être même LENFR, malgré sa timidité. Elle leur donnerait à tous l'occasion de prouver qu'ils comprenaient vraiment le message de leur OTP.

Si ce n'était pas le cas, elle en serait blessée. Elle ne pouvait pas se mentir à ce sujet.

Surtout si LENFR, après l'avoir aperçue…

Bref, pas la peine de ruminer un rejet qui ne s'était pas encore produit.

En mettant les choses au pire, cela dit, elle se trouverait d'autres amis. D'autres fandoms plus tolérants de la personne qu'elle était. Un autre bêta-lecteur pour ses fanfics, dont les messages privés seraient un rayon de soleil pour commencer sa journée, et un doux réconfort le soir.

Un autre homme qu'elle voudrait dans sa vie réelle, et peut-être même dans son lit.

Alors elle devait le faire ce soir, avant que son courage s'émousse. Ce n'était pas le bout du chemin, ni même la partie la plus difficile. Mais c'était le premier pas.

Sans s'accorder le temps de réfléchir trop longtemps, elle consulta un thread Twitter qui datait du matin et restait très actif. Le compte officiel du *Royaume des dieux* avait demandé aux fans de poster leurs meilleures photos de cosplay, et les réponses se comptaient à présent par centaines. Quelques dizaines d'entre elles montraient des personnes de sa corpulence, et elle mit le plus grand soin à éviter de lire les commentaires.

Elle avait sur son téléphone un selfie dans son dernier costume de Lavinie. L'image n'était pas recadrée, et son visage comme sa silhouette y étaient clairement visibles. Ses collègues, actuels et futurs, ne manqueraient pas de la reconnaître. Ses amis et sa famille également. Et le plus stressant de tout : si elle lui communiquait son compte Twitter, Livres:ÉnéeNenFeraitRien la verrait enfin pour la première fois.

Elle respira à fond…

Elle twitta la photo. Puis, immédiatement, elle posa son téléphone, ferma son ordinateur et se commanda un bon repas au room service, parce qu'elle le méritait. Après le dîner, elle s'attela à sa fanfic, un texte court et tendre dans un univers alternatif moderne. Ainsi, LENFR pourrait lui donner son avis pendant le week-end.

Juste avant de se coucher, elle n'y tint plus.

Un doigt levé pour être prête à bloquer certains contenus, elle consulta ses notifications Twitter.

Bordel. Putain de bordel…

Elle était devenue virale. Au moins selon ses modestes critères. Des centaines de personnes avaient commenté sa photo, et leur nombre augmentait de seconde en seconde. Elle ne parvenait pas à suivre la masse de notifications qui défilait et, pour certaines, elle préférait ne pas les lire du tout.

Elle savait comment se comportaient certains connards fans du *Royaume des dieux*. Elle n'était donc pas surprise de découvrir, parmi des messages admiratifs et pleins de soutien, quelques threads infects.

Le plus populaire de ces tweets était :

On dirait qu'elle a gobé Lavinie tout cru.

Ça faisait mal, évidemment. Mais les inconnus qui traînaient sur Internet n'avaient pas le pouvoir de la blesser profondément. Pas comme sa famille, ses amis et ses collègues pourraient le faire.

Pour autant, elle n'avait pas l'intention de s'infliger ce genre de punition plus longtemps que nécessaire. Ça lui prendrait peut-être un moment, mais il fallait qu'elle dompte ces mentions.

Mais… bon sang… d'où sortaient tous ces gens ?

Ce fut long de bloquer tous les rageux d'un certain thread, de même que de mettre en sourdine – au moins momentanément – certains mots-clés liés aux animaux de la ferme ou du zoo.

Quand elle eut fini, des dizaines de nouvelles notifications étaient apparues. Elles semblaient plus sympathiques dans leur grande majorité, mais April n'avait pas l'intention de s'en occuper avant le lendemain matin.

Jusqu'à ce qu'elle en aperçoive une tout en haut, arrivée quelques secondes auparavant.

Le compte en question avait une bulle bleue ornée d'une coche. Un compte officiel, donc. Celui de Marcus Caster-Rupp.

Le gars qui jouait Énée – Énée ! – lui avait adressé un tweet, et s'était abonné.

Et… il semblait avoir…

Non, ce n'était pas possible. Elle devait rêver.

Elle plissa les yeux, battit des cils, relut, puis recommença une troisième fois.

Pour des raisons encore mystérieuses, il semblait qu'il l'ait…

Eh bien, il semblait qu'il l'ait invitée à un rendez-vous.

— J'ai déjà lu une histoire comme ça dans une fanfic, murmura-t-elle.

Puis elle cliqua sur le thread pour découvrir ce qui avait bien pu se passer.

Forum Évinie, deux ans plus tôt

Lavinie Is The Star: J'ai vu que tu cherchais un bêta-lecteur pour tes fanfics ? Je sais qu'on n'écrit pas le même genre d'histoires, mais si tu es partant pour lire les miennes aussi, ça m'intéresse.

Livres:ÉnéeNenFeraitRien: Salut, LITS. Merci pour ton message.

Livres:ÉnéeNenFeraitRien: Oui, je pense que ce serait bien d'avoir un autre regard sur mon travail, donc – à mon avis, en tout cas – le fait qu'on ait des styles très différents est un plus, pas un inconvénient. J'aimerais beaucoup avoir ton aide pour mes fanfics, et je suis très partant pour lire tes textes aussi !

Lavinie Is The Star: Oh, cool !

Lavinie Is The Star: Ma première suggestion : tu devrais utiliser le tag « Ohé, tristesse ! » pour que tes malheureux lecteurs ne se retrouvent pas à utiliser leurs provisions de mouchoirs pour un an avec un seul texte. [toussotement] [mouchage de nez] [regard plein de sous-entendus]

Livres:ÉnéeNenFeraitRien: Euh, désolé…

Lavinie Is The Star: La bonne nouvelle, c'est que l'industrie du mouchoir en papier est sauvée !

Lavinie Is The Star: L'autre bonne nouvelle, c'est que ton écriture a une telle puissance émotionnelle que j'ai pu remplir plusieurs lacs d'eau salée dont le niveau avait salement baissé.

Livres:ÉnéeNenFeraitRien: Et c'est bon signe ?

Lavinie Is The Star: Oui.

Chapitre 3

Sans surprise, tu as choisi l'option qui est à la fois conforme aux livres et riche de possibilités de souffrance masculine. Évidemment.

Marcus renifla de rire, puis se redressa dans son lit. À peine s'était-il réveillé dans la pénombre matinale de la chambre d'hôtel aux rideaux tirés qu'il avait attrapé son téléphone. Avant même que ses yeux parviennent à faire la mise au point, il était déjà en train de consulter les messages de Litsie sur le forum Évinie.

Même si, pour être honnête, ce flou était peut-être seulement un signe de vieillissement. Il aurait quarante ans dans quelques mois, et peut-être qu'il lui faudrait des verres progressifs. Même la police adaptée et l'écartement maximal ne lui suffisaient plus toujours à lire confortablement désormais.

À la fin de l'année précédente, il avait fini par demander son âge à Litsie.

Elle avait promptement répondu :

Trente-six.

Cette information lui avait arraché un soupir de soulagement gênant, et il espérait vraiment qu'elle ne mentait pas. Certains membres de leur groupe venaient tout juste de quitter le lycée, et bien qu'il ait eu l'impression que Litsie et lui étaient proches en âge – ils avaient un jour évoqué l'hypothèse de rejoindre le fandom *X-Files* à cause de leurs béguins adolescents respectifs pour Mulder et Scully –, la confirmation noir sur blanc qu'il n'échangeait pas avec une jeunette était… agréable.

Non que la moindre suggestion coquine ait circulé entre eux, que ce soit en public ou en privé.

Mais quand même.

Le dernier message de Litsie ne datait que de quelques minutes. Il était surpris qu'elle ne dorme pas encore.

Mais content, cependant. Très content.

Il cala un oreiller dans son dos et s'appuya contre la tête de lit en cuir, puis prit une gorgée du verre d'eau posé sur sa table de chevet sans cesser de sourire de sa pique.

Il utilisa le logiciel de reconnaissance vocale de son téléphone pour lui envoyer une réponse.

> Au moins, maintenant, j'écris presque toujours des fins heureuses. Lâche-moi un peu la bride. On ne peut pas tous être les rois de la guimauve.

Après un moment, il ajouta :

> Est-ce que tu vas dormir, maintenant ? Ou tu as envie de parler de ta fanfic et de faire un petit brainstorming ? Si tu as déjà écrit un petit bout, je serais ravi d'y jeter œil.

Ou, plus précisément, d'écouter son ordinateur le lui lire. Les messages courts, il y arrivait sans autre soutien technologique, mais déchiffrer de longs paragraphes était tout simplement trop chronophage au regard de son récent planning de tournage.

Évidemment, maintenant il avait tout son temps devant lui. En attendant son vol de retour vers Los Angeles dans l'après-midi, il n'avait pas l'intention de se fatiguer : un tour au buffet du petit déjeuner, puis à la salle de sport, et c'est tout. S'il en avait envie, il pourrait lire le texte de Litsie avec les yeux. Mais, comme il l'avait compris au fil des ans, cela ne servait à rien de se battre inutilement, ni de se sentir honteux ou frustré. Pas alors que son problème, somme toute répandu, avait des solutions relativement faciles.

En guettant la réponse de Litsie, il ouvrit sa boîte mail. Pendant la nuit, il avait reçu un message confidentiel de R.J. et Ron, adressé à l'ensemble des acteurs et de l'équipe.

> Ces derniers jours, de nombreux blogs et médias ont relayé des rumeurs sur l'insatisfaction des acteurs par rapport à la mise en scène de notre saison finale. Si l'un d'entre vous est la source de ces rumeurs, soyons clairs : c'est une rupture inacceptable de la confiance que nous plaçons en vous, et du contrat que chacun d'entre vous a signé lorsque vous avez été recrutés pour la série.
> Votre travail, comme toujours, implique de la discrétion. Si vous n'êtes pas capables de respecter cela, il y aura des conséquences, ainsi que votre contrat le stipule.

Eh bien, voilà qui était très clair. Ouvrez vos gueules pour critiquer la série, et vous irez pointer au chômage, vous retrouverez avec un procès au cul, ou les deux. Ils avaient reçu au moins un mail de ce type par saison, quasiment au mot près.

La seule différence : lors des dernières saisons, ces messages avaient commencé à le faire transpirer. Par crainte pour ses collègues. Par crainte pour lui-même, aussi.

Carah avait-elle manifesté en dehors de l'équipe la haine profonde et souvent évoquée en termes fleuris qu'elle éprouvait pour l'arc narratif de Didon dans cette dernière saison ? Summer avait-elle confié sa déception devant la fin brutale de la relation amoureuse de Lavinie avec Énée, si peu cohérente avec leurs personnages ? Ou peut-être était-ce Alex qui…

Merde, Alex. Il pouvait être tellement irréfléchi par moments. Tellement impulsif.

S'était-il plaint à quelqu'un d'autre que Marcus que l'épisode final ait ruiné des saisons de développement du personnage de Cupidon ?

Malgré son propre mécontentement, Marcus ne s'était ouvert à personne d'autre qu'Alex, même si… Eh bien, on pourrait peut-être arguer que ses fanfictions sur AO3 et ses messages sur le forum Évinie étaient suffisamment éloquents.

Et par « on », il entendait Ron et R.J.

Et si jamais ils découvraient l'identité de Livres: ÉnéeNenFeraitRien, il n'y aurait pas de « peut-être ». Ils l'accuseraient sans la moindre hésitation de violer les termes de son contrat, et il perdrait…

Merde, il perdrait tout ce qu'il avait travaillé pendant vingt ans à construire. Le procès potentiel serait le cadet de ses soucis, en réalité. Sa réputation dans le métier serait ruinée en un instant. Aucun réalisateur ne voudrait recruter un acteur susceptible de mal parler de la production.

Les autres acteurs de la série se sentiraient sans doute trahis également. Et de même pour les techniciens.

Il ferait mieux de renoncer à son alter ego du monde de la fanfiction. Il le savait. Et il le ferait, vraiment, si seulement écrire ne représentait pas tant à ses yeux, si seulement le groupe d'amies du forum Évinie n'était pas si important pour lui, si seulement Litsie…

Litsie. Seigneur, Litsie.

Il avait envie de la rencontrer en personne autant qu'il avait envie de préserver sa carrière, son image publique. Dans les circonstances actuelles, toutefois, cela ne se produirait jamais. Alors il se contentait de ce qu'ils pouvaient partager. De ce qu'ils partageaient.

Et ça, il n'y renoncerait pas. Et tant pis pour le contrat.

Après avoir effacé le mail de R.J. et Ron, il ignora le reste de sa boîte de réception et préféra regarder Twitter. Ses notifications débordaient de commentaires sur les photos que Vika avait postées de lui pendant la nuit, ainsi que de nombreuses références à lui comme un sex-symbol. Il y avait aussi quelques demandes de retweet et de souhaits d'anniversaire, ainsi que de magnifiques fan arts.

Il n'avait ni besoin ni l'intention de répondre à tout ça. En général, il n'utilisait son compte que pour la promotion, et ne retwittait que les photos les plus flatteuses ainsi que les annonces d'apparition dans les salons, et de sortie d'épisodes. De temps à autre, il répondait à un tweet de l'un des autres acteurs du *Royaume des dieux*, mais ça s'arrêtait là. Jouer le rôle du Golden Retriever Bien Propret était suffisamment fatigant en personne ; il n'avait nullement l'intention de poursuivre la performance sur Internet, à moins d'y être vraiment obligé.

Ses vrais échanges en ligne ne se produisaient que sur un site. Enfin, deux : le forum Évinie et AO3.

Litsie n'avait pas encore répondu à ses messages privés. Merde.

Il pouvait encore attendre quelques minutes avant de laisser tomber et de descendre déjeuner, cela dit. Avec un soupir, il continua à faire défiler ses notifications Twitter, jusqu'à arriver à celles d'une heure auparavant. Puis il hésita lorsqu'un drôle de mot attira son regard.

Génasse. Non, *génisse*.

Génisse ?

Il fronça les sourcils, puis lut le tweet lui-même.

Il était relié à la photo d'une jolie rousse bien en chair en cosplay de Lavinie. Elle avait semble-t-il posté l'image en réponse à la demande du compte officiel du *Royaume des dieux*. Puis un connard avait commenté le tweet de la rouquine en la comparant à un animal de ferme.

Il avait tagué Marcus, en plus, pour inviter son acteur préféré à se joindre à la rigolade devant l'idée qu'une femme comme – Marcus regarda son pseudo Twitter – @Évinie5ever puisse s'imaginer capable d'incarner l'amoureuse télévisuelle d'Énée.

Elle n'avait pas répondu, mais d'autres types s'étaient emparés de l'affaire, et merde.

Merde, merde, merde.

Il ne pouvait laisser passer ça.

Il avait envie de répondre :

Elle est jolie, et je ne veux pas être l'acteur préféré d'un pauvre mec comme toi. Arrête de regarder *Le Royaume des dieux* et va te faire foutre.

Son agente en tomberait raide morte. Les directeurs de série exploseraient de rage. Son personnage public construit si minutieusement se fissurerait, peut-être de façon irrémédiable, et la situation serait hors de contrôle.

Il se passa une main sur le visage, puis se massa le front tout en réfléchissant.

Quelques minutes plus tard, il dicta sa vraie réponse.

Je suis capable de reconnaître la beauté, sûrement parce que j'ai l'habitude de la voir tous les jours dans le miroir. @Évinie5Ever est magnifique, et Lavinie n'aurait pu rêver plus bel hommage.

Il tenta de lâcher prise après ça. Vraiment.

Mais, bon sang, ce type était une vraie saloperie.

@DieuxDeMesCouilles avait twitté quelques instants plus tard :

> Arrête, mec. Laisse tomber ton délire de chevalier au secours de sa princesse, comme si tu étais prêt à t'approcher de cette vache !

Cette raclure avait laissé la malheureuse @Évinie5Ever taguée dans son tweet, et Marcus croisait les doigts pour qu'elle ait mis la conversation en sourdine bien avant. Mais, au cas où ça ne serait pas le cas, il ne pouvait pas laisser les choses en l'état. Impossible.

D'un clic de sa souris, il s'abonna à @Évinie5Ever. Ce qui faisait d'elle l'une des 286 rares personnes qu'il suivait. Toutes les autres étaient liées au monde du cinéma ou de la télévision d'une façon ou d'une autre. Un rapide coup d'œil à son profil lui révéla qu'elle vivait en Californie. Pratique.

Il ne pouvait lui écrire en privé, car elle n'était pas abonnée à son compte. Ce qui n'était que justice, d'ailleurs : lui non plus n'aurait pas envie de suivre un compte aussi inutile et dénué d'intérêt que le sien.

Pourtant, il avait plus de deux millions d'abonnés. Il espérait du fond du cœur que tous les autres trouducs parmi eux verraient son prochain tweet.

> Je ne me prends pas pour un chevalier servant. Je suis un homme qui apprécie la compagnie des belles femmes. Quand je rentrerai en Californie après le tournage, accepteras-tu de dîner avec moi, @Évinie5Ever ?

Puis il s'appuya contre la tête de lit, bras croisés, et attendit sa réponse.

April contemplait l'écran de son ordinateur en clignant des yeux.

Ouais.

Marcus Caster-Rupp l'avait vraiment invitée à dîner.

Marcus Caster-trait-d'union-Rupp.

Sans vouloir avoir l'air de radoter, *putain de bordeeeeel.*

Ce gars avait fait la une d'innombrables magazines, biceps en avant. Elle le voyait sur son écran de télé toutes les semaines, et avait sauvegardé un bon paquet de photos de lui sur son disque dur.

Et il venait de… lui proposer un rendez-vous ?

Waouh.

Si vraiment elle devait faire la difficile au sujet de l'acteur du *Royaume des dieux* avec lequel elle voulait sortir, même pour un seul rendez-vous, elle aurait sans hésitation choisi Alexander Woodroe, qui jouait Cupidon.

Mais Caster-Rupp était sexy. Pas de doute là-dessus. Musclé juste ce qu'il faut, grand et mince, puissant et tonique. On l'avait déjà vue soupirer devant un gros plan de ses avant-bras de fer aux veines saillantes, sans parler des GIF de sa première scène d'amour avec Didon, parce que… waouh. Ce cul. Galbé, frémissant et… irrésistible.

Sa beauté était indéniable. Il avait une mâchoire si bien dessinée, des pommettes saillantes, le nez juste assez cassé et marqué pour ajouter du caractère à son visage. Ses traits magnifiques s'accommodaient de toutes les repousses de barbe, qui soulignaient la courbe parfaite de ses lèvres. Et c'était vrai aussi d'une barbe pleine. Ou d'un menton glabre. C'était même injuste, presque ridicule, franchement.

Sa luxuriante chevelure d'un blond sableux, qui commençait tout juste à grisonner sur les tempes, faisait ressortir ses yeux d'un bleu embrumé comme…

Eh bien, comme les cheveux d'une star du petit écran doivent faire ressortir ses yeux.

Et c'était de surcroît un excellent acteur. Deux saisons plus tôt, son personnage, obéissant aux ordres froids de Jupiter, avait réuni sa flotte en secret pour abandonner Didon – la femme avec qui il vivait un amour réciproque depuis un an – au beau milieu de la nuit, sans avertissement, sans même un mot d'adieu. Caster-Rupp avait incarné l'intense désespoir d'Énée, sa honte et ses réticences avec tant de justesse qu'April en avait pleuré.

Puis Énée avait repéré au loin la lueur du bûcher funéraire de Didon, par-delà les vagues, et compris les conséquences. À cause de ses actes, elle était mourante ou déjà morte, et il ne pouvait rien y changer, rien faire pour lui venir en aide. À genoux sur le pont de son navire, le visage tordu de douleur, il s'arrachait les cheveux, tête baissée, haletant d'un souffle rauque alors qu'il se débattait dans l'horreur et la haine de soi devant le destin de sa bien-aimée.

Et là, on ne peut même pas dire qu'April pleurait. Elle sanglotait carrément.

Elle restait convaincue qu'il aurait mérité une statuette dorée pour cet épisode.

Grâce à son talent d'acteur, personne ne pouvait nier l'intelligence d'Énée, son cœur si grand et si solitaire, déjà couvert de cicatrices… ni son respect hésitant pour Lavinie, qui peu à peu se changeait en attirance dans les trois dernières saisons.

Mais si April ne le suivait pas sur Twitter, il y avait une raison.

Elle ne pensait pas qu'il ait jamais prononcé la moindre parole intéressante dans aucune des interviews qu'elle avait pu voir. Et elle en avait vu des tonnes, car les fans du couple Évinie ne loupaient aucune publication sur leurs deux personnages favoris. Contrairement à Summer Diaz, la femme qui incarnait si habilement Lavinie, Caster-Rupp ne nourrissait jamais le fandom de la moindre information ou analyse, et ne mentionnait même jamais la relation des deux personnages. Ni celle entre Énée et Didon, du reste.

Il restait constamment vague. Enthousiaste, et toujours dans les généralités.

Après la diffusion de la première saison, la plupart des journalistes finirent par renoncer à le questionner, et se contentèrent de montrer quelques images de ses biceps chaque fois qu'on mentionnait son personnage.

Sa capacité à faire jaillir une telle intelligence à l'écran, une telle profondeur d'émotion, était un mystère. Dans la vraie vie, ce type n'était que cheveux au vent, futilité heureuse, un véritable cliché sur pattes.

En un mot, pas son genre.

Mais l'éconduire, rejeter publiquement son geste si attentionné, serait grossier. Et comment pouvait-elle se prétendre une fan de Lavinie si elle refusait une occasion de discuter avec lui ?

D'un autre côté, il était peut-être déjà en train de chercher un moyen de se dédire.

Il fallait qu'ils parlent. Mais pas devant ses deux millions d'abonnés.

Elle s'abonna à son compte. Puis elle ouvrit les messages privés, s'attendant à moitié à découvrir qu'elle avait en effet rêvé, ou que les notifications avaient buggé en annonçant qu'il s'était abonné à son compte, et que ce n'était bien sûr pas le cas.

Mais l'écran s'ouvrit : elle avait la possibilité d'envoyer des messages directs à Marcus Caster-Rupp. Parce qu'il était abonné à elle. Pour de vrai.

Bizaaaarre. Excitant, mais bizarre. Et gênant. Tellement qu'il lui fallut plusieurs minutes pour rédiger son premier message. Elle finit par écrire :

Euh... bonjour. Enchantée, monsieur Caster-Rupp. Tout d'abord, et c'est le plus important, merci pour votre gentillesse. C'était très aimable à vous de me défendre comme ça. Cela dit, ne vous sentez pas obligé de m'inviter à dîner. Enfin, si vous en avez envie, je crois que je veux bien aussi, mais je préfère que vous ne vous sentiez pas contraint.

En attendant la réponse, elle consulta rapidement le forum Évinie.

Elle se laissa aller contre la tête de lit avec un soupir de frustration. Bordel, LENFR avait répondu aux messages qu'elle avait envoyés plus tôt, et elle n'avait pas le temps d'y réagir tout de suite.

Mais elle avait une responsabilité envers le fandom. S'il était informé de la situation, LENFR comprendrait.

Elle lui envoya tout de même un petit mot.

Plongée dans des tâches de dernière minute. J'arrive dès que je peux. Désolée !

Le temps qu'elle rouvre la fenêtre Twitter, Caster-Rupp avait répondu.

Je ne me sens pas contraint. De toute évidence, vous êtes très douée pour les costumes et, comme je le disais, vous êtes aussi très jolie. Je serais honoré de vous inviter à dîner. P.-S. : appelle-moi Marcus, je t'en prie.

C'était peut-être idiot, mais elle ne put s'empêcher de sourire devant ces compliments.

Elle ne put cependant résister à la tentation de lui mettre un peu le nez dans le caca.

Alors ça n'était pas juste pour emmerder ces gros connards qui nous ont tagués, Marcus ? P.-S. : moi, c'est April.

Il répondit presque aussitôt.

Je dois reconnaître que j'ai également pris plaisir à me montrer désobligeant envers les plus odieux de mes fans.

Elle fronça les sourcils.

Désobligeant? Quel acteur futile, juste bon à décorer, emploierait un mot comme « désobligeant » ?

Trois points mobiles apparurent dans la fenêtre de dialogue. Il écrivait encore.

Mes paroles ont dépassé ma pensée. Désolé. Ce que je voulais dire, c'est que ce serait bien pour moi aussi en termes de relations publiques. Faire connaissance avec mes fans, tu sais…

C'était plus conforme à ce qu'elle attendait d'un homme comme lui. Bien intentionné, avec un bon caractère, mais au fond superficiel et toujours à l'affût d'un coup de pub.

Ça me semble raisonnable.

De nouveau, les points de suspension, cette fois pendant plusieurs minutes.

Je préfère te prévenir, April. Si on sort effectivement ensemble, ça se retrouvera sans doute dans les tabloïds, ou au minimum sur quelques blogs. Alors, si tu tiens à ta vie privée, c'est peut-être mieux que tu me dises non. Je ne serai pas vexé.

Elle se mordit la lèvre.

J'ai besoin de quelques minutes pour réfléchir. Ça te va ?

Bien sûr. Prends ton temps. On est encore le matin ici en Espagne, et je ne décolle que cet après-midi. Je reste dans le coin encore un moment.

OK, maintenant, elle brûlait de lui poser des questions sur la sixième saison et l'épisode final. De toute évidence, il n'avait le droit de rien révéler, mais sûrement qu'un neuneu pareil était du genre à faire des gaffes ?

Un nouveau message apparut sur le forum Évinie. LENFR, rassurant comme à son habitude.

Pas de problème. Moi aussi, je suis en train de résoudre quelques problèmes inattendus. De toute façon, je reste dans le coin encore un moment.

Elle souffla, amusée par le fait que LENFR, sans le savoir, vienne de créer un écho de Marcus, l'homme qui jouait le personnage au sujet duquel il avait écrit des dizaines de fanfics.

Fallait-il lui raconter ce qui venait de se passer ?

Non. Pas tout de suite.

Elle n'avait pas encore décidé d'accepter ou non l'invitation de Marcus, et n'était pas prête à se montrer en chair et en os à ses amis du forum Évinie. Bientôt, mais pas maintenant. Pas quand elle avait tant d'autres décisions à prendre et de considérations à envisager. Elle répondit à LENFR :

Merci. Je reviens vite.

Elle se leva et chercha un carnet neuf dans la pochette de côté de sa valise. Elle réfléchissait mieux par écrit. Depuis toujours.

Au passage, elle attrapa un stylo et remplit le verre d'eau de sa table de chevet. De nouveau adossée à la tête de lit, elle tapota la page blanche avec la pointe de son stylo, puis accepta l'évidence.

Si elle voulait cesser de se cacher, elle n'aurait pu trouver de façon plus efficace de se mettre en lumière.

À supposer que le thread de ce soir n'ait pas déjà fait le boulot, un dîner en tête à tête avec Marcus Caster-Rupp, star du petit écran de renommée mondiale, rendrait célèbres son visage, sa silhouette, et sa passion pour le couple Énée-Lavinie. Au moins dans certains cercles. Et elle en savait suffisamment sur le fandom du *Royaume des dieux* pour imaginer les gros titres sur les blogs. Les plus gentils, en tout cas.

Une fan du *Royaume* accepte l'invitation de l'acteur de ses rêves. Joie!
Une fan décroche une étoile: et ce jour-là naquirent des millions d'univers alternatifs modernes.

@Évinie5Ever, idole des fans

Ce qui lui fit penser: le forum Évinie allait s'affoler, si ce n'était pas déjà le cas. L'hystérie avait probablement déjà commencé, puisque la plupart de ses amis suivaient Marcus sur Twitter. C'était une chance qu'elle n'ait pas encore consulté les sujets du principal salon du forum.

S'ils savaient que @Évinie5Ever était la même personne que Lavinie Is The Star, et qu'elle était tentée de refuser un putain de rendez-vous aux chandelles avec la moitié masculine de leur OTP, ils la réduiraient en purée.

Eh bien, puisqu'elle venait de connaître ses premiers pas de fangirl, autant faire les choses bien. Elle allait écrire noir sur blanc tout ce qu'elle devait faire, toutes les parties d'elle-même qu'elle comptait exposer au soleil.

En lettres capitales, elle nota en haut de la page :

GÉOLOGUE ENVIRONNEMENTALE, REMÉDIE À TES PROBLÈMES !

Elle avait déjà établi certaines parties de son plan pendant son trajet en voiture pour rentrer, ainsi que dans les mois précédents, mais il y en avait d'autres qu'elle était en train de lister maintenant. Y compris ce qui faisait le plus mal.

Dire oui à Marcus. En public.
Sans crâner, mêler vie privée et vie professionnelle au boulot. Cesser de redouter de se montrer. (Si nécessaire, penser à l'abominable trio folk.)
Partager compte Twitter et identité avec amis Évinie.
Porter des bouchons antibruit, car hurlements risquent d'être entendus depuis l'espace.
Aller à Conv des dieux. Rencontrer amis Évinie et leur montrer à quoi je ressemble en chair et en os.
À Conv des dieux, participer concours cosplay.

Elle s'arrêta un moment en se mâchonnant l'intérieur de la joue.

Non, elle allait tout noter. Elle avait dit qu'elle le ferait, et elle n'était pas lâche.

Soulever problème grossophobie dans la communauté Évinie, même si mes amis risquent de me tourner le dos.

Prendre décision papa et maman. Quand certaine, annoncer à maman face à face.
Larguer illico tout homme qui veut me changer et/ou qui n'a pas l'air fier d'être avec moi en public.

Voilà. C'était fait. Si elle voulait décontaminer son paysage personnel, c'était la façon de procéder.

Gardant le carnet et la liste de remédiation à portée de vue, elle ralluma son ordinateur qui s'était mis en veille et ouvrit la fenêtre Twitter. Puis elle se mâcha encore la joue un moment et hocha la tête.

Pour finir, ça ne prit que quelques secondes. Elle retrouva l'invitation de Marcus parmi la masse de notifications et cliqua sur « twitter votre réponse ».

> Je serais enchantée de dîner avec toi, @MarcusCasterRupp. Merci pour cette charmante invitation. N'hésite pas à me contacter en privé pour qu'on se fixe un rendez-vous.

Forum Évinie

Sujet : Mais c'est quoi ce gros bordel avec Didon ?

Lavinie Is The Star : Je veux dire, d'abord la série n'a tenu aucun compte des livres et l'a fait mourir pour de vrai sur son bûcher funéraire, mais bon, on peut leur accorder le bénéfice du doute, dire qu'ils ont juste été de la vieille école sur ce coup (genre, vieille comme Virgile, l'école). Mais Junon qui la ramène d'entre les morts ? Et là, Didon devient une femme délaissée rendue folle, assoiffée de pouvoir et affamée de sexe, qui serait prête à faire bouillir des lapereaux vivants dans sa fixette pour Énée ? Comme indiqué dans le titre, c'est quoi ce gros bordel ?!

Mme Pieux Énée : Rien à voir avec la Didon des livres de Wade.

Livres:ÉnéeNenFeraitRien : Même la Didon de Virgile, avant l'arrivée d'Énée et l'intervention de Vénus, était une dirigeante extrêmement compétente. Ça me peine de le dire, mais…

Lavinie Is The Star : Mais quoi ?

Livres:ÉnéeNenFeraitRien : Dans la série, Didon n'est rien de plus qu'une caricature misogyne. Le talent de Carah Brown est gaspillé dans ce rôle, bien qu'elle soit le seul élément qui permet de donner un peu de poids au personnage.

Quand ils vont arriver au bout des livres de Wade, ça ne va faire qu'empirer.

Lavinie Is The Star: Mais pourquoi avoir fait un choix narratif pareil ? C'est tellement moins intéressant que ce que propose Wade, ou même Virgile…

Livres:ÉnéeNenFeraitRien: Je suppose que ça vient en grande partie de la vision des femmes qu'ont les directeurs de série.

Chapitre 4

Son téléphone, posé sur le bureau de la chambre d'hôtel, se mit à vibrer, et April appuya le front sur la surface en imitation bois. Elle leva la tête, mais la laissa aussitôt retomber avec un bruit sourd.

Sans même regarder, elle savait qui l'appelait, et pourquoi. À un moment, il fallait bien que sa mère entende parler du rendez-vous avec Marcus, prévu pour ce soir. Ce n'était qu'une question de temps, mais April en avait savouré chaque minute.

Et maintenant, cette période bénie s'achevait.

Un regard sur l'écran lui confirma ses craintes, et elle poussa un soupir avant de décrocher.

—Coucou, maman.

—Chérie, je viens de voir ta photo à la télé. Du moins, je crois, bredouilla sa mère, surprise et perplexe. Tu portais une sorte de robe à l'ancienne ?

April s'était demandé la veille si l'émission que JoAnn regardait tout en préparant le dîner allait évoquer l'affaire. Elle avait désormais la réponse.

—Oui, c'est bien moi. Dans mon costume de Lavinie. Tu sais, du *Royaume des dieux* ?

—Ah, doux Jésus…, souffla sa mère. April, je ne sais même pas…

Un long silence suivit, pendant lequel JoAnn devait battre des cils, sous le choc de la célébrité soudaine et inattendue de sa fille, et encaisser la nouvelle avant de réfléchir à une façon d'entamer la conversation. Curiosité ? Inquiétude ? Pitié ? Conseil ?

Finalement, elle opterait pour un mix de tout ça. April le savait déjà, de même qu'elle connaissait par avance la nature des conseils de sa mère.

Celle-ci se décida enfin à ouvrir le bal par une question.

— Mais comment ça s'est fait ?

Il y avait mille façons de répondre à cette interrogation, dont certaines plus existentielles que d'autres, mais April choisit de s'en tenir aux faits. Tout en enlevant un peu de contexte, dans l'espoir vain d'éviter l'inéluctable, pour toutes les deux.

— Eh bien, j'ai un compte Twitter sur lequel je poste des photos de moi en cosplay de Lavinie, et Marcus Caster-Rupp a vu une des photos mercredi soir et m'a invitée à dîner.

Elle parvint à garder une voix calme, comme si son univers n'avait pas volé en éclat ces derniers jours. Comme si elle n'avait pas le cœur qui tanguait dans sa poitrine depuis son réveil.

— Je dors à l'hôtel à Berkeley ce week-end, le temps de préparer mon nouvel appartement, et il se trouve qu'il était dans le coin. Alors on dîne ensemble ce soir, mais s'il te plaît, n'en parle à personne. J'aimerais que ça reste aussi discret que possible, enfin, autant que faire se peut.

Ce qui voulait dire « pas très discret au final ». Pour le dire gentiment.

Dès que son échange avec Marcus sur Twitter était devenu viral, les retweets avaient été… incompréhensibles. Effarants. C'était un mélange de commentaires encourageants et d'autres incroyablement affreux. Même si elle avait mis en sourdine les premiers threads dès le début, les nouveaux abonnés et nouveaux tweets ne cessaient de pleuvoir, de même que les demandes d'interviews pour des blogs et des médias.

Son degré actuel d'exposition était déjà bien plus que suffisant, alors elle avait refusé toutes ces demandes et n'avait répondu à aucune question. Puis, juste quand l'agitation commençait à retomber, le compte officiel du *Royaume des dieux* s'était penché sur l'histoire et avait manifestement vu dans ce rendez-vous, comme Marcus l'avait prédit, une opportunité de relations publiques. À son grand désarroi, ils avaient commencé à en faire des tonnes sur l'événement.

Ce qui avait entraîné encore plus de notifications. Plus de messages privés. Plus de threads à mettre en sourdine.

Arrivée à ce stade, l'histoire était parvenue aux oreilles de ses anciens collègues. À cause de tout ce tumulte sur Internet, deux d'entre eux avaient vu sa photo dans l'un des nombreux articles en ligne, avant le vendredi.

Ils lui en avaient parlé à voix basse, dans les recoins du bureau, et leurs clins d'œil, leurs petits coups de coude, ne l'avaient pas dérangée. Mais leurs grimaces apitoyées, leurs tapotements sur l'épaule – « Les gens sont tellement méchants, April… Je n'imagine même pas ce que tu as ressenti ! » – lui avaient mis les nerfs en pelote.

Lorsqu'elle avait quitté son lieu de travail, un carton d'affaires dans les bras, c'était sous un feu nourri de regards et de chuchotements.

Fini de me cacher, se répétait-elle, la poitrine oppressée. *Fini de me cacher. Le trio de folk !*

Puis l'affaire était passée de Twitter à Facebook et Instagram, et de là aux blogs sur le *Royaume des dieux* et même à quelques émissions de divertissement.

Dont celle que sa mère ne ratait jamais, de toute évidence.

Elle essayait de ne pas suivre l'étendue de sa nouvelle célébrité, mais comment résister ? Quand bien même chaque post, chaque vidéo à la télé accroissait la tension de ses muscles jusqu'à ce qu'elle en ait mal aux épaules ?

— Je vois.

Et sans doute en effet JoAnn avait-elle vu l'histoire tout entière quelques secondes plus tôt, étalée sur une chaîne nationale pour le plaisir du public.

— Tu vas bien, ma chérie ? demanda-t-elle.

Ah, l'inquiétude et la pitié faisaient irruption dans la conversation main dans la main. Merveilleux.

— Ça va. Je réfléchis juste à ce que je vais porter pour…

Merde. Erreur de débutante. En temps normal, April ne discutait jamais au grand jamais de tenues vestimentaires avec sa mère.

— Je suis juste impatiente d'être à ce soir. Marcus joue Énée, un de mes personnages préférés.

Sa mère changea aussitôt de sujet.

— Ils ont montré une partie de cette conversation qui avait eu lieu sur Twitter. Je ne suis pas certaine que poster des photos là-dessus soit une si bonne idée, murmura-t-elle.

Cela faisait trente ans qu'April recevait toujours plus ou moins le même conseil : si les gens sont cruels, fais-toi toute petite, jusqu'à être si dénuée d'importance que plus personne ne te prenne pour cible. Mais April ne voulait plus reculer ni se cacher. L'opinion d'anonymes grossophobes sur Twitter ne l'atteignait pas, et elle ne se ferait pas discrète juste pour éviter qu'ils la remarquent.

— J'aime bien montrer à tout le monde les costumes que j'ai fabriqués.

JoAnn fit une réponse prudente, teintée d'inquiétude et de bonnes intentions.

— Cette robe…, hésita-t-elle. Elle ne met pas ta silhouette en valeur. Peut-être que tu pourrais en faire une qui ne moule pas tes…

À ce stade, tout était possible : les bras. Le dos. Le ventre. Les fesses. Les cuisses.

— Ça va, répéta-t-elle, plus sèchement qu'elle n'en avait eu l'intention.

Nouveau long silence.

Lorsque JoAnn reprit la parole, ce fut d'une voix légèrement tremblante.

— Tu disais que tu étais en train de choisir ta tenue pour ce soir ?

Consciente de l'avoir blessée, April sentit une rougeur lui envahir le cou.

— Oui. J'ai apporté plusieurs ensembles, et j'essaie de me décider.

Elle avait les poings serrés. Elle savait, sans l'ombre d'un doute…

— J'imagine que les gens vont te photographier pendant le dîner.

La joie de vivre forcée de JoAnn vint déchirer April comme des échardes.

— Une robe noire, c'est indémodable, tu sais. Et la couleur masque bien des péchés, surtout si tu trouves une coupe pas trop ajustée.

Du noir pour disparaître. Un surplus de tissu pour se cacher.

Comme toujours, l'embonpoint était un péché, sans doute plus mortel que véniel.

Tête baissée, April préféra se taire que de prendre le risque de répondre.

— Ne t'en fais pas. Je ne parlerai du rendez-vous à personne, poursuivit JoAnn. À part ton père, bien sûr. Mais je suis certaine qu'il n'ira pas répandre la…

OK, fin de la conversation.

— Il faut que j'y aille. Je dois me doucher maintenant, sinon je n'aurai pas le temps de me préparer pour le dîner.

— D'accord. Profite bien, ma chérie, dit JoAnn qui ne semblait pourtant pas penser que les deux protagonistes de ce dîner puissent passer un bon moment ensemble. Je t'aime.

Elle le pensait. April n'en avait jamais douté.

— Merci, maman, répondit-elle, les ongles enfoncés dans ses paumes au point qu'elle s'étonnait de ne pas saigner. Moi aussi, je t'aime.

Et c'était ça le pire. Elle l'aimait.

Rafraîchie par sa douche, vêtue d'une chemise de nuit ample, April se tenait devant le minuscule placard de sa chambre d'hôtel, en proie à l'hésitation.

Comme elle l'avait dit à sa mère, elle avait apporté une quantité de tenues adaptées à un rendez-vous, piochées dans les cartons de sa maison de Sacramento. Toutes très jolies. Et, en temps normal, elle n'était pas du genre indécis… mais on n'était pas en temps normal, loin de là. Ce qu'elle porterait au dîner avec Marcus Caster-Rupp devrait affirmer deux choses.

Premièrement : *Je suis confiante en moi et sexy, mais je n'en fais pas des tonnes.* Parce que certes, il était futile et prétentieux, mais c'était aussi un acteur célèbre et super appétissant, et puis elle avait sa fierté. Comme sa mère, elle s'attendait à ce que quelques photos volées du dîner finissent en ligne avant même qu'elle ait mangé son dessert. Elle avait bien l'intention d'être belle sur ces images, de même que sur celles que Marcus et elle posteraient sur leurs comptes respectifs.

Ce genre d'affirmation nécessitait une robe moulante. Et pas noire. Il fallait des talons, même si elle détestait se torturer les pieds. Et des boucles d'oreilles volumineuses.

Mais c'était ce qu'elle portait d'habitude pour les rendez-vous marquants, malgré les conseils de sa mère. Rien de difficile là-dedans. Non, c'était la deuxième affirmation, celle qui ne s'adressait qu'à Marcus, qui était plus compliquée.

Tu devrais me révéler des détails confidentiels sur la dernière saison de la série, malgré les conséquences juridiques et professionnelles auxquelles t'exposeraient des fuites…

Et pour appuyer cette idée, eh bien… elle ne savait pas vraiment quelle tenue suffirait. Il faudrait sans doute un pendule d'hypnotiseur.

Tes paupières sont lourdes, très lourdes, et tu as envie de me raconter si oui ou non tu couches enfin avec Lavinie, et si c'est fantastique, et si on voit de la nudité masculine frontale…

En l'absence d'un tel pendule, sa meilleure option restait le décolleté. L'année précédente, la simple vue de l'encolure plongeante d'une de ses robes avait conduit le garçon avec qui elle avait rendez-vous à percuter un lampadaire devant le *Fairmont*. Plus tard, quand elle s'était penchée pour ramasser la serviette qu'elle avait fait tomber pendant le dîner, il s'était planté sa fourchette dans la joue si fort qu'il avait hurlé, faisant accourir le serveur.

Avant cette funeste soirée, Blake avait pourtant passé des heures à se vanter de l'entraînement intense et exhaustif qu'il avait reçu autrefois dans les forces spéciales. Il semblait toutefois que les écoles militaires des années 2000 ne préparent pas aux tactiques avancées de guerre mammaire, non plus que son emploi actuel d'expert dans la sécurité Internet.

Quand elle l'avait taquiné sur cette lacune de sa formation, il s'était renfrogné. Juste avant de renverser un demi-verre de vin blanc sur sa veste de costume quand elle avait tripoté le pendentif qu'elle portait juste au-dessus des seins.

Elle avait pouffé sur le moment, et elle en riait encore à présent. Quel pauvre type.

OK. Une robe portefeuille, donc. Direction décolleté.

Elle parcourut les cintres de la penderie et contempla les deux possibilités principales. Cet imprimé médaillon coloré, ou le magnifique vert menthe ?

La robe verte tomba par terre, et elle se retrouva presque incapable de la remettre sur le cintre rembourré.

Merde. Elle avait les mains qui tremblaient.

Elle n'avait aucune raison d'être nerveuse. D'ailleurs, elle ne l'était pas. Sauf que…

Seigneur, ces notifications Twitter, billets de blogs, émissions télé… Les doutes de sa mère. Ses propres peurs.

Malgré son impatience, malgré sa confiance durement acquise, elle était tout de même humaine. Cette soudaine exposition de sa vie privée lui faisait un effet… bizarre. Comme si elle se regardait du dehors, évaluant chaque aspect de ce qu'elle disait et de son apparence.

Et même sans parler de l'effervescence de l'opinion publique et de la timidité qu'elle entraînait, elle était sur le point de rencontrer un homme qu'elle voyait depuis des années *à la télévision*, bordel. Le même homme qu'elle avait regardé dans des films nullissimes, avec un baquet de pop-corn à la main, son visage magnifique sur l'écran, presque aussi grand que la maison qu'elle venait de vendre.

Ce même homme que plusieurs magazines proclamaient le plus sexy du monde. Le même qui avait figuré dans d'innombrables fanfics qu'elle avait écrites, souriant, flirtant et couchant tout au long de l'histoire jusqu'à une conclusion heureuse, au propre comme au figuré. En tout cas, dans son imagination.

Dans moins de deux heures, elle allait le rencontrer dans la vraie vie, et il fallait qu'elle réussisse à ne pas hyperventiler. Mais comment ?

Elle ferait mieux de choisir une robe à la couleur apaisante.

Un dernier regard à la penderie, et elle avait la réponse : vert menthe. Personne n'hyperventile en vert menthe. C'est le Valium des couleurs de robe, en plus d'être très joli. Du moins, elle l'espérait vivement.

Messages privés du forum Évinie, dix-huit mois plus tôt

Lavinie Is The Star: Je crois que je vais entasser autant de clichés que possible dans ce texte. Aide-moi à en trouver d'autres, s'il te plaît. J'ai déjà: «Oh non, il n'y a qu'un seul lit», (la fausse petite amie) et «Couchons ensemble histoire de tourner la page», (le meilleur ami du grand frère)...

Livres:ÉnéeNenFeraitRien: Waouh. Ça fait un sacré échantillon.

Livres:ÉnéeNenFeraitRien: Peut-être: «On pourrait s'embrasser pour voir ce que ça fait»?

Lavinie Is The Star: Bien vu! J'achète!

Livres:ÉnéeNenFeraitRien: Et elle pourrait se morfondre un peu aussi?

Lavinie Is The Star: Ah, ça y est...

Livres:ÉnéeNenFeraitRien: Amour à sens unique? Ou bien il a sans le vouloir causé la mort de son ex? Peut-être qu'elle est morte dans un incendie qu'il aurait pu éviter, si seulement il n'avait pas été tellement accaparé par le devoir?

Lavinie Is The Star: Seigneur.

Livres:ÉnéeNenFeraitRien: Désolé.

Lavinie Is The Star: Non, ne t'excuse pas. Le désespoir, c'est ton truc. Ça marche bien pour toi.

Livres:ÉnéeNenFeraitRien: Hum.

Lavinie Is The Star: Quoi?

Livres:ÉnéeNenFeraitRien: Peut-être qu'il souffre de stress post-traumatique à cause de son passé militaire ? Par exemple, plusieurs de ses hommes sont morts sous ses ordres ?

Lavinie Is The Star: Mais bordel, LENFR !

Chapitre 5

— Alors…, commença Marcus en tapotant sa bouche parfaite avec sa serviette amidonnée avant de la reposer proprement sur ses genoux. Tu as un compte Twitter ?

April ne voyait pas trop que répondre à ça.

Dans ses messages privés, il ne semblait quand même pas bête à ce point. Mais peut-être était-ce son assistant qui gérait ses réseaux sociaux, et elle n'avait pas vraiment communiqué avec lui avant maintenant. À moins que, pour un homme comme lui, elle soit tellement insignifiante qu'il l'ait déjà oubliée ?

— Oui. En effet.

Avec sa fourchette, elle détacha une miette du saumon fumé qui avait fait la réputation de l'établissement, et la trempa dans la petite flaque artistique de sauce crème fraîche-aneth de son amuse-bouche.

Leur serveur, Olaf, vint remplir son verre d'eau, comme après chaque gorgée lui semblait-il. Elle tira parti de cette distraction pour consulter discrètement sa montre.

Trente minutes depuis qu'elle avait rencontré Marcus ? Seulement ?

Arf.

Elle aurait cru que cela faisait plus longtemps qu'elle était entrée dans ce restaurant sélect et hors de prix de San Francisco. Elle l'avait trouvé déjà installé à leur table éclairée d'une bougie. Comme elle était arrivée avec dix minutes d'avance et s'était attendue à devoir patienter – les gens de

Hollywood n'étaient-ils pas plutôt du genre à se pointer avec quelques élégantes minutes de retard ? – elle avait écarquillé les yeux de surprise lorsqu'il s'était levé vivement pour l'accueillir, un sourire placide sur son beau visage.

— Tu es très jolie.

Il avait regardé sa robe moulante pendant peut-être une demi-seconde, pas plus.

— Merci d'avoir accepté mon invitation, avait-il ajouté en tendant le bras vers la chaise avec la meilleure vue.

Sa veste de costume sombre lui moulait agréablement les biceps. Il l'avait fait asseoir et, sans cesser de sourire, s'était mis à parler de tout et de rien.

De la météo. De la circulation. De la beauté du coucher de soleil ce soir-là.

Et c'était ce qu'ils faisaient depuis, entre deux visites d'Olaf. Elle était à moitié tentée de renverser un verre d'eau ou de mettre le feu à sa serviette avec la bougie de leur table, juste pour qu'il se passe quelque chose. Ce dîner s'annonçait *interminable*.

Elle réprima un soupir et mangea sa bouchée de saumon. Au moins, elle ne culpabilisait plus de sa préférence secrète pour un dîner avec Alexander Woodroe plutôt que Marcus. Ou – encore mieux – des messages privés par-delà la distance avec LENFR, plutôt que cette conversation en chair et en os avec l'un ou l'autre des célèbres acteurs.

Son meilleur ami en ligne n'était pas au courant de ce rendez-vous, mais elle avait l'intention de lui en parler dès son retour à l'hôtel.

Mais d'abord, il fallait qu'elle parvienne à rester éveillée pendant trois plats en compagnie de Marcus. Merde.

— J'imagine que tes notifications, cette semaine, étaient…

Il plissa le front, cherchant apparemment le bon mot.

— … nombreuses ?

April ne put se retenir de rire devant cet euphémisme.

— C'est le moins qu'on puisse dire. Je me suis mise à chercher des ermitages sur Google. J'ai aussi regardé des grottes désertes adaptées à une vie de silence et de solitude.

— Si tu envisages de t'installer dans une grotte, ce n'est sans doute pas bon signe. Je suis désolé.

Pour la première fois de la soirée, son sourire bonhomme vacilla.

— Tu as été harcelée en ligne ? Ou en personne ?

— Non, non.

Elle se tut pour réfléchir.

— Enfin, si, sur Twitter. Un peu. Mais rien que je ne puisse gérer en utilisant la sourdine et le blocage, en tout cas jusqu'à maintenant.

Pourtant, son exposition médiatique n'allait faire qu'augmenter. Elle avait beau ne pas connaître les rituels de la célébrité, elle se doutait quand même que les autres clients allaient prendre des photos d'elle et de Marcus en train de dîner. Même sa *mère* s'y attendait.

Une fois qu'elles seraient postées, et que Marcus et elle auraient également montré leurs selfies, il y aurait de nouveaux billets de blogs. D'autres actualités dans les émissions de divertissement. Elle aurait peut-être même droit à une brève mention dans l'émission matinale préférée de sa mère.

Et si c'était le cas, elle n'était vraiment pas impatiente de recevoir le coup de fil qui s'ensuivrait.

— Tiens-moi au courant si jamais tu rencontres des problèmes plus sérieux.

Pour la première fois, les yeux bleu-gris de Marcus la clouèrent sur place. Elle était prise au dépourvu par leur vivacité soudaine.

— Je le pense sincèrement, ajouta-t-il.

C'était adorable. Mais sans effet.

— Qu'est-ce que tu pourrais y faire ?

Il serra les mâchoires un instant fugace. Les ombres de son visage bien dessiné bougèrent à la lueur de la bougie.

— Je ne sais pas. Quelque chose.

Au lieu d'argumenter, elle se contenta de baisser la tête, et le laissa croire que c'était un geste d'assentiment. Puis le silence régna pendant plusieurs minutes alors qu'ils finissaient leur entrée. Qui, pour être honnête, était absolument délicieuse. Il avait bien choisi le restaurant, à moins que ce soit son assistant qui s'en soit chargé.

C'était également tout à son honneur qu'il n'ait pas tenté d'influencer son choix de plat. Il n'avait pas fait d'allusions plus ou moins subtiles à des alternatives supposément plus saines, ni de commentaires appuyés à propos des salades, bref aucune de ces injonctions au bien-manger qui n'étaient que plus douloureuses quand elles venaient des gens censés vouloir son bien.

Au lieu de ça, lorsque le discret serveur qui à présent gravitait dans leur champ de vision périphérique, une carafe d'eau à la main, avait pris sa commande – la formule entrée, plat, dessert – Marcus s'était contenté de lui assurer que c'était un excellent choix, et de demander la même chose.

À un moment alors qu'ils mangeaient, son sourire placide lui revint.

— C'était très bon. Qu'est-ce qu'on a choisi en plat principal, déjà ? Encore du saumon ?

Ah, Seigneur. Comparée à ce repas, la demi-vie du radium allait lui sembler courte.

Un bon repas, se rappela-t-elle. *Tu y gagnes un dîner gastronomique.*

— Des cuisses de poulet rôti fourrées au fromage de chèvre, avec un condiment à l'abricot, un accompagnement de polenta à l'ail, et des haricots verts sautés au thym… ah oui, et des pignons de pin grillés… quelque part. Sûrement dans le condiment. Je ne suis plus certaine.

Il battit des cils, effaré.

Elle haussa une épaule.

— J'aime bien manger, expliqua-t-elle.

Son sourire se fit plus chaleureux, illuminant ses yeux.

— Je vois ça.

Elle ne décela pas de moquerie dans sa voix. Juste de l'amusement.

— Et tu as une sacrée mémoire, aussi, ajouta-t-il.

Elle repoussa le compliment d'un geste de la main.

— J'ai regardé le restaurant hier soir. Je suis à l'hôtel dans le coin pendant que je fais un gros ménage de mon nouvel appartement, alors j'avais tout le temps d'étudier le menu sur leur site.

— Je suis content que tu aies trouvé quelque chose qui te tente.

Il contemplait son assiette vide. Quand il leva à nouveau la tête vers elle, il se passa la main dans les cheveux et les ébouriffa d'une façon sexy avant de s'appuyer sur un bras pour mettre en avant les muscles qu'elle avait si souvent admirés, à l'abri derrière son écran.

Et oui, sa musculature était toujours impressionnante en personne, et il était très poli, et ses cheveux épais semblaient dorés dans la lumière des bougies, mais nom de Dieu, quel *ennui*.

Pendant un moment, elle envisagea de parler de son déménagement, de son nouvel emploi, ou de ce qu'elle faisait le week-end en dehors de ce dîner, juste pour passer le temps. Si cet homme était incapable de se souvenir de leurs échanges sur Twitter ou du plat qu'il avait commandé quelques minutes plus tôt, cependant, cette dépense d'énergie paraissait inutile. Ils restèrent donc une fois encore silencieux jusqu'à ce qu'Olaf vienne les débarrasser et remplir leurs verres d'eau.

Le serveur venait de disparaître derrière des portes battantes, les bras chargés d'assiettes, lorsqu'un flash sur le côté la fit tressaillir. Elle se tourna, observa la portion de la salle autour d'eux à la recherche de la source lumineuse qui lui faisait danser des points blancs derrière les paupières.

Ah. Évidemment.

Un homme à la table voisine les avait photographiés avec le téléphone qu'il était à présent en train de poser en hâte sur ses genoux, hors de vue. Cette photo allait certainement atterrir sur Instagram ou Twitter dans les prochaines minutes. Peut-être même moins s'ils détournaient leur attention de son visage de plus en plus rouge, et qu'il se sentait à nouveau autorisé à utiliser son téléphone.

— Je me demandais quand ça allait se produire, murmura-t-elle.

— En général, les gens sont assez malins pour ne pas utiliser leur flash dans un endroit comme celui-ci, commenta Marcus.

Il adressa un signe de tête au maître d'hôtel qui l'avait accueillie à la porte, et se dirigeait à présent d'un pas pressé vers l'homme au téléphone.

— La direction est très attachée à l'intimité des clients et à la discrétion, nonobstant la difficulté à la maintenir de nos jours.

Si elle n'avait pas été si curieuse de la confrontation imminente à l'autre table, elle aurait jeté un coup d'œil à Marcus après cette phrase surprenante. *Nonobstant*?

Mais elle ne pouvait lui accorder tant d'attention, pas alors que l'événement le plus palpitant de la soirée était en train de se dérouler à moins d'un mètre. Le coude sur la table recouverte d'une nappe blanche, elle appuya la joue sur son poing et attendit que le spectacle commence.

Le maître d'hôtel accourut avec une courbette et se lança dans une remontrance à voix basse qui ne rencontra que des dénégations chuchotées. Les yeux froncés de désarroi, l'homme montra le téléphone posé sur ses genoux, comme si l'endroit innocent où il se trouvait maintenant pouvait prouver de façon irrécusable qu'il n'avait pas pris de photo dans l'enceinte du restaurant.

— Et les gens disent de *moi* que je suis un acteur, murmura Marcus d'une voix à peine audible.

Finalement, après un nouvel échange furtif, l'homme rangea son téléphone dans la poche intérieure de sa veste, et la tapota comme pour promettre qu'il ne le sortirait plus avant la fin du repas. Avec un dernier regard acéré, le maître d'hôtel retourna à l'entrée.

Son divertissement terminé, April se tourna à regret vers Marcus.

— Ça m'est égal, les photos, vraiment, dit-elle. Je pense qu'il n'y a pas moyen d'y échapper. Mais je préfère ne pas me prendre de flash dans la figure.

Serait-elle capable de garder un tel détachement devant des clichés volés peu flatteurs ? Elle l'ignorait. Mais elle était bien décidée à essayer.

— Je suis désolé. Je le répète, assura Marcus en croisant son regard. J'avais choisi ce restaurant en partie parce que les paparazzis ne m'y ont encore jamais suivi. J'espérais que tu aurais le contrôle sur le récit de cette soirée, si c'est imaginable.

Hein ?

Elle ouvrit la bouche, puis la referma.

— Pas de problème. Tu n'as pas besoin de t'excuser, finit-elle par dire. Marcus, j'ai une petite question… C'est toi qui gères tes réseaux sociaux, ou tu as un assistant pour ça ?

Une ride d'expression apparut entre ses beaux sourcils.

— C'est moi. Pas très bien, d'ailleurs. Pourquoi ?

Adossée à sa chaise rembourrée, elle pencha la tête de côté pour l'observer.

« *J'espérais que tu aurais le contrôle sur le récit de cette soirée.* »

Ce n'était pas le genre de phrase que prononçait un homme incapable de pensée profonde.

Intéressant.

« Désobligeant » pouvait être un hasard heureux. Même l'écureuil le plus écervelé arrive parfois à trouver des glands.

« Nonobstant » mettait vraiment la croyance à l'épreuve, mais il se pouvait encore qu'il répète bêtement ce qu'on lui avait dit. Son agent, un scénariste, un réalisateur, *n'importe qui*.

« Avoir le contrôle sur le récit », en revanche…

C'était la troisième fois qu'il employait des mots étonnamment affûtés. À ce stade, elle devait en conclure soit qu'on lui avait offert un calendrier « Une phrase qui fait bien par jour », soit qu'il n'était finalement pas si bête. Pas aussi bête qu'il le feignait, et de loin, en tout cas.

Il était temps de creuser plus profond. De collecter d'autres échantillons.

Quand le plat principal arriva quelques instants plus tard – miam ! –, elle lui sourit et saisit sa fourchette et son couteau à viande. Ses deux cuisses de poulet trônaient au milieu de son assiette, la peau croustillante, brune et parfaite. Si parfaite, en réalité, qu'un observateur peu attentif aurait pu ne jamais se douter qu'il y avait plus que du poulet sous la surface.

D'une incision précise, elle ouvrit en deux une cuisse désossée, révélant la farce sous cette peau éblouissante.

Puis elle en trancha un morceau et prit le temps de le savourer intégralement.

Le plat était complexe. D'une saveur riche, avec des notes acidulées et d'autres plus douces, et une touche de croquant inattendu apporté par les pignons de pin. C'était exactement ce dont elle avait envie, malgré les doutes qu'elle avait nourris sur l'intérêt de commander quelque chose d'aussi banal et ennuyeux que des cuisses de poulet dans un restaurant aussi gastronomique. Mais elle ne s'ennuyait pas. Pas le moins du monde. Plus maintenant.

— J'adorerais que tu m'en dises plus sur ton travail dans *Le Royaume des dieux*.

Il fit une grimace d'excuse, et elle leva une main apaisante.

— Je sais que tu ne peux rien révéler sur la saison finale, et je ne te demande rien. Ce qui m'intéresse, c'est les secrets de tournage. Comment ton boulot s'organise, ce que tu fais vraiment pendant tout ce temps. Comment tu t'entraînes pour les combats à l'épée, si tu savais déjà monter à cheval quand tu as intégré l'équipe, ce genre de choses.

Cette fois, quand il repoussa les cheveux qui lui tombaient sur le front, son geste semblait plus spontané. Surtout avec ce front plissé.

— Si je te raconte ça, tu risques de t'endormir, protesta-t-il avec un sourire toujours aimable et radieux, mais très légèrement tendu. Tu ne préfères pas qu'on discute de mon programme d'exercice ? Ou bien, je pourrais te raconter comment c'est de bosser avec Summer Diaz et Carah Brown ?

Il avait évoqué ces sujets à de nombreuses reprises, dans une kyrielle d'articles et de billets de blogs, et cela n'intéressait pas April. Pour le coup, c'était son programme fitness qui la ferait dormir, et quand il s'agissait d'évoquer ses collègues comédiennes, le gars était une source intarissable de platitudes bien intentionnées.

> J'ai de la chance de travailler avec des personnes si talentueuses, et presque aussi belles que moi. Elles sont très professionnelles, et aussi belles à l'intérieur qu'à l'extérieur. Comme moi !

On n'aurait pas pu trouver d'actrices plus jolies et plus douées pour jouer Lavinie et Didon. Ou pareil pour Énée, d'ailleurs.

Non, elle voulait aborder des sujets qui ne permettaient pas de réponses générales, superficielles.

— Ça ne m'ennuiera pas, promis.

Elle découpa une nouvelle tranche de poulet avec la même précision, et s'arrêta, la fourchette juste au-dessus de l'assiette.

— Est-ce que tu montais déjà à cheval avant d'entrer dans le casting ?

— Non.

De sa fourchette, il poussait un minuscule dé d'abricot autour de son assiette. Elle mâchait et regardait les cercles qu'il décrivait, très concentrée, en attendant en vain qu'il développe. Elle avala et tenta d'approfondir.

— Et ça te plaît, l'équitation ?

— Oui.

Sans donner plus de détails, il se hâta d'enfourner une bouchée de nourriture.

OK, mieux valait éviter les questions fermées.

— C'est quoi, qui te plaît ?

Il désigna sa bouche pleine, et elle hocha la tête, patiente. Elle attendit. Longtemps.

Il mâchait avec une application croissante. Mais s'il espérait qu'elle reprendrait la parole ou changerait de sujet pendant qu'il mastiquait sans fin sa polenta – de la polenta ! Un truc qu'on peut aussi bien avaler tout rond ! –, il allait être déçu.

Il déglutit, et elle lui adressa un sourire encourageant.

— Euh…, commença-t-il avec un infime soupir, si ténu qu'elle l'aurait manqué si elle l'avait observé moins attentivement. J'aime être au grand air. Et, euh, je suis plutôt athlétique, alors des activités comme l'équitation, ça me va bien. C'est dans mes cordes, quoi.

Soudain, il se redressa et, d'un mouvement de tête bien rodé, écarta les cheveux de son visage.

— Pour le renforcement musculaire des cuisses, j'ai dû faire des exercices que mon entraîneur m'avait recommandés. Si tu veux, je t'explique.

Non merci.

— J'imagine que tu as dû beaucoup t'entraîner, même si tu es d'un naturel sportif, avec de bonnes habitudes, insista-t-elle sans tenir compte de sa tentative de changement de sujet. Et pour l'escrime, tu avais aussi un moniteur, ou tu as appris tout seul ?

À ces mots, il croisa de nouveau son regard. Enfin.

— Tu veux que je te parle de l'équipe ?

— Avec plaisir.

Ça pourrait être aussi révélateur que n'importe quel autre sujet, songeait-elle.

Il plissa la bouche, puis hocha la tête.

— D'accord, dit-il en posant ses couverts pour se pencher vers elle. Euh… d'accord. Tout ce que je sais faire avec une épée, c'est grâce à l'équipe.

— Comment ça ?

Nouveau moment d'attente. Mais, cette fois-ci, la digue céda.

— Dès l'instant où j'ai été choisi, ils ont commencé à m'enseigner le maniement de l'épée et du bouclier pour que ça devienne une seconde nature, comme si j'avais fait ça toute ma vie.

À présent, elle n'avait plus besoin de le pousser. Il expliquait sans qu'on le lui demande.

— Comment marcher, m'asseoir, comment me redresser, en alerte. Et si à l'écran j'ai l'air de savoir ce que je fais, c'est aussi grâce à eux.

Il ne s'attribuait aucun mérite… intéressant.

— C'est-à-dire ?

Il n'hésita qu'un instant.

— Les chorégraphes en arts martiaux et les coordinateurs de cascades travaillaient comme des malades pour que chaque scène de bataille soit non seulement impressionnante, mais adaptée au caractère de chaque personne, à son histoire, et aussi à ses objectifs spécifiques, à son état d'esprit lors de ce combat en particulier. Ensuite, ils nous faisaient répéter les séquences à n'en pas finir, jusqu'à ce qu'on connaisse le moindre mouvement et son timing par cœur.

En d'autres mots : oui, aidé et guidé, il s'était beaucoup entraîné.

Il était très doué pour évacuer du récit ses propres efforts, pourtant. Surtout pour un homme dont la vanité était légendaire…

— Pour certaines batailles, ils commençaient à nous préparer des mois à l'avance. Un an, même, dans de rares cas. Toujours dans l'anticipation, toujours soucieux de rendre chaque scène convaincante, spectaculaire, mémorable…

Ses yeux bleu-gris rivés aux siens étaient brillants, intenses dans son désir de lui faire percevoir la grandeur de l'équipe du *Royaume des dieux*, l'étendue de leur travail acharné. Il faisait à présent des gestes de ses longues mains, soulignant ses idées de petites vagues et de traits.

C'était comme de regarder un fantôme reprendre corps. La vie, là où autrefois il n'existait qu'une ombre. Fascinant et désorientant en même temps.

Elle réfléchit à ce qu'il avait dit.

— Alors, s'ils prennent l'histoire de chaque personnage en compte, quelqu'un comme Cyprien ne devrait pas être aussi expert que, par exemple, Énée. Parce que Cyprien est moins aguerri et qu'il n'a pas eu les mêmes occasions d'apprendre le maniement des armes.

— Exactement. Parfois, ils demandaient à l'un d'entre nous d'abaisser un peu son niveau.

Il lui sourit, et des petites rides lui apparurent au coin des yeux. April en fut soudain distraite.

— Entre deux prises, le réalisateur passait demander à chacun d'entre nous pour quelle raison on se battait dans cette scène. Quel était notre but. Ce qui nous était arrivé avant, qui pouvait donner forme à ce moment pour notre personnage. Alors une bataille pouvait impliquer des centaines de gens, mais pour les acteurs principaux, cette scène, ce combat, était aussi singulier. Différent pour chacun.

La passion rendait son visage expressif. Tant de passion, d'intensité et… d'intelligence.

Elle croisa les jambes sous la table, puis les décroisa.

— Et là, je ne t'ai même pas parlé de tout le travail accompli par la maîtresse d'armes, le maître d'épée, le maître d'équitation, les équipes des effets numériques spéciaux…

Il secoua la tête, ses cheveux dorés brillant à la lumière des bougies, et elle ne parvint pas à en détacher les yeux.

— La série compte plus de mille collaborateurs, et tous sont incroyables, April. Les gens les plus talentueux et les plus travailleurs que j'aie jamais rencontrés.

Ça ne sonnait pas comme une platitude. Ça sonnait comme une intime vérité.

Pour la première fois de la soirée, April s'excusa pour se rendre aux toilettes. Quand elle eut fini et se fut lavé les mains, elle ne ressortit pas tout de suite.

Elle resta un moment à se tapoter encore les poignets avec de l'eau. Et la nuque. Ce qui ne représentait que deux des endroits où elle avait soudain trop chaud, bien qu'elle sache qu'elle avait tort. Elle n'était pas idiote.

Elle se regarda dans le miroir. Cheveux roux. Taches de rousseur. Yeux marron, avec des lentilles. Seins ronds, ventre rond, cuisses rondes. Tout ça, normal.

Moins normal : les joues empourprées, la légère douleur entre ces fameuses cuisses.

Parce que, soudain, elle le désirait. Marcus Caster-trait-d'union-Rupp. Cet homme stupide et vaniteux, qui n'était apparemment ni l'un ni l'autre. Ou, en tout cas, pas autant qu'il le feignait. Il était toujours magnifique, cela dit. Et toujours célèbre.

Et s'il dînait ce soir avec elle, ce n'était que par gentillesse, pas parce qu'il avait envie de sa compagnie, de son corps, ou de quoi que ce soit qui lui appartienne.

Eh ben, merde.

LE ROYAUME DES DIEUX **: SAISON 1, ÉPISODE 3**

EXT. GROTTE À FLANC DE MONTAGNE - CRÉPUSCULE

JUNON attend à l'intérieur, à l'entrée de la grotte, à moitié dans l'ombre, le visage calme et droit. Lorsque LÉDA se risque à l'intérieur, JUNON ne fait aucun mouvement brusque, consciente que cette femme à qui son mari a fait du tort - encore une femme qu'il a violée - n'a aucune raison de lui faire confiance, et qu'elle redoute peut-être la réaction d'une épouse possessive.

JUNON

Fais confiance à ma bonne volonté si tu le peux. Je ne trouve plus désormais de soulagement dans la jalousie mesquine, et ne suis plus assez écervelée pour reprocher à une jeune mortelle les appétits voraces d'un dieu tout-puissant.

LÉDA

Je ne t'aurais pas trahie, mère Junon. Pas s'il avait été en mon pouvoir de résister.

EUROPE se glisse par l'entrée, armée, tremblante de peur.

EUROPE

Quelques tortures que tu aies décidé de m'infliger, tu ne peux faire pire que cet homme que tu appelles époux.

JUNON

Je ne lui donne plus ce nom. Et si nous faisons cause commune, aucune d'entre nous ne l'appellera roi des dieux bien longtemps.

***LE ROYAUME DES DIEUX* : SAISON 6, ÉPISODE 2**

INT. MAISON D'ÉNÉE ET DE LAVINIE - NUIT

LAVINIE attend près du feu. Elle est en rogne. Il s'est tapé ANNE, la sœur de DIDON. Elle le sait. ÉNÉE entre.

LAVINIE
Où étais-tu, mon époux ?

ÉNÉE
Cela ne te regarde pas.

Pfff. Il n'a pas besoin de ça en plus. Quand LAVINIE se met à pleurer, il s'en va.

Chapitre 6

Pendant qu'April était aux toilettes, Marcus se ressaisit. Elle avait réussi à le faire parler des sujets dont il avait *vraiment* envie de discuter. Pire, à le faire comme avec Alex, la seule personne à qui il accordait une confiance aveugle. Alex, qui jamais de la vie ne contacterait un blogueur pour dire : « Je crois que Marcus Caster-Rupp se fout de notre gueule depuis le début, tout ça n'est qu'une grosse blague. »

Son personnage public n'était pas une blague. Jamais de la vie. Mais s'il ne gardait pas le contrôle sur le récit – comme il l'avait lui-même conseillé à April un peu plus tôt –, son comportement pourrait facilement être interprété ainsi. S'il décidait de se départir de son masque, il fallait que ce soit selon ses termes à lui. Pour le bien de sa carrière, mais aussi pour apaiser sa conscience, troublée.

Lorsque April reviendrait des toilettes, le Golden Retriever Bien Propret ferait un retour triomphal sur scène, prêt à exécuter quelques tours durement appris. Ou peut-être qu'il se contenterait de diriger la conversation sur la vie d'April, son métier, et qu'il lui laisserait la parole pour le reste de la soirée.

En attendant, il sortit son téléphone pour consulter ses messages. Pas ceux du forum Évinie, car il voulait du temps et de l'intimité pour lire les communications de Litsie. Mais les réactions au message menaçant qu'avaient envoyé les directeurs de série quelques jours plus tôt avaient dû commencer à pleuvoir dans la conversation de groupe des acteurs. Et… ça n'avait pas manqué.

Carah : Je préfère être claire, je suis muette comme une tombe sur cette saison.

Carah : Je dis ça ici pour quand j'écrirai mon autobiographie, les gars.

Ian : Je ne sais pas qui a caché mon thon, mais ce n'est pas drôle.

Carah : Ahahahahaha !

Ian : rendez-le-moi, bande de trouducs, Jupiter a besoin de protéines pour sa dernière semaine de tournage.

Summer : Je ne sais pas pourquoi nous avons besoin d'un nouveau rappel à chaque saison de la clause de confidentialité qui figure dans nos contrats.

Summer : C'est un peu insultant.

Summer : @Carah : J'ai hâte de lire ça, ma belle !

Alex : Personne ne veut de ton thon de secours, Ian, tu l'as sans doute déjà mangé sans t'en rendre compte.

Maria : JPP.

Alex : Je veux dire, c'était genre ton douzième plat de poisson aujourd'hui, alors…

Peter : Ouais, sans doute pas inoubliable, à bien y penser.

Maria : Quelqu'un connaît les symptômes de l'intoxication au mercure ? Est-ce que ça inclut de parler de soi à la troisième personne et avec le nom d'un dieu ?

Puis la conversation partait en cacahouète à cause de la longue tirade de Ian sur les bienfaits des fruits de mer, comme d'habitude. Ce type aurait bien besoin d'avaler un peu de glucides, et aussi de prendre un peu de distance avec son rôle. Au moins assez pour arrêter de se référer à lui-même sous le nom de *Jupiter* hors caméra.

Marcus rangea son téléphone dans la poche de sa veste et aperçut un autre objectif de smartphone pointé vers lui. Pas le même que plus tôt, cependant. Cette fois, c'était une femme à la table derrière April qui profitait de l'absence de celle-ci pour avoir une vue dégagée. En regardant tout autour, il vit au moins deux autres clients qui le dévisageaient avec intérêt, penchés vers leurs compagnons de tablée, en chuchotant.

Mais au moins tous étaient des amateurs, et non des paparazzis. Il s'était à moitié attendu à être accueilli ce soir par une émeute devant l'entrée du restaurant, avec d'énormes appareils photo, comme cela lui était arrivé si souvent lors de rendez-vous amoureux.

Pas parce que les paparazzis l'avaient suivi jusqu'à ces restaurants. Mais parce que les jeunes femmes avaient communiqué l'information aux médias à l'avance.

C'était incroyablement stupide. Naïf. Il le savait. Mais chaque fois, les yeux agressés par les flashs, submergé par le tumulte des voix criant son nom et lui demandant de regarder « par ici », la prise de conscience que la dame ne s'intéressait pas réellement à sa personne, mais plutôt aux douteux avantages de sa célébrité bizarre et transitoire…

Chaque fois, il s'était senti flotter hors de lui-même un moment. Désorienté. Perdu.

Ce soir, il était entré dans l'établissement avec sérénité, éclairé seulement par la lueur du soleil couchant et des lampadaires qui s'allumaient juste à cet instant en vacillant. Alors que si April les avait alertés, d'innombrables photographes se seraient précipités pour couvrir ce rendez-vous tant attendu.

Une blogueuse avait titré pour cette grande occasion :

LA STAR RENCONTRE SON ADORATRICE

Du coup, avant même l'arrivée d'April, il considérait déjà leur rendez-vous comme plus plaisant que la plupart de ceux qu'il avait vécus en tant qu'acteur du *Royaume des dieux*. Et quand enfin elle était entrée dans la pièce, son impression n'avait pas changé. C'était certes plus par obligation que par attachement réciproque qu'ils passaient la soirée ensemble, mais cela ne l'empêcherait pas d'apprécier sa compagnie, l'opportunité de l'admirer une heure ou deux de l'autre côté de la table, et l'aspect pratique du fait qu'elle habite près de San Francisco, où vivaient ses parents.

À la fin du dîner, ils prendraient quelques photos pour Twitter afin de clouer le bec aux rageux. Ensuite, quand leurs chemins se sépareraient, l'effervescence s'éteindrait peu à peu. Jusqu'à ce que leur repas en tête à tête ne soit plus qu'une note de bas de page de son article Wikipédia, souvenir de cette fois où il avait invité une fan à dîner, parce qu'il était certes benêt, mais qu'il avait un grand cœur.

C'était ainsi que tout le monde interprétait ce rendez-vous. Un geste plein d'empathie, et non l'expression d'une attirance réelle.

Ce n'était pas faux, évidemment. Mais la croyance si évidente que *bien entendu* il ne pouvait pas être attiré par April, que *bien entendu* il ne voulait pas vraiment sortir avec elle, lui appuyait quelque part où ça faisait mal et le hérissait un peu. Après ce torrent de haine de l'autre jour, il ne pouvait ignorer pour quelle raison tout le monde pensait ainsi. Et s'il le devinait, April aussi.

Et le pire : ils n'avaient pas vraiment raison.

Oui, il aurait invité n'importe quelle femme dans cette situation. Une sorcière vivant sous un pont. Une reine de beauté. N'importe qui.

Mais April n'était pas une sorcière. À la lumière des bougies, sa chevelure luisait comme du cuivre au-dessus de ses épaules, et ses yeux sombres brillaient d'un feu intérieur.

Son maquillage ne cachait pas ses taches de rousseur, et il avait bien du mal à résister à l'envie de les compter une par une, sur son nez et le haut de ses joues rondes. Il s'interdisait de dévorer des yeux son corps voluptueux souligné par sa robe verte.

Ces fans vociférants n'étaient pas seulement cruels. Ils étaient idiots, en plus.

April Whittier était une déesse. En tant que fils de Lawrence Caster et Debra Rupp, acteur incarnant un demi-dieu, il était bien placé pour le savoir.

Il la regarda contourner les autres tables pour revenir vers la leur. Sa démarche assurée allait bien avec son menton levé. Peut-être qu'elle ne remarquait pas les regards, le fait qu'au moins un téléphone était braqué sur elle. Peut-être qu'elle s'en fichait. Ou peut-être qu'elle faisait semblant.

Dans un cas comme dans l'autre, elle l'impressionnait, comme depuis le début de la soirée.

Elle était brillante. Drôle. Incisive. Pleine d'esprit pratique. Douée pour écouter, même lorsqu'il parlait trop, et trop franchement. Ses manières directes, son humour, sa façon intelligente et ouverte de s'exprimer, lui rappelaient Litsie, d'une certaine façon.

Non, la regarder et l'écouter pendant la suite du repas ne serait pas une épreuve trop pénible.

Quand elle se fut rassise, il lui adressa le sourire aimable qu'on avait pu admirer cinq ans de suite dans les photos annuelles du magazine *Les Hommes les plus sexy du monde*.

— Je t'ai parlé de mon boulot. Maintenant, dis-moi ce que tu fais, toi.

— Je suis géologue, répondit-elle avant de prendre une bonne bouchée de poulet.

Jusqu'où était-il prêt à jouer son rôle de neuneu ? Assez loin, songeait-il, car il devait rattraper ses boulettes précédentes.

— Alors tu fais des cartes ?

Il vit ses lèvres frémir, mais elle ne semblait pas rire de lui, plutôt *avec* lui. Et c'était bien plus inquiétant.

— Non, ça, ce sont les géographes. Ou plutôt, les cartographes.

D'un geste sûr, elle trancha quelques haricots verts pour pouvoir les manger proprement.

— Ça m'arrive de consulter des cartes pour le travail, mais je suis géologue. Pour le dire simplement, j'étudie les cailloux.

Il ne pouvait pas se vanter d'avoir déjà rencontré de géologue. De géographe non plus, ni même de cartographe, pour être honnête. Mais c'était avec une géologue qu'il était en train de dîner.

— Pourquoi les cailloux ?

Pour une fois, sa question directe reflétait vraiment sa curiosité.

Elle tapota son assiette du bout de sa fourchette tandis qu'elle réfléchissait.

— Je crois…

Dernier tintement de métal sur la porcelaine, et elle leva les yeux vers lui.

— J'étais petite lors du tremblement de terre de Northridge et, à un moment, j'ai vu une géologue à la télé. Tout ce qu'elle disait était fascinant. Brillant. J'étais préado, et elle m'a impressionnée à mort. Après ça, je me suis pas mal intéressée à la sismologie pendant un temps…

Il se souvenait d'avoir regardé les éditions spéciales après ce séisme, lui aussi, mais celui de Loma Prieta était un souvenir beaucoup plus viscéral.

La plupart des gens étaient déjà devant le match de base-ball. Mais lui était encore plongé dans ses cahiers, et malade de ressentiment. Soudain : un grondement menaçant qui venait de partout à la fois, un tintinnabulement de verre fragile et de porcelaine, les craquements de la maison qui bougeait sous leurs pieds, la ferveur dans la voix de sa mère alors qu'elle le poussait sous la table de la salle à manger où ils souffraient ensemble jour après jour. Sa mère essayant de former avec son corps un bouclier pour la tête de Marcus, le protégeant de son mieux pendant ces quelques secondes du mardi soir.

Pourquoi ce souvenir le blessait-il tant ?

— Ensuite, après un cours de géologie au lycée un été, j'ai compris que mon véritable amour n'était pas la sismologie, finalement, précisa-t-elle avant de reprendre une bouchée de poulet. J'avais donné mon cœur aux roches sédimentaires.

Eh bien, cette fois, il n'avait pas besoin de feindre l'ignorance. Il serait bien incapable de reconnaître une roche sédimentaire de… bah, de n'importe quel autre type de roche. D'ailleurs, il ne connaissait même pas les différents types de roches. Ses parents étaient nettement moins motivés pour enseigner les sciences que les langues et l'histoire.

Elle sourit, avec juste une étincelle coquine, et il remua sur son siège.

— Cette histoire d'amour dure toujours… et parfois, ça prend une tournure un peu sale. Littéralement.

Il se hâta de boire une gorgée d'eau. Puis il se racla la gorge avant de parler.

— D'accord. Et pourquoi tu aimes tellement les roches supplémentaires ?

Sans cesser un instant de sourire, elle baissa la tête, comme pour lui rendre hommage. Témoin de son travail remarquable pour jouer les neuneus. *Bien joué, Marcus*, pouvait-il presque l'entendre dire avec cette voix rauque et chaude qu'elle avait.

Bon sang, il était vraiment dans la merde.

Olaf vint remplir leurs verres d'eau, mais Marcus ne parvenait pas à détacher les yeux d'April.

Quand elle se pencha en avant, son décolleté…

Non, il n'allait pas regarder son décolleté. Non, non.

— J'aime les roches sédimentaires, expliqua-t-elle en s'abstenant de souligner le mot correct, à cause des histoires qu'elles racontent. Quand on les étudie d'assez près, si on a les bonnes connaissances et les bons outils, on est capable de regarder un endroit et de savoir qu'il s'y trouvait un lac autrefois. On peut deviner si une zone appartenait à un système fluvial, s'il y a eu un lahar après un événement volcanique, s'il y a eu un glissement de terrain, une coulée de boue…

Tout en parlant, elle traçait des figures dans l'air avec ses mains, mimant les mouvements de l'eau et de la terre, gracieux résumé visuel de la destruction, du chaos et du renouveau qui se révélaient à son observation.

Merde. Même avec ces gestes explicites, il ne comprenait pas la moitié de ce qu'elle disait, mais il était maintenant excité à mort. Les femmes passionnées, intelligentes et compétentes étaient sa tentation suprême, depuis toujours, même s'il savait – aussi sûr que deux et deux font quatre – qu'il ne serait jamais assez bien pour elles. Ni le faux Marcus, ni le vrai non plus.

Elle attendit qu'il croise son regard pour poursuivre. Chaque mot était précis. Chaque mot était comme une sirène, et il entendait ça dans tous les sens du terme.

— Il faut creuser, déclara-t-elle, les yeux rivés sur ceux de Marcus qui ne pouvait les détourner. Il faut vraiment chercher, mais il y a toujours une histoire qui t'attend. Qui veut que tu la voies. Que tu la racontes.

Sous ce regard limpide et calme, il avait envie de se cacher sous la table, comme autrefois. De se couvrir la tête pour se protéger alors que le sol se balançait et tressaillait sous ses pieds.

Puis elle reprit sa fourchette pour piquer une nouvelle bouchée de haricots verts, et il retrouva son souffle. Il parvint à oublier un instant que, sous ses pieds, la terre n'était en réalité ni solide ni immobile. Elle bougeait en permanence. Et, très loin sous la surface froide et placide, la pierre elle-même fondait et se transformait en feu liquide.

— Et puis, la géologie est la rencontre de différentes sciences, ajouta-t-elle d'un ton léger. Chimie, physique, biologie… tout ça entre en jeu. Ça aussi, ça me plaisait, parce que je m'intéresse à plein de choses.

Il ferait mieux de ne pas demander. D'ailleurs, il n'allait pas le faire.

Sauf que…

— Pourquoi tu as dit que l'histoire d'amour devenait parfois sale ?

Et voilà.

Il ferma les yeux, baissa la tête et souffla par le nez. Merde. Il n'avait pas besoin de nouvelles raisons de désirer April, alors qu'il avait déjà le ventre noué à chaque vision de sa peau blanche et de ses taches de rousseur baignées par la lumière des bougies. Alors que son métier, c'était de fouiller sous la surface pour découvrir ce qu'il y avait en dessous, et que lui, il voulait rester caché. Au moins pour le moment.

— Jusqu'ici, j'ai passé une grande partie de mon temps de travail à manipuler de la terre. À analyser les traces de pollution sur d'anciens sites industriels et coordonner les opérations de décontamination, dans la mesure où elles sont possibles.

Il rouvrit les yeux. Elle raclait les dernières miettes de polenta sur son assiette.

— Ces dernières semaines, j'étais sur le site d'une ancienne usine de pesticides, et le sol était pollué par des métaux.

Eh bien, voilà qui était nettement moins sexy que ce qu'il avait à la fois attendu et redouté.

Malgré son ton détaché, cependant, son travail semblait… dangereux. Technique. Physique. Et ça le prenait par surprise.

Fasciné, il posa les coudes sur la table.

— Que va devenir le terrain, une fois nettoyé ?

Elle haussa une épaule charnue.

— C'est le propriétaire qui décidera. Ça peut aussi bien se transformer en parking qu'en lotissement.

Il ne comprenait pas. Vraiment. Comment une telle mutation était-elle possible ? Comment un environnement aussi empoisonné pouvait-il accueillir des familles ? Des maisons ?

— Mais ce n'est pas à moi d'en décider, ni même au consultant qui reprend le site la semaine prochaine.

Il vit sa gorge diaphane bouger alors qu'elle buvait de l'eau, et dut déglutir lui aussi.

— Soit le propriétaire consacre l'énorme quantité de temps, d'efforts et d'argent nécessaire pour excaver tout ce qui est pollué et aller le jeter ailleurs, soit non. La plupart du temps, ils n'en ont pas les moyens.

Il tripota l'ourlet de sa manche de veste.

— Et, dans ce cas-là, il se passe quoi ?

Elle fit un grand geste du bras pour mimer quelque chose qu'on laisserait tomber par au-dessus.

— Alors, ils demandent à l'entreprise de daller le terrain. De déposer une couche de terre propre par-dessus la terre contaminée. C'est moins cher. Et plus facile.

— Mais...

Il se doutait bien qu'il y avait un loup, malgré son ignorance crasse de la géologie.

— Dans ce cas-là, le terrain ne pourra jamais être utilisé pour une activité qui impliquerait de creuser sous la surface. Les possibilités seront donc limitées à tout jamais.

Ce n'était pas un jugement de sa part, ni une condamnation. Elle énonçait juste un fait.

— Sauf bien sûr si le propriétaire actuel ou futur prend une autre décision.

La poitrine oppressée, il se força à inspirer lentement. Il exhala ensuite le temps de plusieurs battements de cœur affolés.

Olaf revint débarrasser leurs assiettes, retirer les miettes de la table, et remplir encore une fois leurs verres d'eau. Puis il s'éloigna, et ils attendirent le dessert en silence.

— Tu avais peur que je m'ennuie à pleurer en t'écoutant parler de ton travail, dit-elle enfin. Mais c'est exactement le contraire.

Elle le regardait. Elle avait une chevelure soyeuse comme de l'or rose, la peau émaillée de constellations, sa bouche sensuelle retroussée en un sourire. Cette expression désabusée et sublime le saisit et l'entraîna vers des endroits qu'il aurait préféré fuir.

Il aurait voulu prendre une autre décision, pourtant. Pour de vrai.

— J'aimerais qu'on se revoie, bredouilla-t-il.

Les mots étaient sortis en se bousculant, soudains comme les glissements de terrain qu'elle avait évoqués plus tôt. Irréfléchis. Inexorables.

— Pour dîner, si tu veux, ou autre chose. Un musée d'art, ou de science, ou…

Qu'est-ce qui pourrait bien intéresser une femme comme elle ?

Qu'est-ce qui, *en lui*, pourrait bien intéresser une femme comme elle ?

Pourrait-il garder le contrôle de son récit tout en sortant avec elle ?

— Ou encore mieux, on pourrait aller dans un aquaparc, proposa-t-il avec un clin d'œil et un sourire béat. Je suis toujours content d'exhiber ma musculature durement acquise.

Pour finir, si tout se passait bien, s'il estimait pouvoir lui faire confiance, il la laisserait explorer sous la surface.

En attendant, il ferait de son mieux pour la divertir à la façon d'un Golden Retriever Bien Propret. Ça pouvait marcher. Ça *allait* marcher.

Pour la première fois depuis leur rencontre, April sembla désarçonnée.

Pétrifiée, bouche bée et les yeux écarquillés. Elle ne fit pas un son, pas un seul, avant qu'Olaf déboule au pire moment pour servir le dessert.

Il disparut en silence, et ils se retrouvèrent en tête à tête une fois de plus.

Elle se mordait les lèvres, le regard baissé, et Marcus comprit. Sans qu'elle ait besoin de prononcer un mot. Il attendit tout de même, préparé à encaisser le choc.

La réponse à la question était aussi évidente pour elle que pour lui, manifestement.

Comment pourrait-il intéresser une femme comme elle ? Il en était incapable. La preuve.

— Je suis navrée, Marcus, dit-elle d'une voix basse et réticente. Mais je ne crois pas que ce soit une très bonne idée.

Et voilà. Le coup dans la poitrine auquel il s'était attendu.

— D'accord.

Il n'ajouta rien de plus. La douleur dans ses côtes l'empêchait de parler.

— En fait, c'est que…, hésita-t-elle. Ça ne marcherait pas. Dans ces circonstances.

Il n'avait pas demandé d'explication, mais elle semblait décidée à lui en donner une quand même. Il espérait seulement qu'elle serait assez gentille pour arrondir les angles, plutôt que de décréter tout de go : « Tu es trop superficiel et stupide pour moi. »

Et comment pouvait-il lui reprocher de penser ainsi, alors qu'elle venait de passer presque tout le repas en compagnie de son personnage public ?

— Je, euh… j'écris des fanfics du *Royaume des dieux*, déclara-t-elle, les joues soudain rosies. Dont certaines sont… destinées à un public averti.

À présent, c'était son tour de se retrouver pétrifié de stupeur au point de rester coi. Elle écrivait des fanfics ? Des fanfics *érotiques* ? Et, à en croire son pseudo Twitter et la photo qu'elle avait postée, son OTP devait être…

— J'écris presque uniquement au sujet de Lavinie. Et Énée. Donc tu comprends bien que ce serait un peu bizarre de sortir avec toi, après avoir consacré des centaines de milliers de mots à toi… enfin, pas vraiment *toi*, mais un Énée qui te *ressemble*. Bref, après avoir consacré des centaines de milliers de mots à un Énée qui te ressemble, en train de tomber amoureux et de, euh…

Baiser.

Le mot qu'elle cherchait était à n'en pas douter « baiser ».

— … *avoir des relations intimes* avec Lavinie, conclut-elle.

Des centaines de milliers de mots au sujet d'Énée et de Lavinie. Ce qui signifiait qu'elle n'était pas novice, loin de là. Non, elle devait poster depuis longtemps. Et il était prêt à parier que ses fanfics étaient aussi intelligentes et incisives qu'elle, ce qui impliquait que la communauté Évinie avait dû la remarquer sur AO3.

Il avait presque certainement lu son travail, donc.

Elle avait peut-être même… non. Il le saurait si elle était sur le forum Évinie. Forcément.

Pourtant, il fallait qu'il pose la question. Pour être certain.

— Ça m'est déjà arrivé de lire des fanfictions, avança-t-il lentement. Juste par curiosité, tu postes tes histoires sous quel nom ?

Elle se mordait à nouveau la lèvre inférieure, et sa rougeur avait fait disparaître ses taches de rousseur. Elle avait les doigts noués sur la nappe.

Elle desserra les dents et exhala.

Puis, avec une réticence évidente, elle finit par répondre à sa question.

—Je suis Lavinie Is The Star. Ne le dis à personne et, *surtout*, ne lis pas mes textes.

Messages privés du forum Évinie, un an plus tôt

Lavinie Is The Star : Quoi qu'en dise ÉvinieOTP, je suis fermement convaincue qu'on ne peut pas qualifier une fanfic de « combustion lente » s'ils niquent dans le premier chapitre. C'est une violation de tous les principes connus de la combustion lente, et elle est punie de diverses pénalités, y compris – mais ce n'est qu'un aspect parmi d'autres – être regardée de travers par moi-même.

Livres:ÉnéeNenFeraitRien : J'étais un peu surpris aussi. Pour être honnête, cela dit, c'est un univers alternatif avec mariage arrangé. Ils sont bien obligés de coucher ensemble pour assurer la succession. La combustion lente peut se référer aux liens émotionnels qu'ils créent, peut-être ?

Lavinie Is The Star : Ils ont niqué et ils ont apprécié. Si c'était une partie de jambes en l'air de pure forme, seulement vaguement agréable de part et d'autre, OK, je pourrais passer par-dessus. Mais si ça implique des orgasmes multiples et simultanés : NIET.

Livres:ÉnéeNenFeraitRien : En fait, je n'ai pas regardé les scènes d'amour de près. Je dois donc m'incliner devant ta sagesse supérieure.

Lavinie Is The Star : MERCI. À présent, parlons de choses sérieuses.

Lavinie Is The Star : À propos de combustion lente : tu te sens mieux ? La fièvre est retombée ?

Livres:ÉnéeNenFeraitRien : Oui. Merci de te soucier de moi, Litsie. J

Chapitre 7

Les fanfics érotiques étaient un prétexte, évidemment. Certes, April ne souhaitait pas que Marcus les lise ou en parle à ses deux millions d'abonnés avant qu'elle se soit expliquée auprès de la communauté Évinie, mais elles ne constituaient pas pour autant un obstacle insurmontable à un second rendez-vous.

Ce qui en était un, en revanche, c'était l'insistance de Marcus à lui jouer son numéro.

Parfois, sur certains sites, on utilisait une foreuse à poussée directe au lieu d'une foreuse rotative pour collecter des échantillons de sol. C'était plus facile. Plus propre, aussi.

Les mauvais côtés : on était souvent bloqué à une certaine profondeur avec ce type de machine.

Ça leur était arrivé de devoir s'arrêter à peine un mètre sous la surface, parce qu'ils ne cessaient d'être bloqués. Pour finir, ils avaient dû changer de foreuse plutôt que de continuer à piétiner sans résultat.

Son dîner avec Marcus ne lui rappelait que trop cette sensation.

La conversation sur *Le Royaume des dieux* l'avait amenée à un mètre sous terre. Puis elle avait été bloquée. À de multiples reprises.

S'il ne voulait pas la laisser regarder sous sa très jolie surface, elle n'insisterait pas. C'était aussi simple que ça. Mais, comme la surface l'intéressait nettement moins que ce qui se cachait dessous, elle n'allait pas se jeter au-devant de la frustration en acceptant un deuxième rendez-vous. Et tant pis pour le violent désir qu'elle ressentait subitement à son endroit. Aussi choquée qu'elle soit de songer que, manifestement, Marcus la désire *elle*. Au moins suffisamment pour proposer de se revoir.

Jamais elle n'avait vécu un dîner aussi bizarre.

Elle avait mangé plusieurs bouchées de sa pannacotta citron-lavande – délicieuse, et pas du tout un goût de savon – avant de se rendre compte que ça faisait un moment qu'il ne disait plus rien. Lorsqu'elle leva les yeux, il la dévisageait d'un air…

Hagard. Vide.

Puis, en une fraction de seconde, c'était passé. Son insupportable sourire niais était de retour.

— Tu ne veux vraiment pas que je lise tes textes ?

Elle réfléchit un moment.

— Bon, je suppose que tu peux… Mais, comme je te le disais, ça va peut-être te faire bizarre.

Ça, pour être bizarre…

— Si jamais tu décides de le faire, reprit-elle, vérifie la signalétique. Si tu ne veux pas rougir plus que nécessaire, évite ce qui est marqué *E* pour *Explicite*.

Il avait à présent l'air particulièrement intrigué par sa pannacotta. D'un geste lent et précautionneux, il attaqua la crème et en tira une cuillérée parfaite.

— Peut-être que je lirai un jour une de tes histoires. Je peux toujours sauter les passages gênants.

Impossible qu'il aille sur AO3 pour chercher ses textes. Pourtant…

— *Pretty Man*, mon texte avec un univers alternatif dans le monde de la prostitution…, soupira-t-elle en grimaçant. Ouais, celle-là, évite-la vraiment. Sinon, tu vas devoir tout sauter, du premier au dernier mot.

C'était l'une de ses premières fanfics, écrite avant son partenariat avec LENFR, et elle n'en était pas particulièrement fière.

Marcus leva les yeux après une nouvelle incursion délicate de sa cuillère dans son dessert. Ses joues lisses – il avait dû se raser juste avant de venir au restaurant – se creusèrent d'un sourire soudain.

— J'imagine que c'est moi qui suis le prostitué ? demanda-t-il, les sourcils haussés.

— Oui, enfin, *Énée*.

— Mais il est beau. D'où le titre, souligna-t-il en prenant le temps de savourer sa bouchée de crème.

— Eh bien, oui.

C'était évident.

— Et comme tu as dit qu'Énée me ressemble dans tes fanfics, ça veut dire…

— Oui, oui ! répliqua-t-elle en levant les yeux au ciel. Tu es très beau, Marcus. Et tu le sais très bien.

Il cessa aussitôt de sourire, et elle se demanda pourquoi des ombres semblaient naître dans ses yeux bleu-gris qui s'étaient faits sérieux, intenses, si doux qu'elle sentit quelque chose se tordre dans sa poitrine. Pas son cœur. Non, certainement pas.

— Dans ton histoire… Il est seulement beau ?

Il jouait avec sa cuillère, les yeux rivés sur ses doigts qui la faisaient tournoyer.

Ah. Voilà. Une nouvelle couche sous cette surface étincelante.

Et, merde, si, c'était bien son cœur qui se serrait pour lui. Mais juste un peu.

— Il est très beau. Magnifique.

D'un geste en apparence dépourvu de but, elle cogna sa cuillère contre son ramequin de porcelaine jusqu'à ce qu'il lève à nouveau ses yeux tristes vers elle. Alors elle lui révéla le reste.

— Il est aussi sous-estimé, honorable et très intelligent. Ça ne m'intéresse pas d'écrire à propos d'un homme qui n'a rien d'autre à offrir que sa belle gueule et son charme. Ce qui me fascine, ce sont les profondeurs cachées.

Et voilà. Une dernière chance.

Et s'il était aussi futé qu'elle commençait à le soupçonner, il en prendrait conscience.

Marcus la regarda en clignant des yeux, des rides entre les sourcils. Mais il n'ajouta pas un mot, et elle n'avait pas l'intention de le pousser contre sa volonté.

Elle ne put toutefois résister à une dernière tentative.

— Tu n'as jamais eu envie d'écrire une fanfic du genre *fix-it* toi aussi ? Une histoire où tu pourrais rectifier ce qui a mal tourné dans la série télé ? Quand la relation de Didon et d'Énée est partie en cacahouète, peut-être ?

La désinvolture de sa remarque frisait la grossièreté, et elle en était désolée, mais elle voulait vraiment entendre sa réponse. Voir un peu plus de cet homme sous la pression.

Il marmonna quelque chose qui ressemblait fort à « Si tu savais ».

— Je…

Il toussota avant de reprendre plus fort :

— Je… euh… suis enchanté du travail acharné que fournissent nos talentueux scénaristes, évidemment. Et, euh, c'est l'histoire qu'on nous a donnée. C'est le script. C'est parfaitement cohérent.

Avec son expression presque douloureuse, son débit haché, on se serait cru dans une improvisation de scène de prise d'otage. Ironiquement, c'était la première fois qu'elle le voyait jouer aussi mal. Même son ignorance feinte du terme *géologie* était plus réussie (bien qu'hilarante).

Très amusée, elle lui sourit.

— Il n'y a pas d'autre scénario, pas d'univers alternatif, alors… Oui, je suis ravi de l'histoire d'Énée. Complètement. Et de celle de Didon aussi, conclut-il en écartant les mains.

Oui. Très convaincant. Il allait devoir s'entraîner encore quelques fois avant le début de la promo pour la sixième saison !

Mais…

Elle sourit encore davantage.

Bon sang, il était drôlement futé. Toutes ces années à jouer au Monsieur « Très beau tant qu'il n'ouvre pas la bouche » lui avaient permis d'éviter d'avoir à discuter des scénarios et des arcs narratifs, de la façon dont la série s'écartait des livres d'E. Wade. Au lieu de ça, il pouvait se concentrer sur ses programmes d'exercices physiques et de beauté, des sujets qui ne risquaient pas de lui attirer d'ennuis avec ses directeurs de série ou les autres acteurs.

Elle se pencha vers lui d'un air conspirateur, appuyée sur les coudes.

— Il n'y a pas d'univers alternatif, c'est vrai.

Cette fois, elle tapota sa cuillère sur le ramequin de Marcus, puis lui adressa un clin d'œil.

— Jusqu'à ce que tu écrives des fanfics et que tu en inventes un. Comme moi.

Contrairement à son attente, il ne sourit pas.

Au contraire. Tête penchée, il la contemplait et serrait les lèvres. Lui aussi appuyé sur ses coudes, il répondit d'une voix haletante, à peine audible malgré leur proximité physique.

— Quand j'étais petit, je…

Il se tut, la gorge nouée.

— Je n'écrivais pas très bien. Et je n'étais pas non plus un grand lecteur, à vrai dire.

Ça… elle ne l'avait encore jamais entendu. Dans aucune interview. Ni aucun article de blog.

— J'aimais les histoires. J'adorais, même, corrigea-t-il avec un mouvement de tête impatient. Bien sûr. Je ne serais pas devenu acteur autrement. Mais…

Il était si près qu'elle décelait sa fragrance subtile à chaque inspiration. Mélange d'herbe coupée et de musc.

Si près qu'elle pouvait mesurer la longueur exacte de ses cils, voir comment ils s'écartaient en éventail et prenaient une teinte dorée à leur extrémité.

Si près qu'elle ne pouvait ignorer la sincérité crue de ses mots, de ses yeux peinés.

Elle s'abstint de bouger, comme une présence stable alors qu'il semblait lutter pour trouver ses mots.

— Mais…

Tout doux. Tout doux. Comme une main invisible qui le retiendrait alors qu'il vacillait. Surtout, ne pas le pousser en avant.

Il se massa les tempes, puis souffla.

— Dès le début, il y a eu des problèmes. J'ai mis longtemps avant de commencer à parler. Et quand je suis entré à l'école, je n'arrêtais pas, euh… je n'arrêtais pas d'inverser les lettres et les chiffres.

Oh. *Oh.*

Elle savait maintenant où cela les conduisait, mais il fallait respecter son rythme. Sa façon.

— D'accord.

— Mes parents pensaient que c'était la faute des enseignants, alors ils ont décidé que ma mère me ferait l'école à la maison. Elle était prof dans un lycée ultra-chic, alors elle était parfaitement qualifiée.

Son petit rire ne dénotait pas la moindre trace d'amusement.

— On n'a pas tardé à comprendre tous les trois que le problème ne venait pas des profs. Le problème, c'était moi.

Elle ne pouvait pas le laisser dire ça !

— Marcus, être d…

Il ne parut pas l'entendre.

— Elle pouvait passer des heures à me faire lire, à me faire écrire, me préparer des tonnes de listes de mots, je restais toujours nul en orthographe. J'avais une écriture atroce. Je n'étais pas capable d'écrire ni de lire vite, ou de prononcer correctement, et je ne comprenais pas toujours ce que je lisais.

Putain... Cette interview au début de sa carrière, celle qui avait scellé sa réputation d'être bien gentil mais pas très malin, à présent elle semblait...

— Mes parents pensaient que j'étais paresseux. Que je faisais de la provoc.

Il croisa son regard, et oui, ses yeux brillaient d'une lueur farouche. Ils semblaient la mettre au défi de le juger, de corroborer la condamnation de sa famille.

— Ce n'est que lorsque j'ai abandonné la fac et que je me suis installé à Los Angeles que j'ai découvert que mon problème avait un nom. Un autre nom que « stupidité », quoi.

Le menton arrogant, sans la moindre trace de sourire pour adoucir cette célèbre bouche, il attendit. Sachant, d'une certaine façon, qu'il n'avait pas besoin d'employer le mot lui-même.

— Tu es dyslexique, chuchota-t-elle, soucieuse de sa vie privée. Marcus, je ne savais pas...

Il resta de marbre.

— Personne ne sait, à part Alex.

La voyant froncer les sourcils, il précisa :

— Alex Woodroe. Cupidon. Mon meilleur ami. C'est lui qui a compris ce que j'avais, parce qu'une de ses ex était dyslexique aussi. Mais elle était diagnostiquée, contrairement à moi.

Il y avait tant d'amertume dans cette dernière phrase qu'April en eut un goût désagréable dans la bouche, et repoussa sa pannacotta sur le côté. Pas la peine qu'elle risque de laisser ses cheveux tremper dans la crème, et elle n'avait plus faim. Ses révélations lui avaient coupé l'appétit.

Marcus avait les poings si serrés que ses phalanges étaient presque aussi blanches que la nappe. Elle les effleura du doigt, et vit battre une veine sur sa tempe.

— Marcus…

Comme il ne s'était pas écarté à son contact, elle lui caressa doucement le dos de la main du bout du doigt.

— L'une des personnes les plus intelligentes et douées que je connaisse est dyslexique. Et c'est un écrivain incroyable, en plus.

Lorsqu'elle avait commencé à lire et corriger ses fanfics, LENFR lui avait avoué en message privé qu'il était dyslexique, tout en s'excusant profusément pour les éventuelles fautes d'orthographe.

J'ai un logiciel de dictée, mais il peut confondre les homonymes. Je suis désolé. Je crains de ne pas t'être d'une grande aide pour relire tes textes.

L'orthographe, j'en fais mon affaire. Moi j'ai besoin d'aide pour construire l'intrigue et m'assurer que je reste fidèle aux personnages, même dans un univers alternatif moderne. La profondeur émotionnelle, aussi. Toutes tes qualités. Si tu pouvais m'aider là-dessus, je te serais très reconnaissante.

Il avait mis longtemps à répondre.

Oui, ça je peux le faire.

— Il y a des moyens de contourner la difficulté, déclara-t-elle lorsque Marcus resta silencieux et immobile sous son regard, la main sous la sienne. Je suis sûre que tu t'en es déjà aperçu.

Elle retira son doigt, et il sursauta avant de s'agiter un peu sur sa chaise, mal à l'aise.

Elle en fit de même : elle avait encore la peau brûlante là où elle avait touché Marcus, et se sentait coupable d'avoir eu ce geste tout en pensant à LENFR.

— Oui. Tout un tas.

Il toussota avant de demander :

— Cette personne que tu connais, qui est dyslexique. Le gars intelligent et talentueux. Il écrit aussi des fanfictions ?

— Oui, c'est comme ça que je sais qu'il écrit si bien, expliqua-t-elle sans pouvoir réprimer un sourire.

— Il signe de quel nom ? Pour ses histoires, je veux dire. Si jamais je regarde ton site de fanfictions…

Il prit un demi-ovale parfait de crème et sembla une fois encore entièrement absorbé par le contenu de sa cuillère.

Était-ce une question en l'air ? Un test pour savoir si elle était discrète ?

Dans un cas comme dans l'autre, elle refusait de répondre.

La serviette en lin était lisse et fraîche sous ses doigts alors qu'elle la ramassait sur ses genoux, la pliait et la déposait à côté de son ramequin encore à moitié plein de pannacotta.

C'était un geste définitif, qui soulignait son ton ferme.

— Je suis navrée. Je ne peux pas te le dire sans sa permission.

— Ah. Je comprends, dit-il après une dernière cuillérée de dessert.

Il poussa lui aussi son ramequin de côté.

Olaf apparut comme par enchantement pour débarrasser, remplir les verres d'eau, et proposer du café ou un digestif. Ils déclinèrent tous deux, et le serveur disparut à nouveau derrière les superbes boiseries. Quelques secondes plus tard, elle fut prise d'un bâillement fort peu discret.

Marcus éclata de rire.

— Heureusement que la soirée touche à sa fin ! s'écria-t-il en agitant l'index comme pour la gronder. Ne reste pas trop tard devant ton ordinateur, hein ? Après une journée à nettoyer, tu as besoin de te reposer.

Elle secoua la tête, exaspérée et amusée.

Ainsi, il se souvenait des messages privés échangés sur Twitter, où elle avait brièvement évoqué ses projets pour le week-end. Sans surprise…

Son regard avait pris une nouvelle chaleur, une tendresse à laquelle elle ne s'attendait pas. Pas après un unique dîner ensemble, où il était resté sur ses gardes. Du moins, jusqu'à quelques minutes auparavant.

S'il lui proposait à nouveau de se revoir, après cette conversation…

Eh bien, ce ne fut pas le cas. Il préféra demander l'addition.

Quand la note arriva, il ne voulut pas lui laisser voir le montant, encore moins payer sa moitié.

— Je peux mettre le pourboire, au moins, protesta-t-elle.

Sourcils froncés pour toute réponse, il la cloua du regard.

Je joue dans la série télé la plus populaire du monde. J'ai une villa à plusieurs millions de dollars à LA. D'après les magazines de mode, je paie quatre cents dollars pour me faire couper les cheveux, et j'utilise sept produits différents chaque jour pour me coiffer, dont chacun coûte plus que ton salaire horaire.

OK, peut-être qu'elle surinterprétait un peu, mais quand même. Il avait des sourcils drôlement expressifs. Pas étonnant qu'il puisse s'offrir cette maison nichée dans les collines de Hollywood. À haute voix, il se contenta pourtant de quelques mots :

— Je crois que j'ai les moyens de régler le dîner.

Elle n'argumenta pas davantage. Elle était si épuisée maintenant qu'elle avait les épaules voûtées, les jambes transformées en poteaux douloureux, et ne pouvait s'empêcher de ressentir une impression de…

Redescente, peut-être.

C'était fini. Ce qui s'était passé entre eux ce soir, ce serait terminé dès qu'il aurait rangé le reçu de carte bleue et se serait levé pour partir.

Mais, après avoir signé et refermé le petit porte-cartes de cuir, il ne se leva pas. Il prit une gorgée d'eau, ses iris bleu-gris contemplant les cheveux d'April, si elle jugeait correctement l'angle de son regard. Ses joues. Ses bras nus.

Alors seulement il croisa ses yeux. Il gonfla la poitrine d'une profonde inhalation et tendit le bras vers elle, puis posa le bout des doigts sur le poignet d'April, qui tenta de réprimer un frisson.

— Si tu ne veux pas qu'on se revoie, pas de problème, et je te promets de ne pas t'embêter davantage. On peut faire quelques selfies avant de partir, les poster ce soir ou demain, et reprendre chacun notre chemin.

Sa mâchoire ciselée était de nouveau tendue, mais il parvenait à garder une voix calme. Déterminée.

— Ceci étant posé, il y a quelque chose que je dois m'assurer que tu as compris avant qu'on parte.

De sa main libre, elle prit son verre d'eau à tâtons et but pour apaiser la sécheresse de sa gorge avant de répondre.

— D'accord. De quoi s'agit-il ?

Qu'il en soit conscient ou pas, il bougeait le bout des doigts sur sa peau. C'était un aller-retour d'un millimètre seulement, la caresse la plus subtile qu'elle ait jamais reçue, et ce contact la brûlait.

— Tes fanfictions, tout ce que tu as écrit…, dit-il en cessant de bouger les doigts. C'est vrai que ça peut créer un petit malaise, que c'est un peu compliqué, mais ça ne me dérange pas. Ça ne m'empêche pas d'avoir envie de te revoir. Si c'était ta raison principale pour décliner, je voulais que tu le saches.

« Si c'était ta raison principale. »

Il savait qu'elle avait bobardé pour lui éviter de perdre la face, et ça n'avait rien d'étonnant. Elle n'était pas très douée pour mentir. Depuis toujours. Et, contrairement à lui, elle n'avait pas de talent naturel pour le jeu d'acteur.

Il se redressa sur sa chaise et retira les doigts du poignet d'April. Elle faillit tendre le bras pour les rattraper.

— Si tu as d'autres raisons, toutefois, je le comprends.

Il prit alors une voix étrangement solennelle. Formelle, comme si leur dîner ensemble avait plus de sens pour lui qu'elle n'en avait eu conscience.

— Et si c'est notre dernière rencontre, sache que c'était un honneur de passer la soirée en ta compagnie, April Whittier. Aussi connue sous le nom de Lavinie Is The Star.

Elle lui avait donné une dernière chance, et il l'avait saisie.

À présent, c'était son tour.

Elle n'hésiterait pas un moment de plus.

— Revoyons-nous alors. Tu es libre après-demain ?

Ce sourire ! Bordel, ce sourire…

Il chassait les ombres du restaurant peu éclairé, illuminait ses yeux, et la rendait euphorique et étourdie, légère comme de l'hélium. Il lui reprit la main et la ramena en douceur sur la terre ferme.

— Oui, dit-il en mêlant leurs doigts. Oui. Pour toi, je suis libre.

Signalétique : Explicite
Fandoms : *Royaume des dieux*, E. Wade – *Royaume des dieux* (série télé)
Relations : Énée/Lavinie, Lavinie & Turnus, Énée & Vénus, Énée & Jupiter
Tags additionnels : Univers alternatif : moderne, Travail du sexe, Contenu sexuel explicite, Langage vulgaire, Porno avec sentiments, Souffrance, Guimauve et sexe, Blessure/Réconfort, L'Auteure ne regrette rien, sauf peut-être tous ses choix de vie précédents qui ont conduit à cette fanfic, difficile à dire en fait, mais préparez-vous pour un sexathon
Stats : Mots : 12 815, Chapitres : 4/4, Commentaires : 102, Kudos : 227, Favoris : 34

Pretty Man

Lavinie Is The Star

Résumé :

Quand Énée arrive dans le Latium sur ordre de sa mère et de son grand-père, il se retrouve désorienté, pétri de culpabilité, et manquant de ressources pour survivre. À moins, bien sûr, de recourir à celle de ses ressources qu'il apprécie le moins : son éblouissante beauté.

Par chance, sa première cliente sexuelle est Lavinie. Il n'aura besoin de personne d'autre.

Notes :

Ce n'est pas du tout réaliste en ce qui concerne le travail du sexe, j'en suis sûre, parce que je voulais que ça reste guimauve. En revanche, j'ai cherché à étudier comment deux personnes définies par leurs apparences de deux manières radicalement opposées pouvaient trouver le réconfort, l'amour et l'estime de soi grâce au sexe.

Énée voit la femme en premier. Et elle est sans l'ombre d'un doute en train de le chercher, lui ou quelqu'un comme lui, c'est une certitude. Aucune femme ne viendrait dans cette rue à cette heure tardive en quête d'autre chose que ce qu'il peut offrir : du sexe. Tarifé.

Ce tarif, il ne l'a pas encore décidé. Pour sa première nuit, il a choisi d'y aller au feeling.

En découvrant son visage à la lueur d'un réverbère, pâle, tordu et ingrat, il sait : elle paiera plein pot. Ce rapport devrait suffire pour lui assurer une nuit d'hôtel, au moins. Et, en échange de l'abri, il lui offrira la meilleure partie de jambes en l'air de sa vie.

— Plus besoin de chercher, chérie, lance-t-il depuis l'ombre. Je suis là.

Sauf que, lorsqu'elle le voit à son tour, elle rit et s'éloigne.

— Trop beau pour moi ! assène-t-elle par-dessus son épaule, et il se surprend à être étonnamment indigné.

— Excuse-moi ! grommelle-t-il.

— Tu es tout excusé, répond-elle sans se retourner.

Et, sans vraiment comprendre pourquoi, il s'aperçoit qu'il a envie de la faire changer d'avis.

Chapitre 8

Ce soir-là, après s'être douchée et avoir enfilé son pyjama, April ouvrit son ordinateur portable pour faire un tour sur Internet. Il était très probable qu'elle aurait reçu plusieurs nouveaux messages privés de LENFR, mais elle ne se sentait pas encore prête à les affronter, et encore moins les réactions sur Twitter aux photos du dîner qui avaient sans doute déjà été postées.

AO3, donc, pour voir l'accueil réservé à sa dernière histoire.

Elle avait posté son texte court tard la veille, en réponse à une initiative du forum Évinie, la Semaine où Énée bande de colère.

Sa contribution avait récolté un nombre réjouissant de kudos et de commentaires. Cet encouragement était bienvenu, car c'était l'une de ses rares incursions dans le domaine de la fiction cohérente avec les livres. Elle avait l'habitude des univers alternatifs modernes qu'elle créait elle-même.

Dans son histoire, Lavinie défiait l'un des soldats de son ex devant la maison qu'elle partageait avec Énée, un soldat qui lui avait craché dessus parce qu'elle avait rompu ses fiançailles avec Turnus, son chef désormais décédé, et l'avait menacée de bien pire. Au lieu d'appeler son époux à l'aide, elle avait chassé l'intrus avec sa propre épée. Quand Énée avait entendu parler de l'incident, il s'était rué vers sa femme pleine de ressentiment, cette femme au visage ingrat. Il était dans une rage inexplicable devant le peu de cas qu'elle faisait de sa sécurité, et… Oui. Leur mariage de convenance, jusqu'ici platonique, prenait un tour subitement beaucoup moins platonique, et la convenance prenait un autre sens, celui d'une satisfaction sexuelle réciproque.

April avait d'abord eu l'intention d'écrire un univers alternatif moderne et guimauve, comme toujours. Mais d'une certaine façon, avant même leur rendez-vous, représenter un héros ayant les traits de Marcus Caster-Rupp qui rencontre, tombe amoureux, et couche avec une femme – même si elle ressemble à Lavinie et non à April – dans le monde moderne lui avait soudain semblé… *étrange*. Elle aurait eu l'impression d'exploiter Marcus, alors qu'autrefois l'idée ne l'aurait même pas effleurée.

Pendant qu'elle écrivait ce texte, elle s'était imaginé que retourner aux univers alternatifs modernes lui prendrait peut-être un mois ou deux après leur dîner. Le temps que les images de l'acteur lui-même cessent d'interférer avec le personnage qu'il joue. Jusqu'à ce qu'elle parvienne de nouveau à séparer les deux efficacement dans son esprit. Jusqu'à ce qu'il ne lui apparaisse plus comme une vraie personne, mais simplement comme le vaisseau dans lequel son héros préféré vivait et aimait.

À présent, elle se demandait si elle n'allait pas devoir changer définitivement d'OTP. Passer à Cyprien et Cassie, peut-être, coincés pour toujours sur cette île maudite et consumés d'amour l'un pour l'autre. Ou Cupidon et Psyché, déchirés par les machinations de Vénus et Jupiter.

Mais elle n'allait pas s'éjecter de son fandom de prédilection sans une bonne raison. Réfléchir à ses autres possibilités pouvait attendre après le deuxième rendez-vous, au moins.

Désœuvrée, elle regarda les autres histoires publiées sous le tag de la Semaine où Énée bande de colère, et ne put réprimer un éclat de rire. Presque tout le monde s'était lâché avec des univers alternatifs modernes. Elle aurait dû s'en douter.

Ses récentes activités en ligne avaient donné lieu à d'innombrables fanfics. Toutes les colériques érections d'Énée semblaient lui arriver en présence d'une Lavinie qu'il avait rencontrée sur Twitter, une Lavinie qu'il avait sauvée de cyberharceleurs, une Lavinie dont il était tombé amoureux et pour qui il brûlait de désir depuis un dîner qui devait changer leur destin à tout jamais.

Dans ces histoires, il envoyait promener des hordes de paparazzis impolis, des dizaines de Didon jalouses, et des bataillons de fans ricanants, puis, le sang encore bouillonnant de rage, il découvrait Lavinie à la lumière des bougies, les yeux écarquillés, bouche bée de choc et de confusion et de…

Bon. L'Énée de Virgile avait certes vu s'ouvrir les portes du domaine des dieux après sa mort grâce à son intrépide piété, mais dans les fanfics de la semaine, Énée atteignait des hauteurs tumescentes pour de tout autres raisons.

Lire ces fanfics était érotique. Indéniablement. Et aussi gênant, ce qui était nouveau. À un moment, elle dut se mettre à sauter les scènes de sexe au lieu de prendre le temps de les savourer comme elle le faisait d'habitude, parce que dans sa tête, c'était Marcus. Marcus sur la page. Marcus qui attisait son désir.

Après avoir déposé des kudos et des commentaires, elle était pressée de quitter AO3 pour se rendre sur le forum Évinie. Et, une fois encore, elle ignora les messages privés de LENFR, repoussant ce qu'elle devait lui dire.

Pas beaucoup d'activité récente dans les discussions publiques. Ils ne semblaient pas encore avoir repéré de photo de son dîner avec Marcus sur Twitter ou Instagram, mais ce n'était qu'une question de temps. Et, à en juger par la réaction du forum à l'épisode de l'invitation elle-même, il valait mieux qu'elle se prépare à une émeute.

Mercredi soir, Mme Pieux Énée avait créé un fil qu'elle venait d'intituler BORDEL, MC-R A INVITÉ UNE FAN pour partager les tweets en question, et elle avait virtuellement hurlé :

Vous y CROYEZ ???!!!

LavinieEstMaDéesseEtMaSauveuse avait répondu par une avalanche d'émojis aux yeux en forme de cœur et d'autres qui versaient des cascades de larmes. Elle était si bouleversée qu'elle ne trouvait pas les mots.

PrendsMoiÉnée roucoulait :

JE VOUS L'AVAIS DIT, que c'était un gars bien. JE VOUS L'AVAIS DIT ! Sa façon de prendre sa défense, ça m'a toute…

Et elle concluait par un GIF suggestif, tout en jambes écartées et bassin ondulant.

ÉvinieOTP commentait :

Vous avez vu ce thread horrible ? Marcus a vraiment été trop gentil… La pauvre, je la plains !

April grimaça en lisant ces mots. Elle enleva ses lunettes pour se frotter les yeux, et se demanda si elle avait commis une terrible erreur.

De la pitié. Merde, elle avait la pitié en horreur, et la dernière chose qu'elle voulait était qu'on dise d'elle : « la pauvre ».

Puis Livres:ÉnéeNenFeraitRien, qui avait brillé par son absence du forum ces derniers jours, était intervenu.

Pourquoi est-ce que vous supposez toutes que c'est par gentillesse qu'il l'a invitée ? Franchement, regardez-la. Elle est jolie, et de toute évidence bourrée de talent…

Son commentaire avait changé la tonalité du sujet, qui, après un tourbillon de posts pour abonder dans son sens, avait pris la tournure d'une spéculation sur ce qui se passerait lors du rendez-vous.

April avait été tentée de poster elle aussi des avalanches d'émojis aux yeux en cœur et versant des cascades de larmes.

Mais elle s'était contentée d'envoyer un dernier DM à LENFR avant de se coucher.

Merci. Juste… merci.

Merci pour quoi ?

Elle était trop fatiguée pour expliquer.

On peut en reparler ce week-end ? J'ai des choses à te dire. Mais, pour le moment, il faut que je dorme. Fais un bon voyage de retour si on ne se reparle pas d'ici là, d'accord ? Bisous.

Les points avaient clignoté un bon moment.

D'accord. Fais de beaux rêves, Litsie. Je serai bientôt de retour dans ton fuseau horaire.

Ils vivaient tous deux en Californie. Ça, elle le savait.

Elle savait également qu'il voyageait beaucoup pour son travail, un autre point commun jusqu'ici. Elle avait l'intuition qu'il devait être consultant, mais n'en était pas certaine. Ces derniers mois, ils avaient tous deux évoqué la nécessité de faire le point sur leur carrière et de choisir le chemin à prendre. Et puis, elle savait que c'était un homme, contrairement à la majorité des fans d'Évinie de leur groupe.

Dès la création du forum, à laquelle il avait contribué, il en avait explicitement informé les membres, craignant qu'elles ne se sentent flouées ou mal à l'aise si elles venaient à le découvrir plus tard.

> Si ma présence ici vous prive d'un sentiment de sécurité, dites-le-moi et je sors aussitôt. P.-S. : En tant qu'homme cisgenre et hétéro, certains sujets peuvent ne pas me concerner. Pardonnez-moi de ne pas m'y mêler.

En message privé, il en avait révélé un peu plus à April l'année précédente.

> Si tu repères des comportements relous ou offensants que je pourrais avoir sans m'en rendre compte, je t'en prie, préviens-moi. Il est possible que je ne m'aperçoive de rien.

Elle avait accepté, mais n'avait jusque-là jamais eu besoin d'intervenir. Pas une seule fois. Mise à part la célérité avec laquelle il s'esquivait des sujets sur le côté sexy et très appétissant de divers acteurs, son identité masculine ne semblait pas avoir beaucoup d'impact sur ses interactions au sein du forum.

Évidemment, il n'écrivait pas non plus de scènes de sexe dans ses fanfictions, ce qui intriguait April.

Peut-être qu'il n'était pas à l'aise avec le sexe et la sexualité en général. Peut-être qu'inclure des scènes érotiques dans ses textes lui semblait une attitude de prédateur, un dépassement des limites, à cause de son statut de mâle sur ce forum majoritairement féminin. Ou peut-être qu'il n'aimait tout simplement pas écrire de scènes explicites. Tout le monde n'appréciait pas, après tout.

C'était tout le contraire d'April. Elle adorait inclure dans ses textes LA partie de jambes en l'air promise. Mais ça faisait longtemps qu'elle avait appris à envoyer ces histoires-là à d'autres bêta-lecteurs plutôt qu'à LENFR, ou à lui communiquer ses brouillons avant d'y avoir inclus ce genre de détails. Elle était prête à tout pour lui éviter le moindre inconfort.

Par conséquent, sa dernière fanfiction avait été lue par PrendsMoiÉnée et non LENFR, alors même que – pour une fois – elle s'était frottée à l'univers des livres.

Elle remonta ses lunettes tout en haut de son nez.

OK. Assez attendu.

Elle avait le choix entre s'adosser à sa tête de lit et rêvasser au sujet de LENFR, ou lire les messages que le monsieur lui avait adressés le matin et lui répondre. Lui apprendre ce qu'il devait savoir et observer sa réaction.

Livres:ÉnéeNenFeraitRien : Tu as écrit dans le style des livres, alors ? Un choix audacieux, Litsie.

Livres:ÉnéeNenFeraitRien : Je te l'avais dit, que tu serais brillante dans cette atmosphère, si tu tentais l'expérience ! Tu as vraiment bien rendu le ressentiment de Lavinie devant ce mariage, sa réticence devant l'attirance qu'elle éprouve. Tout le monde n'y parvient pas… Et puis, ta description de ses mouvements d'épée : 20/20. Raconter une séquence d'action avec clarté en tenant compte de l'historique de son personnage, de son caractère, et des compétences qu'il a ou pas, c'est un sacré challenge, et tu as relevé le défi avec brio.

Elle sourit devant l'écran. LENFR la soutenait tellement dans ses écrits. Toujours.

Marrant de voir que ses compliments pour sa scène d'action faisaient écho à la description qu'avait faite Marcus de la manière dont les équipes du *Royaume des dieux* géraient les batailles. C'était peut-être une approche plus commune que ce qu'elle avait cru, en tant que novice des scènes de combat.

Plus tard dans la matinée, il avait envoyé un dernier message.

> **Livres:ÉnéeNenFeraitRien :** Tu disais que tu avais quelque chose à me raconter ce week-end ?

Bon, le moment était donc venu. Il méritait de savoir ce qui se passait. De tant de façons et pour tant de raisons.

Elle voulait aussi en savoir plus sur lui. Le rencontrer en personne à la prochaine Conv des dieux, bien qu'il lui ait avoué être timide. Peut-être que ce soir, lorsqu'elle aurait fait le premier pas et lui aurait révélé qui elle était sur Twitter, montré à quoi elle ressemblait, ils pourraient avancer vers une relation qui ne serait plus uniquement virtuelle.

Et si jamais ce qui se passait entre Marcus et elle risquait d'amoindrir ses chances avec LENFR, elle serait heureuse – ou du moins pas trop malheureuse – d'envoyer un message privé à l'acteur pour annuler leur deuxième rendez-vous. Il pourrait toujours se consoler avec l'un de ses nombreux produits pour les cheveux.

Elle se mordit la lèvre, choquée de sa propre méchanceté.

Il n'était pas l'homme superficiel et sans intérêt qu'elle avait cru. Elle le savait désormais. Il était susceptible de souffrir. Et il souffrirait, si elle changeait d'avis pour leur rendez-vous. Mais, pour LENFR, elle serait capable de gérer sa culpabilité, et de renoncer à l'opportunité de creuser davantage sous la surface de Marcus.

Pour LENFR, elle était prête à dévoiler son cœur maintenant.

Lavinie Is The Star: Merci pour tes gentils commentaires, ici et sur AO3. J'ai l'impression que je vais écrire nettement plus dans cet univers-là dans un avenir proche. Et c'est lié à ce que je dois te dire, en fait.
Lavinie Is The Star: Alors… tu as vu l'hystérie l'autre soir sur Twitter, quand Marcus Caster-Rupp a invité une fan à dîner ?
Lavinie Is The Star: Cette fan, c'était, euh, moi. Mon pseudo Twitter, c'est @Évinie5Ever. N'en parle pas encore au reste du groupe, s'il te plaît. Je finirai par le faire, mais je voulais d'abord en discuter avec toi.
Lavinie Is The Star: Notre rendez-vous était ce soir. Un dîner au restaurant. Je vais poster les photos bientôt sur Twitter, mais certains clients du restaurant ont sans doute déjà posté les leurs.
Lavinie Is The Star: Quand tu te connectes, fais-moi signe. Pour qu'on discute.

Avec cette information, il pourrait enfin la voir. Son visage. Son corps.

En train de parler ou de manger. De profil, de dos, de face. En mouvement. Immobile.

Seigneur, elle avait le cœur qui battait dans les oreilles. Et lorsque la réponse de LENFR apparut quelques secondes plus tard, elle sursauta littéralement.

Livres:ÉnéeNenFeraitRien: Je suis là.
Livres:ÉnéeNenFeraitRien: Waouh. C'est une péripétie inattendue.
Livres:ÉnéeNenFeraitRien: C'est merveilleux de découvrir ton visage, Litsie.

Lavinie Is The Star: Seulement mon visage ?

Livres:ÉnéeNenFeraitRien : Toi tout entière. Je viens de regarder, et il y a de très jolies photos de ton dîner qui apparaissent en ligne ce soir, comme tu disais.

« Merveilleux ». « Très jolies ».

Elle sentit les battements de son cœur se calmer peu à peu, le picotement de la sueur qui perlait sur son front diminuer.

Tout allait bien. Tout allait bien. Il l'avait vue, et il n'était pas parti en courant.

Elle aurait dû s'en douter. LENFR n'était ni superficiel ni méchant.

Bizarrement, il n'avait pas semblé particulièrement effaré d'apprendre qu'elle était sortie avec la moitié de leur OTP. Incapable de résister, elle fit à son tour une rapide recherche sur Internet, pour voir quelle version d'elle-même LENFR venait de découvrir, et…

Oui. Elle était là, sur Twitter, Instagram, et au moins un blog, déjà. Sur certaines photos, ces salauds l'avaient immortalisée la bouche pleine, en train de mâcher. Sur d'autres, cependant, elle souriait.

Sur l'une d'elles, Marcus se penchait par-dessus la table pour la dévorer des yeux, lui toucher le poignet. Elle frissonna à ce souvenir.

Lavinie Is The Star : Tu as raison. Je viens de trouver quelques-unes des photos.

Livres:ÉnéeNenFeraitRien : J'imagine que ça doit être dur d'avoir ta vie privée soudain étalée au grand jour. Ça t'embête ?

Lavinie Is The Star : Ben, disons que ce n'est pas ce que je préfère, mais ça passe. En général, je me fous pas mal de ce que les inconnus pensent de moi. Seuls les gens auxquels je tiens m'importent.

Livres:ÉnéeNenFeraitRien : Parfait.

Livres:ÉnéeNenFeraitRien : Comment s'est passé le rendez-vous, alors ?

Attention, terrain miné, songea-t-elle.

Parce qu'elle ne pouvait pas vraiment lui en révéler beaucoup sur son étrange tête-à-tête avec l'homme qui jouait Énée, n'est-ce pas ? Ce serait une violation de l'intimité de Marcus, et cela mettrait à mal le personnage qu'il jouait en public, ce qu'elle refusait de faire.

Quand bien même cela n'aurait pas été le problème, de toute façon, elle n'aurait pas décrit le rendez-vous en détail. Si LENFR éprouvait pour elle les mêmes sentiments qu'elle avait pour lui, entendre ces précisions le blesserait, et elle s'y refusait. Pour rien au monde elle ne lui ferait du mal.

Seigneur, si c'était lui qui était allé au restaurant avec une actrice célèbre, elle n'imaginait même pas combien elle aurait été anxieuse et insécurisée. Alors non, elle ne donnerait pas de détails. Et, selon la réaction qu'aurait LENFR à leur conversation de ce soir, il se pourrait qu'il n'y ait pas de nouveaux détails à partager à l'avenir.

Lavinie Is The Star : C'était agréable. Je pense que c'est réellement un type bien. Et le repas était EXCELLENT, en plus. Si tu viens à San Francisco pour la Conv des dieux, peut-être qu'on pourrait y aller ensemble ? Je t'invite.

Livres:ÉnéeNenFeraitRien : Des scoops croustillants ? Des secrets de fabrication qu'il aurait laissé échapper ? Ou des anecdotes personnelles ?

Lavinie Is The Star : Non. Rien du tout.

Lavinie Is The Star : Il était très prudent.

Livres:ÉnéeNenFeraitRien : Tu as envie de le revoir ?

Le fait qu'il suppose que Marcus, de son côté, soit désireux de poursuivre, que l'existence ou non d'un futur deuxième rendez-vous soit entre les mains d'April était flatteur… mais LENFR passait entièrement sous silence sa proposition de se rencontrer en chair et en os. Et merde.

Et elle n'allait pas lui mentir, alors merde et re-merde.

Elle espérait qu'il ne prendrait pas sa réponse de travers.

Lavinie Is The Star: On a décidé de se revoir.

Alors qu'elle était en train de taper la deuxième partie de sa réponse, où elle allait lui expliquer qu'elle serait tout à fait d'accord pour annuler ce rendez-vous avec Marcus si LENFR voulait la rencontrer en personne, un nouveau message de son ami apparut sur son écran.

Et alors…

Et alors, elle dut ravaler un goût de bile qui lui montait à la gorge en le lisant. Elle le relut, pour être sûre d'avoir bien compris. L'information, oui, mais aussi les possibles implications.

Livres:ÉnéeNenFeraitRien: Je suis content qu'on ait pu se parler ce soir, parce qu'il faut que je te dise que je repars bientôt en voyage. J'ai un nouveau boulot. Là où je vais, je ne pense pas que j'aurai beaucoup d'accès à Internet, voire pas du tout. Alors c'est peut-être la dernière fois que tu as de mes nouvelles, au moins pendant un certain temps.

Livres:ÉnéeNenFeraitRien: Je suis désolé, Litsie.

À peine rentré du restaurant, Marcus avait appelé son meilleur ami.

— Je ne sais pas quoi faire. J'ai besoin de tes conseils.

Il ne s'était pas embarrassé de politesses, pas même une petite excuse sur le fait d'arracher Alex aux bras de Morphée – Morphée, ha! ha! – alors qu'en Espagne, c'était le milieu de la nuit.

Tout à l'honneur d'Alex, il ne traita Marcus de trouduc qu'une ou deux fois avant de lui demander ce qui se passait. Pourtant, Alex tournait encore pendant une semaine, et galérait toujours sur cette interminable scène de bataille, climax de la série, tout en fulminant contre la fin abrupte et illogique de l'arc narratif de Cupidon.

Gloire soit rendue aux vrais amis.

Reconnaissant, Marcus déballa toute l'histoire : April, Litsie et Livres:ÉnéeNenFeraitRien, et... tout le bazar. Le fait qu'il n'ait pas avoué son alter ego du monde de la fanfic à April, alors même qu'elle lui avait révélé le sien. Qu'il avait un deuxième rendez-vous avec elle bientôt. Qu'il ne savait pas quoi dire à Litsie en tant que Livres:ÉnéeNenFeraitRien, ni même s'il pouvait continuer à correspondre avec elle dans ce contexte sans, au choix, lui dire la vérité ou se comporter en ténébreux connard.

— Peut-être que je devrais lui avouer qui je suis, hasarda-t-il en se frottant le visage. Je ne pense pas qu'elle ferait de gaffe. Quand je lui ai demandé le pseudo de son pote dyslexique sur AO3, elle a refusé de me le dire. Elle semblait très protectrice de sa, enfin ma, vie privée.

Ce qui ne l'avait guère surpris, après plus de deux ans d'amitié intime sur Internet. Pourtant, il arrivait que le caractère d'une personne derrière un écran et dans la vraie vie ne coïncide pas. Il en avait été témoin assez souvent.

Pour décrocher sa deuxième chance avec April, il avait été obligé de lui révéler quelque chose de personnel. De privé. Et après une ou deux minutes de réflexion, il l'avait fait. Mais ce n'était pas pour rien qu'il avait choisi la dyslexie. Si cette information fuitait, il s'en fichait un peu. Plein d'autres acteurs ne se cachaient pas d'être dyslexiques, et rejoindre leurs rangs ne le dérangerait pas.

Ce secret en particulier n'était pas aussi explosif que, par exemple, le fait qu'il ait singé un stéréotype d'acteur hollywoodien stupide et superficiel pendant des années. Ou qu'il ait posté des commentaires et écrit des histoires sur son personnage, sa série, qui montrent clairement à quel point il déteste les scénarios qu'on lui a imposés dans les dernières saisons.

— J'ai envie de lui dire, soupira-t-il, voûté sur son téléphone. Mais si une phrase m'échappe devant la mauvaise personne, je risque de tout perdre.

Sa réputation dans le milieu. Ses perspectives de carrière. Sa fierté chèrement acquise devant tout ce qu'il avait accompli ces deux dernières décennies, et le respect qu'il avait gagné.

Accompagné de quelques grognements endormis de la part d'Alex en guise d'encouragement, Marcus continua à penser à voix haute encore un moment. Un *long* moment. Lorsqu'il finit par se calmer et demanda crûment s'il devait ou non parler de Livres:ÉnéeNenFeraitRien à April, son ami était trop fatigué pour arrondir les angles.

Alex exprima son opinion en trois mots très brefs :

— Mec, ta carrière.

Son jugement sur l'opportunité de poursuivre une correspondance avec April sous l'identité de Livres:ÉnéeNenFeraitRien en requit quatre :

— Fais pas le trouduc.

Et, pour finir, il en fut décidé ainsi.

Aussi, lorsque April apparut enfin sur le forum Évinie pour répondre à ses précédents messages, Marcus savait déjà ce qu'il devait faire. Dire. Il dicta à son logiciel les mots suivants :

Je suis désolé, Litsie. Du fond du cœur.

La perspective d'un deuxième rendez-vous avec April scintillait à une courte distance comme une oasis. Ou mieux encore, comme les Champs Élysées tels que Virgile les décrit dans *L'Énéide*, et auxquels l'équipe du *Royaume des dieux* avait tenté de donner vie pour l'épisode final de la série. Accueillants. Merveilleux.

Mais quand même. Arrêter de communiquer avec elle sous l'identité de Livres:ÉnéeNenFeraitRien lui faisait mal. Bien pire que ce à quoi il s'était attendu. Pire que la fois où Ian n'avait pas bien arrêté son coup devant les caméras, et frappé Marcus pile dans le rein.

Mais quel choix avait-il ? Depuis qu'il l'avait raccompagnée à sa voiture après le dîner et quittée non sans lui avoir donné son numéro de téléphone, serré la main et embrassé la joue…

Une joue tiède. Veloutée. Au parfum de rose. Où l'on avait une folle envie d'enfouir le visage. Bon sang, il avait tellement envie d'elle !

Bref, depuis ce moment, il n'avait cessé de réfléchir à ce qui était possible, et, comme Alex le lui avait confirmé, il n'y avait rien. Rien du tout, à moins de vouloir se comporter en idiot ou en connard.

Malgré ce que ses parents et une bonne partie du monde croyaient, il n'était pas idiot. Et il n'était pas non plus suffisamment un connard pour garder le contact avec April sous un autre nom, sans qu'elle le sache.

La façon qu'il avait eue de lui soutirer des informations sur lui-même pour la tester, et d'user de ruse pour savoir ce qu'elle pensait de leur future deuxième rencontre et de l'attention du public, tout ça était déjà assez moche. Il n'allait pas continuer de s'enfoncer. Pas avec la femme avec qui il correspondait depuis des années, et pas non plus avec la femme qu'il avait rencontrée ce soir.

Si le deuxième rendez-vous n'était pas concluant, Livres:ÉnéeNenFeraitRien rentrerait plus tôt de son voyage professionnel, et leur amitié en ligne pourrait reprendre sans qu'April se doute de rien. Et si le rendez-vous était au contraire concluant…

Eh bien, sans tous ces messages, il aurait davantage de temps à accorder à April en personne. Face à face. Corps à corps. Enfin.

Mais il se demandait vraiment ce qu'il allait devenir sans la communauté Évinie et l'écriture. Ce serait dur, très dur, de s'adapter. Mais ça en valait la peine. Pour elle.

Lavinie Is The Star: Tu n'auras pas accès à Internet ? Même sur ton téléphone ?

Livres:ÉnéeNenFeraitRien: Je ne suis pas autorisé à communiquer en dehors du travail, pas pendant cette mission.

Lavinie Is The Star: Euh…

Lavinie Is The Star: Tu es agent secret, ou…

Lavinie Is The Star: Merde !

Lavinie Is The Star: Écoute, LENFR, je veux que tu sois franc avec moi.

Oh, non. Non, non, non.

Il ne voulait pas lui mentir encore plus qu'il l'avait déjà fait, mais…

Lavinie Is The Star: Est-ce que tu as vu ces photos de moi, et pensé…

Livres:ÉnéeNenFeraitRien: Pensé quoi ?

Lavinie Is The Star: Pensé que peut-être tu n'avais plus envie de me rencontrer ?

Quoi ? Mais qu'est-ce qu'elle racontait, bordel !

Livres:ÉnéeNenFeraitRien : NON.

Livres:ÉnéeNenFeraitRien : Absolument pas. N'importe quoi, Litsie !

Lavinie Is The Star : D'accord, alors si ce n'est pas ça, c'est mon deuxième rendez-vous avec Marcus ? Parce que si tu veux qu'on se rencontre en vrai, toi et moi, à la Conv des dieux ou ailleurs, où tu veux et quand tu veux, si…

Lavinie Is The Star : Si tu t'intéresses à moi comme ça, je peux lui envoyer un message. Annuler le deuxième rendez-vous.

Devant cette confirmation que leur attachement était réciproque, qu'elle tenait à la personnalité qu'il avait dévoilée en ligne – la véritable version de lui-même – plus qu'à la star clinquante qu'il lui avait exhibée plus tôt dans la soirée, Marcus se recroquevilla sur lui-même.

Tête baissée, il se couvrit le visage, puis respira profondément et essaya de retrouver la certitude qu'il avait eue quelques minutes auparavant.

« Mec, ta carrière. »

Il ne pouvait pas la rencontrer en personne. Impossible.

Ce qui signifiait qu'il devait la blesser maintenant, alors que Marcus ne pouvait pas encore l'apaiser. Il aurait voulu que Ian le frappe encore. Plus fort, cette fois.

Livres:ÉnéeNenFeraitRien : Je ne peux pas. Je suis tellement désolé…

Lavinie Is The Star : OK. Bon, ben on se reparle à l'occasion, alors.

Livres:ÉnéeNenFeraitRien : Litsie, je…

Livres:ÉnéeNenFeraitRien : Prends bien soin de toi.

Lavinie Is The Star : Toi aussi.

Livres:ÉnéeNenFeraitRien : Tu vas me manquer.

Lavinie Is The Star: C'est ça.

Lavinie Is The Star: Je dois y aller. Salut.

Avant qu'il ait pu répondre, elle était déconnectée, partie.

Il la voyait le surlendemain. D'une minute à l'autre maintenant, ils allaient échanger des textos pour savoir où et quand se retrouver.

Mais, en cet instant, cette perspective ne l'aidait pas du tout.

Signalétique : Adultes
Fandoms : *Royaume des dieux*, E. Wade – *Royaume des dieux* (série télé)
Relations : Énée/Lavinie
Tags additionnels : Univers alternatif : moderne, Sexe et guimauve, Célébrité : Énée
Collections : Semaine où Énée bande de colère
Stats : Mots : 1036, Chapitres : 1/1, Commentaires : 23, Kudos : 87, Favoris : 9

Rage croissante

LavinieEstMaDéesseEtMaSauveuse

Résumé :

Énée ne l'a invitée que par gentillesse. Mais, lorsque les paparazzis insultent la jeune femme qu'il a rencontrée sur Twitter, il s'aperçoit que sa colère n'est pas la seule à durcir.

Notes :

Ouais, alors je donnerais ma vie pour @Évinie5Ever, et je donnerais aussi ma vie pour être à sa place. C'est compliqué, OK ?

… derniers des paparazzis sortir du restaurant penauds, leurs appareils photo cassés dans les bras.

Peut-être qu'ils porteraient plainte. Il n'arrivait pas à s'en soucier vraiment, pas alors que Lavinie était en face de lui, baignée par la lumière des bougies, sa bouche voluptueuse entrouverte de choc, les seins palpitant après cette violente confrontation.

Le sang toujours bouillant de rage, il s'aperçoit que sa queue est désormais semblable à une baguette de sourcier, qui pointe dur et sans faillir dans la direction du seul soulagement que sa soif intense, si intense, puisse connaître : la femme qu'il a rencontrée hier seulement sur Twitter.

Vaguement, il perçoit un bruit de verre brisé, le halètement des autres clients du restaurant.

— Euh… Énée ?

Sa voix, douce et basse, ne fait qu'empirer les choses.

— Oui ?

Il se lève, grand, fier, et en érection. En cet instant, tout ce qu'elle désire, il est prêt à le lui donner.

— Je crois que tu viens de renverser un verre d'eau avec ta bite, dit-elle.

Et c'est vrai.

Chapitre 9

— Mon entraîneur dit que je devrais avoir un blanc de poulet à disposition à tout instant, expliqua Marcus à ses parents le lendemain. Plus on mange de protéines, mieux c'est, surtout quand on essaie de prendre de la masse.

Ce qui n'était pas le cas. Pas actuellement, en tout cas.

Mais cela importait peu. Pour le bien de son petit spectacle privé, les apparences l'emportaient sur la réalité.

Il étira un bras et le posa sur le dossier de la chaise à côté de lui. Avec un sourire satisfait, il jeta un long regard caressant sur les muscles que l'on voyait se dessiner avec netteté sous son tee-shirt. Le renflement du biceps. La solidité massive de son avant-bras. Les veines sur le dos de sa main. Tout ce qui prouvait les interminables heures qu'il avait passées en nage dans d'innombrables salles de gym d'hôtels à travers le monde. Tout ce qui prouvait combien il prenait son travail au sérieux, et quels efforts il était prêt à déployer.

Dans son métier, dans le rôle qu'il avait habité pendant sept ans, son corps était un instrument qu'il devait entretenir, garder fort et souple à la fois. Poli. Admiré du public.

Il appréciait le sport, les sensations et ce que ça lui permettait d'accomplir, bien plus que les résultats qui se voyaient dans le miroir. Mais une fois encore, ce n'était pas la réalité qui comptait.

— Tu es supposé te balader avec un blanc de poulet en permanence ?

Sa mère avait le front plissé de rides, aussi familières pour Marcus que la queue de cheval grisonnante qu'elle portait basse, sur la nuque.

— Comment tu es censé t'y prendre ? Il faut que tu trimballes une glacière partout où tu vas ?

Sous la table, il tenta de trouver suffisamment d'espace pour s'étaler un peu, mais entre les quatre chaises, les longues jambes de ses parents et les pieds du meuble, il n'y avait nulle part où s'étirer. Soit. S'il commençait à avoir un peu mal aux genoux, il se disait qu'il pouvait supporter cet inconfort encore une heure, plus ou moins.

Comme le reste de cette maison de San Francisco, la salle à manger était à peine assez grande pour remplir son office. Cinq ans plus tôt, bien renfloué par son cachet du *Royaume*, et ayant en tête l'étroitesse du foyer de ses parents, il leur avait proposé de leur offrir une maison plus spacieuse. Indignés, ils avaient refusé en bloc. Il n'avait pas réitéré son offre depuis.

Ils ne voulaient rien de ce qu'il avait à offrir. Encore une fois : soit.

— Pas besoin de glacière, répondit-il avec un haussement d'épaules désinvolte. Ian, le gars qui joue Jupiter, a toujours une portion de poisson dans l'une de ses poches. Une tranche de thon ou un filet de saumon.

Ça, au moins, c'était vrai. Ce n'était que l'une des nombreuses raisons qui poussaient Marcus et la plupart de ses collègues à éviter Ian.

« Mister Poiscaille aurait mieux fait de jouer Neptune », avait grommelé Carah encore la semaine précédente.

— Une pratique qui me semble… douteuse, ne serait-ce qu'en termes de sécurité alimentaire, commenta sa mère, la tête penchée de côté et les yeux plissés. Pourquoi est-ce que tu devrais prendre de la masse ? Tu n'avais pas dit que tu avais terminé ton… précédent rôle ?

Elle ne supportait toujours pas de prononcer le nom d'Énée. Car elle croyait du fond de son cœur entièrement dévoué aux langues anciennes que les livres d'E. Wade avaient abâtardi la source que représentait Virgile. Quant aux directeurs de série du *Royaume des dieux*, ils n'avaient fait que traîner davantage dans la boue le récit lyrique et riche de sens des exploits du demi-dieu.

Son père partageait cette opinion, évidemment.

— Le rôle d'Énée est fini, mais je dois maintenir ma forme et ma puissance musculaire, même entre deux tournages. Sinon, c'est trop difficile de revenir au niveau. Alors, merci pour ça, dit-il en désignant son assiette d'un large geste. Vous m'aidez à rester un spécimen physique optimal. De la viande d'homme de catégorie A.

Son père ne leva pas les yeux de son assiette de poulet poché et d'asperges rôties. Il enroba une fourchetée de volaille tendre de sauce épicée qu'il avait préparée avec sa femme dans leur petite cuisine baignée de lumière le matin même, sous le regard de Marcus.

Quand ses parents cuisinaient ensemble, c'était comme ses combats d'épée avec Carah. Une danse répétée si souvent que chaque mouvement, tout en précision, s'effectuait sans réfléchir. Sans effort.

Ses parents ne trébuchaient pas. Jamais.

Lawrence détachait des feuilles délicates dans un bouquet d'herbes odorantes pendant que Debra sectionnait les extrémités fibreuses des asperges. Lawrence préparait le bouillon pendant que Debra nettoyait les blancs de poulet. Le soleil jouait sur leurs cuillères pendant qu'ils goûtaient la sauce dans le robot. Un infime signe de tête, deux regards qui se croisaient un instant suffisaient à indiquer qu'il fallait ajouter une pincée de sel.

C'était beau, dans un genre à part.

Comme d'habitude, Marcus était adossé aux placards les plus proches de la porte, afin de ne pas les gêner. Il tenait ses bras serrés sur son torse ou le long de ses flancs.

S'il prenait plus d'espace, il devenait un intrus. Contrairement à la plupart de ses leçons, celle-ci n'avait pas mis longtemps à rentrer.

La mère de Marcus déposa ses couverts proprement sur son assiette à présent vide.

— Est-ce que tu te joins à nous pour le dîner également ? On avait prévu d'aller faire des courses cet après-midi, puis de préparer un plat de poisson. Ton père a l'intention de faire griller des pains plats pendant que je m'occupe des brochettes de fruits de mer.

Sur leur minuscule terrasse, ils s'affaireraient tous deux autour du vieux barbecue à charbon, en se chamaillant gentiment, à quelques centimètres l'un de l'autre. Une autre version de leur danse. Un tango, plein de feu et de fumée, bien différent de la valse sage du matin.

Ses parents faisaient tout ensemble. Depuis toujours, aussi loin que remonte la mémoire de Marcus.

Ils cuisinaient ensemble, portaient les mêmes sempiternelles chemises bleues et chinos kaki, lavaient et séchaient la vaisselle à deux, partaient d'un même pas se promener après le dîner, se lisaient à voix haute des articles de journaux académiques, traduisaient des textes anciens à quatre mains, se chamaillaient sur l'évidente supériorité du grec – selon elle – ou du latin, selon lui. Et, jusqu'à la retraite, ils avaient enseigné les langues étrangères dans le même lycée prestigieux, une fois que Debra n'avait plus eu besoin de faire la classe à Marcus.

Autrefois, ils avaient également des conversations, la nuit, pas suffisamment étouffées, au sujet de leur fils. Ils partageaient les mêmes inquiétudes et frustrations croissantes, et leur détermination à l'aider vers le succès, le pousser plus fort, lui faire *comprendre* l'importance de l'éducation, du savoir livresque plus que de la beauté, de la pensée profonde au lieu de la frivolité.

À lire les articles qu'ils avaient cosignés sur les livres et la série *Le Royaume des dieux*, cet aspect de leur entente n'avait jamais totalement disparu, même après quarante ans. À la grande joie des tabloïds.

Alors oui, il allait leur mentir.

Il arbora un sourire désinvolte et radieux, vague, adressé à rien ni personne en particulier.

— J'apprécie l'invitation, mais j'ai déjà un engagement pour le dîner. D'ailleurs, je vais devoir partir d'ici une heure afin de me préparer.

Il s'ébouriffa les cheveux à la perfection, d'un geste aussi sûr que nonchalant, et décocha un clin d'œil à sa mère.

— Eh oui, il faut souffrir pour être beau… et de nos jours, avec les smartphones, on est entouré d'appareils photo en permanence.

Elle serra les lèvres et chercha le regard de son mari.

Marcus repoussa son assiette de quelques centimètres, laissant un morceau de poulet au milieu de la sauce. Leur sauce verte n'était jamais assez relevée. Encore une vérité que les années n'avaient pas démentie.

Son père était convaincu que le palais peu subtil de Marcus serait capable de plus de raffinement si on l'y exerçait suffisamment. Mais insister n'avait jamais permis de changer la réalité.

Et cette leçon-là, c'était *eux* qui auraient dû l'apprendre plus facilement.

Lawrence finit par détacher le regard de sa femme, ses yeux bleu-gris familiers sérieux et agrandis par ses lunettes.

— On avait espéré te montrer le nouveau square après le dîner. On pourrait faire une promenade. Tu as toujours aimé le grand air.

Enfant – et même lorsqu'il était un ado insupportable et boudeur –, Marcus aurait sauté sur la proposition. À l'extérieur de la maison, son corps en action fonctionnait exactement comme il fallait, et les bancs qui flanquaient le trottoir restaient sagement au même endroit, tournés dans une direction, contrairement aux lettres sur la page. Ses parents allaient peut-être enfin remarquer la seule dimension dans laquelle il excellait. Apprécier les talents qu'il avait.

Il pouvait danser à leurs côtés, au moins pendant l'espace d'une unique soirée.

Mais, au lieu de cela, on le laissait à la maison avec pour tâche de finir les devoirs de la journée, pendant que ses parents sortaient marcher tous les soirs. Il leur faisait perdre leur temps à tous les trois et ne travaillait pas à la hauteur de son potentiel, affirmaient-ils. Il fallait qu'il *apprenne*, répétaient-ils.

Malgré son intelligence naturelle, il était paresseux et récalcitrant, et avait besoin de régularité, et de conséquences prévisibles pour son comportement, prétendaient-ils.

— Je suis désolé, avait-il dit souvent, tête baissée, jusqu'au jour où il avait compris que cela ne servait à rien.

Rien de tout cela n'avait de sens. Ni ses excuses, dont ils ne croyaient pas un mot. Ni ses efforts, qui ne portaient jamais suffisamment leurs fruits. Ni sa honte, qui se solidifiait dans son estomac au point, certains soirs, de l'empêcher de manger. Ni ses larmes d'enfant, qui coulaient de temps à autre lorsqu'ils le laissaient dans la maison sombre et partaient se promener main dans la main.

— Je suis désolé, dit-il à présent.

Et une partie de lui l'était vraiment. Cette partie de lui qui souffrait toujours en assistant à leur gracieuse valse à deux depuis une distance sûre et impossible à combler.

Ils tenaient à lui. À leur façon, ils faisaient de leur mieux.

Mais lui aussi tenait à eux et faisait de son mieux. Trop, et trop longtemps, et son amour n'avait été accueilli que par une réprobation surprise.

Maintenant, c'était fini. Depuis ses quinze ans. Ou peut-être ses dix-neuf ans, lorsqu'il avait abandonné la fac à la fin de la première année.

— Si tu as un dîner prévu, est-ce que ça veut dire que tu sors avec quelqu'un ? demanda sa mère avec un sourire plein d'espoir.

Il brûlait d'envie de parler d'April, de son impatience, du manque et des regrets, mais pas avec sa mère. Moins ses parents en savaient sur lui, moins ils pouvaient le critiquer.

— Non, répondit-il en posant sa serviette à côté de son assiette. Désolé.

Quand le silence s'installa dans la pièce, il ne le rompit pas.

— Tu as choisi ton prochain rôle ? s'enquit enfin son père.

Marcus tripotait son verre d'eau entre son pouce et son majeur, le faisant tourner sans fin.

— Pas encore. J'ai reçu quelques propositions, je parcours des scénarios.

Lawrence avait renoncé aux dernières miettes de son propre déjeuner, et il observait à présent son fils de l'autre côté de la table ronde. Dans la brise qui entrait par la fenêtre ouverte, sa chevelure blanche – toujours abondante, ce qui augurait bien de la capacité future de Marcus à décrocher des rôles de héros grisonnant – frémit. Avec ses doigts, Lawrence remit soigneusement les mèches rebelles en place.

Juste avant son départ pour l'université, Marcus avait fini par remarquer la Gomina sous l'unique lavabo de la salle de bains. Cette marque ringarde de produit pour cheveux n'était clairement pas la sienne, et il avait pris le pot dans sa main, surpris. Perplexe, jusqu'à ce que la vérité se fasse jour.

Eh oui, son père se souciait des apparences. Au moins un peu.

À l'époque, Marcus avait jubilé devant cette preuve que Lawrence aussi avait ses petites vanités, certes ténues en comparaison de l'apparente obsession de son fils pour la beauté et la présentation. Marcus s'était moqué de son père à ce sujet pendant des mois. Lawrence en avait été manifestement déconfit. D'autant plus que Marcus lui ressassait sa citation fétiche. « *Vanitas vanitatum, omnia vanitas, pater* », chantonnait-il à la moindre occasion.

« Vanité des vanités, tout est vanité, père. » Et en latin, pour bien marquer le coup. Cette petite pique, délivrée avec un sourire moqueur, était toujours aussi douce qu'amère, comme les kumquats qu'il mangeait tout rond, cueillis à même l'arbuste malingre de leur cour minuscule.

Il n'était plus cet adolescent défiant, au cœur brisé, cependant. Même s'il était tenté, il ne mentionnerait pas qu'il n'accepterait jamais le rôle proposé. Le réalisateur avait la réputation de harceler les femmes, et le scénario était une vraie catastrophe.

— Je réfléchis encore, dit-il en toute honnêteté.

— Avec un peu de chance, tu choisiras quelque chose qu'on peut regarder, cette fois, insinua sa mère en secouant la tête, les lèvres pincées. Avant notre retraite, Mme Fourier a absolument tenu à nous parler de cette horrible série qui passait toutes les semaines. Avec moult détails. Même si l'intrigue était une insulte à l'histoire, la mythologie, la tradition littéraire, et n'avait pas le sens commun.

Lawrence soupira.

— Quand elle a découvert que tu jouais dedans, elle a pris un malin plaisir à nous torturer avec ça. Les Français savent être très passifs-agressifs. Ça leur vient de Napoléon.

Ses parents échangèrent un regard, levèrent les yeux au ciel, et rirent à ce souvenir.

Quelque chose dans ce tendre amusement, leur rejet désinvolte et partagé de sept années de labeur, d'effort, et de réussite durement acquise…

Une fois, sur le plateau, Marcus était par manque d'attention tombé de Rumpelstiltskin et s'était fracturé deux côtes. C'était la même sensation, en fait. Comme si sa poitrine venait de s'enfoncer.

Cela faisait presque un an que ses parents ne l'avaient pas vu. Et ils n'avaient pas partagé un repas ensemble depuis encore plus longtemps.

Malgré leur prétendu désir d'avoir sa compagnie, leur avait-il manqué un seul instant ?

Pouvait-il seulement qualifier d'amour l'émotion qu'ils ressentaient pour lui, quand ils ne le comprenaient pas ni ne respectaient rien de ce qu'il faisait, rien de ce qu'il était ?

Il ouvrit la bouche et soudain se mit à leur parler d'un certain rôle en particulier. Le seul scénario qu'ils détesteraient, si possible, encore plus que *Le Royaume des dieux*.

— On m'a proposé de jouer Marc Antoine dans un remake contemporain de *Jules César*, déclara-t-il d'un ton léger.

Une moquerie facile. Désagréablement familière pour tout le monde.

— Le réalisateur a l'intention de faire de Cléopâtre le personnage principal de l'histoire.

De la pire des façons, bien sûr. Il l'exploiterait jusqu'au bout. Marcus avait répondu à son agente qu'il préférait redevenir barman que de travailler avec ce réalisateur, et sur ce scénario.

Regarder R.J. et Ron mésinterpréter sciemment les personnages d'Énée et de Didon pendant sept ans avait été assez pénible. Il n'avait pas besoin de gaspiller son temps et ses talents – quels qu'ils soient – à une nouvelle intrigue qui fasse rimer ambition féminine avec instabilité et cruauté.

Les scènes de sexe violentes, nombreuses, et où le consentement était un détail anecdotique, n'avaient été que la cerise empoisonnée sur un gâteau déjà pétri de masculinité toxique.

Non, il ne voulait rien avoir à faire avec ce film misogyne et calamiteux, ni avec le loup déguisé en agneau qui lui tenait lieu de réalisateur.

Pourtant, le voilà qui se retrouvait à en parler sans s'arrêter.

— Ils sont tous vampires, évidemment. Ah oui, et César ressuscite après son assassinat et, ivre de vengeance, se met à tuer les sénateurs un par un de la façon la plus gore.

Avec son sourire le plus béat, il se passa les doigts dans les cheveux.

— D'un point de vue stylistique, ça se situe entre Marc Bolan et David Bowie, alors j'aurai de l'eye-liner, et pour la scène de « Amis, Romains, compatriotes, prêtez-moi l'oreille », je ne serai vêtu que de paillettes et d'un sourire. Alors je ferais mieux de commencer à me mettre du blanc de poulet dans les poches tout de suite, pas vrai ?

Un silence de mort envahit la salle à manger, et il ferma les yeux de toutes ses forces un moment.

Merde.

Apparemment si, il était toujours ado, et vraiment con avec ça. Mordant quand il avait mal. Jouant le Pire Fils Possible. Déformant la réalité pour infliger le plus de souffrance possible, puis inventant carrément des trucs, tout ce qui lui passait par la tête pour horrifier ses parents.

Il avait trente-neuf ans. Il était temps d'arrêter ces conneries.

— Tu… Tu envisages d'accepter ce rôle ? questionna son père, la voix étranglée.

Il faillit le dire. Il songea à hausser les épaules et à répondre : « Pourquoi pas ? Le réalisateur dit que je serai beau à tomber dans ces costumes ! »

Son verre d'eau risquait de se casser s'il continuait à le serrer ainsi.

Il le posa tout doucement et retira un à un ses doigts du fragile récipient.

La vérité. Cette fois, il allait leur dire la vérité toute nue, sans faux-semblants adoptés pour se protéger.

— Non, papa, rétorqua-t-il d'une voix calme.

Atone, presque ennuyée. C'était le maximum qu'il pouvait faire pour rester poli en cet instant.

— Non, je n'envisage pas d'accepter le rôle. J'ai tout de suite demandé à mon agente de refuser. Pas à cause de l'affront à l'histoire romaine, mais parce que je mérite mieux en tant qu'acteur, et que j'exige mieux en termes de réalisateurs et de scénarios.

Ses parents, incapables de proférer un son, échangèrent un nouveau regard. Stupéfaits, peut-être, qu'il estime pouvoir exprimer des exigences.

— Je suis contente que tu fasses preuve de plus de discernement cette fois, finit par déclarer sa mère avec un sourire prudent. Mis à part ce remake de *Jules César*, à peu près n'importe quel film vaudra mieux que ton dernier projet.

Pas étonnant qu'ils le considèrent comme l'idiot de la famille. Il n'avait toujours pas retenu la leçon.

La chaise grinça sur le parquet lorsqu'il se leva.

— Il faut que j'y aille. Merci pour le déjeuner.

Ils ne protestèrent pas alors qu'il quittait la salle à manger, prenait sa veste et ses clés, et bredouillait un vague au revoir avec un sourire figé. Dans l'entrée à peine plus grande qu'un timbre-poste, son père le salua d'un signe de tête que Marcus lui rendit.

Il était à la porte, presque déjà parti, lorsque sa mère tendit la main vers lui, cherchant… quelque chose. Un contact. Le prendre hâtivement dans ses bras, lui faire la bise, il ne savait.

Et il s'en fichait, pour être honnête.

S'ils le touchaient maintenant, elle ou son père, il craignait de voler en éclats comme son verre d'eau aurait pu le faire tout à l'heure.

Il recula.

Elle laissa retomber son bras, ses yeux verts attristés derrière les lunettes qu'il connaissait si bien.

Tard, une nuit d'hiver, alors qu'il s'était faufilé hors de son lit pour écouter à la porte de leur chambre minuscule, il l'avait entendue pleurer. La voix hachée, étouffée par les larmes, elle expliquait à son époux combien enseigner aux élèves de son lycée, travailler à ses côtés, lui manquaient. Elle avouait qu'elle trouvait presque insupportable de rester assise en face de leur fils jour après jour, à essayer en vain de lui apprendre, là où les enseignants de maternelle et de début de primaire avaient échoué, pendant que Lawrence brillait dans la clarté du monde extérieur.

Elle ne gagnerait jamais autant que son mari, même si elle retrouvait son poste.

— J'ai l'impression que chaque heure qui passe m'arrache une partie essentielle de moi-même, Lawrence, sanglotait-elle. Et j'aime Marcus, mais je n'arrive pas à l'atteindre, et parfois j'ai envie de le secouer, mais au lieu de ça je dois continuer à l'inciter à *apprendre*…

Elle était au bord de l'hystérie, ses mots se bousculaient, et Marcus ne pouvait douter de leur sincérité. Ce soir-là, et tous les autres soirs, il avait emporté cette vérité dans son lit.

Alors qu'il souffrait, elle souffrait aussi. À cause de lui.

Aussi, malgré la bile qui lui remontait à la gorge, il la prit dans ses bras, l'embrassa sur le haut du crâne et la laissa lui faire la bise. Puis il lui fit signe de la main depuis sa voiture.

Ensuite il se barra de là, sans savoir quand il reviendrait, ni même s'il le ferait un jour.

JULES CÉSAR : REDUX

INT. CHAMBRE DE CLÉOPÂTRE – MINUIT

CLÉOPÂTRE, nue et pâle dans la lumière des bougies, est allongée sur un lit circulaire recouvert de velours. Elle représente tout ce qu'un homme peut désirer. Belle, insatiable, mystérieuse et torride… Ses seins opulents, dressés, fiers, promettent monts et merveilles au malheureux qui tombera sous leur empire. MARC ANTOINE est allongé à ses côtés, se pâmant de plaisir. Elle le tient littéralement entre ses griffes.

CLÉOPÂTRE
César doit mourir. Encore.

MARC ANTOINE
Non ! Une telle trahison souillerait mon honneur !

CLÉOPÂTRE
Tu dois le poignarder !

Elle se penche vers lui, sa poitrine invoquant une frénésie sexuelle, et il ne peut détacher les yeux de son balancement hypnotique. Aucun homme ne résisterait à une telle tentation des filles d'Ève.

MARC ANTOINE
Si tu insistes, ô ma fleur traîtresse.

CLÉOPÂTRE
Ne crains pas qu'il revienne à nouveau d'entre les morts. Aucune créature contre-nature tuée deux fois n'a fait couler le sang de la vengeance depuis les ides de mars, il y a un an jour pour jour à cette heure.

MARC ANTOINE
La plus contre-nature des créatures, c'est la femme.

Chapitre 10

Prendre la pose et se pomponner dans un aquaparc ? C'était le contraire exact de ce qu'ils étaient en train de faire. Pourtant, Marcus n'avait pas objecté. Il n'avait pas demandé si ce projet était censé servir de test, bien qu'il le soupçonne fortement.

La veille au soir, alors qu'il se laissait brûler sous le jet trop chaud de la douche, April lui avait envoyé un texto.

On se retrouve à 11 heures à la California Academy. J'avais l'intention de visiter les salles d'histoire naturelle, et je me suis dit que tu apprécierais peut-être le planétarium. (J'ai réussi à ne pas faire de jeu de mots sur les étoiles. Vive moi !) On pourra déjeuner à la cafétéria. Ça te va ?

Après être sorti de la douche, il avait lu son texto, s'était séché les cheveux avec une serviette, et avait réfléchi à l'organisation.

Ça me va. On peut se retrouver à la cafétéria et avaler des litres de café avant de regarder des cailloux et de s'affaler dans le planétarium obscur ? (Je rigole…)

Je crois que j'arriverai à t'empêcher de t'endormir dans le noir. Mais oui, commençons par un café.

Il avait contemplé le message en clignant des yeux, et regretté de ne pas avoir pris une douche froide.

Un sous-entendu coquin. On ne pouvait pas s'y tromper.

Pendant le reste de la soirée, cela suffit à adoucir la douleur qu'il ressentait dans la poitrine chaque fois qu'il pensait à la manière dont il l'avait blessée sous l'identité de Livres:ÉnéeNenFeraitRien, au manque que la communauté Évinie allait lui laisser, et au regard plein de déception et de réprobation de ses parents autour de cette petite table.

À présent, il était là, devant la cafétéria d'un musée des sciences un lundi matin, tellement excité à l'idée de voir, littéralement, des étoiles que c'en était embarrassant. D'autant qu'il semblait être la seule personne à portée de regard à ne pas trimballer au moins un enfant.

— Coucou !

Sa voix, essoufflée et rauque, résonna derrière lui.

— Désolée. Il y avait du retard dans les transports en commun ce matin.

Lorsqu'il pivota pour la voir, il eut lui aussi le souffle coupé.

— Coucou. Pas de problème, je viens juste d'arriver.

Sous sa tunique moutarde, elle portait un jean si moulant qu'on aurait cru un legging et qui soulignait les courbes généreuses de ses cuisses avec une exactitude pleine d'amour. Sa magnifique chevelure d'un roux doré était remontée en une queue de cheval haute qui brillait dans la lumière des fenêtres, et ses lunettes à grosse monture en écaille sublimaient le brun intense de ses yeux.

Il s'était habillé pour passer inaperçu. Jean. Baskets. Tee-shirt à manches longues boutonné, bleu, très basique. Casquette de base-ball.

Logiquement, personne ne devrait le regarder aujourd'hui, surtout pas avec April à ses côtés. C'était incroyable qu'elle ne soit pas suivie d'une nuée de paparazzis où qu'elle aille, simplement pour capturer sa beauté flamboyante.

— Tu es belle.

C'était un fait. Il fallait qu'il le dise.

Sa bouche tendre, qui semblait contrariée en arrivant, se fendit d'un doux sourire.

— Merci.

Quand elle ouvrit les bras pour le saluer, il s'y précipita et la serra très fort, une main sur son dos, l'autre sur sa nuque dénudée, où de petits cheveux soyeux lui chatouillèrent les doigts. Puis il appuya la joue sur le sommet de sa tête et huma un parfum de rose et de printemps. April.

Son corps tiède et voluptueux se lova contre le sien, abandonné, remplissant des vides dont il ignorait jusque-là l'existence. Il sentait chacun de ses doigts sur son dos, leur pression facile à déceler. À son grand plaisir, elle lui rendait son étreinte de tout son cœur.

Elle le tint plus longtemps qu'il s'y attendait, haletant un peu. Lorsqu'il finit par s'éloigner de quelques centimètres, elle avait les yeux un peu trop brillants derrière ses lunettes.

— Merci, dit-elle. J'en avais besoin.

Merde.

Il posa une main sur l'arrière de sa tête et lui déposa un baiser très doux sur la tempe, parmi les taches de rousseur qui parsemaient sa peau pâle, au-dessus de la branche de ses lunettes.

— Je suis désolé.

— Ne sois pas désolé, répondit-elle en le serrant une dernière fois avant de s'écarter pour lui sourire d'un air un peu contraint. Allons boire un café et regarder des cailloux.

Il fit semblant de grogner pour protester, mais lui prit la main et se laissa guider vers le comptoir.

— Y en aura même des qui brillent ! chantonna-t-elle.

De sa main libre, elle lui attrapa une mèche de cheveux pendant qu'ils faisaient la queue.

— Comme toi ! ajouta-t-elle.

Il contempla ses baskets un moment.

« Un joli minois, avait dit Ron. On n'aurait pas pu trouver plus joli. »

— Malgré des années à travailler dans la boue, j'ai un faible pour tout ce qui brille. Je suis comme une pie, en fait.

Elle lui montra son oreille, ornée par une cascade de fils d'argent qui lui descendaient sur l'épaule.

— Ce qui me fascine le plus, c'est d'apprendre comment ces choses qui brillent sont apparues.

C'était un appât. Très efficace.

Il la regarda à nouveau dans les yeux.

— Raconte-moi.

Les lèvres d'April s'adoucirent.

— Certains minéraux se forment sous une pression énorme, pendant des périodes très longues. Ça les rend aussi solides qu'éclatants…

Ses parents ne s'intéressaient guère à la science, mais il n'était pas totalement ignorant pour autant. Il souffla doucement.

— Les diamants…

— Oui, les diamants, approuva-t-elle.

Il eut un rire un peu tremblant.

— « Des périodes très longues »… est-ce que tu viens de me traiter de vieux ?

— Je n'ai rien dit d'autre que ce que tu as entendu, pouffa-t-elle.

Dans un silence agréable, ils payèrent leurs cafés et les agrémentèrent à leur goût. Un nuage de crème pour lui, du lait et une avalanche de sucre pour elle.

Au fil des ans, il avait reçu des compliments assez extravagants. Souvent de personnes qui attendaient quelque chose en retour – obtenir de l'argent, se frotter à la célébrité, coucher avec une star – mais aussi de gens qui l'admiraient tout simplement, pour des raisons flatteuses, ou gênantes, ou les deux.

April avait réussi à transformer une discussion sur les minéraux en un éloge aussi doux que son café. Et instructif aussi, ce qui ne faisait que le rendre plus doux encore.

Pas étonnant qu'elle aime les cailloux. Entre ses mains, c'était vrai qu'ils racontaient des histoires. Des histoires aux facettes plus multiples et à l'intrigue plus cristalline que tout ce qu'il avait pu créer pendant ses nombreuses années à écrire des fanfictions.

— Les diamants ne devraient pas être aussi chers et aussi rares qu'ils le sont, et ça me rend folle qu'on les arrache ainsi à la terre et qu'on s'en serve pour justifier l'exploitation et la domination. L'industrie du diamant est majoritairement corrompue, sanglante. Mais ceci dit…

Après avoir bu une gorgée de son café, elle fronça le nez et y ajouta encore du sucre.

— … la première fois que j'ai vu le diamant Hope à Washington, j'ai envisagé de devenir gangster.

Il éclata de rire. Non loin, une maman avec une poussette le photographia avec son téléphone.

Discrètement, il entraîna April devant les fenêtres, et ils regardèrent au-dehors tout en dégustant leurs cafés et en évoquant leurs musées préférés. Ou plutôt, il incita April à parler, car elle n'avait pas besoin de l'entendre raconter la souffrance de ses précédentes visites de musée.

— Prêt pour les pierres ? demanda-t-elle quand ils eurent fini.

— Prêt pour les pierres ! répondit-il en lui offrant le bras.

Ils passèrent une heure environ à se promener dans le musée. Pour commencer, ils contemplèrent les minéraux aux couleurs éclatantes, disposés en arc-en-ciel, puis allèrent saluer les manchots, et enfin examinèrent des dioramas débordants de végétation et d'animaux empaillés par les meilleurs taxidermistes.

Arrivée devant le premier panneau explicatif de leur visite, elle jeta un coup d'œil, puis se mordit la lèvre.

Bien sûr, elle se souvenait, elle s'en souciait, et voulait en savoir plus.

— Je suis capable de le lire, mais ça me prendra plus de temps qu'à toi. C'est juste…, soupira-t-il. S'il te plaît, ne t'impatiente pas.

Elle fronça les sourcils.

— Bien sûr que non, je ne vais pas m'impatienter !

Et en effet, quel que soit le temps qu'il prenait, elle l'attendit sans sourciller. Pourtant, il avait tout de même tendance à préférer les vitrines qui ne nécessitaient pas trop de contexte pour être appréciées, les activités, ou les gigantesques squelettes de baleine bleue et de T-Rex, et, au grand plaisir d'April, l'espace consacré au tremblement de terre.

— C'est la première fois que je vais dans un simulateur de tremblement de terre ! s'écria-t-elle, un sourire jusqu'aux oreilles, en le tirant par la porte. On a rarement des secousses notables à Sacramento, alors ça m'intéresse !

Il se laissa entraîner jusqu'à un endroit près de la fausse fenêtre.

— Tant mieux, alors. Maintenant que tu vis dans la Bay Area, tu vas ressentir quelque chose tous les ans ou tous les deux ans, minimum. Avec un peu de chance, rien de trop violent…

Elle fit une grimace.

— Bon, au moins, on n'est pas à Washington ni dans l'Oregon. Parce que là-bas, tôt ou tard, les pauvres habitants vont se retrouver vraiment dans la…

Juste à cet instant, la guide se mit à parler, et il enregistra l'information de ne pas s'installer à Seattle. Alors que la femme en polo du musée expliquait ce qui allait se passer, il observa autour de lui. À ses côtés, April en faisait autant, le regard vif, les yeux plissés. Elle examinait le plafond couvert d'un tissu, l'écran qui imitait une fenêtre, les murs au papier peint bleu, et les étagères maçonnées.

Le simulateur, conçu pour ressembler à un salon victorien, ne comptait pas beaucoup d'objets sur les murs et les étagères. Quelques livres, des assiettes décoratives et des verres, un miroir, un tableau, un lustre. Un bocal à poisson, aussi, qui l'amusa. Des balustrades en métal blanc étaient éparpillées dans la pièce, offrant une prise à chaque petit groupe de visiteurs.

Le long de l'un des murs, un écran montrait les Painted Ladies, célèbres maisons d'Alamo Square à San Francisco, et la ville telle qu'elle existait en 1989, année du séisme à Loma Prieta, indiquait l'employée. Finalement, précisa-t-elle, l'image montrerait la ville en 1906, avant le plus terrible désastre de l'histoire de San Francisco.

Comparée aux plateaux de tournage du *Royaume des dieux*, la pièce était carrément dépouillée. Mais, dans la scène d'aujourd'hui, il pouvait tenir la main d'April et entrecroiser leurs doigts, et il savait qu'il n'aurait pas à mourir d'une mort stupide devant la caméra. L'un dans l'autre, il préférait nettement cette situation. Même si plus d'un téléphone était dirigé vers eux deux, plutôt que vers la pièce où la guide annonçait ce qui allait se produire.

D'abord, déclara-t-elle, la pièce bougerait comme lors du séisme de 1989, puis celui de 1906. Dans des versions raccourcies, afin d'assurer la sécurité des visiteurs. Pour ceux qui trouveraient la première simulation trop violente, il était possible de sortir avant la seconde.

Dans une scène absurde de la cinquième saison du *Royaume*, Énée enfourchait un cheval ailé pour rendre visite à Vénus, sa mère, dans sa vaste demeure céleste. Pour filmer cette séquence, Marcus avait passé des heures et des heures dans un immense hangar peint en vert, juché sur une gigantesque plateforme également verte, programmée pour simuler les mouvements d'un colossal étalon en plein vol.

Malgré toutes les précautions prises, son amour des challenges physiques et son choix de faire ses propres cascades chaque fois que c'était possible, il avait trouvé l'expérience… déconcertante. En tout cas au début, le temps qu'il s'habitue au rythme.

Il s'était dit qu'une pièce qui ne nécessitait que des rambardes pour toute mesure de sécurité ne lui poserait pas de problème.

Alors qu'un enregistrement expliquait rapidement les circonstances de chaque tremblement de terre, April et lui s'appuyèrent à leur balustrade, hanche contre hanche. Puis la reconstitution du séisme de Loma Prieta démarra, les lumières s'éteignirent, et la pièce vibra et se secoua sous leurs pieds.

Il passa un bras autour des épaules d'April, et l'attira plus près alors que le lustre tanguait et que les livres se déplaçaient d'un millimètre à la fois.

— Par précaution, justifia-t-il quand elle lui lança un regard.

— C'est ça, pouffa-t-elle.

L'un dans l'autre, ce n'était pas très différent de son souvenir du séisme réel, mais en plus heureux. Et plus sexy. Nettement. Il sentit un sein d'April lui appuyer brièvement sur le torse lorsqu'elle se déplaça sous son bras, et il dut réprimer un halètement gênant.

Quand la simulation de la secousse de 1906 débuta, la différence entre les deux fut évidente. Il ne s'agissait plus seulement de quelques tremblements, mais de soubresauts et d'une inquiétante sensation de roulis. L'expérience dura beaucoup plus longtemps. Suffisamment pour se rappeler, à contrecœur, qu'une telle catastrophe pouvait se produire à nouveau, à l'endroit exact où ils se trouvaient, à tout moment.

Pourtant, le sourire sur le joli visage rond d'April ne faisait que s'élargir, seconde après seconde. D'un geste vif, elle se souleva sur la pointe des pieds pour se blottir plus près.

Sa poitrine ne le frôlait plus. Le contact s'était transformé en une touche de douceur qui lui procurait un plaisir aveuglant, un frottement tentateur qui se répétait à chaque secousse du sol.

— C'est trop génial ! lui murmura-t-elle à l'oreille alors qu'ils se cognaient contre la rambarde en s'agrippant l'un à l'autre. Je me demande quel degré de réalisme on leur a permis.

Ses lèvres lui effleuraient le lobe de l'oreille, et son souffle humide lui caressait le cou. Il inspira vivement, desserra un à un ses doigts sur l'épaule d'April de peur que leur pression sur sa chair parée de coton ne se fasse trop possessive ou douloureuse, puis glissa cette main plus bas, dans le creux de ses reins.

Ils avaient un public alors qu'ils étaient secoués par le tremblement de terre simulé, et il s'en foutait totalement désormais. Il s'accrocha plus fermement à la balustrade, les pieds écartés pour trouver de l'équilibre. Assez d'équilibre pour deux.

D'un geste délibéré, il la plaça face à lui, la chaleur de leurs corps fusionnant en une seule. Elle entrouvrit les lèvres dans un halètement silencieux, et leurs cuisses se touchèrent. Alors que le monde frissonnait autour d'eux, elle posa une main sur son torse pour ne pas tomber, l'autre toujours sur la rampe, à côté des fesses de Marcus.

Soudain, il n'entendait plus les cris des enfants dans la pièce, étouffés par le bourdonnement de ses oreilles et les battements violents de son cœur.

Elle ne s'écarta pas. Au contraire, elle descendit tout doucement sa paume tiède le long de son torse, le caressant un peu à chaque secousse, et s'arrêta juste au-dessus de son jean, les doigts tendus. Elle ne regardait plus la pièce. Lui non plus.

Il se pencha, passa son nez le long de l'exquise courbe de son oreille pâle, et sentit le corps d'April parcouru d'un frémissement qui n'était pas causé par le simulateur de séisme.

—Je peux? souffla-t-il.

Elle acquiesça, tourna la tête et le regarda, les yeux mi-clos, puis agrippa fermement son tee-shirt, et…

Les lumières se rallumèrent. La pièce cessa de bouger, alors même que Marcus était secoué de l'intérieur. Ils ne bougèrent pas, ne parlèrent pas, ne détournèrent pas les yeux.

L'enregistrement les informa gaiement que le véritable séisme aurait duré trois fois plus longtemps, et il maudit cette saloperie de musée de ne pas avoir fait preuve d'exactitude historique et scientifique, car il *voulait* cette minute supplémentaire de chaos à vous retourner l'estomac. Il voulait goûter cette bouche rose et charnue, et parcourir l'arc de sa lèvre supérieure. Il voulait se servir de ses dents et de sa langue jusqu'à la faire haleter et trembler de nouveau, et s'agripper encore plus fort à son tee-shirt pour l'attirer vers elle, plus près, toujours plus près.

Mais si certaines personnes étaient à présent en train de quitter la pièce en bavardant bruyamment, d'autres visiteurs étaient toujours occupés à capturer chaque seconde de ce moment intime qui se déroulait dans un lieu nettement trop public.

Ils méritaient tous deux mieux que cela.

Il s'écarta, enleva sa main de… eh bien, de toute évidence il avait dû la déplacer à un moment, car elle se trouvait désormais à quelques microns seulement du renflement tentant des fesses d'April moulées par ce jean terriblement serré. Il lâcha aussi la rampe et lui offrit sa main droite encore tremblante.

Elle la prit.

— Et maintenant, le planétarium ?

Incapable de proférer un son, il hocha la tête. Les doigts entrecroisés une fois de plus, ils quittèrent la salle et se dirigèrent vers le planétarium.

Est-ce que l'endroit serait plus propice pour l'embrasser ? Ils seraient dans la pénombre, et peut-être qu'ils auraient une rangée de sièges pour eux seuls, des étoiles tournant au-dessus de leurs têtes, et s'il glissait une main sous sa tunique, peut-être que…

OK, l'idée de ce qu'ils pourraient faire dans le noir n'améliorait pas sa situation actuelle.

— Explique-moi le séisme de Loma Prieta en chemin, proposa-t-il d'une voix soudain rauque qui l'obligea à toussoter. Si ça ne te dérange pas. Je l'ai vécu, et ce serait bien que je comprenne comment et pourquoi il s'est produit.

— Tu es sûr ? demanda-t-elle, sceptique. Tu n'es pas obligé de me faire plaisir, tu sais. Je ne me vexerai pas si tu as eu ta dose de géologie pour la journée.

— Non, non.

Il abandonna son personnage public, au moins pour le moment, fouilla en lui et laissa la vérité émerger.

— Je, euh… Je m'intéresse à plein de choses, en fait. J'écoute tout le temps des essais en audiolivre, surtout quand je voyage.

Bêtement, il s'était mis à rougir.

Depuis toujours, il était incapable de savoir quoi dire. Qui être. Comment se comporter.

Comment ne pas décevoir.

Mais il fallait bien qu'il lui montre quelque chose, quelque chose de réel et de vrai, puisque les apparences seules ne l'intéressaient pas. Même leur indéniable attirance sexuelle ne suffirait pas à la garder, pas si elle ne voyait rien en lui qui en vaille la peine. Et peut-être que leurs années d'amitié en ligne ne suffisaient pas à lui confier un secret susceptible de fracasser sa carrière, mais elles suffisaient en revanche pour qu'il lui ouvre ce petit recoin caché de son cœur.

Alors il se força à poursuivre.

— L'un des aspects que je préfère dans mon métier, articula-t-il, la bouche soudain sèche, dans, dans le fait d'être acteur, c'est que ça te pousse à acquérir de nouvelles compétences. Comme, par exemple, cet épisode pilote vraiment nul qui m'a enseigné les bases de la voile.

Dans sa vision périphérique, il la vit se tourner vers lui, toute son attention concentrée sur lui seul.

— La série devait s'appeler *Vague de crimes.* Parce que j'étais un gars qui résolvait des énigmes criminelles sur un bateau… Pas vraiment le meilleur concept du monde.

Aucune chaîne n'avait voulu diffuser ce pilote. Il avait, et c'était bien normal, sombré sous la surface de l'histoire télévisuelle sans laisser de trace. La seule chose qui en était restée, c'étaient ses compétences de skipper.

— Dans une comédie romantique qui a fait un bide total, j'ai appris à manier un couteau d'office et à émincer comme un chef.

— Je l'ai vue ! s'écria-t-elle. *La Julienne de l'amour.* Et l'héroïne s'appelait vraiment…

— Oui. Julienne. Julie. Ma courageuse sous-cheffe, qui se croyait mourante mais ne l'était pas, et qui finit par devenir célèbre pour son plat fusion, le jambalaya-cheesecake. Désolé, s'excusa-t-il avec une grimace. Je veux bien te rembourser ton ticket.

Le rire d'April résonna dans le vaste espace.

— Oh, je n'avais pas payé ! Je l'ai regardé en streaming pendant une période d'essai gratuite, juste par curiosité malsaine.

Ça semblait pertinent.

— Pour *Le Royaume*, j'ai étudié la construction navale antique et la stratégie militaire. L'escrime, aussi, comme tu le disais l'autre soir.

Il contempla un panneau plus loin et, de sa main libre, se gratta maladroitement une barbe inexistante.

— Au cas où, euh, ça t'intéresserait d'en savoir plus là-dessus. Peut-être que ça pourrait te servir dans tes fanfictions ?

Quand il se tut, elle ralentit jusqu'à ce qu'il se tourne à nouveau vers elle.

Puis elle le regarda de haut en bas comme pour l'évaluer, séduite, en se mordillant la lèvre, et *putain*. Secouer ses cheveux et bander ses muscles n'avaient jamais réussi à susciter cet intérêt, cette chaleur dans son regard. Pas une seule fois.

— J'ai vraiment envie que tu me parles d'escrime. Crois-moi, déclara-t-elle en lui serrant les doigts. En attendant, cela dit, si tu veux en savoir plus sur le séisme de Loma Prieta, tu n'as qu'à demander, je serais ravie de t'éclairer.

Alors elle lui expliqua pendant qu'ils marchaient, et elle était tellement brillante et lui rendait les choses si claires et si intéressantes, sans une once de condescendance.

Merde alors, c'était sexy. Ce qui n'était pas franchement ce qu'il avait imaginé d'une discussion sur un séisme mortel, mais on en était là. Il en était là, à tirer sur le bas de son tee-shirt pour cacher son érection.

— Donc il s'agit d'un glissement oblique qui cause la cassure, précisa-t-elle en lui retirant sa main afin d'accompagner son propos de gestes gracieux.

Il saisit – enfin – ce que tout cela signifiait et, en même temps, il eut envie de saisir aussi ses doigts potelés pour les glisser dans sa bouche. Lui mordiller le pouce et voir s'embrumer ses yeux bruns si vifs.

Écouter sa langue prononcer des termes compliqués lui donnait envie de la sentir, cette langue, lui faire des choses compliquées à lui aussi. Partout. N'importe où.

Son désir d'unir leurs bouches n'avait rien d'oblique. Il était sincère. Et certes, la situation ne prenait sans doute pas une tournure sismologique, mais cela lui était égal, car il voulait la prendre, elle.

Pour finir, le planétarium était bondé au moment où ils s'y rendirent, et il dut donc se tenir correctement, malgré le fait qu'April ait posé la main sur sa cuisse d'un air de propriétaire. Sur le *haut* de sa cuisse.

En personne, tout ce qu'il en était venu à adorer chez Litsie en ligne était incroyablement plus intense.

Son pragmatisme direct et calme, sa gentillesse, son intelligence, son humour facile, sa confiance en elle, tout cela irradiait de chacun de ses gestes, de ses mots, et l'éclat en était aussi aveuglant que les lumières du planétarium quand elles se rallumèrent après le spectacle.

Le seul moment où elle sembla hésitante, peu sûre d'elle, fut après le déjeuner lorsqu'ils sortirent du musée et restèrent sur le parvis à savourer la brise printanière.

— Est-ce que… ça t'a plu ? Je sais bien que ce n'était pas exactement un aquaparc, mais…

Une mèche cuivrée s'était échappée de sa queue de cheval, et battait contre sa joue. Avec douceur, il écarta de son visage les cheveux soyeux.

— J'ai raconté à mes parents que je détestais les musées, répondit-il. Au bout d'un moment, j'ai carrément refusé d'y mettre les pieds.

Elle baissa la tête.

— Je suis désolée. J'aurais dû…

— C'était faux, poursuivit-il en jouant avec le bout de cette mèche folle.

Il la tortillait entre le pouce et l'index, la regardait briller au soleil.

— C'était plus facile de dire ça que d'avouer que je n'arrivais pas à lire les panneaux écrits en tout petits caractères aussi vite qu'ils l'auraient voulu.

Plus facile que de dire : « Votre impatience me fait sentir aussi petit que ces caractères. »

— Marcus..., soupira-t-elle, le front plissé. Je suis navrée.

Il lissa la mèche de cheveux, puis lui effleura la joue et le nez avec son pouce. Il s'attarda sur le creux pâle de sa clavicule, sa chair douce et tendre devenant plus chaude à chaque seconde.

Il passa le doigt le long de cet arc ombré et suivit ses taches de rousseur, les reliant les unes aux autres.

— Ne sois pas navrée. J'essaie de te remercier de m'avoir montré que je pouvais aimer les musées.

Elle le tenait maintenant par les hanches, la tête rejetée en arrière pour s'offrir à la caresse de son pouce, les lèvres entrouvertes, les yeux mi-clos derrière ses lunettes. À chaque souffle, elle se rapprochait. Un peu plus près, jusqu'à...

Il ne pouvait en supporter davantage. Il fallait qu'il sache.

Il se pencha pour poser les lèvres sur la courbe vulnérable où il venait de passer le pouce, et chacun de ses mots se transforma en caresse de sa bouche sur la peau odorante de son cou.

— Merci pour cette matinée parfaite. Merci d'être si patiente. Si intelligente. Si belle. Merci pour...

Elle enfouit les doigts dans les cheveux de Marcus, et sa main experte vint lui appuyer sur la tête pour accentuer la pression de sa bouche contre elle. Il se tut et obéit à cet ordre silencieux.

Sur la langue de Marcus, April avait un goût de rose et de douceur, de sel et de sueur. Il la prit par la nuque pour leur redonner de l'équilibre tandis qu'elle frissonnait, puis il pressa la bouche encore davantage contre elle. Lorsqu'il aspira sa chair et lui griffa le cou avec ses dents, elle haleta et se cambra contre lui.

Elle allait avoir une marque. Parfait.

Et alors, juste quand elle écartait les cuisses pour qu'il y glisse une des siennes, et qu'il grondait de désir aveugle…

Il les entendit.

— Marcus, regarde par ici ! cria l'un d'eux. Est-ce que c'est la fille de Twitter ?

Lorsque Marcus leva la tête, un autre homme s'approchait d'April, son objectif, énorme et de toute évidence hors de prix braqué sur elle.

— Comment tu t'appelles, ma belle ? Vous vous connaissez depuis combien de temps, tous les deux ?

Elle se raidit, et Marcus ne lui en voulut pas de s'écarter de lui devant l'assaut, mais il valait mieux qu'elle le sache : ça ne faisait que commencer.

Les paparazzis avaient fini par les trouver.

LA JULIENNE DE L'AMOUR

INT. CUISINE RESTAURANT - MINUIT

MIKE et JULIE s'embrassent avec passion, JULIE appuyée contre le comptoir de métal. Au moment où ils s'y attendent le moins, elle vacille, malade, presque effondrée, et le baiser s'arrête. Elle pose une main sur son front et regarde MIKE, les yeux pleins de larmes. Lorsqu'il tend le bras vers elle, elle recule.

JULIE

Je ne peux plus être ta sous-cheffe.

MIKE

Mais… pourquoi ? Pourquoi, Julie ?

JULIE

Notre amour est impossible. Crois-moi. Aussi impossible que de réussir mon plat fusion, le jambalaya-cheesecake.

Elle s'écarte de lui, un pas à la fois, en se soutenant d'une main sur le comptoir, les murs, la porte qui conduit à la salle plongée dans l'obscurité.

MIKE
Julie ! Julie, ne me quitte pas !

Elle est presque arrivée à la porte du restaurant, et pleure.

MIKE *(hors champ)*
Ne me quitte pas. Sans toi, je serai dans les choux… pour toujours.

Il se tient seul dans la cuisine où sa voix résonne, le filet à cheveux usagé de JULIE serré convulsivement contre sa poitrine.

MIKE
Adieu, ma sous-cheffe si douce et si piquante. Adieu.

Chapitre 11

Depuis qu'elle avait accepté l'invitation à dîner de Marcus, April s'était demandé comment elle réagirait devant l'irruption de vrais paparazzis. Serait-elle pétrifiée ? Ferait-elle une grimace ? Essaierait-elle de se cacher ? Continuerait-elle ce qu'elle faisait, comme s'ils n'étaient pas là ? C'était l'hypothèse qui lui venait en tête depuis deux jours.

Pour finir, elle ne fit rien de tout ça.

Elle se retrouva complètement hypnotisée par le spectacle incroyable qu'était en train de livrer Marcus. Il avait réussi à détourner leur attention d'elle en quelques secondes à peine, par la force de son charisme, de sa séduction, et…

Ma foi, oui. Il était en train de leur faire un strip-tease.

Il s'écarta d'un pas supplémentaire et sourit à leur public.

— Il fait sacrément chaud au soleil aujourd'hui !

Il attrapa le bas de son tee-shirt à manches longues, croisa les bras et tira vers le haut. La manœuvre entraîna le maillot de corps qu'il portait en dessous par la même occasion, révélant sa peau nue.

C'était une fraîche journée de printemps. Il devait avoir froid.

Il savait ce qu'il faisait. Pas de doute là-dessus.

On vit d'abord apparaître son ventre, plat, tonique et traversé par une ligne de poils d'un brun doré à l'allure soyeuse. Ses abdominaux dessinaient des lignes diagonales qu'on avait envie de lécher. Il portait son jean plus bas que ce qu'April avait imaginé, suffisamment bas pour la troubler.

Puis, alors qu'il continuait à tirer son tee-shirt vers le haut – avec une envoûtante lenteur –, son torse apparut à son tour, musclé, légèrement poilu, et…

Les tétons. Doux Jésus, les *tétons*. Ils eurent droit à un aperçu de cela aussi. Durcis par le froid, avant que le tee-shirt à manches longues soit enfin enlevé et que la gravité fasse redescendre de quelques centimètres le maillot de corps.

Les paparazzis n'en perdaient pas une miette. Leurs appareils ne cessaient de cliqueter.

L'un d'eux finit tout de même par se rappeler la raison de leur présence.

— Marcus, c'est un rendez-vous amoureux ? Comment s'appelle votre amie ?

— Eh bien, tout le monde sait que je ne m'intéresse pas aux musées…

Il décocha un clin d'œil à une photographe qui se mit à rougir derrière son objectif.

— Mais je suis prêt à tout pour impressionner une jolie femme… La beauté demande des efforts, je suis bien placé pour le savoir.

Oui, c'était vraiment un spectacle de haute volée.

Du moins, April le supposait, ou l'espérait.

Parce que sinon, c'était avec elle qu'il avait joué un rôle. Feignant de prendre plaisir à la visite, d'apprécier sa compagnie, dans le seul but de savourer leur évidente – et, disons-le, surprenante – compatibilité sexuelle dans une sorte de bouquet final flamboyant et orgasmique.

Le saurait-elle jamais ? N'avait-elle pas songé quelques jours plus tôt à peine qu'il aurait dû gagner un prix pour ses talents d'acteur ? Comment pouvait-elle être certaine que l'homme qu'elle avait vu aujourd'hui, l'homme qu'elle avait brièvement aperçu à la fin de leur dîner, était le vrai Marcus, et pas simplement un rôle parmi d'autres ?

Il offrit à leurs spectateurs un dernier sourire étincelant avant de la prendre par la main et de l'attirer vers un taxi qui se garait devant l'entrée du musée. Les paparazzis les suivirent dans une cacophonie de questions criées, d'appareils photo qui crépitent, mais il se contenta de les gratifier de gracieux gestes de la main.

Ils se glissèrent sur la banquette arrière avant même que la vieille dame à l'intérieur ait fini de régler sa course.

Afin de ne pas l'envahir, Marcus prit April sur ses genoux. Elle aurait voulu parvenir à se détendre à ce contact, à fondre dans la chaleur qui émanait de son corps puissant et affûté, mais elle n'y parvenait pas. Pas maintenant. Elle resta toute raide contre lui, le dos droit comme un balai.

Est-ce qu'il la trouvait beaucoup plus lourde que ses précédentes conquêtes ?

Ou bien – et, contrairement à toute logique, ça lui semblait pire – était-il en train de se dire : *On va enfin pouvoir arrêter de parler de cailloux et s'intéresser à mes noix* ?

Marcus adressa un sourire d'excuse à la cliente, effarée, perchée tout au bout de la banquette.

— Désolés pour l'intrusion. Nous serions ravis de vous offrir la course, si vous le permettez.

Le visage ridé de la vieille femme se fendit à son tour d'un sourire, et elle lui tapota le genou avec sa carte.

— J'ai déjà payé avec ma carte, pourboire compris. Et puis, j'ai assisté à votre spectacle alors qu'on arrivait. C'était une compensation plus que suffisante, jeune homme.

Le rire de Marcus secoua April. Il accepta la main que la vieille dame lui tendait. Ils bavardèrent encore une minute sans se lâcher la main, puis elle entreprit de s'extraire du taxi.

Maladroitement, April tenta de pousser Marcus plus au milieu de la banquette avant de descendre de ses genoux.

Elle espérait ne pas lui flanquer de coup de coude au passage. Marcus se glissa de l'autre côté pour aider la vieille dame à sortir.

— Cette Lavinie, elle a l'air gentille, déclara-t-elle en lui assenant un petit coup de canne sur le tibia. Ne faites pas tout foirer. Et ça vaut pour celle-ci aussi, conclut-elle en regardant April.

Quand elle fut bien arrivée sur le trottoir, Marcus ferma la portière. Aussitôt, la clameur des paparazzis et les flashs aveuglants s'éteignirent.

Il se remit immédiatement à contempler April, à présent blottie contre la portière opposée. Il fronça les sourcils et cessa de sourire.

— Quelle adresse ? demanda le chauffeur.

— Désolés, on n'a pas encore décidé. Mais vous pouvez enclencher le compteur, répondit Marcus sans quitter April des yeux. Euh… c'est moi qui ai eu l'idée de prendre un taxi, pas toi. Donc je paie. Je te ramène à ton hôtel, ou bien où tu veux. On pourrait aller…

Quoi qu'il propose, elle n'en avait pas envie. Elle avait besoin de réfléchir d'abord. Et leur duo de rendez-vous surréalistes lui avait déjà pris beaucoup trop de temps et de pensées, au vu des circonstances.

— Il faut que je retourne à mon appartement pour faire place nette avant que mes meubles arrivent, mercredi. Désolée.

Elle se pencha pour parler au chauffeur :

— Déposez-moi à la station de Civic Center, s'il vous plaît.

— Je préférerais te déposer directement à ton appartement. Si ça ne te dérange pas, suggéra Marcus, timide. J'aimerais t'éviter de la fatigue.

C'était une gentille proposition, et elle était trop épuisée pour refuser.

— Merci.

Elle donna l'adresse au chauffeur. Le taxi démarra. On n'entendait plus dans le véhicule qu'une chanson de Lizzo.

Peut-être qu'elle trouverait quelques minutes ce soir pour écrire et démêler ses sentiments confus au sujet de LENFR, de Marcus, des photos qui auraient forcément des répercussions sur sa vie privée. Mais oui, elle aurait largement le temps. Après tout, c'était fini de passer une heure ou deux à correspondre avec son meilleur ami en ligne.

Le paysage par la fenêtre se brouilla, juste un moment.

— Eh… ça va ? demanda Marcus en lui touchant le coude du bout du pouce.

— Très bien, répondit-elle en le laissant entrelacer leurs doigts sur sa cuisse ferme.

Et ce n'était pas sarcastique. C'était vrai. Ou, du moins, ça finirait par l'être. Quoi qu'il arrive avec LENFR, et quoiqu'il arrive avec Marcus.

Et peut-être – peut-être – que l'intrusion des paparazzis l'avait désorientée plus qu'elle ne l'avait cru. Elle était déjà au courant du rôle que jouait Marcus en public, après tout. Elle n'aurait pas dû être surprise ni agacée par sa résurgence.

À sa manière inimitable, il l'avait aussi protégée en attirant sur lui l'attention des paparazzis pour éviter qu'ils ne la questionnent plus avant sur son nom, son métier, ou toute autre information qui permettrait de l'identifier. Même si elle savait que son état civil – et tout le reste – serait connu du public, tôt ou tard.

Plus important : même si elle ne pouvait pas encore avoir confiance en lui, elle devait avoir confiance en elle et en son intuition. Et son intuition lui disait que l'homme assis à côté d'elle, avec ses yeux doux et sa manière tendre de lui tenir la main, était le vrai Marcus. Pas l'homme qui avait dépeint leur sortie comme le prix à payer pour accéder à son corps.

Elle se détourna de la fenêtre et bougea ses jambes pour que leurs genoux se touchent.

— Tu as très bien réussi à faire diversion.

De l'index, elle traça une ligne vers le bas de son torse.

— Grâce à ton corps d'athlète. Tu vas certainement devoir prendre une douche pour te réchauffer en arrivant à l'hôtel.

— Pas si tu continues à me caresser comme ça, haleta-t-il avec un soubresaut.

Son jean ajusté ne masquait pas totalement l'effet qu'elle lui faisait.

— Eh bien, je n'aimerais pas que tu attrapes des engelures… Surtout que tu as sacrifié ton corps pour moi.

À travers le tissu fin du tee-shirt, elle suivit le contour de la ceinture du jean, qu'il portait basse sur ses abdominaux toniques.

Il répondit d'une voix rauque et sérieuse.

— Mon corps est un instrument. Rien de plus.

— Ça n'enlève rien à ton mérite. Merci de m'avoir protégée de ton mieux, dit-elle en se rapprochant.

Il plissa le front sous sa frange dorée, et attrapa doucement le doigt baladeur d'April.

— Je n'ai fait que repousser l'inévitable. À un moment ou un autre, ils finiront par connaître ton nom et ton adresse. Sans doute ton numéro de téléphone aussi. Je suis désolé, April…

Il lui embrassa le bout du doigt.

Elle haussa les épaules.

— Tu n'y es pour rien. Quand j'ai accepté le dîner puis le rendez-vous d'aujourd'hui, je savais ce qui risquait d'arriver. J'ai essayé de m'y préparer mentalement, mais si jamais j'ai du mal à gérer, je te demanderai conseil.

— Bien sûr. Je serai là, souffla-t-il en pressant la main d'April sur sa propre joue.

Il ne pouvait pas la protéger de la curiosité publique, même s'il essayait, songeait-elle. Pas sans la dissimuler au monde comme un secret honteux, ce qui la blesserait davantage que la moins flatteuse des photos volées ou le plus intrusif des coups de téléphone. En outre, la protéger n'était pas son boulot.

Mais compenser tous les inconvénients de sortir avec lui, pour que ça en vaille la peine ? *Ça*, c'était son boulot. Et il pouvait le faire… demain, peut-être ? Si son avion ne décollait pas trop tôt ?

— Quand est-ce que tu repars à Los Angeles ? Je dois passer la soirée à travailler, car la société de ménage vient demain. Mais ensuite, je suis dispo.

La ligne de ses pommettes était incroyablement distincte sous ses doigts. Si bien dessinée, comme sa mâchoire.

Lorsque son front se plissa encore une fois, elle en lissa les rides d'une caresse.

— J'ai un vol demain matin… C'est dommage…

Mais alors son visage se détendit, et un sourire plein d'espoir illumina ses traits.

— Mais j'avais prévu d'aller m'entraîner à la salle de sport de l'hôtel avant de prendre ma douche et de rendre la chambre. Tu veux m'accompagner ? On pourrait manger le petit déj vite fait ensuite. Le buffet est pas mal du tout.

Elle laissa retomber sa main sur ses genoux avec un frisson d'appréhension.

— Tu veux que je fasse du sport avec toi ?

Avant ce moment, elle avait cru…

Ça n'avait pas d'importance. Marcus marchait à présent sur un terrain familier, creusant le même puits empoisonné toujours plus profond. Un territoire qu'elle avait déserté depuis fort longtemps.

Et elle n'y retournerait pas. Pour personne, et encore moins pour un homme dont la compagnie n'allait pas sans complications et contradictions sans fin.

— Ben, ouais…, répondit-il d'une voix plus basse, un peu incertaine. Tôt demain matin. Si ça t'intéresse.

Le ventre noué, elle sentit ses joues s'empourprer de colère et d'une honte vraiment stupide.

Elle lui donnait encore une chance, au cas où elle aurait mal compris.

— Dis-moi, Marcus.

Ses jambes. Elles touchaient celles de Marcus. Elle s'écarta légèrement.

— Qu'est-ce qu'il y a de bon, dans ce buffet ?

La tête penchée, les sourcils froncés, il l'étudiait attentivement.

— Humm… Je prends en général des flocons d'avoine. Des œufs durs. Et un fruit, répondit-il lentement. Mais il y a…

— J'apprécie ton invitation. Mais, tout compte fait, je crois que je serai trop occupée pour sortir demain.

Demain, et tout le reste de sa vie.

Elle constata avec plaisir qu'elle avait réussi à esquisser un sourire sans doute plus froid que le vent sur son torse nu un peu plus tôt, et à s'exprimer d'une voix claire et posée.

Elle serra les lèvres pour les empêcher de trembler, puis respira par le nez jusqu'à ce que la douleur qui lui tordait le ventre diminue.

Oh, ça alors ! Quelqu'un qui m'incite à faire du sport ! Quelle surprise ! aurait-elle voulu crier avec une gaieté ironique. *Et comme je te suis reconnaissante de cette suggestion de menu équilibré ! Sans ton aide, comment une femme de ma corpulence pourrait se douter de l'importance de l'exercice et de la nutrition ?*

Mais elle ne se croyait pas capable de garder une voix calme tout en révélant combien son cœur était blessé. Et dépenser son énergie en sarcasmes n'en valait pas la peine non plus. Il ne comprendrait sans doute même pas. C'était toujours ainsi.

« Mon corps est un instrument », avait-il dit. Ah ouais. Et lui, il était qui ? Paganini ?

Elle aurait dû s'en douter. Un corps pareil, un aussi beau visage ? Évidemment qu'il se souciait des apparences plus que de la beauté intérieure. Évidemment.

Et son érection ne signifiait pas qu'il la respectait. Ça ne voulait même pas dire qu'il appréciait sa silhouette. Seulement que leurs phéromones étaient compatibles, sans doute à sa grande horreur.

Elle aimait tout ce qui brille, depuis toujours. Mais tout ce qui brille n'est pas d'or, et lui n'était finalement pas un diamant.

Marcus Caster-Rupp pouvait aller se faire foutre, comme tous les autres – colocataires, collègues, soi-disant amis – qui semblaient d'abord offrir une affection sans condition, puis finalement l'incitaient à aller à la salle de sport, lui offraient une balance high-tech, un abonnement à un système de perte de poids, lui glissaient des conseils nutritionnels.

Au fil des vingt dernières années, il lui était arrivé de sortir et de coucher avec des hommes comme lui. Avant ça, elle avait vécu avec des gens comme lui pendant dix-huit ans.

Ça suffisait.

Elle en avait assez qu'on lui reproche sa graisse. Lui. Tout le monde.

Ce soir, elle allait se servir un verre de vin et expliquer tout ça à ses amis du forum Évinie. Dévoiler des blessures qu'elle aurait dû reconnaître depuis longtemps, leur dire des vérités qu'elle aurait préféré qu'ils comprennent par eux-mêmes.

Elle essaierait de procéder en douceur, parce qu'ils étaient depuis longtemps ses amis, contrairement à l'homme dont elle partageait le taxi. Mais elle allait le faire. Point. Même si c'était dur de s'exposer ainsi, et même s'ils risquaient de mal le prendre.

— D'accord. C'est logique. Tu as beaucoup à faire.

Au moins, Marcus était assez sensible pour ne pas protester, ne pas tenter de la toucher de nouveau, alors même qu'il s'efforçait de la déchiffrer de ses yeux bleu-gris.

— Oui, je suis débordée.

Elle sortit son téléphone de son sac. En quelques clics, elle nota d'acheter du vin en même temps que les produits d'entretien.

— Peut-être…

Son corps ne la touchait toujours pas, bien qu'il se soit un peu rapproché. Si près que sa chaleur risquait bien de faire fondre sa résolution.

— Peut-être que je pourrais prendre un billet pour revenir plus tard dans la semaine ? T'aider à déballer tes cartons et t'installer ? Je ne travaille pas en ce moment, donc…

Cette timidité, cette douleur pas totalement masquée dans sa voix, c'était un stratagème. Un jeu. Forcément.

Elle n'avait plus l'intention de se laisser berner.

— Quand quelqu'un m'aide à défaire mes cartons, ensuite je ne retrouve jamais rien.

Elle remit son téléphone dans son sac et le referma. La fermeture Éclair émit un son agréablement définitif. Puis elle se tourna de nouveau vers la fenêtre.

— Je ne sais pas encore comment je vais m'organiser dans la semaine, donc ne fais pas de projet. Mais merci pour ta proposition.

À ce moment-là, il sembla comprendre. Du moins, suffisamment pour cesser d'essayer.

— D'accord, répéta-t-il.

Ce fut le dernier mot qu'ils échangèrent jusqu'à ce que le taxi se gare devant le nouvel appartement qu'elle louait, encore vide. Ils se dirent au revoir d'un ton formel, sans se toucher une seule fois.

Le visage de Marcus, lorsqu'elle osa lui faire face, était tiré. Solennel. Résigné.

Elle s'en fichait. *Vraiment.*

Une fois sortie du véhicule, elle marcha vers l'entrée, déverrouilla la porte, l'ouvrit et la referma d'un coup de pied, puis remit le verrou.

Elle ne regarda pas en arrière.

__Messages privés du forum Évinie, dix mois plus tôt__

Lavinie Is The Star : Tu n'as pas l'air bien, aujourd'hui… Quelque chose ne va pas ?

Livres:ÉnéeNenFeraitRien : Rien qui justifie que je me plaigne. Mais merci, Litsie.

Lavinie Is The Star : Ça n'a pas besoin d'être un cataclysme pour que je t'écoute. Si tu as besoin de vider ton sac, je suis là.

Livres:ÉnéeNenFeraitRien : Je crois que je suis juste fatigué. J'en ai ma claque de voyager, en tout cas pour le moment. Je ne sais pas trop ce que je veux pour la suite de ma carrière.

Lavinie Is The Star : Changer de métier, c'est dur. Je viens juste de commencer à postuler pour différents boulots, alors que ça fait des mois que j'ai envie de quitter mon poste actuel.

Livres:ÉnéeNenFeraitRien : Mais tu t'es lancée, parce que tu es courageuse.

Livres:ÉnéeNenFeraitRien : Je suis mal placé pour me plaindre. J'ai beaucoup, beaucoup de chance d'avoir ce job. Mais…

Lavinie Is The Star : Mais quoi ?

Livres:ÉnéeNenFeraitRien : Je finis par me sentir seul. Je n'ai personne avec qui être moi-même, en fait.

Lavinie Is The Star : Oh, je suis désolée, LENFR… Câlin !
Lavinie Is The Star : Qu'est-ce que je peux faire pour t'aider ?
Livres:ÉnéeNenFeraitRien : Continue à être toi, Litsie. C'est plus que suffisant. J

Chapitre 12

Marcus retourna dans sa chambre d'hôtel. La pièce était sombre, impersonnelle, immaculée.

Dans la salle de bains, il s'aspergea le visage d'eau froide, puis posa les mains sur le comptoir du meuble en marbre et resta penché au-dessus du lavabo, dégoulinant.

April ne voulait pas le revoir. De la confusion de leur trajet en taxi, c'était ce qui ressortait.

Il avait fait ou dit quelque chose.

Ça ne devrait plus le surprendre, ni le blesser non plus.

Lorsqu'il finit par se sécher, la serviette était douce sur sa peau. Il aurait préféré un contact rugueux. Il voulait frotter et récurer son épiderme jusqu'à faire apparaître une nouvelle version de Marcus Caster-Rupp. Qui n'aurait pas la gorge douloureuse, serrée. Qui n'aurait pas perdu l'amitié d'April, et la possibilité de bien plus, en seulement deux jours.

Quand il ouvrit son ordinateur portable pour faire un tour sur Twitter, ils étaient là. April et lui, doigts mêlés devant une vitrine de minéraux colorés. Appuyés à une rambarde, corps à corps, alors que le sol tressaillait sous leurs pieds. Blottis l'un contre l'autre dans les sièges du planétarium.

Les photos des paparazzis commençaient à apparaître également sur divers sites de divertissement. On l'y voyait, bouche ouverte et brûlante sur son cou, son épaule. April passant les doigts dans ses cheveux pour l'attirer plus près d'elle, menton levé, yeux fermés derrière ses lunettes si mignonnes.

Ce qu'il avait fait de travers, c'était après ça. Soit devant les paparazzis, soit dans le taxi.

Les images…

Avec un soupir déchirant, il fit défiler l'écran plus bas, toujours plus bas, pour les éloigner.

Après avoir consulté un dernier fil de commentaires au pied d'un article, il les referma le plus vite possible, croisant les doigts pour qu'April n'ait pas la mauvaise idée de les lire. Lors de l'incident du fan connard sur Twitter, elle ne lui avait pas semblé très susceptible à propos de son corps, et Dieu sait qu'elle était sublime, mais n'importe qui verrait sa confiance en soi ébranlée par tant de méchanceté.

Ceci étant, quelqu'un avait créé un compte Twitter entièrement dédié au repost de photos d'April, accompagnées de légendes élogieuses. Le nom du compte ? @Évinie5ever5ever. Le compteur d'abonnés affichait déjà deux cents et continuait de grimper sous ses yeux.

Si ces gens avaient connu son pseudo Évinie, ils lui auraient peut-être dédié un deuxième compte : @LavinieIsTheStarIsTheStar.

À propos…

Il ne pouvait plus poster sur le forum sans trahir le fait qu'il ait menti à April sous l'identité de Livres:ÉnéeNenFeraitRien en inventant un voyage professionnel où il n'aurait le droit d'utiliser ni Internet ni son téléphone portable, mais il fallait qu'il voie ce qu'elle racontait.

D'un clic, il se rendit invisible. Il se trouvait à la fois en dedans et en dehors de sa communauté. En observateur. Et il puisait du réconfort dans ses amies, même depuis une distance désolée.

De nouveaux sujets étaient apparus en même temps que les photos de son rendez-vous avec April. De nouvelles notifications de messages privés également, dont un de Litsie, ce qui clochait.

Il fixa l'écran en clignant des yeux, puis plissa les paupières. Après un moment, il cliqua dessus, le cœur battant à une vitesse désagréable.

Non, il ne se faisait pas des films. Elle lui avait écrit quelques minutes plus tôt, bien qu'il lui ait dit qu'il serait injoignable pour une durée indéterminée, bien qu'il l'ait meurtrie avec son mensonge cousu de fil blanc.

Lavinie Is The Star: Je sais que tu m'as dit que tu partais pour une mission où tu n'aurais pas d'accès à Internet, mais je voulais te dire un truc.

Lavinie Is The Star: Au cas où ça ne serait pas entièrement vrai, au cas où ton voyage déconnecté ait quelque chose à voir avec le fait que je sorte avec Marcus Caster-Rupp : on ne se voit plus.

Lavinie Is The Star: Je ne sais pas pourquoi je te raconte ça, vu que tu ne voulais pas me rencontrer en chair et en os, même si j'avais annulé mon deuxième rendez-vous avec lui. Donc ça n'a pas de sens.

Lavinie Is The Star: Je suis désolée. J'ai la tête à l'envers en ce moment, et je n'ai pas réfléchi. Je ne te dérangerai plus.

« On ne se voit plus. » « Je ne te dérangerai plus. »

C'était la confirmation qu'il avait redoutée.

Il n'aurait pas de troisième rendez-vous avec April. Il n'était même pas certain qu'elle écrive de nouveau à Livres:ÉnéeNenFeraitRien lorsqu'il rentrerait de son voyage imaginaire, à moins qu'il accepte de la rencontrer. Ce qu'il ne pouvait faire. En théorie, il pourrait sans doute inventer un bobard pour expliquer cette impossibilité, sortir une justification probable comme de l'agoraphobie ou un trouble dans le genre… sauf qu'il ne voulait plus lui mentir.

Oui, il était coincé, et blessé, et il n'avait pas la moindre idée de ce qu'il pouvait répondre à ses messages. Peut-être rien. Si elle avait la tête à l'envers, lui aussi. Il avait besoin de temps.

Il choisit donc de ne rien dire, même si une part de lui avait une envie désespérée de lui demander ce qui avait mal tourné dans ce second rendez-vous.

Les épaules voûtées, il retourna vers l'index des sujets.

Un nouveau sujet venait d'apparaître. Intitulé « La grosse honte », il avait été lancé par April. Quand il cliqua, son post apparut et remplit tout l'écran.

C'était éloquent. Un cri du cœur. Direct.

C'était aussi une réponse à la question qu'il n'avait pas été assez trouduc pour oser poser.

Lavinie Is The Star : Ça fait maintenant des années que je veux vous parler de ce problème, mais je ne savais pas comment aborder le sujet. J'étais particulièrement gênée parce que les gens de cette communauté – chacun d'entre vous – sont tellement importants à mes yeux, et je ne veux ni vous blesser ni vous fâcher. Mais la vérité toute simple, c'est que certains d'entre vous m'ont blessée, moi, même si c'était involontaire, et je suis sûre que ça a pu m'arriver aussi de vous heurter sans m'en rendre compte. (Si c'est le cas, dites-le-moi. Je veux le savoir et m'améliorer.)
Lavinie Is The Star : Alors voilà : je suis grosse. Très grosse, en fait. Pas potelée ni simplement sensuelle. GROSSE. Si j'ai été attirée par cet OTP en particulier, je pense que c'est en grande partie pour cette raison. L'histoire de Lavinie résonnait en moi. Son personnage n'est pas gros, ni dans les livres ni dans la série, mais comme vous le savez, dans les livres elle est décrite comme n'ayant pas une beauté conventionnelle. Plusieurs des hommes d'Énée la traitent même de « moche ». On en a parlé souvent,

le choix de Summer Diaz – qui est magnifique même sans maquillage et mal fagotée – pour jouer Lavinie a sapé cette dimension du récit, mais même comme ça, on en trouve des échos dans la série.

Lavinie Is The Star : Je pense que j'avais un besoin immense de lire et de regarder l'histoire d'une femme considérée par beaucoup comme quelconque, voire franchement hideuse, qui parvient à gagner le respect, l'admiration, le désir, et pour finir l'amour de l'homme qu'elle aime et désire elle-même. J'avais besoin de voir combien sa personnalité, ses choix et ses paroles pourraient devenir plus importants aux yeux de cet homme que le fait que le monde entier la considère ou non comme jolie.

Lavinie Is The Star : J'en avais besoin à cause de mon histoire familiale. Et aussi à cause de mon passé amoureux. Je ne saurais vous dire combien de fois un mec lors d'un premier rendez-vous, ou un petit copain régulier, ou quelqu'un que je prenais pour un ou une ami(e), m'a culpabilisée à cause de mon poids. Parfois, c'est carrément direct, mais le plus souvent, c'est d'une manière qu'ils doivent croire subtile, voire sans s'en rendre compte du tout. Par exemple, ils me conseillent de faire du sport, ou me proposent d'aller marcher chaque fois qu'on se voit, ou bien ils me parlent de leurs inquiétudes pour ma santé, ou encore ils me poussent vers des choix de menus qu'ils estiment plus diététiques.

Lavinie Is The Star : Mais je n'ai pas envie d'être soignée. J'ai envie d'être aimée, appréciée et désirée, non pas malgré mon poids, ni à cause de mon poids, mais parce que je suis MOI. Ma personnalité, mes choix, mes paroles. Chaque fois qu'une personne qui compte pour moi ne me le rend pas de la même façon, ça me fait mal. Plus que je ne pourrais le dire.

Lavinie Is The Star: Alors cet OTP, cette communauté, sont importants pour moi. Je les vois comme un signe qu'un meilleur avenir est possible pour moi, de meilleures relations, et même l'amour, vrai, durable et passionné. Pas malgré mon poids, ni à cause de mon poids, mais parce que je suis MOI.

Lavinie Is The Star: C'est pour ça que c'est douloureux pour moi de lire dans notre communauté des fanfics qui utilisent l'obésité comme un raccourci pour signifier la gloutonnerie, la méchanceté, la laideur ou la paresse. Je suis effarée de voir ça se reproduire si souvent, sachant que l'un des membres du couple que nous adorons tous n'est pas considéré comme une beauté classique dans les livres. La relation Énée/Lavinie, au moins dans les livres, porte sur le rejet des apparences au profit du caractère. Pourtant, je trouve beaucoup de grossophobie dans les fanfictions Évinie et, chaque fois, je le prends comme une gifle.

Lavinie Is The Star: Pour être claire, je ne pense pas que la grossophobie soit généralement un choix délibéré dans nos fanfics. La haine du gras, le dédain pour les personnes grosses, sont tellement répandus dans notre société que ça sort de façon inconsciente, et je m'inclus moi-même là-dedans. Le fait d'être grosse ne m'évite pas de devoir réfléchir à mes mots et mes actes en ce qui concerne l'obésité, car j'ai grandi dans cette culture moi aussi.

Lavinie Is The Star: Je ne vous demande pas de glorifier mon obésité, ni de rendre Lavinie grosse dans vos histoires, ni de corriger vos anciens textes. Mais ce que je vous demande, cependant, c'est de réfléchir chaque fois que vous mentionnez l'obésité dans vos écrits. Je voudrais que vous pensiez à moi et vous posiez la question : « Est-ce que les sous-entendus vont blesser LITS ? » Si la réponse est oui, s'il vous plaît, corrigez-vous. Pour moi, pour vous, et pour tout le monde.

Lavinie Is The Star: Comme je le disais, je ne veux pas vous froisser ni fâcher aucun d'entre vous, parce que vous êtes mes amis et ma communauté. Mais je pense que c'est important, alors voilà, c'est dit, et j'espère qu'en en parlant on peut devenir une communauté encore meilleure et plus inclusive que maintenant.

Lavinie Is The Star: Merci, et désolée pour la tartine.

Lavinie Is The Star: Petit résumé pour les flemmards : dans vos fanfics, faites en sorte que les personnages gros ne soient pas automatiquement méchants, laids ou paresseux. Je suis grosse, et ça me rend triste.

Lavinie Is The Star: P.-S. : Quand je dis que je suis grosse, ce n'est pas pour me dévaloriser. Pour moi, contrairement à d'autres, « gros » n'est pas une insulte. C'est juste un qualificatif, comme blond, ou grand, ou (pour faire plaisir à PrendsMoiÉnée) TUMESCENT. Comme pour bien d'autres adjectifs, ce n'est offensant que si on l'utilise dans cette intention.

Dans sa chambre d'hôtel, Marcus s'appuya au dossier trop dur de son fauteuil et exhala lentement.

Parmi toutes les fanfics qu'il lui avait recommandées au fil des ans, certaines comportaient des personnages secondaires ou tertiaires qui étaient gros. Il se doutait que leur description le mettrait maintenant mal à l'aise.

Merde.

Mais ce n'était pas le pire. Et de loin.

« Ils me conseillent de faire du sport, ou encore ils me poussent vers des choix de menus qu'ils estiment plus diététiques. »

Il était prêt à jurer sur sa propre tête que son invitation à la salle de sport et au petit déjeuner n'avait rien de paternaliste ni de diététique. Mais, avec son passif, il comprenait bien qu'elle ait pu le prendre ainsi. Il saisissait pourquoi elle s'était soudain faite glaciale, et pourquoi elle s'était éloignée de lui et n'avait plus voulu le regarder jusqu'à la fin de cet interminable trajet en taxi.

Après ce qu'elle avait vécu, et le rôle de beau gosse obsédé par les apparences que lui-même avait joué devant les paparazzis pendant des années, évidemment qu'elle l'avait cru capable du pire. Elle ne le connaissait pas suffisamment pour lui faire confiance. Même avec Livres:ÉnéeNenFeraitRien…

Il se pinça le front, si fort qu'il s'attendait presque à y voir des marques.

Comment avait-il pu ne pas y prêter attention ? Oublier ce détail ? Même à Livres:ÉnéeNenFeraitRien, fidèle ami de très longue date, elle avait demandé si son apparence était ce qui l'avait poussé à couper les ponts. Parce qu'elle avait pensé que ces photos de leur dîner ensemble étaient le premier aperçu qu'il avait d'elle, et qu'elle ne se doutait pas qu'à ce moment-là il l'avait déjà vue en vrai. Qu'il l'avait admirée et trouvée sexy en diable.

Pas à cause de son poids. Pas malgré son poids. Parce qu'elle était… April. Litsie. *Elle.*

Et non, elle n'avait pas paru particulièrement heurtée par les jugements cruels de certains inconnus sur Twitter. Mais elle avait été claire sur cette distinction dans les messages privés qu'ils avaient échangés sur ce réseau, non ?

« Je me fous pas mal de ce que les inconnus pensent de moi. Seuls les gens auxquels je tiens m'importent. »

Soit elle considérait toujours Marcus Caster-Rupp comme un inconnu et se fichait pas mal de lui et de son invitation maladroite, soit elle avait commencé à tenir à lui, même juste un peu, et il l'avait blessée. Comme Livres:ÉnéeNenFeraitRien l'avait fait la veille au soir seulement.

Merde.

Cette fois, Alex, toujours en Espagne, ne devait être couché que depuis *peu de temps*. Et comme son ami n'était pas lui-même un exemple de contrôle de soi, Marcus supposait qu'il serait pardonné. Tôt ou tard. Quand Alex aurait rattrapé son sommeil en retard.

— Bordel, j'ai tellement merdé, déclara Marcus à peine son ami eut-il décroché. Je ne voulais pas, mais putain, j'ai vraiment foiré.

Avec une patience admirable, Alex s'abstint une fois encore de le traiter de trouduc.

— Tu as foiré quoi, précisément ?

— Tout, grogna-t-il en se frottant le visage de sa main libre. Tout !

— Tu es en train de me chier une pendule..., marmonna Alex. Peut-être que tu pourrais être un petit peu plus précis ?

Si Marcus était en train de chier une pendule, Alex avait pour sa part l'habitude de chier régulièrement... qu'est-ce qui était plus volumineux qu'une pendule ? Une grue ? Le Golden Gate Bridge ? Mais, même si l'hôpital était un peu en train de se foutre de la charité, Alex écoutait, et Marcus comptait bien en profiter.

L'histoire ne fut pas aussi longue à raconter qu'il l'aurait cru. Quand il eut fini, Alex resta silencieux très, très longtemps.

— Peut-être que c'est mieux ainsi, finit-il par répondre.

Marcus regarda son téléphone avec une telle rage qu'il aurait pu prendre feu.

— *Quoi ?*

Même par-delà un océan et un continent, le soupir d'Alex était audible. Marcus tapota nerveusement le nom de son ami sur l'écran.

— En un week-end, j'ai perdu une amie très chère et la seule femme dont j'aie vraiment eu envie dans ma vie depuis des années – voire depuis toujours, mais c'était peut-être chier une pendule que de dire ça –, et elle est persuadée que je suis, en tant que Marcus, un connard grossophobe et, en tant que Livres:ÉnéeNenFeraitRien, un salaud qui l'abandonne. Dans quel monde parallèle ça pourrait être pour le mieux ?

— Mec..., répliqua Alex en étouffant un bâillement. Pense à ce que tu viens de dire. Tu as répondu toi-même à la question...

— Ben non !

— Tu viens de parler de toi à la troisième personne. Deux fois. Sous deux identités différentes, expliqua Alex en perdant patience. Ça ne te semble pas un peu... compliqué ?

Humpf.

— Je suis un diamant avec plusieurs facettes.

N'était-ce pas ce qu'April lui avait dit un peu plus tôt ?

— Garde ce genre d'autocompliments pour les journalistes, Marcus.

On entendit un drôle de bruit à l'autre bout de la ligne. Alex devait gratter sa barbe hirsute.

— J'essaie juste de te dire que tu pourrais rencontrer une gentille fille qui te connaîtrait sous un seul nom, à qui tu n'aurais pas menti, et envers qui tu n'aurais pas des tonnes de secrets.

— Je ne veux pas d'une gentille fille. Je veux April. Litsie.

Il se pinça l'arête du nez et fit une grimace.

— Je ne dis pas qu'elle n'est pas gentille. Du moins, quand elle ne pense pas que je suis un connard qui tente de l'inciter à faire du sport et un régime.

Avant qu'Alex ne puisse glisser une remarque, Marcus ajouta :

— Je sais, je sais. Je viens de me référer à elle sous deux identités aussi. Pas la peine de me le faire remarquer.

Oui, c'était sans le moindre doute un gros soupir que son ami poussait à présent.

— Dans ce cas, pourquoi tu m'as appelé ?

— Parce que je... Peut-être parce que j'avais besoin qu'on me le dise, même si je n'avais pas envie de l'entendre, avoua-t-il, la tête baissée.

La gorge serrée, il se força à poursuivre.

— Tu crois que je dois renoncer à elle, alors ? Ne pas la recontacter en tant que Marcus, et éviter les messages privés avec elle sur le forum, quand je serai rentré de mon voyage d'affaires fictif, où elle pense que je fais de l'espionnage ?

— Je crois, d'après ce que tu m'as dit, qu'elle mérite un homme qui pourra être honnête et franc avec elle, sous une identité unique. Est-ce que tu peux le faire ? Sachant ce que ça risquerait de te coûter..., demanda Alex, d'une voix rauque de sommeil.

S'il y avait bien une personne pour qui il était prêt à mettre sa carrière en péril, c'était elle. Il était presque certain qu'elle ne révélerait pas ses secrets. Presque.

Bien qu'il ne l'ait rencontrée en vrai que deux fois. Merde.

Pouvait-il mettre vingt ans de labeur en danger pour une quasi-certitude ? La réputation professionnelle qu'il s'était construite à la force du poignet, grâce à d'interminables heures passées à répéter ses dialogues, à travailler son jeu d'acteur, à apprendre la voile, l'escrime, le quadrille ?

À ce propos : si *Flirty Dancing* atterrissait un jour sur une plateforme de streaming, il s'isolerait dans une grotte. Encore plus efficace que la cachette de son personnage, un cadre arrogant au bras long qui, après avoir été par hasard témoin d'un règlement de comptes, devait changer d'identité et vivait alors une histoire d'amour contrariée avec une danseuse de quadrille en pull tricoté.

Ce film était atroce. Une vraie bouse.

Pourtant, il avait fait son boulot. Il avait traité les techniciens et les autres acteurs avec respect, et s'était montré professionnel. Ce projet lui avait rapporté un peu d'argent, et cela avait assis sa réputation d'acteur travailleur et facile à diriger.

Mais ce n'était pas tout.

Il était arrivé sur le tournage âgé de vingt-trois ans, impatient, enthousiaste, et à moitié persuadé d'être une irrattrapable merde. Une fois l'aventure terminée, il se croyait toujours une merde. Mais une merde susceptible de progrès. Et qui progresserait, grâce à un travail constant. Il s'améliorerait dans son domaine et, ainsi, décrocherait des rôles plus prestigieux.

Jouer lui avait apporté du respect professionnel, oui, mais aussi un début de respect de soi. C'était sa source d'accomplissement, sa communauté et sa fierté. Sa seule source, au moins jusqu'à ce qu'il découvre les fanfictions.

Sans son métier, sans sa réputation, il ne serait rien. Il n'aurait rien. Encore une fois.

Et une femme intelligente et ultra-compétente comme April n'aurait plus aucune raison de vouloir de lui dans ce cas-là.

— Ouais. J'entends ce que tu dis, répondit-il. Merci.

Il avait les yeux qui piquaient tout d'un coup. Il les ferma.

— Écoute…, reprit Alex en bougeant à l'autre bout du fil. Je suis désolé. Et je veux que tu saches que si jamais tu décides de te dire : « Et puis merde, elle est plus importante à mes yeux que ma carrière », et que tu lui racontes tout, je te soutiendrai. Tu t'en doutes.

Amusé malgré lui, Marcus souffla.

— C'est plutôt ton style de faire ce genre de conneries.

— C'est cent pour cent mon style. Non seulement je le ferais, mais sans doute en direct à la télé, et ensuite je lirais, au débotté, les histoires les plus crades et contraires à la série que j'aurais écrites.

Le rire d'Alex était bref. Amer.

— Ce n'est pas pour rien que Ron et R.J. m'ont refilé une putain de nounou. Mais tu n'es pas moi, et j'essaie de t'aider à prendre des décisions moins pourries que les miennes.

Depuis son arrestation à la suite d'une bagarre dans un bar, les directeurs de série avaient imposé à Alex une baby-sitter, payée, pour l'empêcher de se fourrer dans le pétrin. Une femme qui était liée à Ron d'une manière ou d'une autre, ce qui n'augurait rien de bon.

— À propos, comment ça se passe avec… comment elle s'appelle… Laurel ? Laura ?

Alex poussa un soupir qui aurait pu alimenter une éolienne.

— Lauren. Mon perroquet implacable, insupportable, et incroyablement court sur pattes.

Marcus tenta de garder un ton aussi sec que le désert dans lequel ils avaient tourné lors de la saison trois.

— C'est bien parti, donc.

— C'est parti. Elle non, en revanche, elle est restée.

D'une voix plus que vexée, Alex explicita :

— Apparemment, elle m'accompagnera pour toutes mes sorties en public jusqu'à la fin de la diffusion de la saison. Malgré ma promesse de ne plus toucher à l'alcool. Et de ne plus me battre. Sauf en cas d'absolue nécessité.

Marcus se massa les tempes en entendant cet ajout.

— D'ailleurs, je l'ai dit à Ron : je ne vois pas comment elle pourrait m'empêcher de me battre, sauf si elle monte sur un tabouret. Mais elle est plus forte qu'on ne croirait. Elle serait sans doute capable de me flanquer un coup dans les genoux, et de s'asseoir sur moi en attendant que je dessoûle.

Il y avait une sorte de délectation sinistre dans la façon dont Alex s'exprimait, et cela amenait à s'interroger : dans quelles circonstances exactes avait-il découvert la force de Lauren ?

— Elle va détester toutes les premières et les cérémonies de remise de prix, se réjouit Alex. Mais vraiment. J'ai trop hâte d'y être !

La jubilation maléfique d'Alex était telle que Marcus l'imaginait dans un antre secret, en train de caresser un chihuahua sans poil tout en manigançant l'éruption d'un super volcan créé par ses minions. Il grimaça. Il préférait ne pas repenser à ce rôle calamiteux dans *Magma ! La comédie musicale*. Il croisait les doigts pour qu'April n'en ait jamais entendu parler, car l'exactitude scientifique n'était pas franchement…

Non. Peu importait l'opinion d'April désormais, puisqu'ils ne se parleraient plus, ni en personne ni en ligne. Après un dernier échange, ce soir.

Il savait ce qu'il avait à faire maintenant.

— Je suis content que tu retires un certain plaisir, même pervers, de cet arrangement. Mais sois gentil avec Lauren. Elle n'y peut rien si on l'a chargée de s'assurer que tu restes sobre.

Un rapide regard à son ordinateur révéla une pluie de réponses aux posts d'April. De nouveaux messages ne cessaient d'apparaître.

— Il faut que j'y aille, mais merci de m'avoir écouté. Comme toujours.

— Pas de problème. Attends une seconde, le temps que je regarde mon planning, demanda Alex dans un bruit de feuilles.

Tout en patientant, Marcus parcourut les premiers commentaires. La plupart étaient pleins d'empathie, mais FanÉnée83 – dont il n'était pas proche, mais qui était membre depuis longtemps – se montrait assez défensive, dans le style « pas la peine d'en faire un fromage ». Marcus en fut hérissé.

Une minute plus tard, Alex était de retour.

— Je serai à Los Angeles dimanche. Tu veux qu'on se fasse un marathon de ce concours britannique de pâtisserie en fin de semaine ? Ça fait une éternité que je n'ai pas entendu quelqu'un dire « ganache »…, conclut-il d'une voix méditative, presque rêveuse. Je parie que si je parle de ganache montée devant Lauren, elle va croire qu'il s'agit d'un truc cochon. Faut absolument que je le tente.

Marcus n'enviait pas la pauvre Lauren. Du tout.

Après sa semaine calamiteuse, cependant, Marcus se disait qu'il devrait passer le maximum de temps en compagnie de son meilleur ami.

— Un marathon de ganache montée sur petit écran me tente bien. On voit les détails quand tu rentres. Prends soin de toi d'ici là, et bon voyage. Et sois gentil !

Après un nouvel éclat de rire maléfique, Alex raccrocha.

Il était temps de réfléchir. À fond.

Marcus mit un temps infini à écrire sa réaction aux posts d'April. Mais il finit par trouver les mots justes. Du moins les plus justes qu'il put, étant donné les circonstances. Il faudrait bien que ça suffise.

Livres:ÉnéeNenFeraitRien : J'ai des restrictions professionnelles sur l'usage d'Internet, alors je ne pourrai pas beaucoup poster ici dans le futur proche. Je ne devrais même pas le faire là, mais je voulais dire deux choses.

Livres:ÉnéeNenFeraitRien : Premièrement, merci d'être un groupe aussi accueillant et plein de soutien. Ces dernières années, fréquenter ce fandom en particulier m'a beaucoup appris sur l'écriture, sur la communauté et – même si ça paraît cucul – sur moi-même.

Livres:ÉnéeNenFeraitRien : Deuxièmement, si nous SOMMES une communauté qui se targue d'être accueillante et pleine de soutien, nous ne devrions pas faire la sourde oreille lorsque l'une de nos membres a le courage de nous dire qu'il lui arrive de se sentir rejetée et meurtrie par des choses que nous avons écrites. D'autant plus que, comme le souligne LITS, le message fondamental de la relation Énée/Lavinie est simple : le caractère compte plus que l'apparence, et les qualités les plus importantes, ce sont la bonté et l'honneur.

Livres:ÉnéeNenFeraitRien : Alors je voudrais présenter mes excuses les plus sincères à LITS pour ne pas avoir réfléchi plus tôt au problème fondamental qu'elle soulève, et pour n'avoir pas remarqué la grossophobie dans certaines fanfics que je lui ai recommandées, ainsi qu'à vous tous, par le passé. Je ferai mieux à l'avenir, grâce à ce que tu as écrit aujourd'hui. Et je t'en remercie.

Livres:ÉnéeNenFeraitRien : Aussi, LITS, je suis désolé que les gens dans ton entourage – les hommes avec lesquels tu es sortie – t'aient fait te sentir jugée ou humiliée. Plus désolé que je ne saurais le dire.

Livres:ÉnéeNenFeraitRien : Prends soin de toi. Je reviendrai… je ne sais pas quand. Tu vas me manquer.

Après cela, Marcus se remit en invisible. Puis il se déconnecta.

Ensuite, comme il l'avait fait si souvent auparavant, il écrivit jusqu'à ce que la douleur qui lui déchirait la poitrine s'atténue.

FLIRTY DANCING

INT. GRANGE DE FARNSWORTH - SOIR

La grange est vaste et jonchée de paille, la lumière douce provient de lanternes bricolées avec des bocaux en verre. D'autres couples sont toujours en train de danser le quadrille, mais CHRISTOPHER et MILLIE ont trouvé un recoin tranquille. Elle enlève un fétu de paille de son costume onéreux, et ils rient tous deux.

MILLIE
Toi, dans une contredanse vers la gauche, léger comme la brise. Nous, ensemble.

CHRISTOPHER
Jamais plus séparés, Millie. Jamais plus.

Elle s'approche de lui pour un baiser. Soudain, un coup de feu, puis des cris. MILLIE s'écroule au ralenti, le visage inexpressif, une tache de sang s'élargissant sur sa poitrine alors qu'il essaie d'un geste désespéré de la rattraper, de la ranimer, mais il est trop tard. Lorsqu'il lève les yeux, toute trace du tireur s'est évanouie.

CHRISTOPHER
Millie ! Millie ! Ne me quitte pas !

Mais elle ne peut plus répondre. Le visage levé vers les poutres, il hurle de chagrin, de désespoir et de rage envers l'univers, conscient d'avoir à présent une nouvelle motivation, de nouveaux objectifs : devenir un homme meilleur en son hommage, et la venger. Sa mort sera désormais la clé de son arc narratif, exactement comme elle l'aurait voulu.

Chapitre 13

Pour son premier jour dans son nouveau travail, les collègues d'April lui offrirent des sushis à emporter pour le déjeuner, avec un accompagnement d'interrogatoire discret.

D'après Heidi, ça aurait pu être pire. Bien, bien pire.

— Ils ont cette interprétation de « Blowin' in the Wind », avait-elle murmuré le matin à côté du photocopieur. Mel a changé les paroles, ça donne : « Les polluants, my friends, are blowin' in the wind ».

— Waouh, avait balbutié April. C'est… pas banal.

Heidi avait répondu par un hochement de tête théâtral.

— Il y a aussi un couplet sur les stations d'analyse de l'air. C'est Pablo et Kei qui l'ont écrit.

— Et ils vont me jouer ça au déjeuner ? En guise de cérémonie de bienvenue ?

Franchement, malgré les yeux exorbités d'Heidi, ça avait l'air super cool. Après la semaine qu'elle venait de vivre, April accueillait avec soulagement tout ce qui pouvait la distraire de ses ruminations. Un calamiteux concert folk promettait bien plus de distraction et d'amusement que de grignoter un sandwich toute seule à son bureau, comme elle l'avait fait lors de son premier jour dans son emploi précédent.

Elle appréciait la créativité sous toutes ses formes. Surtout que la créativité en question était obligée de cesser à la fin de la pause-déjeuner, si jamais elle était trop éprouvante pour les tympans. Pourtant, elle appréciait aussi que cette fameuse créativité ne lui soit pas imposée sans consultation.

— Il a fallu discuter, mais finalement ils ont décidé que ça serait enfreindre les limites entre collègues.

Heidi arborait un vernis à ongles d'un bleu céleste parfaitement assorti à ses cheveux. April pouvait élargir la palette de ce qu'elle porterait pour aller au travail.

— Ils ne voulaient pas te forcer à écouter si tu n'étais pas consentante. Bien qu'ils soient très fiers de leur version de « This Land Is Your Land ».

Voilà qui offrait des possibilités infinies en termes de paroles.

Pour finir, cependant, il n'y eut pas de séance de chant au déjeuner. Juste quelques questions bon enfant.

— Moi aussi, je suis fan du *Royaume*, confia Mel avant d'attraper un maki thon épicé avec ses baguettes pour le déposer dans son assiette. J'ai vu ton costume de Lavinie sur Twitter, il est génial. Ça fait combien de temps que tu fais du cosplay ?

De tous les sujets croustillants qu'aurait pu aborder Mel, elle avait choisi… le cosplay. Pas Marcus. Pas les rendez-vous. Pas même la couverture médiatique de Marcus et de ces rendez-vous, ni les photos intimes saisies dans un lieu public qui avaient fuité partout sur Internet et figuré dans plusieurs émissions bas de gamme sur le câble. Malgré une matinée passée à signer des contrats et remplir des formulaires tout en regardant des vidéos émanant du service des ressources humaines, April aimait déjà son nouveau boulot.

— Ça fait seulement un an.

Vivant une histoire passionnelle avec les makis crevette-avocat, elle en attrapa un.

— La fameuse photo est chouette, et je suis fière de ma création, mais il y a quand même des défauts. J'ai dû faire très attention à ma pose pour qu'on ne voie pas les agrafes ni le scotch double face…

Elle avait eu l'intention de partager son amour du cosplay ainsi que son compte Twitter sur le forum Évinie la semaine précédente, car quelques-uns des membres pourraient lui donner des conseils bienvenus sur la création de costumes. Mais cela impliquait aussi de révéler qu'elle était la mystérieuse invitée de Marcus, et, après toute l'agitation suscitée par ses posts sur la grossophobie, elle avait décidé de faire profil bas pendant quelques jours.

Tout le monde s'était montré gentil et de bonne foi sur le sujet, surtout – et cela lui brisait le cœur – LENFR. Elle se rendait compte également qu'elle se fichait de plus en plus des gens qui ne se souciaient pas d'elle. Mais quelques récalcitrants avaient créé des tensions sur le forum, et elle n'avait pas l'intention de squatter la bande passante une deuxième fois dans la foulée.

— Tu aurais besoin d'une machine à coudre ? demanda Pablo en levant les yeux de son sashimi. Je peux te prêter la mienne. Ce n'est pas du haut de gamme, mais elle marche.

April avala son maki et lui adressa un sourire reconnaissant.

— Merci, mais je serais bien incapable de m'en servir. Il vaut mieux que je m'en achète une, histoire de tester… je préfère casser la mienne que la tienne !

— Alors comme ça, tu as dessiné cet incroyable costume alors que tu ne sais pas coudre…, résuma Heidi, songeuse. Mel, ma chérie, tu suis ma pensée ?

— Euh… non, répondit Mel en enfonçant sa baguette dans les œufs de poisson qui surmontaient son sushi. J'étais en train de dresser la liste des espèces dont on consomme les œufs, et je me demandais pourquoi et comment on décide d'en manger certains et pas d'autres.

— Ah, en effet, convint Heidi, déconfite. Ce n'est pas du tout ce que j'étais en train de penser.

— Moi, je sais, intervint Kei en posant ses baguettes proprement sur sa serviette. Tu pensais à My Chemical Folkmance.

— On n'a pas encore vraiment trouvé de nom qui nous mette d'accord, corrigea Pablo. Moi, je voulais quelque chose du genre « Aveuglés par la Science », mais Kei et Mel prétendent que ça ne fait pas honneur à notre profession.

Oubliant la question des œufs, Mel regarda Heidi avec intérêt.

— Ah. Oui. Maintenant, je vois. Oui, ça pourrait marcher, selon ce qu'April préférerait. Elle vient juste de déménager et de changer de boulot, on ne devrait pas insister pour qu'elle s'engage dans encore autre chose tout de suite.

— Surtout qu'elle a peut-être, euh, d'autres priorités personnelles en ce moment, renchérit Kei avant d'ouvrir son fortune cookie pour lire le petit papier à l'intérieur. Mais merde, je ne *veux pas* entreprendre de nouvelles aventures. Je bosse à plein-temps, j'ai une famille et je chante dans un trio folk qui n'a pas de nom officiel. Ça ne suffit pas ?

— Tu peux avoir mon papier à la place, le consola Heidi en lui tapotant le bras. Ça parle de faire des choix plus sages, et ça ne m'intéresse pas.

— Tu m'étonnes ! répliqua-t-il en riant.

April était perdue.

— Je suis désolée, Heidi, mais j'ai loupé un épisode. À quoi tu penses ? Et quel rapport avec moi ?

— Elle pensait qu'on pourrait s'entraider, si ça t'intéresse, expliqua Mel avec un sourire. On n'arrête pas de se répéter qu'on devrait avoir des costumes pour nos concerts. Tu sais, des tenues plus ou moins assorties, et qui montrent qu'on est un groupe de folk. Mais aucun d'entre nous n'arrive à se faire une idée de ce qui marcherait. Si tu étais partante pour nous apporter ton regard de créatrice…

— … on pourrait t'aider à coudre tes cosplays, finit Pablo. Si ça te dit. Sinon, pas de problème.

La chaise en plastique moulé grinça lorsque April bondit presque en avant dans son enthousiasme.

— Oui ! s'écria-t-elle, rayonnante, en regardant ses collègues l'un après l'autre. J'adorerais ça !

C'était exactement ce qui lui avait manqué dans sa précédente équipe. De l'ouverture et la possibilité de parler de sa vie en dehors du boulot. Des relations construites sur et grâce à cette franchise.

Seigneur, cette liberté était grisante. Elle en avait presque la tête qui tourne.

— On te laisse le temps de prendre tes marques, et ensuite on verra les détails, conclut Mel en agitant une main couverte de bagues. Et si jamais tu changes d'avis, personne ne t'en voudra.

— Tu es déjà bien occupée en ce moment manifestement, ajouta Heidi, son anneau dans le nez étincelant alors qu'elle s'adossait à sa chaise. Écoute, ça ne nous regarde pas, alors ne te sens pas obligée de répondre, mais…

— Marcus Caster-Rupp est ma croix en tant que lesbienne, l'interrompit Mel. S'il n'existait pas, je pourrais affirmer que je suis zéro pour cent hétéro, mais hélas…

Heidi haussa les épaules.

— Moi, je suis bi, alors je n'ai aucun problème à reconnaître que je kiffe Marcus Caster-Rupp.

— Il est comment, en vrai ? Aussi sexy qu'à l'écran ? insista Mel.

Alors que Kei levait les yeux au ciel et commençait à débarrasser ses ordures, Pablo appuya les coudes sur la table.

— T'a-t-il révélé quoi que ce soit côté soins de la peau ?

— Par pitié, dis-nous que c'est un gars bien. Il en a toujours l'air dans ses interviews, mais… on ne peut jamais savoir, souffla Heidi avec une grimace.

Que répondre ?

— Hummm, OK.

Commençons par le plus facile.

— Je n'ai aucune info sur sa crème de jour. Désolée, Pablo. Tu trouveras peut-être des infos en ligne. Il y a sans doute des articles.

Il secoua la tête et se mit à trier ses déchets à son tour :

— Je ne pourrais sans doute pas me payer les mêmes produits que lui, de toute façon, c'était plus par curiosité. Ma copine prétend que son visage a « la dose idéale d'hydratation », même si c'est du jargon pour moi.

April voyait très bien ce qu'il voulait dire.

Ces petites rides au coin des yeux et sur son front ne faisaient qu'accentuer son sex-appeal, comme une dorure sur un lys immaculé.

Et maintenant, un peu plus difficile…

— Il est aussi beau en vrai, répondit-elle à Mel. Peut-être même plus.

Parce qu'en personne il était *réel*. Un tee-shirt qu'elle froissait avec ses doigts ou un lacet défait ne le rendait que plus tiède, plus concret, et plus… tangible.

En face à face, il était toujours d'une beauté éblouissante, oui, mais pas parfait. Pas un demi-dieu. Juste un homme. Et à présent qu'elle le connaissait, elle n'avait pas envie de parler de son sex-appeal avec des inconnus. Comme ses fanfics érotiques, le sujet lui semblait subitement une violation de son intimité.

Elle n'avait aucun problème pour discuter de sa beauté physique. Mais l'attraction sexuelle qu'il exerçait ? Non. Plus maintenant.

— Pfffiou, souffla Mel en s'éventant. Je ne suis pas sûre que ce soit humainement possible, mais je fais confiance à ton jugement. Tu es la seule à l'avoir vu de très près, après tout.

Et, pour finir, le sujet qui fâche.

« Par pitié, dis-nous que c'est un mec bien. »

April ne voulait pas évoquer la différence entre le rôle qu'il jouait en public et son comportement en privé. Il avait ses raisons pour garder cette carapace, quelles qu'elles soient, et elle ne souhaitait pas violer son intimité de cette façon-là non plus. Ni la sienne, d'ailleurs, en racontant les derniers moments qu'ils avaient passés ensemble, et qui l'avaient mise tellement en colère.

Mais elle n'était pas obligée de dire toute la vérité non plus.

— Ne t'en fais pas, Heidi. Je n'ai reçu que de la gentillesse de sa part.

Elle fit de son mieux pour sourire, car il n'y avait rien de faux dans cette phrase, et qu'elle voulait vraiment qu'ils la croient.

Bien qu'il l'ait poussée vers la salle de sport et un petit déjeuner équilibré, elle était sincère. Sa proposition, bien que condescendante, partait sans doute d'un bon sentiment. Et quand il avait évoqué le buffet, elle lui avait coupé la parole avant qu'il ait fini de parler des possibilités. Peut-être qu'il aurait continué à énumérer des aliments diététiques, mais peut-être...

Non, cela ne servait à rien de se repasser la conversation en boucle une fois de plus. Elle avait pris sa décision, et elle vivrait avec. Peu importe combien de fois elle avait remis en cause sa réaction épidermique à ses propos de la semaine passée.

Tu sais, ce sont sans doute réellement les choses qu'il mange au petit déjeuner, eu égard aux exigences de forme physique de son métier.

Cette pensée ne la quittait pas, même lorsqu'elle s'épuisait à vider des cartons et déplacer des meubles.

Si c'est ce qu'il mange, ces trucs sains étaient littéralement tout ce qu'il pouvait te conseiller.

Malgré tous ses efforts, elle ne parvint pas à garder le sourire.

— Je ne pense pas qu'on va se revoir… Je n'aurai probablement pas d'autres infos croustillantes à vous donner dans le futur.

Même si elle se ravisait, même si elle lui envoyait un texto pour lui proposer un autre rendez-vous – mais elle ne le ferait pas, jamais de la vie –, il n'accepterait pas forcément. Elle s'était montrée soudain froide et distante dans le taxi, et elle avait distinctement perçu dans sa voix qu'il était blessé.

Mais il n'avait pas fait étalage de cette douleur non plus. Il ne s'en était pas servi pour l'assommer ou la manipuler afin de la faire changer d'avis. Il n'avait pas non plus protesté, ni ne l'avait bombardée de messages.

Il avait accepté son rejet avec grâce.

Plus de grâce, au final, qu'elle n'en avait eu elle-même.

Mel repoussa sa chaise et se leva, le visage empreint d'empathie.

— Alors on ne posera plus de questions sur lui. Promis. Et si jamais on se montre trop curieux à l'avenir, dis-le-nous, et on te lâchera les baskets sans se vexer.

— Pas de souci, répondit April en empilant les restes, attentive à ne pas croiser son regard. À votre place, j'aurais posé exactement les mêmes questions.

Puis tout le monde se remit au travail, et elle passa l'après-midi au calme à affronter divers documents.

Des documents… et des doutes.

Tellement de doutes.

LENFR avait posté une nouvelle fanfic pendant sa journée de travail.

Les yeux piquants et brûlants de larmes, April l'ouvrit une fois dans son appartement.

La soirée confirmait son impression, si elle en avait eu besoin. Il lui avait menti. De toute évidence, il avait eu accès à Internet suffisamment longtemps pour télécharger son texte le plus récent. Il aurait donc pu lui envoyer un bref message privé s'il l'avait souhaité. Mais il n'en avait plus envie.

Comme d'habitude, il avait sélectionné une phrase des livres d'E. Wade comme titre pour son texte. La phrase en question venait d'un passage du troisième tome, celui où l'on découvrait ce que Lavinie pensait d'Énée : « Bien qu'il soit un demi-dieu, il n'en est pas moins un homme. Et en tant que tel, susceptible de se tromper, autant que tous les autres. »

Contrairement aux précédentes histoires de LENFR cependant, *Pas moins un homme* s'aventurait sur le terrain de l'érotisme. Rien qui mérite une signalétique « Explicite », mais c'était le premier de ses textes dans la catégorie « Adulte ».

C'était… étrange.

Il avait utilisé son tag « Ohé, tristesse ! » ainsi que l'alternative qu'elle lui avait un jour proposée, « Attention, détresse », et devant cette discrète citation dans une histoire qu'il avait écrite et postée sans son aide ni point de vue, elle dut lever les yeux vers le plafond pendant une minute et les cligner très fort.

Alors qu'elle commençait à lire depuis cette distance peu familière, sans avoir d'abord vu le texte, l'avoir réfléchi à deux ni l'avoir corrigé pour lui, elle dut s'arrêter. Les sinus congestionnés, elle se leva de son bureau encore en désordre pour se rendre dans la cuisine encombrée. L'obscurité du jardin, à travers la fenêtre derrière l'évier, apaisa ses yeux irrités, et un verre d'eau fraîche l'aida à détendre sa gorge nouée.

Elle jeta son mouchoir en lambeaux dans la poubelle et se rassit devant son ordinateur. Peut-être qu'à l'avenir elle s'abstiendrait de lire ses fanfics, mais elle ne pouvait négliger celle-là.

Après quelques paragraphes, elle avait la certitude que quelqu'un l'avait relu avant sa publication. Il y avait plus d'erreurs de transcription que d'habitude, mais bien moins que s'il l'avait posté sans aide extérieure.

Encore quelques paragraphes, et elle pleurait à nouveau, cette fois sans retenue.

Dans l'histoire, cohérente avec les livres, Lavinie et Énée se retrouvaient dans leur chambre de jeunes mariés, chacun essayant au mieux d'accepter ce mariage dont aucun des deux ne voulait, malgré leur obéissance aux dieux et au décret des Moires.

Ils s'embrassaient, de façon assez agréable pour l'un comme pour l'autre. Ils s'étreignaient. Lorsqu'il lui demandait si elle souhaitait aller plus loin, elle lui donnait son consentement.

Il commençait à lui caresser les bras, les cheveux, le dos, surpris mais content de sentir un gonflement de désir. Lavinie, cependant, restait raide sous son toucher, et Énée finissait par s'écarter, désorienté.

Dans le contexte des livres de Wade, en s'appuyant sur la façon dont l'auteure caractérisait Lavinie, les raisons de son hésitation étaient on ne peut plus claires. Elle connaissait à peine son mari et s'était attendue à épouser un autre homme, Turnus. Elle avait besoin de temps pour digérer un tel bouleversement dans sa vie avant d'accueillir Énée dans son lit.

Mais, même si elle l'avait mieux connu, depuis plus longtemps, ça n'aurait pas eu d'importance. Pas pour leur première fois ensemble. Étant donné son passé, elle redouterait la réaction de n'importe quel homme à son corps anguleux, son nez crochu, son sourire de travers et ses oreilles décollées.

Pour s'abandonner, elle avait besoin de douceur. De compréhension.

Mais l'histoire de LENFR était rédigée du point de vue d'Énée, comme toujours, et il n'avait pas la moindre idée de ce que sa jeune épousée pensait, de ses souvenirs, et encore moins de ce dont elle avait besoin afin de se détendre pour faire l'amour. Alors il s'était planté, exactement comme Lavinie l'avait craint.

Supposant que Lavinie était tout simplement timide et gênée d'exposer sa nudité à la clarté des bougies, il avait étouffé la flamme de la lampe en terre cuite posée à côté du lit.

Il n'avait pas compris comment elle avait interprété son geste. Évidemment.

Car lui n'avait pas passé la moitié de sa vie à recevoir des moqueries à cause de sa laideur. Son propre père ne l'avait pas qualifié de « plus atroce que la Méduse » en riant à gorge déployée de sa propre blague. Personne n'avait dit à Énée qu'une femme qui daignerait l'épouser exigerait forcément le noir total pour s'unir à lui malgré sa laideur.

Lavinie, cependant, avait subi ces indignités, ces blessures, et lorsqu'il éteignit la lampe, elle se raidit et fondit en larmes dans la pénombre de leur chambre. Lorsqu'il la toucha à nouveau, elle s'enfuit pour se cacher du mépris et du dégoût qu'elle lui prêtait, afin de reconstruire ses barrières émotionnelles.

Quand Énée la retrouvait enfin, assise sous un olivier, trempée par un orage d'été, il découvrait une épouse transformée. De méfiante et consentante, elle était devenue glaciale et dédaigneuse.

Il savait qu'il avait commis une erreur, mais ignorait laquelle, et Lavinie ne disait rien.

— Je suis désolé, bredouillait-il, impuissant, incapable d'expliquer pour quelle raison.

Lavinie se contentait de lui tourner le dos et de s'éloigner. L'histoire s'achevait ainsi.

April entendit son téléphone sonner alors qu'elle était encore en train d'essuyer ses larmes. Elle ne se donna pas la peine de répondre.

Quelques jours plus tôt, elle avait changé de numéro, et ce n'était donc sans doute pas quelqu'un qui voulait une fois de plus la questionner sur Marcus, mais l'idée de parler à sa mère – la personne qui avait le plus de chances de l'appeler – la rendait malade à cet instant.

Ce que cette histoire, brillamment écrite et déprimante à en mourir, pouvait bien révéler de l'état d'esprit de LENFR, elle n'aurait su le dire. Pour le moment, bizarrement, ça lui était égal.

Pas moins un homme avait certes été écrit par son ancien ami virtuel, objet de son amour sans retour, mais il la faisait penser à une tout autre personne…

Marcus.

Marcus, qui avait fait irruption dans sa vie en la défendant contre des harceleurs qui l'insultaient à cause de son poids. Personne, absolument personne, ne lui aurait tenu rigueur de ne pas se mêler du thread, mais il l'avait fait. Il l'avait qualifiée de sublime et l'avait invitée à un rendez-vous. Il lui avait tenu la main. Puis il avait posé sa bouche brûlante sur son cou, la faisant frissonner de plaisir, et aspiré sa chair jusqu'à lui laisser un suçon.

Marcus, qui n'avait pas formulé la moindre remarque sur ce qu'elle avait commandé et mangé durant leurs deux repas ensemble. Même ses amis proches la taquinaient sur les quantités de sucre qu'elle mettait dans son café, mais il n'avait pas levé un sourcil, encore moins fait de remontrances.

Marcus, l'homme qu'elle avait rejeté sans même le laisser finir sa phrase, l'homme qu'elle ne s'était pas donné le mal de questionner davantage avant de déclarer qu'il n'en valait pas la peine, l'homme qui l'avait dévisagée d'un air si perplexe et si triste alors qu'ils restaient silencieux sur la banquette arrière du taxi.

Au début de son amitié avec LENFR, quand ils travaillaient ensemble pour la première fois sur l'un de ses textes, il éprouvait de la difficulté à déterminer les motivations de Lavinie pendant une scène de grande tension émotionnelle. Pour finir, April avait analysé les choses pour lui dans les termes les plus simples.

> Elle a du mal à faire confiance. Beaucoup de mal. Et ça colore toutes ses réactions envers Énée, même si elle fait de son mieux pour être juste envers lui.

LENFR avait répondu :

> Merde. Je n'arrive pas à croire que je n'aie pas compris ça plus tôt. Maintenant que tu le soulignes, c'est évident, qu'elle a du mal à accorder sa confiance. MERCI. Tu m'as vraiment aidé.

Parfois, il arrivait qu'on commette des bourdes parce que notre histoire ne nous a pas appris à être sensibles à certains problèmes. Et parfois, on commet des bourdes parce que… parce qu'on a du mal à accorder sa confiance. Vraiment.

Merde. Pas étonnant qu'elle soit membre du fandom Évinie. Marcus n'avait sans doute plus envie d'entendre parler d'elle. Mais, avant de renoncer à lui sous prétexte que tout ce qui brille n'est pas d'or, il fallait qu'elle soit sûre, absolument certaine, d'avoir raison. Elle devait lui laisser une dernière chance.

La poitrine serrée par l'anxiété, le souffle court, elle ouvrit Twitter. À son grand soulagement, il ne l'avait pas bloquée et était toujours abonné. Leur discussion en cours était toujours affichée, dans l'attente qu'elle continue la conversation.

Et c'est ce qu'elle fit.

Salut, Marcus. J'ai réfléchi à ton invitation à la salle de sport. Franchement, l'exercice, c'est pas trop mon truc. Est-ce que ça te dérange ? Si tu as toujours envie de me revoir, est-ce que tu aurais une autre idée ?

Sa réponse arriva quelques minutes plus tard, et elle en eut les larmes aux yeux.

De joie, cette fois.

Si tu n'aimes pas le sport, on n'en fera pas ensemble. Pas de souci. J'adorerais te revoir. Que dirais-tu que je vienne à San Francisco le week-end prochain et que je t'invite dans mon magasin de donuts préféré ? Ou, encore mieux, on pourrait essayer plusieurs magasins de donuts autour de chez toi et les classer par ordre de gourmandise ?

Elle pouvait répondre sans mentir qu'elle n'avait jamais entendu de proposition de sortie plus cool de toute sa vie.

De l'or. Elle avait failli jeter de l'or en le prenant pour de la pyrite.

J'ai hâte d'y être ! Je suis désolée. Je…

Elle n'était pas encore prête à lui confier les détails de sa vie privée, mais il méritait des excuses et au moins une ébauche d'explication, même incomplète.

Je suis désolée. J'avais beaucoup de choses à penser l'autre jour », finit-elle par taper.

Pas de souci. Alors on se voit samedi ?

Elle toucha de l'index son suçon sur le cou, le souffle coupé encore une fois. À présent pour des raisons bien différentes, et tellement meilleures.

Tu peux compter sur moi. Je t'embrasse.

Messages privés du forum Évinie, neuf mois plus tôt

Lavinie Is The Star: Maintenant que j'ai vu l'épisode de ce soir, je n'arrête pas de me dire: « Quel gâchis ! »
Lavinie Is The Star: Ce que nous avons vu est un gâchis du matériau brut fourni par les livres. Un gâchis d'acteurs et de techniciens au top. Et une opportunité gâchée de raconter le genre d'histoire que je…
Livres:ÉnéeNenFeraitRien: Quel genre d'histoire ?
Livres:ÉnéeNenFeraitRien: Litsie ?
Lavinie Is The Star: Summer Diaz est une super actrice. Et une femme sublime.
Livres:ÉnéeNenFeraitRien: Oui. Oui pour les deux.
Livres:ÉnéeNenFeraitRien: Je sens qu'il y a un « mais ».
Lavinie Is The Star: Lavinie est censée être laide. Pas juste quelconque ou mal fagotée. LAIDE.
Livres:ÉnéeNenFeraitRien: C'est vrai, au moins dans les livres de Wade.
Lavinie Is The Star: C'est la beauté fondamentale de la relation Évinie, LENFR.
Lavinie Is The Star: C'est une femme qui a été insultée et dévalorisée toute sa vie à cause de son physique, bien qu'elle soit intelligente, courageuse et généreuse. Puis arrive Énée, et il traîne aussi ses casseroles. Mais il la voit. Il la VOIT. Il sait que tout le monde la considère comme un thon, mais…

Lavinie Is The Star: Il perçoit sa valeur. Il se met à l'aimer et à la désirer, en même temps qu'elle apprend à lui faire confiance. Ce qui est difficile pour elle, mais elle y arrive parce qu'elle l'aime aussi.

Lavinie Is The Star: C'est le nœud de l'histoire Évinie. J'adore Summer Diaz dans le rôle, mais je ne peux pas m'empêcher de penser que la choisir, c'était gâcher une histoire riche de sens, comme on n'en voit malheureusement pas souvent à la télé…

Livres:ÉnéeNenFeraitRien: Je comprends ce que tu veux dire. Je ne suis pas certain qu'une autre actrice pourrait incarner l'intelligence et la détermination de Lavinie avec autant de talent, mais… oui. Tu as raison. Encore du potentiel gâché…

Livres:ÉnéeNenFeraitRien: J'imagine que les acteurs eux-mêmes en sont conscients. Même Summer.

Livres:ÉnéeNenFeraitRien: L'histoire d'Énée… Je…

Livres:ÉnéeNenFeraitRien: J'ai le pressentiment que le cœur de son histoire va être démoli aussi. Un homme qui remet en question les valeurs que ses parents lui ont inculquées, et qui essaie de tracer son chemin dans le monde. De définir sa propre éthique. Un homme qui tombe amoureux et qui apprend à donner davantage d'importance à ses choix et à cet amour qu'à son passé et au devoir imposé par d'autres.

Lavinie Is The Star: C'est joliment exprimé…

Livres:ÉnéeNenFeraitRien: Et, dans la dernière saison, les directeurs de série vont foutre tout ça en l'air. Ça va faire mal, Litsie. La façon dont ça va tourner va me faire mal, et à toi aussi. Je suis tellement désolé…

Livres:ÉnéeNenFeraitRien: Enfin, c'est ce que j'imagine.

Livres:ÉnéeNenFeraitRien: Mais la relation Évinie est toujours là, dans les livres, si ce n'est à l'écran. Et moi aussi, je suis toujours là, sur ton écran d'ordinateur. Dès que tu as besoin de moi.

Lavinie Is The Star: Je ne sais pas ce que j'ai fait pour mériter un ami comme toi, LENFR.

Livres:ÉnéeNenFeraitRien: Rien du tout. Tu mérites bien mieux.

Chapitre 14

— Je ne suis pas totalement certaine que le monde aille mieux depuis qu'on a inventé le cocroffinut.

April enfourna la dernière bouchée, les lèvres brillantes de sucre cristal.

— Toutefois, je sens maintenant chaque électron tourner en orbite autour de chacun des atomes de mon corps. Si c'était le but, l'inventeur de ce truc peut être fier de lui.

Marcus détourna son attention de la bouche d'April et éclata de rire.

— J'adore quand tu parles ton jargon scientifique.

Elle lui sourit, ses joues couvertes de taches de rousseur toutes roses au soleil. Jamais il n'avait été si heureux de n'avoir pas tenu compte des conseils d'Alex. Jamais.

Lorsqu'elle lui avait écrit le lundi soir, apparemment décidée à le laisser ressortir du trou qu'il avait lui-même creusé sans le vouloir, il n'avait pas hésité une seconde. Pas après avoir tant souffert de ces quelques jours sans contact.

L'absence d'April dans sa vie avait vidé chacune de ses journées de sa substance. Pendant une heure ou deux d'affilée parfois, il réussissait à ne plus penser à ce manque. En écrivant, en lisant les scénarios que lui envoyait son agente, en regardant des heures et des heures d'émissions britanniques de pâtisserie avec Alex. Mais, pour finir, il se retrouvait toujours dans sa vaste maison de Los Angeles. Esseulé. Privé d'une amie chère et… de plus que ça. De ce qu'ils étaient en train de construire avant qu'il mette le pied sur une de ses mines.

Alors, oui. Tant pis pour les décisions raisonnables. Malgré toutes les complications de la situation, il était prêt à saisir n'importe quelle occasion d'être avec April.

— C'est marrant que tu dises ça. J'ai découvert cette semaine un tee-shirt que portent mes nouveaux collègues… Sous la phrase « Montre-moi ta carotte », on voit un prélèvement géologique.

D'un geste nonchalant, elle brossa les miettes de sa poitrine pour les faire tomber sur le trottoir. Des oiseaux s'attroupèrent autour d'eux.

Apparemment, les scientifiques appréciaient les jeux de mots tout en délicatesse.

— Charmant !

Au soleil, ses cheveux semblaient s'enflammer, et Marcus ne put s'empêcher de se rapprocher du brasier. Il glissa sur le banc de bois jusqu'à ce que leurs hanches se touchent. Elle le regarda, ses yeux bruns intenses derrière ses lunettes, alors qu'il passait un pouce sur ses lèvres pulpeuses pour en faire tomber les derniers grains de sucre.

Elle se cambra légèrement.

Sans la quitter des yeux, il se lécha le pouce, et elle se mit à haleter.

Non. Il n'allait pas l'embrasser sur la bouche pour la première fois sur un banc public, alors que n'importe qui pouvait les voir et publier des photos. Une fois de plus.

Après un moment tendu, il parvint à détourner le regard. Il se racla la gorge, tripota le menu en papier qu'il avait rapporté de la boutique, et prit son temps pour lire à voix haute la description de la viennoiserie qu'elle venait de manger.

— Le coco… zut, ça c'est difficile. OK, je recommence. Le cocroffinut…

— Bravo ! applaudit-elle.

— Tu applaudiras si j'arrive à le faire deux fois de suite. Le cocroffinut, le premier hybride coffee/croissant/muffin/

donut, le plus délicieux au monde, contient autant de caféine que quatre expressos.

Elle contempla la boîte vide sur ses genoux.

— Merde… quatre expressos ?

Il relut la description, une syllabe à la fois.

— Ouais. Ben, ça explique ta sensibilité nouvelle aux électrons en orbite…

Elle se leva et soupira.

— Ces hipsters, ils ne savent plus quoi inventer.

— Tu as dit que c'était délicieux, objecta-t-il avec un sourire.

— Et ça l'était ! convint-elle en rassemblant leurs détritus. Mais j'ai aussi trouvé délicieux le donut qu'on a partagé dans l'avant-dernière boutique, celui qui était gros comme ma tête, et il coûtait dix fois moins cher que le croco…

— Cocro, corrigea-t-il.

— … muffinut, ou je ne sais quoi, que je viens d'engloutir. Et il ne m'a pas mise dans un état qui nécessite un défibrillateur.

Une fois qu'elle eut trié leurs ordures entre le recyclage et la poubelle ménagère, elle se mit une main sur la poitrine.

— J'ai l'impression que mon cœur danse la gigue là-dedans, bien que je n'aie pas la moindre idée de ce qu'est réellement une gigue.

— Si tu as besoin d'un médecin, je t'emmène, dit-il en se redressant.

— Non, ne t'inquiète pas. J'exagère. C'est sûrement la caféine qui me fait dire ça, répliqua-t-elle avec un geste désinvolte.

Pfffiou. Il préférerait vraiment que leur troisième rendez-vous ne se termine pas aux urgences, si possible. Surtout qu'il avait des espoirs pour la soirée.

De grands espoirs. Des espoirs « turgescents », pour reprendre l'un des adjectifs préférés de PrendsMoiÉnée.

— En faire des tonnes, c'est mon créneau, madame.

Il se détendit et posa le bras le long du dossier du banc.

— À propos de boulot, figure-toi que j'ai dû apprendre à danser la gigue pour une minisérie historique. Je pourrais te montrer.

Lindy Hope, l'histoire inspirante – bien qu'entièrement fictive – d'une bataille de la Seconde Guerre mondiale remportée grâce à la danse, n'avait pas franchement établi des records d'audience, mais au moins il avait amélioré son jeu de jambes, et il avait été bien payé.

— Et si on marchait pendant que tu me racontes ça ? proposa-t-elle en lui tendant la main. Avec toute cette caféine, je ne peux pas rester assise.

Il lui prit la main et se leva, entremêlant leurs doigts alors qu'ils se dirigeaient vers l'eau.

— Humm… qu'est-ce que tu veux savoir ?

En temps normal, il orienterait la conversation vers les soins capillaires ou le sport, ou ne mentionnerait que les choses les plus superficielles qu'il avait apprises au fil des années. Avant de se présenter à leur première boutique de donuts deux heures plus tôt, cependant, il s'était débarrassé de cette carapace-là.

Aujourd'hui, elle allait rencontrer le vrai Marcus, que ça lui plaise ou non.

La possibilité qu'elle puisse ne pas l'aimer faisait battre son cœur de façon un peu anarchique. De même que celle qu'il soit en train de balancer sa réputation à la poubelle en même temps que l'emballage du cocroffinut, parce que si jamais elle révélait au monde qu'il était un imposteur avant qu'il soit prêt, avant qu'il puisse expliquer…

Elle ne ferait pas ça. Non. Sa confiance en elle allait jusque-là, et il se savait capable de réparer les dégâts si jamais il était en train de se montrer naïf.

Son alter ego dans le monde des fanfics, en revanche… rien ne pourrait empêcher cette fuite, si elle avait lieu, de détruire sa carrière.

Un jour, il pourrait peut-être lui avouer qu'il n'était autre que LENFR.

Mais pas maintenant. C'était trop tôt.

— OK, commençons par les choses rigolotes.

Elle balançait leurs mains en un grand arc rapide et agité, et oui, il voyait bien qu'elle avait reçu plus que sa dose de caféine. C'était *adorable*, bordel.

— Parmi les films dans lesquels tu as joué, quel était le plus mémorable ?

Il renifla.

— Ce n'est pas une question aussi simple que ce que tu penses. Ça fait plus de vingt ans que je tourne, maintenant. Il y a beaucoup de films à passer en revue…

Bizarrement, les mauvais rôles étaient plus faciles à retenir que les films dont il était réellement fier. Sans doute plus amusants pour elle à entendre, aussi. Elle ne marchait plus : elle courait à moitié, sautillait, ses cheveux rebondissant sur ses épaules à chacun de ses pas surexcités.

— Alors raconte-les-moi tous.

— Ça prendrait des semaines… Je vais plutôt te donner un échantillon représentatif.

Bordel, il fallait qu'il presse le pas pour la suivre.

— Le pire de tous mes films, tout bien considéré, était sans doute… *Dernière traque pour le Limier*, je pense.

Elle fronça les sourcils, songeuse.

— Tu jouais un parfumeur, c'est ça ? Accusé à tort d'un crime horrible ?

— Oui. Un maître parfumeur, surnommé « le Limier » à cause de mon odorat phénoménal, précisa-t-il en inspirant théâtralement par le nez. Qui m'a ensuite servi à me cacher des autorités pendant que je poursuivais le véritable assassin de ma femme.

— Logique, répondit-elle d'une voix aussi sèche que les collines californiennes en octobre. Et, bien sûr, le meurtre de sa femme était son mobile. Bien sûr.

— Un meurtre gratuit, d'une banalité confondante. Finalement, je découvrais que mes concurrents en affaires avaient comploté contre moi, recruté un tueur à gages, et m'avaient fait paraître coupable dans l'espoir de m'écarter définitivement de l'industrie du parfum.

— Ne me spoile pas ! le réprimanda-t-elle, un sourire aux lèvres.

Il rit.

— Dans la plupart de mes scènes, je devais *renifler*. Il s'avère que c'est difficile d'être sexy quand on renifle. Ce qui explique sans doute pourquoi le film a fait un flop.

Seigneur, les critiques. Les *critiques*. Sans parler du coup de fil de ses parents quand ils eurent assisté à l'une des rares séances dans leur coin.

— N'empêche que ça a inspiré une parodie classée X, d'après ce que m'ont raconté les autres acteurs. Avec un nom particulièrement bien trouvé.

Ils continuèrent à marcher, et il attendit qu'elle devine, confiant. Elle se mordilla la lèvre un moment, puis s'illumina.

— *Dernière trique pour la limer* ?

— Bravo, April ! s'écria-t-il en levant leurs mains au-dessus de leur tête en signe de triomphe. Apparemment, dans ce film aussi ça reniflait beaucoup. Entre autres activités. Et il a rapporté plus d'argent que l'original. Je ne serais pas étonné que le jeu d'acteur ait été meilleur aussi.

Il espérait la faire rire, sans succès. Au contraire, sans qu'il sache pourquoi, elle avait maintenant le regard sévère, et il se surprit à remuer, mal à l'aise.

— Tu en parles comme d'une blague, mais tu as dû apprendre beaucoup sur la parfumerie pour ce rôle, finit-elle par dire. On ne se connaît pas bien, mais je vois déjà que tu es très professionnel. Tu es très attaché à ton savoir-faire.

Pourquoi cette remarque lui déchira le cœur, il n'aurait su le dire.

— Euh… oui, c'est vrai.

Il regarda au loin, les yeux plissés, vers l'eau qui les attendait, bleue, froide et réconfortante.

— J'ai visité une école de parfumerie en France. Un parfumeur de renommée mondiale est capable d'identifier plus de mille fragrances différentes, généralement en associant chaque odeur à un souvenir spécifique. J'ai un peu travaillé là-dessus, appris l'histoire de la parfumerie, regardé une femme moudre de l'ambre gris avec un mortier et un pilon, juste pour voir.

— Mais c'est quoi, en fait, de l'ambre gris ? Je me suis toujours demandé…

Il ne put réprimer un sourire goguenard.

— Des excréments de baleine durcis, qui s'échouent sur le rivage.

— Tu m'as tendu un piège pour que je te pose la question ! rétorqua-t-elle, les sourcils froncés, en cachant difficilement son hilarité. Tu devrais avoir honte. À cause de toi, je vais devoir passer mes parfums en revue pour savoir quelle quantité de merde de baleine je me suis vaporisée avant d'aller à des rendez-vous.

Ce jour-là, son parfum sentait surtout la rose. Il n'avait pas l'odorat particulièrement développé, comme il l'avait découvert pendant son idyllique semaine en France, mais il arrivait tout de même à déceler un soupçon de musc. Et… d'autres notes, qu'un vrai parfumeur aurait identifiées immédiatement.

À quels endroits précis elle avait vaporisé ce parfum, il valait mieux qu'il n'y pense pas maintenant.

— Bref, ça c'était l'un de mes rôles mémorables. Le pire scénario que j'aie eu, c'était sans doute *Rien qu'une roue.*

Comme elle le regardait d'un air perplexe, il expliqua.

— Une histoire feel-good à propos d'un ado troublé qui fait du monocycle et entre dans l'âge adulte. Je pense qu'il n'a été diffusé que sur le magnétoscope d'un inconnu dans l'Oklahoma.

Elle éclata de rire, puis ralentit.

— Ben merde alors. Tu sais faire du monocycle ?

— Bien sûr, répondit-il d'un air hautain, le nez en l'air. Comme tout saltimbanque qui se respecte.

Marcus le Golden Retriever Bien Propret n'emploierait jamais ce mot, évidemment. Même pour le vrai Marcus, c'était un peu bizarre. Trop ampoulé. Trop prétentieux. Un saltimbanque, c'est ce que dirait avec mépris un acteur sérieux, qui exige d'être respecté dans le monde entier, et pas seulement dans l'industrie du divertissement. Quelqu'un qui se croit doté d'un vrai don, et pas seulement d'une grande force de travail et d'un beau visage.

April s'arrêta net et l'attira sur le bord du trottoir.

— Arrête, Marcus, tu es un acteur sérieux.

La caféine lui était de toute évidence montée à la tête. Elle avait l'air… en colère, presque. Il haussa une épaule et lui sourit d'un air apaisant.

— J'essaie. Je ne sais pas si j'y arrive.

— Tu as été nominé pour des dizaines de prix. Tu joues dans la série la plus populaire au monde. Quand tu as quitté Didon et aperçu ce putain de bûcher funéraire, j'ai tellement chialé que j'ai cru qu'on allait devoir m'hospitaliser pour me réhydrater.

Elle parlait lentement, comme à un enfant buté, et il ne put s'empêcher d'être hérissé par ce ton familier. Jusqu'à ce qu'il perçoive le sens de ses paroles. Alors il s'empourpra et se mit à tapoter du pied une fissure de l'asphalte.

— Et toutes ces nominations ne concernent pas seulement *Le Royaume des dieux*, ajouta-t-elle. Il y avait aussi cette pièce de Stoppard, et le rôle d'astronaute.

Starshine. Il jouait le rôle de l'unique survivant d'un terrible accident à bord de l'ISS. Certes, ce film indépendant n'avait pas rencontré le succès espéré en salle, mais ouais, pour ce tapis rouge il s'était peut-être un peu rengorgé, pour être honnête.

Elle s'approcha, assez près pour qu'ils puissent se parler à voix basse, et qu'elle puisse l'observer de près, avec une attention aussi affûtée que l'épée qu'il n'utilisait en réalité pas sur le tournage des scènes de combat du *Royaume*.

— Mais, en toute franchise, le plus impressionnant de tous les rôles que tu as joués n'était pas l'un de ceux-ci. Pas vrai ?

Elle avait le menton levé, la voix toujours déterminée pour des raisons qui échappaient à Marcus.

Il la dévisagea, sourcils froncés, perdu.

Peut-être songeait-elle à la fois où il avait incarné Posthumus dans une adaptation de *Cymbeline*, à cause des problèmes de langue, mais…

— Je ne vois pas de quel rôle tu parles.

Elle haussa un sourcil rageur, et il devina qu'il allait avoir des ennuis.

— C'est toi. Marcus Caster-Rupp. Le rôle d'une vie.

Elle lui posa une main sur le torse, à l'endroit du cœur, comme pour en mesurer les battements. Peut-être était-elle réellement en train de le faire.

— L'acteur le plus idiot et le plus prétentieux de la planète, sauf que tu n'es ni l'un ni l'autre. En apparence, étincelant et superficiel, comme une flaque d'eau… sauf que tu es en réalité profond comme la fosse des Mariannes !

Profond, lui ?

Hein ?

— Explique-moi, s'il te plaît.

Malgré le ton poli, ce n'était pas une requête, mais un ordre.

— Tôt ou tard, les paparazzis vont à nouveau nous tomber dessus. J'ai besoin de comprendre avant d'assister à ta prochaine représentation.

Les cheveux flamboyants auraient dû être un indice. Elle était son creuset, carbonisant tout pour ne garder que la vérité. Le forcer à la révéler à voix haute afin de se purifier devant elle.

Il ouvrit la bouche puis la referma, ne sachant que dire ni par où commencer.

Elle lui tapota le sternum d'un geste à la fois doux et ferme. Un avertissement.

— Et ne te fatigue pas à feindre que tu ignores ce qu'est la fosse des Mariannes. J'ai regardé *Sharkphoon* en streaming, et ces sales bêtes pleines de dents sortaient justement de cette fosse pour être aspirées par le cyclone. Tu as averti la présidente du danger, avec ta blouse blanche et tes lunettes de sûreté, mais elle ne t'a pas écouté.

Bêtement, il se demanda si elle avait vu le film en relief. La scène où la maman requin avale le bateau de croisière en trois bouchées rendait particulièrement bien en…

Non. Ce n'était pas le problème dans l'immédiat.

Il exhala lentement et ferma les yeux.

Pourquoi s'était-il imaginé qu'elle accepterait son changement d'attitude sans faire la moindre remarque ? Sans lui en demander le sens ?

Cette femme debout devant lui était Litsie, la bêta-lectrice qui ne laissait passer aucune incohérence dans ses histoires.

C'était aussi April, dont le métier était de comparer les surfaces avec ce qui se cachait dessous.

Cette femme était celle qu'il voulait dans sa vie. Tout simplement.

Alors, pour finir, il rouvrit la bouche et lui donna ce qu'elle voulait.

La vérité.

Du moins, pour le moment, une partie suffisante de la vérité.

RIEN QU'UNE ROUE

EXT. RUE PRINCIPALE DE PORTLAND - MIDI

EWAN regarde la jolie fille originale avec ses cheveux roses assise à côté de lui. Son monocycle est appuyé contre l'arrière de leur banc. Soudain, il prend conscience qu'elle sait tout de lui, mais qu'il ignore tout d'elle.

EWAN
Comment tu t'appelles ?

PIXIE
Ça n'a pas d'importance.

EWAN
Bien sûr que ça a de l'importance.

Elle fronce le nez de façon adorable et rit, tout en jonglant avec nonchalance alors qu'elle parle.

PIXIE

Ça n'en a vraiment pas. Là tout de suite, ce que je veux, ce que je désire, ce que je pense, mes objectifs et même mon nom ont beaucoup moins d'importance que toi, Ewan. Ton histoire. Ta vie. Ta rédemption.

Au bord des larmes, il tente de sourire et lui dépose un baiser hâtif sur les lèvres.

EWAN

Jamais je ne m'étais senti aussi compris. Si j'avais eu quelqu'un comme toi dans ma vie plus tôt, je crois que…

PIXIE

Quoi ?

EWAN

Peut-être que je ne me serais pas retrouvé dans cette bande de monocyclistes pour commencer. Et maintenant, je commence à penser que peut-être… peut-être… *(Il reprend son souffle en frissonnant.)* Je pourrais passer du monocycle… à la bicyclette.

PIXIE le regarde, rayonnante. Jamais elle n'a été aussi heureuse.

Chapitre 15

Le soleil avait chassé la brume matinale et baignait Marcus de ses rayons. Dans cette lumière, il paraissait doré, et avec le bon cadrage on l'aurait pris pour le demi-dieu qu'il jouait avec tant de talent depuis des années. On l'aurait cru sorti tout droit de la mythologie, ou de la littérature médiévale, le héros chevaleresque et fidèle auquel rêvait April à l'adolescence, et qui figurait dans ses écrits les plus récents et les plus enflammés.

Mais personne ne le filmait, ce n'était pas une histoire, et il n'était pas un guerrier invincible. Pas si elle y regardait de plus près.

Il avait la bouche pincée, et son fameux regard bleu-gris l'évitait. Il préférait contempler le trottoir, les commerces qu'ils avaient dépassés, ou l'eau scintillante vers laquelle ils se dirigeaient à présent. Elle n'aurait pas été étonnée qu'il s'élance en courant pour plonger dans la baie et fuir cette conversation. Peut-être même qu'une queue de sirène lui pousserait comme dans ce film tragique où il incarnait une créature des profondeurs amoureuse d'une femme allergique aux algues.

Mais il ne partit pas en courant. Il se contenta de rester là, avec un air… égaré.

Puis il serra ses mâchoires ciselées et la transperça du regard. Elle tenta de cesser de s'agiter sous l'effet de la caféine, bien qu'elle sente toujours le sang lui bourdonner dans les oreilles, et le cœur de Marcus battre sous sa paume.

— À quinze ans, j'ai renoncé, avoua-t-il d'une voix morne.

Cette voix d'habitude si riche, capable de restituer les émotions d'innombrables scénarios. Cette fois, il ne laissait paraître aucune faille à laquelle elle puisse se raccrocher pour l'attirer plus près d'elle.

— Tout le monde allait être déçu. Dégoûté. J'avais beau essayer de mon mieux, j'avais beau m'excuser…

Attention. Prudence. Pas de réaction de pitié qu'il risque de prendre de travers.

— Tout le monde ?

— Comme je te l'ai dit, ma mère me faisait l'école à la maison. Tant que je n'avais pas fini mes devoirs, je n'avais pas le droit de sortir, et mes parents n'étaient pas fans des clubs de sport. Je ne fréquentais pas beaucoup d'autres enfants. Et quand c'était le cas, je ne savais pas comment me comporter…

Il haussa une épaule, mais ce geste d'ordinaire désinvolte était cette fois convulsif.

— Mes parents étaient tout mon univers. C'était tout le monde.

— Tu as renoncé, répéta-t-elle, le souffle court à l'idée de toutes les possibilités que recelaient ces mots.

— J'avais toujours été doué pour les imitations. Je m'exerçais dans ma chambre. À l'époque, je faisais mes parents à la perfection. Et aussi le présentateur prétentieux de la série de documentaires historiques dont ils raffolaient. Les acteurs de la Royal Shakespeare Company, quand la télé diffusait une de leurs représentations et que mes parents me forçaient à regarder, raconta-t-il avec un sourire écorché. Sans avoir à vraiment réfléchir, je le connaissais. Je savais ce qu'il dirait. Quelle attitude, quels comportements.

Elle fronça les sourcils, perplexe, et il s'en aperçut.

— Mon premier long rôle. Le Pire Fils Possible. Vaniteux, paresseux, bête et négligent, et tous les autres défauts qu'ils détestaient.

D'un geste dégagé, il remit en place une mèche décolorée par le soleil. Afin de lui montrer. De lui rappeler.

— C'était facile. Tellement plus facile qu'avant.

Elle ferma les yeux. Derrière ses paupières, elle s'identifia à un garçon esseulé et dégingandé. En colère. Meurtri.

Pas dur, contrairement au diamant dont elle l'avait qualifié un jour. Déjà doré, elle le devinait même adolescent. Comme l'or, si tendre qu'on peut le marquer, le tordre en appuyant trop fort, à moins qu'il arrive à se créer une armure. À dresser quelque chose de solide, de massif, entre le poids écrasant et sans pitié du déplaisir de ses parents, et lui-même.

« Le Pire Fils Possible, avait-il dit. Vaniteux, paresseux, bête et négligent. »

S'ils le méprisaient, ce n'était donc pas sa vraie personne qu'ils méprisaient. Ils ne pouvaient pas blesser le vrai Marcus. Ils ne pouvaient même plus le *voir*, si tant est qu'ils en aient été capables un jour.

C'était de la défiance, un majeur pointé vers le ciel. Une carapace. C'était...

Seigneur, c'était assez pour lui nouer la gorge. Elle serra le poing sur son torse.

Une fois ses larmes ravalées, et bien que sa rage impuissante soit toujours là, elle rouvrit les yeux et rencontra les siens.

Elle comprenait. Vraiment. Les origines de son personnage, de ce rôle qu'il jouait depuis si longtemps. Mais il était adulte maintenant, alors pourquoi ? Pourquoi persistait-il à se cacher ?

Il l'observait attentivement, son ton si distant qu'elle eut peur.

—Je n'avais pas l'intention de continuer une fois que je suis parti pour la fac, ni après avoir arrêté mes études et déménagé à Los Angeles. Je ne savais pas quoi dire quand je n'étais pas en train de jouer devant une caméra, mais je faisais de mon mieux. Et, petit à petit, j'ai commencé à avoir un peu plus l'habitude de discuter avec les autres, surtout quand Alex est venu habiter avec moi. Il m'a aidé à me sentir plus à l'aise avec les gens.

Timide. Bordel, il était timide !

Comment n'avait-elle pas deviné plus tôt ?

Et puis, note pour plus tard : *Ne pas révéler à Marcus qu'à la base j'aurais préféré sortir avec son meilleur ami plutôt qu'avec lui*

—Avant *Le Royaume*, je n'avais pas souvent besoin de faire des interviews. Puis j'ai décroché le rôle d'Énée, et…

Il reprit son souffle.

—Soudain, tout le monde voulait m'interroger, et des tas de gens écoutaient ce que je disais, et je n'étais pas prêt à affronter ça. Avec Alex, on avait répété les questions les plus probables, mais on n'a jamais imaginé que quelqu'un me tendrait un livre et me demanderait de lire une page à voix haute.

Merde. Oh, merde, elle savait de quelle interview il s'agissait. Ce tristement célèbre passage dans une émission matinale, celle que la mère d'April ne ratait pour rien au monde.

Elle lui en avait même parlé au téléphone, plus tard dans la journée. « Tu les as lus, ces livres, non ? Tu peux couper le son pour regarder l'interview, cela dit. Ce garçon est agréable à l'œil, mais ça se gâte quand il ouvre la bouche. »

April l'avait visionnée sur YouTube dans l'après-midi et, malgré l'avertissement de sa mère, elle n'avait pas coupé le son. Elle l'avait revue deux semaines plus tôt afin de se préparer à leur premier rendez-vous.

Les deux fois, elle avait observé Marcus alors que le présentateur lui tendait un livre écrit petit et lui demandait de lire à haute voix un passage croustillant. En direct. Sans prévenir. Avec – elle le savait maintenant – une dyslexie qu'on lui avait appris à considérer comme une faiblesse honteuse.

Pourtant, il avait essayé, trébuchant sur les mots jusqu'à ce que le présentateur et le public rient d'un air gêné, et qu'on lance une coupure pub.

Quelques commentaires sous la vidéo supposaient qu'il était ivre, mais le consensus n'avait pas tardé à émerger : non, il était simplement demeuré.

Pourquoi les mecs les plus sexy sont toujours les plus neuneus ?

Le type est tellement beau qu'il pensait ne pas avoir besoin de se donner la peine d'apprendre à lire.

— Tu as vu l'interview, j'imagine, dit-il alors qu'elle tentait de prendre un air neutre. À ce moment-là, je savais que j'étais dyslexique. Je n'en avais plus honte, plus quand j'ai été choisi pour *Le Royaume*.

Elle ne savait pas si elle devait le croire, mais elle acquiesça tout de même.

Sous sa paume, son cœur accélérait alors qu'il lui racontait l'histoire.

— Mais sur ce plateau, j'ai… eu un trou. Un moment de panique. Je transpirais sous les projecteurs, les gens chuchotaient et rigolaient, et quand on a repris l'antenne après la pub, je me suis surpris à répondre en tant que *lui*.

— Le Pire Fils Possible…

Le rôle qu'il avait joué plus souvent que nul autre, le rôle qui lui avait si souvent par le passé servi de bouclier.

Seigneur, maintenant qu'elle savait, elle comprenait tellement bien. La transition entre l'homme qui parfois baissait les yeux et bredouillait, puis, après l'incident du livre d'E. Wade, celui qui se rengorgeait devant les caméras, dès la deuxième partie de cette fatale émission.

— Pas complètement, répondit-il avec un sourire triste. Par chance, j'ai eu le bon sens de me mettre en scène comme un crétin, mais gentil, afin de ne pas rebuter notre public potentiel. C'était donc une variation sur mon rôle premier. C'était le Golden Retriever Bien Propret, et non le Pire Fils Possible.

Ce ton cassant était destiné à blesser quelqu'un. Lui-même ? Ceux qui le dédaignaient ? Les deux ?

— Je vois..., convint-elle, bien que tout ne soit pas encore limpide. Mais pourquoi ne pas avoir changé de comportement pour tes interviews suivantes ?

— Les directeurs de série trouvaient ça drôle. Ils disaient que c'était moins chiant que mes interviews habituelles, et puisqu'on n'avait de toute façon pas le droit de dire grand-chose à propos de la série ou du scénario, autant que je divertisse le public autrement. Au bout d'un moment, je pense qu'ils ont fini par oublier que c'était un rôle que je jouais...

À leurs yeux, son humiliation était amusante. Divertissante. Putain, pas étonnant que la série ait complètement déraillé une fois que ces abrutis ne pouvaient plus s'inspirer des livres de Wade...

— Je me suis aussi aperçu très vite que, par rapport aux autres acteurs de la série, ça me facilitait carrément la tâche, poursuivit Marcus d'une voix rauque, fatiguée, avec un soupir qu'elle sentit sous sa main. On leur demandait toujours le point de vue de leur personnage, ou s'ils préféraient les livres à la série, mais une fois que les journalistes m'ont catalogué comme un imbécile, ils ont arrêté de me poser des questions pointues. Plus besoin d'éluder ni de mentir. Il suffisait de montrer mes muscles, de faire le beau gosse et de donner des conseils fitness. Pour finir, la plupart des médias ont cessé de me demander des interviews, et ça a été un soulagement.

— Parce que tu ne savais pas quoi dire en tant que toi-même.

Il inclina la tête en un assentiment muet.

À présent, ils avaient atteint le cœur du problème. Et aussi le cœur de Marcus, qui battait doucement sous la paume d'April, mis à nu par toutes ces vérités qu'il lui offrait.

Elle le caressa avec son pouce, en un geste tendre.

— Parce que tu étais mal dans ta peau.

— Oui. Ça va mieux maintenant…

Pour la première fois depuis le début de la conversation, il la toucha à son tour. Il posa une main sur la sienne et la pressa contre le tissu épais et duveteux de son sweat.

— Mais tu comprends, April, une fois que cette version de moi était connue de tous, je me suis retrouvé coincé.

Un couple d'hommes âgés passa sur le trottoir, bras dessus, bras dessous, en bavardant. Assez près pour entendre des secrets que Marcus n'était pas encore prêt à révéler au monde.

Bien que les deux messieurs ne paraissent pas écouter, elle préféra baisser la voix en un murmure.

— Qu'est-ce que tu veux dire ?

Il se rapprocha et pencha la tête pour lui parler à l'oreille, sa chevelure dorée lui frôlant la joue en une caresse fraîche et soyeuse. Il chuchota à son tour.

— Au bout d'un an ou deux, je voulais changer mon personnage public, mais je ne voulais pas que les fans du *Royaume* pensent que je m'étais foutu de leur gueule tout ce temps, que c'était une sorte de blague bizarre, malveillante. Il aurait fallu que j'explique *pourquoi* j'avais fait semblant, et je ne savais pas comment le faire d'une façon cohérente envers eux, mais sans m'humilier.

Il soupira. Son souffle sur la peau d'April la fit frissonner.

— Pour être honnête, je n'étais pas fâché de ne pas avoir à répondre à des questions sur le scénario des trois dernières saisons.

C'était la première fois qu'elle l'entendait critiquer la série, même à demi-mot. Et, en tant que membre du forum Évinie, elle était bien placée pour le savoir : chacune de ses interviews, même la plus creuse, était littéralement disséquée.

Une nouvelle marque de confiance, offerte cette fois sans qu'elle l'y pousse.

Le couple les avait dépassés, et continuait à s'éloigner dans la rue, mais elle ne s'écarta pas. L'intimité de leur posture la réchauffait contre la brise printanière, et il sentait… Un parfumeur saurait le définir, saurait détacher chaque délicieuse note verte. Il l'avait dit lui-même.

Elle, en revanche, n'en était pas capable. Elle ne pouvait qu'inhaler, se rapprocher encore et… s'émerveiller.

— Est-ce que tu as expliqué tout ça à tes ex ? Les raisons pour lesquelles tu étais différent en public et en privé ? Parce que si je n'avais pas creusé, je crois que tu aurais évité le sujet le plus longtemps possible…

Elle sentit le jean de Marcus frotter contre son legging en maille, cuisse contre cuisse, et entrouvrit la bouche.

— Je n'ai pas eu des tonnes de relations, April. Juste pour être clair.

Il ne lui parlait plus à l'oreille, mais lui faisait face, le regard franc.

Oh oui, c'était très, très clair. Avec ses pupilles dilatées et la chaleur qui irradiait de son corps, elle soupçonnait qu'un simple regard vers le bas lui confirmerait dans quel état il se trouvait.

Il serra la main d'April plus fort.

— Et, la plupart du temps, je n'étais pas différent en privé. Pas tant que je ne les connaissais pas assez pour savoir si je pouvais faire confiance à leur discrétion. Une fois que je leur faisais confiance…

Il s'écarta légèrement et se passa la main dans les cheveux.

— J'essayais d'opérer la transition en douceur. C'est en général à ce moment que la relation partait en sucette, pour des raisons évidentes.

Grâce à ces quelques centimètres de distance, April reprit un peu son souffle. Mais elle avait toujours le cerveau embrumé par les phéromones et le désir, et elle ne comprenait pas un mot de ce qu'il disait.

Devant son froncement de sourcils, il détailla.

— Elles sortaient avec moi en se basant sur ma personnalité publique, puis se retrouvaient avec quelqu'un de totalement différent. D'inexplicable et d'un peu plan-plan. Quand je ne suis pas sur un tournage ou en train de faire du sport, j'aime bien rester à la maison pour écouter des livres audio, ou traîner sur Internet, ou éc…

Il s'arrêta juste à temps.

— Ou l'équitation. Ou regarder des émissions de pâtisserie avec Alex. J'étais, euh…

Il recula d'un pas, et la fraîcheur du matin s'insinua entre eux.

— J'étais décevant, j'imagine.

Pour ses ex, le changement devait paraître incompréhensible. Et pour Marcus… merde. Il avait dû se sentir rejeté alors qu'il montrait son être profond. Une fois de plus.

— Pour ne rien arranger, ce n'est pas facile pour le couple de sortir avec quelqu'un de connu, même en l'absence d'autres problèmes. Tu as déjà pu constater quelques-uns des mauvais côtés. Est-ce que les paparazzis t'ont ennuyée, la semaine dernière ?

— Ouais, répondit-elle comme si elle s'en fichait, ce qui était presque vrai.

Surtout en cet instant, avec cet homme à quelques centimètres seulement.

À présent que le brouillard s'était levé, le soleil soulignait les fines rides au coin de ses yeux sérieux, les parenthèses qui semblaient encadrer sa bouche parfaite, les plis de ce noble front. Chez lui, les rides n'étaient pas des défauts, même dans une lumière aussi crue. Au contraire, elles donnaient à sa beauté un caractère plus concret, quelque chose qu'elle pourrait tenir dans son poing ou entre ses dents, et *consommer.*

Franchement, si elle n'avait pas commencé à s'attacher pour de vrai à sa personne, elle aurait trouvé ce charme dévastateur assez agaçant. Et, malgré son affection, elle avait encore envie de froisser tous ces jolis airs, de plonger les doigts dans cette chevelure soyeuse et brillante et de tirer, tout en dessinant les contours de sa mâchoire acérée avec le bout de sa langue.

Quel bruit ferait-il si elle le mordait à cet endroit ?

Lorsqu'il déglutit, elle vit remuer sa pomme d'Adam.

— C'est pour ça que tu as changé de numéro ?

Il haletait désormais, et merde, elle avait envie de l'entendre reprendre son souffle sous l'effet du désir qu'elle lui inspirait.

— Quand ils ont découvert mon nom, j'ai reçu des appels et été photographiée quelques fois. Mais depuis que j'ai changé de numéro, ça va mieux, et ils se sont lassés après deux jours, dit-elle en haussant les épaules.

Surtout quand ils ont compris qu'on ne sortait plus ensemble.

— J'imagine que le répit ne va pas durer, mais ce n'est pas grave. C'est un prix que je suis prête à payer.

Ce que des inconnus pouvaient bien raconter ne la concernait en rien.

En revanche, depuis le premier rendez-vous, elle ne répondait plus aux appels de sa mère…

— Tu es sûre ?

D'un geste très doux du doigt, il lui approcha le visage du sien.

— Parce que c'est vrai, ils nous retrouveront. Ils te harcèleront. Si tu décides de protéger ta vie privée et de ne plus me revoir, je comprendrais…

Il s'était mis à nu devant elle ce jour-là. Cela lui suffisait. Et même plus que ça, malgré les dangers de leur engagement.

Alors elle avait bien l'intention de le dénuder, et cette fois littéralement. Ce soir, de préférence.

— Peut-être que toi, tu comprendrais. Mais pas moi, déclara-t-elle en se collant à lui avec audace. Si j'ai envie d'être avec toi, je ne vais pas laisser quelques inconnus avec de gros téléobjectifs m'en priver.

Elle enleva sa main du torse de Marcus pour la lui glisser dans le dos, passa un doigt sous l'ourlet de son sweat, et caressa la peau nue et chaude juste au-dessus de son jean.

Il réprima un grondement sourd. Elle le poussa en arrière, leurs cuisses mêlées à chaque pas, jusqu'à ce qu'il se retrouve appuyé contre une barrière en fer forgé, April collée à lui.

Elle avait le cœur qui battait si fort qu'elle en était secouée, et ce n'était pas seulement à cause de la caféine. Elle se mit sur la pointe des pieds pour poser les lèvres sur sa mâchoire. Un soupçon de barbe lui griffa délicieusement la bouche. La peau tonique de Marcus avait un goût salé sur sa langue. Elle le sentit vibrer lorsqu'il gémit à voix basse.

Elle le mordilla et le lécha.

Il avança le bassin, et elle se délecta de le sentir se frotter farouchement à elle dans un moment d'égarement.

— Qu'est-ce que tu en dis, Marcus ?

Appuyée contre la rambarde, invisible aux yeux des passants, elle enfouit les deux mains sous son sweat pour caresser la ligne veloutée de son dos, puis redescendit, les ongles contre sa peau.

— Est-ce que je devrais me priver de toi ?

Il ne répondit pas par des mots. Ce n'était pas nécessaire. On aurait cru qu'elle avait consumé toute douceur en lui, et c'était mieux ainsi. Il lui saisit les cheveux d'une main et passa l'autre sur le renflement de ses fesses pour la serrer plus fort contre lui. April sentit son propre sweat remonter, et son legging en tricot n'atténuait en rien la sensation de la jambe de Marcus qui se pressait entre les siennes, ni celle de son sexe contre son ventre.

C'était peut-être elle qui l'avait plaqué contre cette barrière, mais elle ne contrôlait pas la situation. Plus maintenant.

— Revirement de situation, lui murmura-t-il dans le cou, la bouche brûlante sur sa peau, avant de la lécher puis de la mordre. Tu as toujours une marque… parfait.

Elle se cogna contre la balustrade alors qu'ils échangeaient leurs positions, et il s'insinua d'un geste brutal entre ses cuisses. Elle haleta, prise de vertige et tellement excitée qu'elle avait envie de le griffer pour qu'il apaise son désir.

Des dents et de la langue, il traça un chemin enflammé sur son cou, sous sa mâchoire, et là…

Oh, sa bouche trouva celle d'April avec vigueur et désespoir, et ses lèvres s'ouvrirent sans hésiter.

Plus tard, ils pourraient prendre le temps de s'embrasser doucement, mais à présent elle voulait la langue de Marcus dans sa bouche, ses dents sur ses lèvres, et ses gémissements noyés par son souffle affolé. Elle voulait qu'il prenne ses fesses encore plus fermement, qu'il la serre plus près. Marcus lui tirait les cheveux avec tellement de fougue qu'elle était en effervescence.

Ici, il avait un goût sucré, et non plus salé. Une saveur de menthe. Sombre et chaude.

— Tu es tellement douce…, haleta-t-il avant de plaquer à nouveau ses lèvres rougies sur celles d'April.

Elle gémit contre sa bouche alors qu'il se frottait à elle *à la perfection*. Il portait un jean assez lâche pour qu'elle puisse y glisser les deux mains à plat pour les passer sous son boxer soyeux, et enfoncer ses ongles courts dans la peau satinée de ses fesses fermes et contractées de désir afin de s'emparer de lui.

La griffure le poussa à s'écraser contre elle avec un râle sourd. Il mêla leurs langues avec passion. Son odeur d'herbe se faisait plus musquée, plus sauvage, et elle sentait sa propre peau picoter, humide.

Il ne pouvait pas nouer les jambes d'April autour de sa taille et la prendre contre la barrière. Pas en plein jour. Pas en public. Et elle était trop lourde. Mais, la prochaine fois qu'elle attraperait son vibromasseur bariolé dans le tiroir de sa table de nuit, elle aurait un nouveau fantasme à se rejouer pour s'offrir un orgasme sismique.

Lorsqu'il s'écarta d'un cheveu de sa bouche, elle revint se coller à lui.

Puis elle entendit à son tour.

— Eh, vous deux ! Sortez de chez moi ! cria une voix écœurée depuis la porte de la maison derrière eux. C'est pas un comportement pour un samedi matin !

Marcus rit doucement et lui chuchota à l'oreille :

— Apparemment, on peut revenir cet après-midi faire des frotti-frotta contre sa grille.

— Aux heures de bureau, convint-elle à regret en retirant les mains du jean de Marcus. Mais on risque d'écoper d'une amende pour attentat à la pudeur.

— C'est vrai, admit-il, le front posé sur l'épaule d'April, toujours essoufflé.

Il se redressa avec un gémissement frustré et se tourna pour adresser au bonhomme son habituel sourire enjôleur.

— Désolés, monsieur. On y va.

L'homme répondit par un grognement colérique et disparut à l'intérieur.

Alors qu'ils regagnaient le trottoir, Marcus la prit par la taille et la plaça devant lui. Presque assez près pour se toucher, mais pas tout à fait.

— Reste ici juste une minute, s'il te plaît.

Si elle se cambrait en arrière un tout petit peu… oui. Là.

Alors que ses fesses appuyaient contre son érection, les doigts de Marcus la pincèrent agréablement à travers son legging.

— April…, dit-il, les dents serrées. Tu ne me rends pas service.

Ah, d'accord. Plus de contact sous la ceinture, du moins pour le moment. Elle rejeta la tête en arrière et la posa sur l'épaule de Marcus. Souriant tous deux, ils attendirent que son corps se calme.

— Vraiment ? Parce que j'avais l'impression de t'aider, au contraire.

— M'aider à me faire arrêter, oui.

— Pour paraphraser un homme d'une grande sagesse : c'est vrai.

Par chance pour elle, son excitation n'était pas aussi visible que celle de Marcus, mais elle avait quand même une envie irrépressible de serrer les cuisses.

— Tu veux que je te prête mon sac à main ?

— Pour quoi faire… ah. Oui. Bonne idée.

Pourtant, ils ne reprirent pas leur promenade. Il l'attira plus près de lui, et ils restèrent un moment enlacés, la tête d'April sur l'épaule de Marcus, ses grandes mains masculines lui caressant les bras, les flancs et les hanches d'une touche légère. Quand il finit par la serrer plus franchement, elle posa les avant-bras sur les siens.

Il lui embrassa la tempe avant d'y appuyer la joue.

C'était la douceur qu'elle avait cru ne pas vouloir.

Mais elle s'était menti à elle-même : en fait, elle voulait tout. La passion et la tendresse. Le joli visage et les rides d'expression. L'acteur sérieux et celui qui jouait dans *Sharkphoon*.

L'or et la pyrite.

Elle tourna la tête pour l'embrasser sous la mâchoire.

— Viens chez moi, s'il te plaît.

Il n'hésita pas, pas même l'ombre d'un instant.

— Oui, dit-il. Oui.

TRITON

EXT. RIVAGE AU PIED DES FALAISES - AUBE

CARMEN est entrée dans l'eau jusqu'à la poitrine, tout habillée, et TRITUS agite la queue lentement pour rester à la verticale devant elle. Il contemple avec adoration ses yeux vert menthe.

CARMEN
Quand reviendras-tu ?

TRITUS
Chaque fois que tu auras besoin de moi.

Elle lui lance un regard timide, paupières baissées.

CARMEN
Et si… ce dont j'ai besoin, tu ne peux me le donner ?

Perplexe, il fronce les sourcils. Puis il comprend, et son désir s'éveille. Il nage plus près d'elle.

TRITUS

Fais-moi confiance. Je ne suis peut-être pas vraiment humain… mais ça ne m'empêche pas d'être un homme !

CARMEN

Tu veux dire que… ?

TRITUS

Laisse-moi te montrer…

Mais alors qu'ils se touchent pour la première fois, doigts mêlés, les cuisses de CARMEN contre la queue de TRITUS, elle écarquille les yeux, et pas sous l'effet du désir. Soudain, elle a du mal à respirer. Haletante, elle s'éloigne en titubant.

CARMEN

Mon… mon allergie ! Aux algues… J'avais… *(halètement)* oublié !

TRITUS

Non ! Ma malédiction ! Elle se réalise !

La tragédie de leur amour impossible le submerge, et il s'éloigne en nageant pour disparaître sous les vagues.

—

Chapitre 16

— Voilà, c'est ici que je vis, déclara April en l'invitant à la suivre. L'appartement est dans une maison, mais j'ai une entrée séparée, donc je me sens quand même chez moi.

Marcus regarda autour de lui.

— Tu as fait une affaire, surtout pour le secteur.

À l'exception des chambres et de la salle de bains, tout était ouvert, dans un esprit loft. Pas trop immense, pour rester cosy. Bien entretenu, avec des parquets vernis, de l'électroménager en acier chromé et des plans de travail en marbre. Une fois qu'elle serait vraiment installée, il songeait que le lieu serait nettement plus accueillant que sa propre villa à Los Angeles, avec sa décoration d'une modernité agressive. Il ne pouvait s'en prendre qu'à lui-même, évidemment, puisqu'il n'avait pas supervisé les travaux, mais il était en tournage à l'étranger à ce moment-là, et il voulait trouver sa demeure prête à son retour.

— Désolée pour les cartons, marmonna April en passant d'un pied sur l'autre. Je n'ai pas encore eu le temps de tout ranger ni d'accrocher des cadres aux murs.

La console de marbre blanc dans le vestibule – sans surprise, elle préférait la pierre au bois – ne branla pas lorsqu'il posa la main dessus. La surface était fraîche, lisse et solide sous ses doigts.

— Je suis impressionné par tout l'ordre que tu as réussi à mettre en si peu de temps.

Elle pinça les lèvres et répondit par un grognement sceptique.

En chemin vers son appartement, elle avait perdu de sa confiance et de son enivrante, incorrigible agressivité sexuelle. Elle regardait autour d'elle dans la pièce, comme si elle cherchait à repérer tous les défauts de son espace. Jamais il ne l'avait vue si nerveuse, pas même lors de leur premier dîner ou de leur première rencontre avec les paparazzis.

Et c'était très bien, parce que ce changement d'humeur lui permettait à lui de se calmer et d'avoir l'esprit plus clair. Suffisamment pour qu'il se rappelle son intention de discuter un dernier sujet sensible avec elle avant qu'ils se mettent à nu l'un devant l'autre.

Non qu'il tienne cela pour acquis. Elle avait le droit de changer d'avis à n'importe quel moment. Mais il avait espéré. Fantasmé.

—Je sais que tu es habitué à mieux…

—April, dit-il en secouant la tête d'un air de tendre reproche. Mes parents sont profs, tu te souviens ? J'ai grandi dans une maison pas tellement plus grande que ton appartement.

—C'est vrai, j'avais oublié.

Son visage s'éclaircit un peu, mais elle avait toujours les épaules un peu crispées.

Elle attendait son jugement avec anxiété, c'était évident. Ce qui l'était moins, c'était la cause : était-ce seulement son appartement pas encore complètement meublé qui la gênait ?

Ils étaient venus là dans un but précis, qu'elle avait très clairement exprimé. Mais à présent que se rapprochait la perspective d'une telle intimité, d'une telle mise à nu au propre comme au figuré, avait-elle peur qu'il la juge et ne la trouve pas à la hauteur dans un tout autre domaine ?

—Euh… tu as faim ? demanda-t-elle en se dirigeant vers le coin cuisine. On peut déjeuner, si tu veux. J'ai un reste de pizza. Et un reste de riz frit, aussi.

Elle haussa une épaule et ouvrit le frigo.

—Désolée. Je n'ai pas tellement cuisiné depuis le déménagement. Enfin, je ne cuisine pas beaucoup en temps normal non plus, pour être honnête.

Il n'aurait pas de meilleure occasion que celle-là.

Elle ne s'éloigna pas du réfrigérateur alors qu'il s'approchait derrière elle. Pas même lorsqu'il l'enlaça, de dos, les mains juste au-dessus de sa taille. Son corps restait immobile entre ses bras. Sur la défensive, bien qu'elle ne cherche pas à lui échapper.

Après quelques secondes, elle se détendit et se laissa fondre en lui comme elle l'avait fait plus tôt.

Il baissa la tête pour poser le menton sur son épaule ronde.

—J'adore cuisiner. Et ça tombe bien, parce que je dois faire attention à ce que je mange avec mon métier. Et faire du sport, aussi.

Et voilà. Elle était aussi raide que son plan de travail en marbre. Sans surprise.

Il déposa un baiser sur le suçon qu'il lui avait fait dans le cou.

—April… après les donuts de ce matin, je ne vais sans doute rien manger d'autre que des protéines et des légumes, aujourd'hui. Je ne peux pas manger de pizza ni de riz frit. De toute façon, je n'ai pas vraiment faim. Mais…

Elle referma la porte du réfrigérateur et se dégagea de son étreinte. Il n'essaya pas de l'arrêter. Il se contenta de continuer à parler et d'espérer qu'elle l'écoutait toujours.

—… je n'attends pas des autres qu'ils adoptent mon hygiène de vie. C'est une obligation professionnelle pour moi. Rien de plus. Alors si tu as faim et que tu veux une part de pizza, mange de la pizza, dit-il avec un geste vers l'étincelant réfrigérateur. Si tu veux du riz frit, prends-en. Si tu veux encore des donuts gros comme ta tête ou un autre croco…

—Cocroffinut, chuchota-t-elle en le regardant enfin dans les yeux.

—… bidule-truc, fais-toi plaisir. Même si je crains qu'une nouvelle dose de caféine t'envoie carrément dans la stratosphère. Ce que je mange ou ne mange pas n'a pas d'importance, insista-t-il avec toute la sincérité et tout le réconfort dont il était capable.

Normalement, il n'aurait pas dû savoir pourquoi elle était soudain devenue glaciale dans le taxi après leur sortie au musée. Mais le fait est qu'il le savait, et avant qu'ils se retrouvent au lit, elle devait entendre la vérité.

Son corps était son instrument de travail. Il devait le garder puissant et souple, le plus longtemps possible. Si l'attention qu'il était obligé de porter à son alimentation et son hygiène de vie devait la rendre anxieuse ou la mettre mal à l'aise, et si elle ne pouvait dépasser ce blocage, il fallait qu'ils en soient conscients tous les deux dès maintenant.

Elle s'était arrêtée à quelques pas de lui, une hanche appuyée contre le comptoir. Derrière ses adorables lunettes, elle plissait les yeux. Elle l'évaluait.

Il ne suffisait pas qu'il dise la vérité. Il fallait aussi qu'elle le croie. Il avait l'intention d'incarner tout le sérieux et la crédibilité qu'il pouvait, quitte à utiliser toutes les astuces de son jeu d'acteur.

Il conserva une attitude ouverte sous ses yeux scrutateurs, les mains détendues, le regard franc. Devant elle, il se tenait calme et résolu, un parfait exemple d'homme digne de confiance.

Il y eut encore un long silence, puis elle baissa la tête et avança un peu vers lui.

—Ça marche.

Le soulagement lui fit flageoler les jambes, et il se colla au comptoir pour garder l'équilibre. Il la regarda du coin de l'œil.

— Tu parlais de déjeuner. Tu as faim ?

Pour la première fois depuis qu'ils étaient entrés dans l'appartement, une lueur coquine revint éclairer son visage, et elle sourit d'un air prédateur. Bordel, avec cette expression, elle était plus brûlante que certaines boules de feu que les effets spéciaux lui avaient fait frôler lors de tournages.

Mieux encore, cette expression signifiait qu'il avait réussi. Il avait traversé un champ de mines sans scénario ni personnage pour le guider et su trouver les mots justes – lui pour qui c'était si difficile –, et ce sourire classé X était sa récompense.

Elle s'approcha encore, lentement.

— Oui, j'ai faim… mais pas de nourriture. Je crois que je vais me laisser tenter.

Il en eut le souffle coupé, les cheveux d'un roux doré d'April lui effleurant les cuisses alors qu'il s'enfonçait dans sa bouche, tremblant. Cette image l'avait amené à l'orgasme de nombreuses fois dans la semaine écoulée, presque aussi souvent que de penser aux gémissements qu'elle pousserait quand il la lécherait, comment elle se cambrerait dans ses bras, rejetterait la tête en arrière tandis qu'il la maintiendrait en place, comment elle se contracterait autour de ses doigts alors qu'il lui sucerait le clitoris, comment elle palpiterait, haletante, en jouissant sous ses lèvres.

Une heure auparavant seulement, il avait senti son sexe durcir dans son jean alors qu'un fantasme entièrement nouveau naissait. Réalisable, si elle était partante. Tout de suite, dans la cuisine, en plein jour.

Il lui tendit la main.

— Viens là.

Elle n'hésita pas. Elle mêla ses doigts à ceux de Marcus, et ne protesta pas lorsqu'il la fit tourner et l'attira tout contre lui, le dos contre son torse. Le comptoir derrière lui était dur et froid, mais il ne le sentait plus. La chaleur et la douceur de celle qu'il tenait entre ses bras le lui faisaient oublier.

La pression de son voluptueux fessier contre son érection le rendait fou. Surtout quand elle lui refit ce qu'elle avait commencé plus tôt sur le trottoir. Remuant les hanches, elle le frotta de haut en bas, comme une caresse tentatrice.

Enfouissant son visage dans son cou, il lui mordilla doucement le lobe de l'oreille, et se délecta de son halètement, de ses mains qui lui serraient le bras.

Il glissa les doigts le long de l'ourlet de son pull.

— Je peux te toucher ?

— Où tu veux.

Du bout de la langue, il effleura son oreille.

— Où je veux ? Vraiment ?

— Vraiment.

Elle tourna le buste et le tira vers elle pour l'embrasser, lui suçant la langue jusqu'à ce que sa vision se trouble.

Lorsqu'elle pivota face à lui, la tête sur son épaule, il aventura les mains sous son haut. Il explora son ventre rond, ses flancs.

Tendre. Elle était tendre partout. Pleine de courbes et de vallées secrètes.

Sa peau satinée se réchauffait à son contact, avant même qu'il passe un pouce sur le renflement de ses seins, juste au-dessus du soutien-gorge. Un soutien-gorge à armatures et bonnets renforcés. Trop épais pour qu'il puisse deviner les tétons, et trop raide pour qu'il puisse le tirer vers le bas sans lui faire mal.

OK. Il le lui enlèverait plus tard. De toute façon, ses seins n'étaient pas l'objectif principal en cet instant.

Il descendit encore, promena ses doigts juste au-dessus de la taille de son legging.

Quelle bénédiction, ces tissus élastiques !

Elle reprit son souffle, avec un mouvement ténu qu'il sentit distinctement sous ses lèvres qui lui frôlaient le cou. Il l'explorait de la bouche, suçait et léchait la peau, une main sur son ventre et l'autre glissée dans son legging, sous sa culotte soyeuse, où il découvrit une chaleur humide entre des cuisses frémissantes.

Elle haleta. Il s'arrêta.

— Tout va bien ?

— Oh, oui…, gémit-elle en ondulant à la rencontre de sa main. Continue…

Même avec un tissu souple, il n'avait pas beaucoup de place pour manœuvrer, mais son sexe brûlant et mouillé se nichait à la perfection dans sa paume. À la perfection…

Il lui écarta les poils en faisant attention, puis la caressa doucement dans les moindres replis, comme pour en apprendre la carte secrète. Elle frissonna sous son toucher, délicat et habile, et lorsqu'il vint se présenter à son entrée, elle écarta davantage les jambes, appuyée sur lui, les mains tendues pour lui agripper les hanches.

Mais il remonta, cherchant, jusqu'à ce qu'il le trouve.

Lentement, très lentement, il fit le tour de son clitoris, et elle enfonça les ongles dans ses cuisses en gémissant à voix basse. Lorsqu'il redescendit, elle était encore plus humide. Encore plus brûlante. Cette fois, il insinua un doigt, taquin, et la titilla.

Elle se cambra contre sa main et laissa échapper une plainte qui le fit sourire.

— Tu aimes avoir quelque chose à l'intérieur quand tu jouis ? Sentir que tu te contractes ? Ou tu préfères une stimulation du clitoris uniquement ?

Elle avait la joue en feu sous ses baisers. Incapable de se retenir, il frotta sa queue durcie contre ses fesses et se sentit bander encore plus.

Elle répondit d'une voix étranglée.

— Les deux. J'aime les deux en même temps.

Cette fois, il ne s'arrêta pas à l'entrée, mais introduisit un doigt entier. Deux. Seigneur, elle était gonflée de désir, trempée et tellement sexy. Tellement serrée aussi, bien que son corps n'offre aucune résistance à sa pénétration. Il recourba les doigts et se mit à aller et venir.

Elle exhala un souffle tremblant, puis tourna le visage pour le nicher dans le cou de Marcus lorsqu'il posa le pouce à nouveau sur son clitoris.

À présent, il soutenait le poids d'April en plus du sien grâce au comptoir derrière lui, et frottait son sexe toujours prisonnier de son jean en harmonie avec le rythme des hanches de sa belle. Elle réprimait un gémissement à chaque tour que décrivait son pouce, chaque mouvement de ses doigts.

Elle commença à se raidir contre lui, sa chair palpitant sous son pouce et autour de ses doigts. Il enfouit sa main libre dans ses cheveux et attira sa bouche contre la sienne.

Elle était trop excitée pour un baiser, et il s'en fichait. Alors qu'elle haletait contre ses lèvres, il aspirait avidement chaque souffle, chaque son.

Encore un cercle autour de son clitoris gonflé. Un autre.

Puis elle réprima un cri, tressaillit et se laissa aller au plaisir, adossée à lui, serrant ses doigts en elle, la chair battante contre son pouce, en poussant des gémissements doux.

Il l'accompagna dans chaque soubresaut, chaque soupir.

Quand l'orgasme fut passé, il sortit la main de son legging, la tourna dans ses bras, et la laissa regarder, les paupières lourdes, alors qu'il se léchait les doigts.

Elle avait un goût acidulé. Terreux, ce qui lui allait bien. Une saveur parfaite.

Le soleil qui se déversait par la fenêtre derrière l'évier l'auréolait d'or. Elle était empourprée, humide et alanguie, appuyée de tout son poids sur lui, et il aurait voulu avoir le talent de capturer cette expression sur pellicule. Même s'il ne voulait pas faire éclater la bulle intime et privée qui entourait ce moment idyllique.

Avec un pouce, il écarta une mèche de cheveux collée sur la tempe moite d'April.

— C'était encore meilleur que dans mon imagination, avoua-t-il.

Elle répondit d'une voix rauque où perçait l'amusement.

— Tu… avais imaginé ça ? De me faire jouir dans ma cuisine ?

— Non, l'aspect cuisine était de l'impro. Mais quand tu as pressé ton cul sublime contre moi sur le trottoir, j'avais envie de glisser la main dans ta culotte et de me frotter sur toi pendant que tu jouirais sous mes doigts.

Il embrassait ses joues rondes là où elles étaient rouges, et se laissait gagner par leur chaleur.

Elle soupira, et il s'écarta pour lui sourire.

— Tu es tellement content de toi, dit-elle en s'efforçant de paraître fâchée.

Mais son ton était bien trop tendre, bien trop saturé de plaisir.

— Il est où, ton lit ? J'ai envie de te voir écartée pour moi.

Il suivit le contour de son oreille avec le nez, puis avec la langue. Elle gémit encore, et oui, il voulait bien le reconnaître… alors qu'elle l'entraînait par la main vers sa chambre, il était très content de lui.

Messages privés du forum Évinie, huit mois plus tôt

Livres:ÉnéeNenFeraitRien : Coucou, Litsie. Tu n'as pas répondu à mes messages, hier ?

Livres:ÉnéeNenFeraitRien : Tu as bien le droit, mais je voulais m'assurer que tout va bien pour toi. C'est la première fois qu'on ne se parle pas depuis…

Livres:ÉnéeNenFeraitRien : Eh bien, depuis des mois, je crois. Bref, si tu n'as pas eu le temps, je comprends parfaitement, mais je voulais juste prendre de tes nouvelles.

Lavinie Is The Star : Oh, vraiment désolée, j'ai cassé un verre hier soir et je me suis retrouvée avec une coupure à la jambe, j'ai fini aux urgences !

Lavinie Is The Star : Avant de me recoudre, ils m'ont bourrée d'antalgiques, résultat j'étais défoncée et je crois que je le suis encore.

Livres:ÉnéeNenFeraitRien : Je suis désolé que tu te sois fait mal, Litsie. Tu vas bien ?

Livres:ÉnéeNenFeraitRien : Je t'en prie, dis-moi qu'on t'a ramenée en voiture à la maison, et que tu as quelqu'un pour te chouchouter maintenant.

Lavinie Is The Star : Le taxi, c'est la vie, coco !

Lavinie Is The Star : J'allais pas embêter des amis si tard et hors de question d'appeler mes parents.

Lavinie Is The Star : T'en fais pas, tout va bien maintenant que la Semaine où Énée bande de stupeur est là pour me consoler… La fanfic, c'est trop de la balle !

Lavinie Is The Star : Érection turgescente, tumescente, palpitante, perplexe, trop de la balle en fait !

Livres:ÉnéeNenFeraitRien : Litsie…

Livres:ÉnéeNenFeraitRien : Merde. Si seulement je…

Livres:ÉnéeNenFeraitRien : S'il te plaît, sois prudente, et appelle quelqu'un si tu as besoin.

Livres:ÉnéeNenFeraitRien : Je prendrai de tes nouvelles dès que possible.

Lavinie Is The Star : Le velours, c'est mieux que l'acier bro ! Le velours, c'est mieux que l'acier sa race !

Chapitre 17

Les hommes se mentaient à eux-mêmes et ils lui mentaient à elle.

Les bites, elles, ne mentaient pas.

Confrontée à tant de vérité – une preuve dure et fièrement dressée –, le doute n'était plus permis.

April leva la tête pour regarder Marcus, agenouillé entre ses cuisses alors qu'elle était étendue, nue et offerte, sur son lit. Pour plus d'intimité, ils avaient tiré les rideaux semi-opaques, mais le soleil pénétrait à travers. Sa chambre en était baignée, chaque centimètre de sa peau éclairé et exposé, et son érection, déjà impressionnante, semblait douloureuse depuis qu'elle avait écarté les jambes pour lui.

Ce qui n'était que justice, car la vision de Marcus la rendait folle de désir elle aussi.

Il était nimbé par la lumière voilée, puissant, souple et affûté, vibrant à chaque mouvement d'une énergie contenue. Lorsqu'il se pencha davantage encore pour lui passer les mains doucement sur les cuisses, sur chaque pli et chaque courbe, ses mèches plus longues retombèrent sur son front et vinrent cacher ses yeux.

De toute façon, impossible de se regarder dans les yeux. Il contemplait le chemin que traçaient ses doigts fébriles, et la chair d'April qui picotait et brûlait sous sa caresse attentive. À sa plus grande déception, il ne se dirigeait pas vers l'intérieur, la jonction de ses cuisses, mais continuait à monter, de plus en plus haut. Plus haut que les hanches. Par-delà l'arrondi de son ventre et les marques argentées qu'y dessinaient ses vergetures, le long de ses flancs, jusqu'à atteindre son opulente poitrine. Mais il ne s'y attarda pas non plus, préférant suivre la ligne de sa clavicule avec ses pouces avant de passer ses doigts repliés tout le long de ses bras.

Elle laissa ses mains paumes tournées vers le plafond, exposées à Marcus. Il n'avait sans doute pas besoin de ce geste, étant donné l'abandon de sa posture par ailleurs, mais elle voulait qu'il soit conscient qu'elle lui accordait une confiance totale.

Ce n'était plus un inconnu, et elle n'avait pas l'intention d'en faire un coup d'un soir. S'il s'éloignait maintenant, s'il la regardait d'un œil critique, elle en serait blessée.

Pourtant, elle resta là, le creux vulnérable et sensible de ses mains ouvertes sous les doigts hâlés de Marcus. Son corps athlétique formait comme une cage autour de celui d'April. À quatre pattes, il se pencha pour appuyer son visage sur sa main droite et y déposer un baiser.

Puis il frotta sa mâchoire taillée à la serpe, un peu piquante à cette heure-là de la journée, sur son bras et dans son cou jusqu'à la faire rire de plaisir.

Devinant qu'il souriait contre sa peau, elle en eut assez de rester immobile. Sous ses paumes, elle sentait ses épaules, ses biceps, sa peau tiède et lisse, chaque muscle bien visible et dessiné comme les siens ne l'avaient jamais été. Les quelques poils qui lui parsemaient le torse, couleur d'or sombre et frisés, attiraient sa caresse. Elle lui titilla les tétons pour les faire durcir, satisfaite de le voir se contracter et soupirer.

Puis elle lui caressa le ventre, sculpté, plat, et séparé par une ligne de poils drus. Soudain, il ne semblait plus disposé à prendre son temps.

Il s'accroupit entre ses jambes. Il repoussa les mains d'April avec un murmure d'excuse, disant que ça faisait très longtemps et qu'il n'en pouvait plus. Il lui prit enfin les seins dans ses paumes. Trop gros pour qu'il les attrape en entier, ils débordaient de ses doigts, et il soupira de plaisir.

— Tellement doux..., chuchota-t-il comme pour lui seul.

Avec ses pouces, il faisait le tour de ses mamelons et regardait la peau fine se contracter. Puis il toucha la pointe avec la légèreté d'une plume, et elle ne put s'empêcher d'ouvrir les jambes encore davantage.

Il se pencha de nouveau pour frotter sa barbe naissante sur le renflement de sa poitrine. Elle haleta et sentit sa bouche brûlante sur son mamelon, qui suçait, aspirait, fouettait, jouait et, parfois, une dent ajoutait une petite pointe ténue, pendant que des doigts il stimulait le deuxième. Il échangea, et elle remua de nouveau, se colla contre sa bouche, avide de volupté.

Pour être honnête, les seins n'étaient pas sa zone érogène de prédilection, mais la sensation devenait électrique, et elle se sentait humide de désir. Il ne s'attarda pas, cependant, peut-être parce qu'il était aussi essoufflé qu'elle à présent.

Après une minute, il redescendit, et elle sentit son haleine passer à travers sa toison. Il l'ouvrit avec ses doigts, la faisant se tordre d'impatience, l'air frais et l'excitation presque insupportables. Il eut un rire rauque, et elle eut envie de lui donner une tape, mais elle avait encore plus envie de sa bouche, alors elle patienta, tendue.

Comble de torture, il se mit à lui souffler sur le clitoris, un flux d'air délicieux, et elle avait bien l'intention de le faire payer à un moment ou un autre. Elle tremblait du désir de se cambrer vers cette bouche qui la taquinait, d'attraper Marcus par les cheveux, et de lui enfoncer le visage exactement là où elle voulait.

Alors il la lécha, sans se presser, exhaustif, et au lieu de cette action rebelle, elle se mit à gémir. Très fort.

Les bras de Marcus pesaient sur ses cuisses et ses hanches, la maintenant en place tandis qu'il s'installait pour se mettre au travail. Il avait une langue puissante, avide et agile, comme le reste de son corps, et Seigneur, cette patience extrême alors qu'il léchait, suçait, et s'attardait dans son intimité brûlante…

— Oh merde ! soupira-t-elle en plongeant les doigts dans ses cheveux, l'autre main agrippée à son épaule. Marcus…

En entendant son prénom, il suça un peu plus fort, et elle ne put rester immobile. Elle souleva les hanches, et il la plaqua de ses bras d'acier, la forçant à accepter son rythme. Il ne lui faisait pas mal, pas du tout, mais elle ne risquait plus de bouger, sauf s'il le décidait, bien qu'elle soit beaucoup plus lourde que lui.

La puissance de cette certitude lui brûla le cerveau comme une lumière incandescente, et elle laissa échapper un gémissement.

Il redressa la tête, se souleva sur les coudes pour la regarder, mais elle gronda en ressentant l'absence de cette langue au talent incroyable.

— Tout va bien ? demanda-t-il, les lèvres luisantes, les pupilles dilatées. Si je te fais un truc que tu n'aimes pas, dis-le-moi. Ou si tu préfères que j'arrête…

OK, assez parlé. Retour aux choses sérieuses.

— Si j'ai une réclamation à formuler, tu le sauras, répondit-elle en lui poussant les épaules et en ondulant de nouveau des hanches, parce que c'était si bon. En attendant, pour l'amour du…

Même en tant que demi-dieu, il n'avait jamais eu l'air aussi content de lui.

— N'en dis pas plus.

Elle emmêla les doigts dans ses cheveux et haleta d'extase au contact de sa langue. Seigneur, s'il avait appris à tournoyer ainsi pour un rôle, comme tant d'autres de ses étonnantes compétences, elle applaudissait son choix de personnages et allait peut-être le nominer à titre rétroactif dans la catégorie porno.

Il lui suçait de nouveau le clitoris, le chatouillant de la langue, pendant que du pouce il s'aventurait autour de l'entrée de son intimité, pénétrant à peine et massant les pourtours. Elle se balançait, se cambrait contre lui, se frottait contre sa bouche, la tête rejetée en arrière. Soudain, le monde entier sembla s'illuminer derrière ses paupières. Oh. Waouh.

Et alors…

Sa bouche n'était plus là. Il descendit du lit et attrapa son jean, et elle resta allongée là, frissonnante et proche de l'orgasme, en le contemplant, sourcils froncés, avec un intense mécontentement.

C'est d'une main tremblante qu'il enfila son préservatif. Il lui adressa une grimace d'excuse lorsqu'il croisa son regard.

— Je n'étais pas certain de tenir suffisamment longtemps en toi pour te donner un troisième orgasme, et j'avais envie de te sentir jouir autour de ma bite.

— Humpf.

C'était raisonnable, elle voulait bien l'admettre. Elle quitta son air revêche.

— Tu veux te mettre au-dessus, ou… ? demanda-t-elle.

Il se laissa tomber sur le matelas, le visage empourpré, impatient et étrangement juvénile.

— J'adorerais que ce soit toi dessus, comme ça je peux t'admirer.

Elle se sentit rougir aussi.

Elle enfourcha les hanches étroites de Marcus. Et parce qu'elle devenait vindicative lorsqu'elle était frustrée, elle prit son temps pour se placer sur lui et s'enfoncer doucement sur sa queue. Elle descendit sans se presser, l'avalant centimètre par centimètre, les yeux rivés aux siens, les mains posées derrière elle sur les cuisses de Marcus.

— April, protesta-t-il.

Mais il n'avait pas le droit de se plaindre, et il le savait.

Elle était si humide et si ouverte que la pénétration ne fut qu'un plaisir pour elle, et elle se resserra autour de son sexe volumineux. C'était son tour de sourire d'un air satisfait alors qu'elle glissait sur lui à un rythme délibérément lent.

Quand il fut enfin entièrement en elle, chaud et dur, il haletait et remuait le bassin, ses yeux bleu-gris rendus flous et frénétiques par l'attente. Mais dans cette position, et avec son poids, c'était désormais elle qui avait le pouvoir.

Penchée en avant, elle coinça ses cheveux derrière ses oreilles et lui caressa le torse à présent moite.

— Tout va bien ?

Merde, elle était incapable de se retenir de bouger contre lui. Juste un peu. Elle était toujours au bord de l'orgasme, et la sensation lui fit fermer à demi les yeux.

— Si je fais un truc qui ne te plaît pas…

— Oui, oui, répondit-il avec un sourire crispé mais sincère. Je te dirai.

Elle s'efforça de rester immobile.

— Je te taquine, évidemment.

— Évidemment ! reconnut-il avec un petit rire.

— Mais je suis sincère, aussi.

— Je sais. Merci. Maintenant, laisse-moi te…

Chacune de ses inspirations faisait trembler son ventre plat, et April tanguait comme sur une vague de l'océan.

Il posa le pouce sur son clitoris et frotta doucement. Elle ferma les yeux entièrement.

Oh… humm… Oui.

Elle s'appuya de nouveau en arrière et se mit à aller et venir sur lui. Pas de haut en bas, car elle était bien trop excitée pour ça. D'avant en arrière contre ce pouce expert qui la titillait. Elle sentait le sexe de Marcus l'emplir et l'écarter.

— April, soupira-t-il en s'agrippant à sa taille de son autre main. April !

Il remua sous elle. Le plaisir inattendu lui arracha un cri. Malgré sa corpulence, il soulevait les hanches sous elle en de petits mouvements brefs, la prenant par en dessous alors qu'elle s'accrochait à ses cuisses, ses genoux, tout ce à quoi elle pouvait se retenir. Merde, il était tellement puissant, tellement dur à l'intérieur d'elle, et prenait de plus en plus de place, allant plus profond, la caressant dedans et dehors, et son pouce…

La pression éclata, et elle se mit à pousser des râles sauvages et rauques alors qu'elle se contractait autour de lui en spasmes innombrables, inconsciente de tout ce qui l'entourait à part la sensation délicieuse de Marcus en elle et sur son clitoris. Il se redressa pour l'embrasser avec ardeur avant de se rallonger, donner un ultime coup de reins et, avec un cri guttural, se mettre à frissonner.

Il garda sa main sur elle jusqu'à la fin, pour lui transmettre chaque once de plaisir dont était capable sa chair repue. Lorsqu'elle se laissa glisser sur le côté, se détachant de lui à regret pour s'écrouler sur le matelas comme si son corps n'avait plus de squelette, il lui caressa la joue et l'embrassa tout en douceur et tendresse. Il avait le goût d'April sur sa bouche. Et ses doigts étaient encore mouillés d'elle.

Cette caresse, ce baiser qui prenait son temps étaient une déclaration, elle le savait, silencieuse et immédiate, avant qu'elle ait le temps de se questionner, de s'inquiéter.

Il répéta cette déclaration en acte quand ils furent tous les deux revenus de la salle de bains : il retourna au lit et vint se blottir tout près puis l'enlaça de ses quatre membres, d'une façon qu'elle ne tarderait pas à trouver étouffante mais qui lui plaisait pour le moment. Il lui caressait le dos, lui murmurait à l'oreille combien c'était excitant de la regarder sur lui, comme ses gémissements de plaisir l'avaient fait jouir à son tour autant que la sensation de son corps qui se resserrait sur son sexe, et que la prochaine fois il lui ferait voir des étoiles rien qu'avec sa bouche.

Tous ces mots étaient bienvenus, mais ce n'était pas ça le message.

Il n'avait pas besoin de le dire à voix haute. Elle l'entendait quand même.

Ce n'était pas juste une partie de jambes en l'air.

J'aime ton corps.

Je ne pars pas.

SHARKPHOON

INT. BUREAU OVALE - MIDI

DR. BRADEN FIN est debout avec LA FILLE EN BIKINI N° 3 devant la présidente, son maillot de bain moulant couvert seulement par sa blouse blanche. Ils sont tous deux encore éclaboussés du sang de son collègue mort mâchouillé. Il a sur le visage des lunettes de sécurité et arbore un air de chagrin et de détermination. La présidente lève vers lui son regard d'acier, les coudes sur le bureau, doigts joints au bout.

PRÉSIDENTE ABRUTY

Vous me faites perdre mon temps. Il n'y a pas d'urgence.

BRADEN

Madame la présidente, je vous assure que si. Vous ne comprenez pas. Le typhon est si puissant, les requins si énormes, qu'on n'est nulle part à l'abri. Même pas dans nos avions. Ni dans nos installations nucléaires. Pas même ici, avec le Reflecting Pool si près de la Maison-Bl…

PRÉSIDENTE ABRUTY *(avec un sourire froid)*
La fosse des Mariannes se trouve à un continent d'ici. Vous pouvez disposer.

Rafale de vent. On entend un bruit de verre brisé. Un requin fracasse la fenêtre du Bureau Ovale et croque une moitié de la présidente, puis avale la deuxième moitié et disparaît par la même fenêtre en quête de nouvelles victimes.

LA FILLE EN BIKINI N° 3 tapote le bras de BRADEN d'un geste apaisant.

LA FILLE EN BIKINI N° 3
Tu as essayé de la prévenir.

BRADEN secoue la tête d'un air triste, passe un bras autour de la fille, et retourne travailler.

Chapitre 18

Pour finir, April commanda encore une fois le dîner à emporter – poulet à la vapeur et légumes pour Marcus, crevettes au curry et riz pour elle –, et il accepta son invitation à passer la nuit chez elle. Blottis l'un contre l'autre sur le canapé, ils regardèrent des heures d'une vieille saison de l'émission de pâtisserie britannique préférée de Marcus, jusque bien trop tard, avant de finalement retourner d'un pas chancelant vers la chambre.

Ils s'allongèrent sur le flanc sur le lit, nus, les jambes emmêlées, face à face dans l'obscurité de la pièce, les rideaux occultants tirés, la lueur lointaine d'une veilleuse dans la salle de bains éclairant à peine leurs visages.

D'une main, il tenait celle d'April ; de l'autre, il jouait avec une mèche de ses cheveux. Pour une première nuit ensemble, le silence était étonnamment confortable. Ni contraint, ni lourd de tensions tacites et de gêne.

Pourtant, elle s'apprêtait à rompre ce silence, et le malaise s'installerait peut-être alors.

La question semblerait peut-être moins difficile à poser dans la pénombre, pourtant. Du moins l'espérait-elle.

— Marcus ?

— Oui ?

Il avait l'air incroyablement réveillé, après tout le sport de la journée. Dans la cuisine, bien sûr. Dans le lit. Et puis, une heure plus tôt, dans le salon, lui agenouillé devant elle, ses jambes sur les épaules alors qu'elle était étendue sur un plaid, sur le canapé, serrant un coussin en gémissant tandis qu'elle jouissait si fort contre sa bouche avide et inventive qu'elle aurait voulu lui dorer la langue à l'or fin. Mais seulement quand elle n'en aurait plus besoin, évidemment.

— Ça t'arrive de te demander si…

Elle se tut et passa en guise d'explication un doigt sur sa pommette élégante, son nez un peu cabossé, sa célèbre mâchoire bien dessinée.

— De me demander si quoi ? l'encouragea-t-il, patient.

Le pavillon de son oreille était chaud sous le doigt d'April, la peau de son lobe toute douce. Elle tenta de son mieux d'en mémoriser les contours alors qu'il tournait la tête pour lui embrasser la paume.

Des millions de personnes savaient l'identifier sous les lumières éblouissantes d'un tapis rouge. Mais si elle le touchait ainsi suffisamment longtemps, peut-être qu'elle arriverait à le reconnaître même dans le noir, simplement au toucher, d'une façon qui le rendrait sien, unique.

Elle aurait dû s'alarmer d'avoir des idées aussi possessives. Ça ne lui ressemblait pas, surtout à propos d'un homme rencontré depuis peu, et qui traînait autant de casseroles. Celles qu'il lui avait révélées, et les autres.

Cependant, elle avait l'impression de le connaître depuis des années. Comme s'il la *comprenait*, d'instinct, une sensation qu'elle trouvait aussi impossible qu'irrésistible. Les taquineries qu'ils avaient échangées toute la soirée leur étaient venues si facilement, leurs discussions sur l'élasticité de la pâte et la sévérité du jury semblaient aussi détendues que s'ils étaient amis de longue date.

Pourtant, son métier et sa célébrité compliquaient sa vie de couple d'une façon à laquelle elle n'avait jamais encore eu l'occasion de réfléchir. Et maintenant qu'elle avait une raison de s'en préoccuper, elle ne pouvait pas repousser la question sans en discuter d'abord.

Elle reprit du début, cette fois décidée à dire ce qu'elle avait à dire.

— Ça t'arrive de te demander si je suis attirée par le personnage que tu joues à la télé, ou le type que tu prétends être en public, plutôt que par le vrai toi ?

Il garda le silence une minute, le front plissé. April essaya en vain de le lisser du bout des doigts.

Il s'allongea sur le dos et contempla le plafond au lieu de la regarder dans les yeux, mais ne lui lâcha pas la main.

— Je, euh…

Il exhala un long souffle.

— Je t'ai raconté comment mes relations s'étaient terminées, ces dernières années.

Elle lui serra les doigts en guise de réponse.

Il tourna la tête vers elle.

— En temps normal, je m'inquiéterais que ça se produise encore. Mais tu as été très claire dès notre première rencontre sur le fait que le gars que je prétends être en public ne te séduit pas. Du tout.

Eh bien, non. Elle ne pouvait pas le nier.

— Tu n'as pas l'air de t'intéresser à ce qu'on voit à la surface, en fait. Plutôt à ce qu'il y a dessous. C'est peut-être une déformation professionnelle, ou alors c'est le contraire, c'est ce qui t'a attirée dans ce métier. Je ne sais pas. Mais ça fait partie des choses qui me plaisent chez toi, avoua-t-il en lui caressant les doigts.

Bêtement, elle rougit devant cette déclaration, bien qu'il fasse noir.

Elle savait pourquoi elle aimait creuser, découvrir ce qui s'était passé, chercher la contamination, plutôt que de se concentrer uniquement sur la beauté superficielle. Mais l'évocation de son enfance pouvait attendre, quand ils sortiraient ensemble depuis plus longtemps.

Elle esquiva d'un air joueur.

—Pas faux! Ceci dit, tu as une très jolie surface.

Avec deux doigts, elle marcha sur son torse comme sur la pointe des pieds, et atteignit une boucle soyeuse de ses cheveux. Elle vit briller les dents de Marcus lorsqu'il sourit dans la faible lumière qui parvenait de la salle de bains.

—Et toi, une surface spectaculaire, répliqua-t-il en roulant sur le flanc pour lui caresser les seins. Tu sais, peut-être…

C'était difficile de résister à une telle tentation, mais elle parvint à repousser doucement sa main.

—Merci pour le compliment. Mais tu n'as pas répondu à l'autre moitié de ma question, Marcus.

Il retomba sur le dos avec un soupir.

—Bordel. Je ne suis pas doué avec les mots, April.

Non. Elle n'allait pas accepter cette excuse.

Elle se contenta d'attendre et de laisser le silence l'obliger à s'exprimer.

—Alors…, déclara-t-il en serrant à son tour les doigts d'April. Écoute-moi jusqu'au bout, et si je dis une bêtise, laisse-moi m'expliquer.

Eh bien, voilà qui n'était pas très rassurant…

—Comme je le disais, je n'ai pas peur que tu sois attirée par le type que j'incarne en public, commença-t-il en se tortillant, agité, les lèvres pincées tandis qu'il se remettait à contempler le plafond. Quant à savoir si je m'inquiète que tu sois attirée par le personnage que je joue dans *Le Royaume*, plutôt que par le vrai moi…

Il inspira. Une fois. Deux fois.

—Peut-être, avoua-t-il à regret.

Il lui avait demandé de l'écouter jusqu'à la fin, mais aux yeux d'April cela ne ressemblait pas à une fin. Aussi continua-t-elle à attendre, bien qu'elle ait le cerveau qui bourdonne d'arguments, de justifications et de doutes. Mais elle essayait de refouler ces pensées, parce que formuler sa réponse alors qu'il n'avait pas terminé de parler ne lui permettrait pas de l'écouter. De l'écouter vraiment, activement. Et quand un homme aussi réticent que Marcus – le vrai Marcus – partageait des idées déstabilisantes, il fallait être complètement idiot pour ne pas lui prêter la plus grande attention.

— Tu, euh… Tu m'as dit que tu écrivais des fanfics à propos d'Énée et de Lavinie, reprit-il en se léchant les lèvres, faisant apparaître sa langue et déclenchant une réaction inappropriée entre les jambes d'April. Je… Il se peut que j'aie regardé certaines de tes histoires, et elles sont…

— Érotiques, compléta-t-elle au bout de quelques secondes.

Il hocha la tête, étalant ses cheveux sur l'oreiller d'April.

— Certaines, oui…

— Presque toutes.

Elle n'allait pas mentir, et elle n'avait pas honte. Pas d'avoir écrit des histoires érotiques, en tout cas.

— Bref, il y a des scènes de sexe dans la plupart de mes histoires, même si ce n'est pas l'élément central de l'intrigue. Je ne suis pas du genre à enchaîner les passages coquins *sans queue ni tête*, ne put-elle s'empêcher de dire. Si je puis m'exprimer ainsi.

Il réprima un rire et un grognement en même temps.

— Ne me distrais pas. Cette conversation est déjà assez dure… assez *difficile* comme ça !

Merde, il avait raison. Elle ferait mieux d'écouter, au lieu de sortir des blagues grivoises.

Finalement, il repoussa les mèches qui lui tombaient sur le front et se remit à parler.

— OK, voilà ce que je voulais dire : dans tes textes, il y a des scènes de sexe avec le personnage que je joue. Et quand tu décris Énée, il ne ressemble pas au héros des livres de Wade. Il n'est pas brun, ni rond. Il n'a pas les yeux marron. Au contraire, il est… plus mince. Les cheveux dorés. Les yeux bleus.

C'était vrai qu'il avait lu ses histoires, alors. Elle trouvait l'idée à la fois flatteuse et angoissante.

Et elle ne pouvait pas nier.

— C'est toi. Ou du moins, il a ton apparence.

Il lui lâcha la main pour se masser le front, les yeux fermés.

— Ouais. Maintenant qu'on sort ensemble, je pense que ça risque d'être un peu déroutant pour toi, non ? Au moins de temps en temps ?

Elle attendit un moment, puis se mit à son tour sur le dos et se força à penser à ce qu'il avait dit et à formuler la réponse la plus sincère possible, sans se laisser influencer par sa crainte de le faire fuir.

— Oui, ça me désoriente un peu, reconnut-elle à voix basse malgré sa réticence. Je suis sur un forum Évinie privé, et parfois les gens postent des photos de tes scènes de sexe, enfin celles d'Énée, et…

Il était parfaitement immobile à ses côtés.

— … quand on était nus, quand tu avais tes mains dans ma culotte et quand tu étais en moi ou que tu me léchais, je te jure que ces scènes ne me sont pas venues à l'esprit. Mais parfois, quand on n'est pas en train de faire ça, j'ai comme des… flashs, expliqua-t-elle d'un ton étranglé. Un genre de déjà-vu. Tes fesses. Ton torse. Ton expression. Ce genre de détails.

Sans lui laisser le temps de réagir, elle continua à parler avec un débit précipité.

— Je n'ai pas honte d'avoir écrit des fanfics, ni d'avoir inclus des scènes de sexe. Mais maintenant que je te connais, je ne crois pas que je puisse encore mettre des passages explicites dans mes histoires Évinie, ça semblerait trop…

Il ne l'aida pas à finir sa phrase, peut-être parce qu'il avait le souffle coupé. Il fallait qu'elle trouve les mots toute seule, et elle se mordit la lèvre en cherchant.

Un goût de cuivre sur la langue, elle reprit avec prudence.

— Ça semblerait trop intime, maintenant que je te connais. Impudique. Et le dernier truc dont j'aie envie, c'est de t'imaginer, toi, Marcus, l'homme avec qui je sors, en train de coucher avec une autre femme. Même si j'écris à propos d'Énée, un héros fictif. J'ai beau adorer Lavinie, je refuse de te partager avec elle, même en fiction.

Merde. Elle présupposait beaucoup de choses, là. Beaucoup trop à ce stade de la relation.

Elle se racla la gorge, la bouche sèche.

— Enfin, je n'ai pas dit qu'on était un couple…

— Je veux être un couple, l'interrompit-il. Pour info.

Elle se tut et regarda le plafond en clignant des yeux, en état de choc.

— C'est vrai ?

— Oui. C'est vrai.

Pour la première fois depuis le début de la conversation, il semblait absolument sûr de lui.

— Et toi ?

Elle sourit, et sa lèvre qu'elle avait mordue lui fit mal.

— Cent pour cent partante.

— Parfait.

Il avait de nouveau l'air content de lui. C'était aussi flatteur qu'agaçant.

En deux petites syllabes, il affirmait ainsi qu'elle était importante dans sa vie, qu'il la voulait pour lui avec autant de possessivité qu'elle en éprouvait à son égard. Et oui, c'était vraiment *parfait*.

— OK, alors. On est un couple. On n'a pas perdu de temps !

Elle tourna la tête pour le regarder, souriant si fort qu'elle en avait mal aux joues.

Il lui rendit son regard avec un sourire tendre.

— J'ai presque quarante ans. À Hollywood, ça équivaut à deux siècles. Je n'ai pas de temps à perdre.

— Ce n'est vrai que pour les femmes, malheureusement. Pas pour les hommes, répliqua-t-elle, le nez froncé de colère devant ces doubles standards. Ton milieu de travail est sexiste comme c'est pas permis !

— On est bien d'accord. Si je te racontais… Attends. On n'avait pas fini de discuter de, euh…

Elle perdit son sourire.

— Si c'est Énée que je veux, ou toi ?

Il la regarda en face, sans lui reprendre la main. Ce qui signifiait qu'elle devait continuer à parler, parce qu'ils étaient encore un couple tout neuf. Les questions de confiance pouvaient les séparer avant même que leur histoire ait commencé, alors elle devait absolument être franche avec lui.

— Tu es un acteur exceptionnel.

Il se détourna, gêné, et elle lui toucha le bras.

— Non, accepte le compliment, Marcus. Écoute-moi.

Voyant qu'il se tournait de nouveau vers elle avec une expression peinée, elle poursuivit.

— J'aime le personnage de Lavinie dans les livres de Wade, plus que tout autre dans la série. J'ai été tellement déçue quand ils ont choisi Summer Diaz pour le rôle…

Il pinça les lèvres.

— Pas parce que c'est une mauvaise actrice, précisa-t-elle. Mais parce que ce choix est la négation de beaucoup de choses que je trouvais importantes et séduisantes à propos de Lavinie et de ses arcs narratifs personnels et amoureux dans les livres.

Il approuva d'un hochement de tête.

— Le fait que je n'ai pas changé de fandom après le début de la diffusion, c'est surtout grâce à toi, je pense. Pas ton apparence, même si tu es sublime, évidemment, mais ton jeu d'acteur. C'est dire si tu es exceptionnel, Marcus. Je ne comprends pas que tu ne croules pas sous les statuettes…

Elle fit une moue devant cette injustice, puis reprit le fil.

C'était le point qu'elle devait aborder clairement, parce qu'elle lui disait la vérité absolue. Elle trouvait peut-être leur situation déroutante par moments, mais elle n'avait aucun doute sur l'identité de celui qui était allongé dans son lit en cet instant. Son petit ami tout neuf. Elle n'avait pas de doute sur qui elle désirait, ni quoi.

— Des millions de gens ont lu les livres de Wade. Et plus encore t'ont vu jouer Énée. Ils le connaissent, ils connaissent son histoire. Je le connais. Je connais son histoire. J'ai *écrit* des histoires sur lui pendant des années, comme des centaines d'autres personnes. Et ne te méprends pas. Je le trouve toujours génial. Et je te trouve toujours génial, toi, dans son rôle.

Comme elle l'avait fait plus tôt dans la journée, elle posa une main sur son cœur, qu'elle sentit battre nettement maintenant que son torse était dénudé.

— Mais j'ai envie de te connaître, *toi*. Marcus Caster-Rupp, pas Énée. J'ai envie de connaître *ton* histoire. C'est *toi* qui m'attires. Parce que ce qui est caché, ce qui est vrai, est toujours plus intéressant et important à mes yeux que les apparences, les rôles qu'on joue.

Il la regardait si attentivement, les rides d'inquiétude de son front disparues.

Lorsqu'il reprit la parole, sa voix était à peine plus haute qu'un murmure.

— Je ne suis pas un héros courageux, April.

Pourquoi semblait-il considérer cela comme un aveu terrible, pourquoi la dévisageait-il d'un air si anxieux et suppliant, elle l'ignorait. Mais elle avait l'intention de chasser cette expression de son visage, et le plus tôt serait le mieux.

— Je ne…, commença-t-il avec les plus grandes difficultés, la mâchoire crispée. Je ne fais pas toujours les bons choix, ni les plus courageux.

Il sursauta en l'entendant réprimer un ricanement.

— Donc tu es un humain, et pas un personnage fictif ni un vrai demi-dieu, conclut-elle avec un geste désinvolte. Quelle déception. Et, pour être honnête, Énée aussi a parfois merdé. Par exemple, quand il abandonne la femme avec qui il couche depuis un an sans même lui dire au revoir.

Un peu détendu, il prit la défense de son personnage.

— Ce sont les dieux qui lui ont ordonné de…

— Bla-bla-bla, répondit-elle en levant les yeux au ciel. L'Olympe ne le dédouane pas de ses responsabilités morales. Il aurait pu lui laisser un mot, au moins.

Les narines palpitantes, il souffla.

— D'accord, d'accord. Tu as raison. Il a merdé. Mais je te rappelle que ce passage figure aussi bien dans *L'Énéide* que dans les livres de Wade, alors on ne pouvait pas faire autrement.

LENFR lui avait opposé le même argument par le passé, mais ça ne lui donnait pas raison pour autant.

— C'est cela… et tes directeurs de série sont toujours très fidèles aux sources, n'est-ce pas…

Il ne prit pas la peine de protester, sans doute parce qu'il n'existait pas de contre-argument pertinent. Il se contenta de lui sourire, et lui reprit la main, mêlant leurs doigts.

— *No comment…*

— Oh, mais je crois que c'est au contraire très éloquent ! dit-elle en se rapprochant.

Plus près, jusqu'à être collée à lui de tout son long, le moelleux de son corps replet contre la force tendue de Marcus. Chaleur contre chaleur.

— Si tu as encore peur que je ne sache pas qui tu es, montre-le-moi. Je te prouverai que je sais distinguer l'homme du personnage.

— Je… je ferai de mon mieux, répondit-il d'une voix étranglée alors qu'April lui caressait l'épaule du bout des lèvres, puis descendait le long de son flanc jusqu'à la toison de son pubis, puis plus bas encore.

— Merci. À présent, moi aussi je vais essayer de faire de mon mieux.

Après cela, elle avait la bouche trop occupée pour continuer la discussion, et quand elle en eut fini avec lui, son air inquiet était parti, totalement volatilisé, remplacé par une torpeur voluptueuse, une infinie reconnaissance, et un sourire pantelant.

— April… Seigneur, on devrait classer ta bouche au patrimoine mondial de l'UNESCO.

Il l'attira entre ses bras moites et tremblants. Avec un sourire aussi satisfait que Marcus un peu plus tôt, elle se délectait de ce compliment bien mérité. Elle n'allait pas le contredire.

Il savait peut-être faire du monocycle, émincer, renifler d'un air sentimental et manier l'épée avec dextérité, mais elle aussi avait quelques talents cachés. Les louanges n'étaient pas exagérées.

Signalétique : Ados et plus
Fandoms : *Royaume des dieux*, E. Wade – *Royaume des dieux* (série télé)
Relations : Énée/Lavinie, Énée/Didon, Lavinie & Didon
Tags additionnels : Univers alternatif : moderne, Univers alternatif : lycée, Rivalité, Guimauve, Sublimation à travers un quiz de culture gé, Jalousie, L'Auteure a une grosse culture générale, elle aurait sans doute dû choisir une autre scène d'ouverture, mais bon, trop tard pour changer
Collections : Semaine Énée et Lavinie
Stats : Mots : 1754, Chapitres : 1/1, Commentaires : 34, Kudos : 115, Favoris : 8

Mr Freeze

Lavinie Is The Star

Résumé :

Didon et Lavinie ne s'aiment pas. Plus précisément, Didon déteste Lavinie parce qu'elle sort avec son ex, et Lavinie fait tout ce qu'elle peut pour éviter Didon. Mais quand résonne l'appel du quiz de culture gé, ces petites rivalités disparaissent.

Notes :

Texte écrit pour le défi : *Épreuve de force entre les deux amours d'Énée*. Merci Livres:ÉnéeNenFeraitRien, comme toujours, pour ta bêta-lecture pertinente et patiente, et ton soutien.

... round suivant, leurs scores désormais au coude à coude.

Une nouvelle question apparut sur l'écran : *Ce film a valu à James Cameron l'Oscar du meilleur réalisateur en 1998.*

Plus facile, tu meurs. Lavinie parvint à buzzer la première.

— *Titanic* !

— Ah, oui, persifla Didon en se redressant avec son air de première de la classe, les sourcils froncés. Ce film qui raconte que l'amour véritable ne meurt jamais, même après une longue séparation.

Lavinie leva les yeux au ciel.

— Rose a eu des gosses avec un autre mec, Didon. Elle a tourné la page.

Message tacite : *Tu devrais peut-être faire pareil.*

— Elle a attendu quatre-vingt-quatre ans pour dire adieu à Jack. Quatre-vingt-quatre ! rétorqua Didon, poings sur les hanches.

Lavinie agita les mains.

— Eh ben, peut-être qu'au lieu de poireauter quatre-vingt-quatre ans, elle aurait mieux fait de bouger son cul de quelques centimètres et de partager cette putain de planche avec lui !

— Mesdames..., tenta d'intervenir l'enseignant organisateur du quiz.

— S'il l'avait laissée faire, évidemment qu'elle aurait partagé ! Mais il a préféré se changer en Mr Freeze sans crier gare !

Il ne s'agissait plus de Jack et de Rose. Lavinie respira un grand coup.

Énée était son petit ami. Elle l'aimait. Mais la façon dont il avait ghosté Didon juste avant le bal de fin d'année, à la demande de ses parents, était cruelle, et elle n'allait pas lui chercher des excuses. Elle ne serait sans doute jamais copine avec Didon, mais elle savait qu'elle avait souffert à l'époque, et qu'elle souffrait encore. Pour de vrai.

— Tu as raison, admit-elle en regardant Didon qui avait les yeux pleins de larmes. Mais ensuite il est parti, et il n'allait pas revenir, et elle méritait d'être heureuse sans lui. Je sais que c'est ce qu'il voudrait, parce qu'il tenait vraiment à elle.

Didon hocha la tête, le menton tremblant.

— Peut-être qu'on pourrait reprendre ? demanda l'enseignant.

Lavinie interrogea Didon du regard. Sa rivale acquiesça et tenta même de sourire à Lavinie. D'un sourire chancelant, mais sincère.

— Je crois que oui, répondit Didon.

Le lendemain, lorsque Énée vit les deux filles serrées autour de la même table de cafétéria à l'heure du déjeuner, occupées à rire et à partager des secrets, il tourna les talons et décampa.

Chapitre 19

Quand April se fut retirée dans la minuscule chambre d'amis qui lui tenait lieu de bureau avec sa collègue Mel pour discuter marges de couture, pans détachables et autres sujets qui dépassaient totalement Marcus, Alex se tourna vers lui sur le canapé moelleux.

— Donc tu as suivi ta copine chez elle comme un chaton perdu, et ensuite, tu as refusé de partir de ses genoux ? demanda-t-il en levant un sourcil, amusé. Bravo. Un peu pathétique, évidemment, mais efficace.

Bon, on ne pouvait pas dire qu'il ait *tort*. Alex était peut-être un peu énervant… mais il ne se trompait pas.

Comme Alex ne le savait que trop bien, après cette première nuit chez April, Marcus n'avait tout bonnement plus quitté San Francisco. Pas plus d'un week-end, du moins. Depuis un mois.

Il avait une suite réservée à son nom dans un hôtel non loin, qu'il payait par carte bleue, mais il n'y avait quasiment pas mis les pieds… et n'avait pas l'intention de le faire, s'il pouvait l'éviter. La garder était plutôt une sorte de déclaration envers April. Qu'il ne se considérait pas comme chez lui dans son appartement, même s'ils étaient actuellement en couple. Que si elle en avait assez de lui, elle pouvait lui demander de plier bagage, et qu'il aurait un endroit où aller, même en pleine nuit.

Jusque-là, toutefois, elle n'avait pas semblé gênée par sa présence presque constante dans sa vie et sa maison.

Quant à lui, il n'avait pas regretté une seule seconde sa décision de s'installer ici.

Rien ne le retenait à Los Angeles tant qu'il n'aurait pas choisi son prochain rôle, et ce n'était pas encore le cas, malgré les messages de plus en plus angoissés de sa fidèle agente. L'appartement d'April était plus confortable que sa villa, bien que nettement plus petit et moins richement meublé, et il lui était arrivé par le passé de ne pas rentrer à LA pendant des mois, lorsque son planning de tournage l'exigeait. L'absence prolongée ne le dérangeait donc pas. La Bay Area, malgré les pénibles souvenirs qu'il y associait, avait toujours était davantage chez lui que le sud de la Californie, de toute façon.

Son séjour chez April lui offrait en outre une certaine tranquillité par rapport aux paparazzis, qui certes étaient capables de faire la route jusque-là pour obtenir quelques photos exclusives d'une star de la télé avec sa nouvelle petite amie, mais seulement de temps en temps.

Et surtout, en restant dans le coin, il avait appris qu'April appuyait deux fois sur « répéter l'alarme » chaque matin. Il savait comment ses yeux marron finissaient par s'ouvrir, brumeux, à contrecœur, et cligner dans la chaude lumière de l'aube alors qu'elle s'étirait dans le lit, les cheveux emmêlés, son corps doux remuant contre le sien. Il connaissait son odeur après l'une de ses rares journées sur un site, rose le matin, terre et sueur le soir. Il avait goûté sa peau après une de ces journées, et après une douche prise à deux, paresseusement, le week-end, et quand elle avait pleuré après avoir lu une fanfic douce-amère, et qu'il avait séché ses larmes avec sa langue.

Rester chez elle signifiait qu'il pouvait passer sa matinée, en semaine, à lire des scénarios et écrire des fanfics qu'il postait sous un nouveau pseudo, avant de sortir acheter à manger et faire du sport à la salle de l'hôtel l'après-midi. Lui préparer le dîner le soir. La faire rire. La faire jouir.

Alors, même si Alex se moquait, il était gagnant.

— Je te le reproche pas, conclut Alex. J'ai l'impression que ce sont des genoux très confortables.

Marcus lui lança un regard acéré. Le regard rapide mais admiratif qu'Alex avait posé sur April lorsqu'il l'avait rencontrée plus tôt dans l'après-midi ne lui avait pas échappé, ni la façon dont elle avait rougi et même *gloussé* en lui serrant la main.

Le pire, c'est qu'elle n'avait ni rougi ni gloussé quand elle l'avait rencontré, *lui*. Il s'en souvenait pertinemment.

De toute évidence, il fallait qu'il remplace son meilleur ami par quelqu'un de moins beau. C'était la seule solution raisonnable. Surtout quand on savait que le meilleur ami en question allait passer la nuit chez April, en tant que premier invité commun, ce qui semblait maintenant une fort mauvaise idée.

Le sourire d'Alex se fit encore plus narquois, et il leva les mains en signe de fausse défaite.

— Pas la peine de me regarder comme ça, mec. Je ne faisais que souligner un fait objectif. Je n'ai pas dit que j'avais l'intention de te piquer ta place sur tes genoux préférés. De toute façon, côté beau sexe, je n'ai plus de place. J'affiche complet.

Excellent.

— Lauren ?

Comme si Marcus ne le savait pas déjà. Alex ne faisait rien d'autre que de râler sur sa nounou depuis des semaines, par texto, par mail et de temps en temps par téléphone. Marcus s'attendait même à voir débarquer un pigeon voyageur porteur d'un message : « Putain, Lauren est chiante à mourir ! » Ou bien un télégramme : « Lauren dit deux bières maxi, stop. Injuste, car pourrais poser canette sur sa tête tellement elle est petite, stop. »

—Qui d'autre ? Je suis surpris qu'elle m'autorise à passer le week-end avec toi sans exiger un rapport toutes les heures pour témoigner de ma bonne conduite.

Alex se laissa aller contre le dossier et tourna un regard courroucé vers la porte d'entrée.

—R.J. et Ron lui ont ordonné de me surveiller dès que je sors de chez moi, et cette idiote est trop têtue pour reconnaître qu'elle se fait exploiter.

Tiens, ça c'était nouveau, comme argument.

—Comment ça ?

—Aujourd'hui, c'est sa première journée de congé depuis des semaines. Et tu sais que j'ai des problèmes de sommeil, donc j'ai tendance à sortir à n'importe quelle heure, et j'ai l'obligation de l'en informer, ce qui signifie qu'elle ne dort pas non plus, et…

Alex avait croisé une jambe sur l'autre, la cheville posée sur le genou opposé, et il ne cessait d'agiter le pied. Classique, étant donné son trouble de l'attention et l'hyperactivité qui l'accompagnait, mais il semblait encore plus fébrile que d'habitude.

—Elle a l'air fatiguée, conclut Alex.

—Vraiment ? s'étonna Marcus.

—Apparemment, elle te considère comme une bonne fréquentation. Du moins tant que ta petite amie est dans les parages. C'est pour ça qu'elle a fini par s'accorder une journée. Elle a intérêt à se reposer, aujourd'hui, dit-il, les yeux dans le vague.

Comment formuler ça avec tact ?

—Euh, Alex, est-ce que tu t'es demandé si, euh, peut-être que tu ressens…

—Assez parlé de cette épine, de petite taille mais indélogeable, que j'ai dans le pied, l'interrompit Alex en ignorant sciemment la tentative de Marcus. Tu as regardé tes mails, et la conversation de groupe, aujourd'hui ?

Oui. Malheureusement, Marcus avait vu non seulement le mail des directeurs de série, mais aussi l'échange de messages entre leurs collègues du *Royaume*.

Carah : ENCORE un putain de mail pour nous rappeler cette putain de bordel de clause de non-divulgation et nous prévenir de ne pas partager ni diffamer les scénarios sous peine de GRAVES CONSÉQUENCES !

Carah : Est-ce que l'un d'entre vous fait fuiter des scénarios, ou bave sur cette saison qui pue autant qu'une poissonnerie abandonnée, ou…

Ian : Moi, je trouve le dernier épisode super.

Alex : Bah bien sûr, c'est pas toi qui as l'arc narratif de ton perso complètement massacré, hein ?

Alex : Contrairement à la population mondiale de thon, grâce à toi.

Carah : Hahahahaha !

Summer : La Conv des dieux se rapproche, et l'idée de répondre à des questions sur cette saison et ce qui arrive à Lavinie et Énée, c'est juste…

Summer : Aaaaaargh !

Peter : J'ai entendu dire que Ron et R.J. ont l'intention de ne pas se pointer à leurs tables rondes en prétextant des « engagements antérieurs ».

Carah : Ptêt qu'ils se sont engagés à ne pas se faire botter le cul par les fans qui ont vu ces fameux scénarios éventés ?

Maria : Mais personne n'est encore conscient que les bouts qui ont fuité ne sont pas des fakes…

Maria : Hélas !

Peter : En tout cas, je peux vous jurer que ce n'est ni Maria ni moi qui avons divulgué ces scénarios.

Peter : Du coup, est-ce que c'est l'un d'entre vous, ou les techniciens, ou… ?

Marcus : Pour l'amour de notre carrière, j'espère plutôt que c'est « ou... ».

Ian : Comment tu sais que c'est pas Maria, Peter ?

Ian : Ah oui, c'est vrai, tu as la bouche cousue à son cul, alors si elle avait parlé tu le saurais...

Maria : Tu as ENCORE regardé *The Human Centipede*, Ian ?

Peter : Il a une intoxication au mercure, Maria, n'oublie pas...

Peter : Avec tout ce thon, il a des hallucinations !

Maria : Ah oui, c'est bien triste.

Ian : Je voulais dire que tu passes ton temps à lui lécher le cul, bande de tarés !

Ian : Sur YouTube, il y a des vidéos de tes interviews mises bout à bout qui durent des heures, où tu la regardes avec des yeux de cocker, c'est MALAISANT franchement.

Maria : Encore plus malaisant que de consacrer ton temps libre à visionner des compilations d'interviews de tes collègues ?

Carah : HahahahaHAHAHA !

Une fois que Ian eut cessé de répondre, la conversation s'était tournée sur la promo de la dernière saison, et sur la présence des uns et des autres dans divers salons. Mais Marcus ne pouvait s'empêcher de se demander...

— Je t'en prie, dis-moi que ce n'est pas toi qui as fait fuiter ces scripts...

L'idée était loin d'être tirée par les cheveux. Alex avait tendance à prendre des décisions hâtives. Ensuite, il sautait à pieds joints, tant pis si le sol vacillait, et parfois il se retrouvait tout contusionné et incapable d'expliquer ce qui lui avait pris.

Ce n'était pas un problème d'autodestruction. Non, il était seulement... impulsif.

« Trouble des fonctions exécutives », avait-il déclaré d'une voix traînante à Marcus après la bagarre qui avait scellé son destin. Malgré un œil si gonflé qu'il ne pouvait l'ouvrir, une éraflure à la joue et des mains tremblantes, il jouait la nonchalance sur FaceTime. « Tu n'es pas le seul à avoir un cerveau qui fonctionne un peu différemment. »

— Je n'ai pas ébruité ces scénarios, affirma Alex avec un sourire un peu trop étincelant et content pour rassurer Marcus. Ceci dit, j'ai été tellement intrigué par les histoires que j'ai bêta-lues pour toi que…

— Chut ! siffla Marcus avec un geste frénétique de la main. Pas ici !

Les femmes parlaient dans la pièce d'à côté, et la machine à coudre que Mel avait apportée s'activait, mais elles pourraient entendre ce qui se disait dans le salon si elles tendaient l'oreille. Et ce serait un désastre. Un désastre absolu.

Alex perdit son sourire, mais obtempéra et se mit à chuchoter.

— Tu ne lui as toujours pas dit ?

Marcus secoua la tête.

— Tu n'as pas confiance ? insista son ami.

Depuis un mois qu'il habitait dans son appartement et partageait son lit, il n'avait vu apparaître aucun détail intime sur des blogs, pas davantage dans les tabloïds, il n'y avait pas non plus eu de grand déballage à la télévision. Mel, la collègue d'April, qui était à fond dans *Le Royaume*, n'avait pas l'air d'avoir le moindre renseignement sur lui autre que les basiques : son nom, quelques-uns de ses rôles précédents, le fait qu'il avait autrefois vécu ici. Tout ce qu'April lui avait raconté, d'après ce qu'elle lui en avait répété, c'est qu'il était *gentil.*

Un mot qui lui avait arraché une grimace dans les circonstances actuelles, caractérisées par le fait qu'il ait tant douté d'April et lui ait caché des informations cruciales.

Non, Marcus n'avait aucune raison de penser qu'elle le trahirait. Il aurait dû le savoir dès qu'il avait découvert qu'elle n'était autre que Litsie, mais il ne croyait pas suffisamment en son intuition ni en April à ce moment-là, et maintenant il payait le prix fort.

Il se pencha vers Alex pour murmurer :

— Mais si, j'ai confiance en April.

— Dans ce cas, pourquoi tu ne lui as rien dit ? Si tu es sérieux vis-à-vis d'elle…, s'étonna son ami, sourcils froncés.

— Bien sûr que je suis sérieux ! rétorqua-t-il avec colère, mais sans hausser la voix. Mais si elle découvre que je lui ai caché quelque chose d'aussi important pendant tout ce temps…

April avait écrit à propos de Lavinie :

Elle a du mal à faire confiance. Beaucoup de mal.

— Je ne sais pas si elle me pardonnera. Je ne veux pas prendre le risque.

Mentir par omission n'était pas aussi affreux que raconter une chose fausse, il n'avait cessé de tenter de s'en convaincre. En outre, il avait quasiment arrêté de correspondre avec elle sous l'identité de LENFR dès lors qu'ils avaient commencé à sortir ensemble, alors ce n'était pas un *gros* mensonge, et sûrement que personne ne pourrait le lui reprocher.

— Mec ! le tança Alex, la mine sévère. Mec, je ne t'en veux pas de ne pas suivre mon conseil de l'autre fois, mais… mec.

— Je sais…, soupira Marcus, les épaules voûtées. Dis-moi ce que tu t'apprêtais à me dire, et oublie la bêta-lecture, d'accord ?

Après un dernier regard plein de réprobation, Alex s'exécuta.

— Je lisais des fanfictions du *Royaume* l'autre soir, comme tu m'avais parlé de l'alter ego d'April sur AO3, dit-il en appuyant sur le prénom de la jeune femme d'un air sarcastique, comme si Marcus ne lui avait pas parlé du sien. Et j'étais curieux. Du coup, j'ai aussi lu quelques textes sur Cupidon et Psyché. C'était fabuleux. Vachement mieux que les vrais scénarios, franchement, surtout celui de la dernière saison.

Seigneur. Marcus fit un geste du doigt vers la chambre d'amis où la collègue d'April, qu'ils ne connaissaient bien ni l'un ni l'autre, n'avait sans doute pas perdu une miette de cette déclaration.

Alex leva les yeux au ciel et chassa de la main la réprimande silencieuse de son ami.

— Elles écoutent un genre de folk atroce en cousant. Elles ne peuvent pas nous entendre.

En tendant l'oreille, Marcus percevait lui aussi une guitare acoustique qu'accompagnaient des cris de goret. On pouvait dire en toute objectivité que c'était affreux. Et en même temps, c'était une bénédiction, puisque ça noyait les propos d'Alex.

— Qu'est-ce que tu as lu ? Juste par curiosité morbide.

— Seulement celles qui étaient classées E, pour « Explicite », répondit son ami avec un clin d'œil.

Évidemment. Évidemment.

Alex pencha la tête de côté, le front plissé.

— Je me demande quand même pourquoi les fans sont si nombreux à penser que je suis passif et que j'ai désespérément besoin que Psyché me mette un gode, mais… c'est peut-être pas faux, songea-t-il, une épaule levée. Du coup, j'ai moi aussi écrit un texte où Cupidon se prend un gode, mais avec un personnage original comme godeur en chef, parce que je me disais que ce serait crade d'impliquer nos collègues, même à la marge. Mon nom de plume est CupidonDéchaîné.

Marcus laissa échapper un grognement et se massa les tempes.

— J'ai mis uniquement les meilleurs tags. 100 % classé X. Sexe, sexe, sexe. Cupidon, le désastre demi-humain. God of the Gode.

Alex se laissa aller contre le dossier, les mains jointes derrière la tête.

— Jusqu'ici, j'ai reçu quatre cents kudos et plus de cent commentaires, ajouta-t-il. Un certain CupidonTropChou m'a surnommé « L'homme qui murmurait à l'oreille des trous de balle », et je crois que c'était un compliment.

OK, maintenant Marcus n'était plus seulement inquiet, il était aussi jaloux. Aucune de ses fanfics n'avait jamais suscité cent commentaires. Sans doute à cause d'un manque avéré de godemichés.

— Entre tout ce lubrifiant et ces orgasmes simultanés, j'ai inclus un tas de remarques acerbes sur le fait que Cupidon avait trop changé au fil des années pour qu'il abandonne son véritable amour sans que ça ait l'air d'une aberration, même si Vénus et Jupiter le lui ordonnent, reprit-il avec un sourire. C'était très satisfaisant, à bien des égards. Je crois que ma prochaine fanfic sera un univers alternatif où Cupidon joue dans une série télé, dont scénaristes, totalement incompétents, n'arrêtent pas de merder dans les dernières saisons, et il rencontre une femme qui l'aide à sortir de sa dépression en lui…

— … mettant un gode, soupira Marcus.

— Oui, en lui mettant un gode ! renchérit Alex en souriant de plus belle. Comment tu as deviné ?

Marcus leva les yeux au ciel.

— Je suis content que tu te sois bien amusé, Alex, mais il faut que tu fasses attention. Si quelqu'un l'apprenait…

— Lauren est au courant.

Marcus poussa un grognement si sincère que ça lui fit carrément mal à la gorge.

— Un jour, elle m'a surpris à écrire, et je lui ai dit que si elle ne me laissait pas m'amuser dans la vraie vie, il fallait bien que je puisse au moins me défouler dans la fiction. Elle a dû lire l'histoire une fois postée, parce qu'elle m'a sorti qu'elle espérait que la partenaire de Cupidon utiliserait moins de lubrifiant la prochaine fois, expliqua Alex, songeur. Pour une harpie sans humour, c'était plutôt une bonne repartie. J'étais impressionné.

— Alex !

Bordel de merde, il avait foutu sa carrière en l'air.

— Ne t'inquiète pas, répliqua l'intéressé, désinvolte. Elle ne dira rien à personne.

Marcus reprit son souffle comme il put et se força à parler lentement.

— Tu m'as dit toi-même qu'une partie de son job consistait à répéter à Ron et R.J. ce que tu fais en dehors des tournages, surtout si c'est contestable. Écrire des fanfics qui critiquent l'arc narratif de ton personnage, c'est plus que contestable. C'est un motif de licenciement, et peut-être même d'attaque en justice. Crois-moi, je sais ce dont je parle.

Concernant ses propres transgressions, le mail reçu plus tôt dans la journée avait achevé de lui mettre les nerfs en pelote. Pourtant, devant la perspective de cette catastrophe annoncée, son ami ne gigotait même pas. Du moins, pas plus que d'habitude.

— Écoute, ça fait une semaine qu'elle m'a chopé, et je n'ai pas eu de nouvelles de Ron et R.J., tempéra Alex, toujours étalé sur les coussins du canapé. Je ne pensais pas que c'était le genre de choses qu'elle rapporterait. Faut croire que j'avais raison.

L'épouvantable musique folk et le bourdonnement de la machine à coudre s'arrêtèrent. Les deux hommes se tournèrent vers la chambre d'amis. Un instant plus tard, Mel et April en sortirent, sourire aux lèvres.

— Je crois que c'est presque bon. Encore une ou deux pièces à assembler, et un dernier essayage. On laisse la machine ici, mais elle ne devrait pas t'encombrer, Alex, déclara Mel en cognant l'épaule d'April avec la sienne. Ensuite, on attaque les nouveaux costumes de My Chemical Folkmance, avec un design exclusif signé April Whittier.

— C'est Jean-Paul Gaultier qui m'a tout appris, pouffa celle-ci.

— Je peux te présenter à l'une des costumières de la série, si tu veux des astuces pour ton cosplay de Lavinie, suggéra Alex, les bras croisés, en pianotant sur son biceps avant de se tourner vers Marcus. Tu en penses quoi ? Plutôt Marilyne ou Geeta ?

— Merci, Alex. Marcus m'a déjà fait la même proposition, mais je ne veux pas tricher.

Elle avait jusqu'ici refusé de montrer à Marcus les croquis de son travail en cours, prétendant vouloir lui faire la surprise. Il espérait secrètement que c'était une tenue moulante. Très moulante. Mais il ne le lui avait pas dit, parce qu'elle serait splendide dans tous les cas, et qu'il n'était pas complètement relou.

Il se tourna vers Mel.

— On ne va pas tarder à sortir dîner. Tu veux venir ?

Pablo et elle étaient venus à l'appartement à plusieurs reprises pour la couture, et Marcus avait rencontré tous les collègues proches d'April au moins une fois, lorsqu'il les avait rejoints pour déjeuner dans un restaurant non loin de leur bureau. Il avait trouvé tout à leur honneur qu'ils le traitent comme ils l'auraient fait d'un petit ami lambda, malgré les photos que prenaient d'autres clients avec leur smartphone pendant le repas.

Il appréciait ses collègues, et il aimait la voir si à l'aise en leur présence. Elle savait rester elle-même. Ouverte, pleine de sens pratique, confiante en elle. Deux semaines plus tôt, elle avait même cessé de paraître surprise chaque fois qu'ils lui envoyaient un texto pour proposer de se voir en dehors du boulot.

Devant le petit groupe, Marcus ne s'était pas montré très bavard, pour être honnête. Il s'était contenté de manger sa salade et d'écouter. Mais les rares fois où il avait parlé, c'était le vrai Marcus qui s'exprimait, et pas un personnage créé des années plus tôt.

C'était comme une sorte de test qu'il se faisait passer à lui-même. Pour mesurer son cran, sa volonté de changer, de grandir.

Il voulait être un homme qu'elle puisse respecter en public, et pas seulement en privé.

Plus important, il voulait désormais être lui-même dès lors qu'il n'était pas devant les caméras.

Ça demanderait du temps. Des efforts. Mais c'était le cas de tout ce qu'il avait accompli depuis presque quarante ans, et malgré ce qu'on lui avait répété toute son enfance, il n'était pas et n'avait jamais été *paresseux*. Seulement incertain, ou pas assez courageux pour faire ce qui était nécessaire.

— Merci pour l'invitation. J'aimerais bien pouvoir dire oui, regretta Mel en enroulant un de ses innombrables foulards autour de son cou. Mais le samedi, c'est notre soirée en amoureuses avec Heidi. Une autre fois ?

À ses yeux, il était là pour de bon, et ils auraient bien d'autres occasions de dîner ensemble.

Ravi, il lui sourit.

— Bien sûr.

Quand tout le monde eut dit au revoir à Mel et qu'elle eut disparu dans le crépuscule, April passa dans sa chambre pour prendre un pull et son sac à main pendant que Marcus se recoiffait avec ses doigts devant le miroir au-dessus de la console de l'entrée.

— C'est pas Énée qu'il aurait dû jouer, c'est Narcisse ! grommela Alex.

Marcus leva un majeur dans sa direction.

Lorsque April réapparut dans le salon, Alex lui adressa un sourire ravageur et lui tendit le bras avec une courbette.

— Puis-je vous escorter jusqu'à votre carrosse, madame ?

— Euh… oui, merci, répondit-elle d'une voix étranglée, les joues toutes roses.

Marcus foudroya son meilleur ami du regard, mais n'obtint en réponse qu'un haussement de sourcils coquin.

— Dis-moi, April, questionna Alex alors qu'ils quittaient l'appartement, tu dirais que Cupidon est passif, toi ? Parce que je suis très intrigué par la vision de son personnage dans la communauté des fanfics, et surtout par sa fâcheuse tendance à se prendre un gode.

Et voilà. Elle était de nouveau en train de glousser, et elle s'empourprait de plus belle. De *glousser*, et Marcus regardait son meilleur ami avec tant de rage qu'il aurait dû prendre feu.

— Oh oui, ça ne fait pas de doute, il est passif. Et plutôt casse-couilles. Ou peut-être qu'il fait les deux.

Elle tapota le bras d'Alex avant de le lâcher pour prendre la main de Marcus. Il mêla aussitôt leurs doigts et passa devant son ami, le torse bombé de triomphe, avant de lui asséner un regard de vainqueur.

— Casse-couilles, c'est bien vrai, April. Tu as parfaitement saisi son passif, si j'ose dire.

Signalétique : Explicite
Fandoms : *Royaume des dieux*, E. Wade – *Royaume des dieux* (série télé)
Relations : Cupidon/personnage original
Tags additionnels : Univers alternatif : moderne, 100 % classé X, Sexe, sexe, sexe, Cupidon, le désastre demi-humain, Haut les culs, God of the Gode, Acteur : Cupidon
Stats : Mots : 3 027, Chapitres : 1/1, Commentaires : 137, Kudos : 429, Favoris : 40

Cupidon perd la fesse

CupidonDéchaîné

Résumé :

Cupidon passe une dure journée sur le plateau. En dehors du tournage, les choses sont dures aussi. Et par « les choses », j'entends son membre viril.

Notes :

Merci à ÉnéeAimeLavinie pour la bêta-lecture. T'es le meilleur, mec. Aussi, toute ressemblance avec une série télé mondialement connue serait fortuite.

Non, attendez. C'est le contraire.

Les mains de Robin sur son torse nu étaient petites, mais brûlantes et très douces.

— Qu'est-ce qui s'est passé, aujourd'hui ? Tu as l'air… tendu.

Elle était à présent sur lui, son poids massif, bienvenu, le maintenant en place. Peut-être qu'il pourrait bouger s'il essayait, mais il ne le fit pas. Non, en cet instant, ce qu'il désirait, c'était cette sensation d'impuissance, cette impression de sécurité. Plus encore. Il voulait oublier, se noyer dans le plaisir jusqu'à ne plus pouvoir penser.

— Comme d'hab, soupira-t-il. Comme je l'ai déjà dit, les directeurs de série étaient incompétents depuis le début. Ce qui les sauvait, c'était la super équipe technique, mes collègues acteurs, et les livres. Maintenant qu'on a dépassé les livres, tout part en couille.

— Qu'est-ce que je peux faire pour t'aider ? demanda-t-elle avec sollicitude, les sourcils froncés par la concentration.

— Prends-moi, répondit-il.

Elle se leva sur ses genoux et se mit à bouger sur lui, mais il l'arrêta aussitôt.

— Non. *Prends-moi.*

Elle se mordit la lèvre, les joues très rouges.

— Tu es sûr ?

— Ouais. J'en ai plein le cul de toute façon, alors… autant que j'en aie *vraiment* plein le cul.

Quand ils éclatèrent de rire ensemble, il fut certain de deux choses.

La première : ce soir, elle allait le goder jusqu'à lui griller le cerveau.

La deuxième : quand elle en aurait fini avec lui, il se ficherait complètement que tout l'arc narratif de son personnage ait été torpillé dans l'épisode final sans aucune raison valable.

Chapitre 20

— Tu en penses quoi ? C'est nul à chier ? Ça ne fait pas longtemps du tout que j'écris dans l'univers des livres, et je ne suis pas sûre d'avoir la bonne plume pour ça…

April, assise sur le canapé le lendemain, regardait Marcus avec inquiétude.

Une fois Alex parti à l'aéroport et April dans la douche, Marcus s'était installé dans son petit bureau. Il était resté une bonne demi-heure assis à sa table, à écouter son application de lecture lui déchiffrer son dernier brouillon à voix haute, deux fois de suite. Pendant quelques minutes, il s'était autorisé à redevenir LENFR, occupé à relire son amie Litsie pour vérifier la cohérence des personnages et dénicher d'éventuelles erreurs dans l'intrigue ou d'autres petits défauts qu'il pouvait l'aider à corriger pour rendre son texte brillant. Comme toujours, il avait pris quelques notes, indéchiffrables, pour lui-même au cours de sa lecture.

Cette routine familière lui était aussi confortable que la cape doublée de fourrure qu'il portait dans la première saison, hivernale, du *Royaume*. Chaude. Réconfortante. Si lourde qu'il en avait mal aux épaules.

D'un côté, la demande qu'April avait formulée l'aidait à retrouver des pans de leur relation qu'elle ignorait avoir perdus. Mais, même dans ce moment si doux de retrouvailles, il ne pouvait être entièrement honnête avec elle. S'il lui donnait exactement le même type de retour qu'il l'aurait fait en tant que LENFR, elle risquait de se poser des questions. De reconnaître son ami de longue date et partenaire d'écriture.

En outre, la version de lui qu'elle connaissait n'avait pas passé des années à l'aider ni à écrire ses propres histoires. Il ne pouvait se montrer aussi à l'aise dans le processus de correction que le serait LENFR, ni de façon générale, ni vis-à-vis des textes d'April en particulier. Ce qui signifiait qu'il ne pouvait pas lui être aussi utile qu'il l'aurait voulu.

S'ils continuaient à échanger ainsi pendant des mois ou des années, si elle continuait à lui demander de lire ses histoires et de lui donner son avis, peut-être qu'il pourrait lentement redevenir le partenaire d'écriture d'autrefois de façon crédible, de manière à ne pas se trahir. Mais ça prendrait du temps.

C'était une note amère sur sa langue, bien distincte malgré toute la douceur qui l'entourait.

Car oui, ce moment était doux. Et son texte tout autant.

— Je crois que tu te sous-estimes. Il y a quelques mots un peu trop modernes…

Zut, il allait devoir être vigilant !

— … en tout cas, les scénaristes ne les employaient jamais, et il faudrait sans doute vérifier à quelle époque ils sont entrés dans le langage courant. « OK », par exemple. Mais sinon, je trouve que tu as très bien rendu l'atmosphère des livres.

April sembla se détendre.

— Ah, chouette. Je voulais trouver un moyen de continuer à écrire dans ce fandom sans que ça devienne, euh… bizarre. Surtout si j'inclus des passages érotiques.

Ce à quoi elle n'avait pas résisté. Avec beaucoup de détails et de talent. Passages qui l'avaient obligé à remettre un peu son jean en place, parce que la vache…

Par le passé, lorsqu'elle écrivait à propos d'un Énée qui lui ressemblait, il évitait de bêta-lire les scènes de sexe, et Litsie avait accepté cette exigence sans demander d'explication. Par un accord mutuel, elle les retirait de ses brouillons avant de les lui envoyer, et s'il risquait de louper un élément nécessaire à la compréhension de l'intrigue, elle le lui indiquait dans une note d'auteur d'une ou deux phrases.

Mais, au début de ce texte-ci, elle avait décrit Énée comme brun, trapu, très musclé, les yeux d'un marron riche comme un sol arable. C'était l'Énée des livres, pas celui de la série. Aucun rapport avec Marcus, ni de près ni de loin.

Alors oui, désormais il lirait ces passages, et sans embarras.

Enfin, disons sans l'embarras qu'il éprouvait autrefois. D'ailleurs, puisqu'il y pensait…

— Et aussi, pendant l'une des scènes d'amour de Didon et Énée, on nous a dit, à Carah et moi, que le mot que tu as employé pour, euh…

Les yeux brillants derrière ses lunettes, elle leva les sourcils d'un air aussi amusé qu'interrogateur et le laissa se tortiller avec gêne.

— Tu ne devrais pas utiliser le mot « chatte », finit-il par bredouiller. C'est anachronique.

Dans tous ses textes situés dans des univers alternatifs modernes, le terme était parfaitement acceptable. Mais pas dans des écrits basés sur les livres, à cause de la période historique. Wade avait en effet choisi un autre mot. Que Marcus était encore plus réticent à prononcer, au cas où April le jugerait offensant.

Elle remonta ses lunettes sur son nez.

— Tu es en train de me dire que je dois franchir le Rubicon et oser le mot « con », c'est ça ?

— Oui, si tu veux rester dans le ton des livres, sans pour autant recourir à des euphémismes comme « intimité », « chaleur »… ce genre de choses.

Merde. Voilà qu'il bandait de nouveau, les yeux attirés contre son gré vers l'ourlet coquin de sa nuisette ample et douce, qui ne lui arrivait qu'à mi-cuisse lorsqu'elle était debout, et remontait encore plus haut à présent qu'elle était assise. Quand elle bougeait les jambes ainsi…

Oh, mais elle l'avait fait exprès. Ce petit clin d'œil aguicheur n'en était que la confirmation.

Le reste de ses remarques de lecture pouvait attendre.

Il la plaqua sur le canapé et l'installa sur le dos. Elle gloussait – enfin c'était *lui* qui la faisait glousser, alors Alex pouvait aller se faire voir –, et il glissa le bassin entre ses cuisses rondes écartées. Il remonta une main sous sa nuisette.

— Dis-moi encore ce mot, lui chuchota-t-elle à l'oreille quelques minutes plus tard alors qu'il l'embrassait dans le cou sans cesser d'aller et venir en elle. Le premier que tu as dit tout à l'heure. Dis-le encore.

Elle était serrée autour de lui, frissonnante, si trempée maintenant que leurs corps mêlés faisaient un bruit à chaque mouvement. Quand il se souleva un peu plus pour s'enfoncer plus profondément en elle, elle se mit à haleter et ferma les yeux.

Il lui dit la vérité entière, en cet instant, dans un murmure brûlant tout contre son oreille.

— J'aime ta chatte. J'en raffole. Quand tu es au travail…

Il glissa une main entre eux, tout en bas, car il n'allait pas tenir tellement plus longtemps et, hummm, ce gémissement qu'elle poussait quand il lui caressait le clitoris…

— Quand tu es au travail, je me branle en pensant à ta chatte, j'imagine y mettre les doigts, la bite, la langue…

Elle se cambra sous lui et ondula des hanches pour se frotter contre ses doigts. Elle se donnait du plaisir avec sa queue, jusqu'à exploser de volupté avec un sanglot. Sentant le sexe d'April se contracter autour du sien, il donna un ultime coup de reins, l'agrippa par la taille et gémit à son tour.

Ensuite, alors qu'ils étaient étendus à bout de souffle sur le canapé, elle caressa son dos moite.

— C'était une scène très inspirée, qui aurait mérité une distinction. La récompense de la meilleure première tentative de paroles cochonnes est attribuée à… Marcus Caster-Rupp ! Hourra !

Il rit et tourna la tête pour lui couvrir le cou de baisers.

— Si j'ai été inspiré, c'est à toi que je le dois.

Oui, il était vraiment à l'aise pour lire ses scènes de sexe, maintenant.

En fait, il allait l'encourager à en écrire davantage. Le plus vite serait le mieux.

Dans la soirée, devant un dîner tardif, ils reparlèrent de son texte.

— La seule autre chose qui me dérange, du moins à la première lecture, c'est que je me demande si Énée ne serait pas trop…, commença Marcus en agitant sa fourchetée de courge spaghetti, à la recherche du mot juste. Il a peut-être un peu trop d'intelligence émotionnelle pour un homme de son milieu et de son époque.

Elle hocha la tête, pensive, en enroulant la chair filandreuse sur sa fourchette.

— Je vois ce que tu veux dire.

Elle n'était pas vexée, n'essaya pas de défendre ses choix d'écriture ni sa caractérisation d'Énée. Pourtant, elle mastiquait en regardant son assiette, son sourire envolé.

— Je suis désolé.

Il tendit le bras par-dessus la table pour lui prendre la main.

— April, je suis désolé. J'aurais dû tourner ça plus gentiment. En plus, qu'est-ce que j'y connais ? Rien du tout.

Elle leva les yeux.

— Mais non, tu l'as tourné très gentiment et tu as complètement raison. C'est juste que…, avoua-t-elle d'une voix tremblante avant de pincer les lèvres. Ce que tu m'as dit, ça m'a rappelé les choses que mon ancien ami du serveur Évinie me disait. Le gars dont je t'ai parlé.

— Celui qui était dyslexique aussi, répondit-il lentement.

Son chagrin si manifeste lui déchirait le cœur. Cette mise à nu involontaire de son mensonge lui retournait les entrailles.

Elle avait les épaules voûtées, mais les releva d'un millimètre.

— Ouais. Il s'est comporté un peu comme un trouduc à la fin. Mais on a été amis pendant deux ans avant ça, alors c'est difficile de… tourner la page. Il me manque.

— Je suis désolé, répéta-t-il d'une voix rauque. Je suis tellement navré, April.

Il espérait qu'elle ne saurait jamais à quel point.

Elle contempla encore son assiette quelques instants, avant de lever la tête, les yeux brillants, pour lui adresser un sourire chancelant.

— Merci, mais c'est pas grave. Ça va. Et rien de ce qui s'est passé avec lui n'est ta faute.

Il avait beau s'être senti souvent minable sous le regard déçu et réprobateur de ses parents, s'être senti coupable et en tort, là c'était mille fois pire. Même enfant, il pouvait se raccrocher à une maigre conviction : *J'essaie vraiment. Je ne peux rien faire de plus.*

Cette certitude – de tout donner, absolument tout, à ses parents, et que ses efforts ne suffisent jamais – avait brisé quelque chose en lui. C'était une ombre qui ne l'avait pas lâché pendant des années. Trop d'années.

À présent, il découvrait une nouvelle sensation : une culpabilité qui n'était pas injuste, mais pleinement méritée.

Je pourrais faire mieux, mais je ne vais pas le faire. Parce que j'ai trop peur de tout perdre.

Il commençait à avoir les paumes moites. Après lui avoir pressé la main une dernière fois, il la lâcha et, pour cacher sa détresse, se mit à arranger sa serviette sur ses genoux.

— Comment as-tu commencé à écrire des fanfics ? Qu'est-ce qui t'a attirée vers ça ?

Elle prit une minute pour réfléchir à la question, et la tristesse qui lui brouillait les traits finit par s'effacer. Sa diversion fonctionnait.

— Ne le prends pas mal, mais c'est surtout par dépit que j'ai commencé à écrire des fanfics. Vos directeurs de série ont massacré le personnage de Lavinie dès le début, et j'étais tellement furax. Je voulais défaire tout ce qu'ils avaient fait, et réintroduire tout ce que j'aimais chez elle, et dans sa relation avec Énée.

Eh bien, il ne pouvait pas le lui reprocher.

— Alors j'ai pris le meilleur des livres… Lavinie, les grandes lignes de sa relation avec Énée… et le meilleur de la série… c'est-à-dire toi, Marcus, et j'ai tout mélangé dans des fanfics délicieusement guimauve et sexy, et c'était un pur bonheur. Surtout quand j'ai trouvé une communauté sur le forum Évinie et…

Elle se tut un moment avant de conclure :

— Un excellent ami et binôme d'écriture.

Nouveau déchirement.

S'il le pouvait, il lui livrerait lui aussi son récit, en guise d'excuse. Il lui raconterait qu'un jour, lors d'un salon, une jeune femme vêtue d'un impressionnant costume d'Énée avait évoqué les fanfics du *Royaume*. Que l'ennui et la curiosité l'avaient poussé à faire des recherches, le soir même dans sa chambre d'hôtel, et qu'il s'était mis à lire. Qu'il avait découvert que certains textes, les meilleurs, faisaient écho à ses impressions sur son personnage, à ce qu'il pensait de la série, alors qu'il n'en avait jamais parlé à personne d'autre qu'Alex. Qu'il avait découvert aussi qu'il pouvait utiliser la technologie moderne pour rendre la lecture bien plus facile que dans ses souvenirs.

Ce soir-là, pour la première fois, il avait de son propre gré lu autre chose que des scénarios. Sans pression. Sans enjeux. Juste pour le plaisir, et parce que ça parlait d'un sujet qui lui tenait à cœur. Et sur lequel pour une fois, c'était lui l'expert.

Ça avait changé sa vie. Il lui semblait que réussir à lire et à aimer ça, juste pour lui, pour personne d'autre, était un triomphe.

Mais, même dans les meilleures fanfics, les auteurs rataient certains traits de son personnage. Ce fut son besoin de partager ce qu'il savait de l'intérieur qui le motiva à écrire sa première histoire courte sous le pseudo de Livres:ÉnéeNenFeraitRien. Personne ne savait qui il était, et ne se souciait d'une faute d'orthographe ici ou là, ni du fait qu'il dictait au lieu de taper au clavier. Il faisait ça pour lui. Il s'était attendu à des critiques ou de l'indifférence, pas à des kudos. Quelle surprise de recevoir du soutien malgré un manque flagrant de relecture extérieure !

Et puis, sans comprendre comment, il était devenu membre d'une communauté. Il s'était mis à prendre plaisir à écrire, et c'était encore une façon de reprendre possession de lui-même.

Alors il avait rencontré Litsie. April.

Il avait découvert qui il était vraiment. Ses centres d'intérêt. Ses talents, son potentiel, après des décennies à feindre d'être quelqu'un d'autre, à se croire différent de ce qu'il était vraiment.

Mais il ne pouvait rien partager de tout ça avec April. S'ils restaient ensemble, cette part si cruciale de son histoire demeurerait scellée à jamais, et elle n'entendrait jamais ce récit.

En face de lui, elle terminait son assiette dans un silence confortable. Lorsqu'elle leva les yeux et s'aperçut qu'il l'observait, elle sourit, puis étira une jambe pour lui chatouiller la cheville du bout du gros orteil. Il était sensible à cet endroit, elle ne l'ignorait pas, et il secoua la tête en riant.

Taquine, elle haussa les épaules et retourna à son pain à l'ail.

« Si tu as encore peur que je ne sache pas qui tu es, montre-le-moi », avait-elle dit, et il ne pouvait pas. Pas du tout. Pourtant, la nuit précédente, il était resté éveillé bien après qu'elle se fut endormie et, tout en la serrant d'un bras possessif autour de la taille, il s'était questionné.

Il avait l'impression de tenir leur relation dans sa main, en serrant de toutes ses forces, pour la garder proche, la protéger dans son poing, espérant que tous ces efforts, cette pression, allaient la transformer. En diamant, comme April le lui avait expliqué. Brillant. Incassable.

Mais peut-être que leur relation n'était pas en pierre. Peut-être que c'était de l'eau.

Peut-être que plus il serrait, plus elle s'échappait.

Mais il ne savait pas comment ouvrir le poing. Pas à propos d'April. Ni de sa carrière et de son personnage public. Pas alors qu'il savait très précisément, trop précisément, le manque qu'il ressentait quand cette main restait vide. Toujours vide.

— Marcus ? demanda April doucement, inquiète. Tu vas…

Juste à cet instant, comme si le fait de penser à elle l'avait invoquée – une horrifiante possibilité –, son téléphone sonna, et Debra Rupp apparut sur l'écran.

— C'est ma mère. Mais je peux la rappeler plus tard, dit-il à April.

Beaucoup plus tard. Voire jamais.

Elle indiqua d'un geste de sa fourchette qu'il pouvait décrocher.

— Fais comme tu le sens. Je ne vais pas me vexer que tu veuilles parler à tes parents.

Mais c'était loin d'être le cas, et il laissa le téléphone sonner dans le vide, leurs yeux rivés sur l'écran. Quelques secondes plus tard, il y eut une notification. Un message vocal. Sa mère lui avait laissé un message vocal.

Il lui suffirait d'un clic du bout du doigt pour l'effacer sans le consulter. Mais il colla l'appareil à son oreille et écouta, les épaules droites, puisant du courage dans le dossier de la chaise qui le soutenait contre ce qui allait peut-être venir.

« Marcus, Mme Fourier a vu ta photo dans l'un de ces magazines bas de gamme, au supermarché. Elle nous a dit qu'apparemment ça fait des semaines que tu es à San Francisco. Chez ta nouvelle petite amie de Twitter, d'après l'article. Elle était tellement ravie d'en savoir plus que nous sur ton lieu de vie actuel et tes activités ! Nous pensions que tu étais de retour à Los Angeles, ou en tournage quelque part. »

Il n'arrivait pas à déchiffrer le ton de sa mère. Était-elle blessée qu'il ne les ait pas informés de sa présence non loin, qu'il ne leur ait pas rendu visite pendant le mois écoulé ? Vexée que son ancienne collègue ait eu l'occasion de la ramener ? Ou énonçait-elle simplement des faits ?

« Appelle-nous lorsque tu le pourras, si toutefois cela se produit. »

Bon, ça, pas de doute, c'était ironique.

Une fois qu'il eut tout écouté, il supprima le message. Il aurait sans doute mieux fait de suivre son instinct et de l'effacer tout de suite… Il repoussa le téléphone de quelques centimètres puis de quelques autres, le plus loin qu'il put sur la table. April lui posa une main chaude et légère sur l'avant-bras.

— Marcus ? répéta-t-elle d'une voix basse et si douce.

Resterait-elle aussi douce si elle savait la vérité ?

Il secoua la tête, en chassant cette question.

Leur passé caché sur le forum Évinie n'avait pas d'importance, pas en cet instant.

Cette partie de lui-même, il pouvait la lui montrer. Cette histoire, il pouvait la lui raconter, même si elle lui serrait tant la gorge qu'il avait du mal à parler.

En réalité, les grandes lignes étaient très simples. C'était bête de chercher ses mots à ce point.

— Je, euh… Je n'avais pas prévenu mes parents que j'étais dans le coin, mais l'une des profs du lycée où ils travaillaient a vu un article sur nous et l'a répété à ma mère. Elle veut que je la rappelle.

Elle voudrait qu'il vienne les voir, parce que c'était toujours à lui de se déplacer.

Sur le seuil de leur cuisine, il se ferait tout petit et les regarderait danser.

— Tu veux la rappeler ? demanda April d'une voix parfaitement neutre.

Elle avait enlevé ses lunettes, rapproché sa chaise, et ses yeux bruns étaient pleins de tendresse et de patience. Pleins d'une affection et d'une confiance qu'il ne méritait pas.

— Ils…, commença-t-il avant de toussoter. Ils détestent la série. Je te l'avais dit ?

En silence, elle fit « non » de la tête.

— Ils ont détesté tous mes rôles, je pense. Mais surtout Énée, parce qu'ils enseignaient tous les deux les langues anciennes, alors ils ont l'impression que la série a massacré l'œuvre de Virgile.

La main qu'il tendit vers son verre d'eau était un peu tremblante.

— C'était le cas, bien sûr, mais je n'ai pas…

Les genoux d'April frôlaient à présent les siens, appuyant doucement, lui rappelant qu'elle était là.

— Mais je ne m'attendais pas à ce qu'ils cosignent des pamphlets sur « l'influence pernicieuse » de la série et le fait qu'elle « promeut une désastreuse mésinterprétation d'une mythologie fondatrice ».

Cette citation en particulier avait été reprise dans le quotidien le plus populaire du pays, et après avoir écouté son ordinateur la lui lire, il avait regretté. S'il l'avait déchiffrée lui-même, à l'écrit, peut-être qu'il aurait réussi à se persuader qu'il avait mal compris. Mélangé les lettres. Raté le sens, comme ça lui arrivait si souvent.

Dans leurs articles, ses parents ne mentionnaient jamais ni leur fils, ni son rôle dans la série. Pas une seule fois. Mais, bien sûr, les noms de famille rendaient le lien évident, et il n'avait pas été surpris par la réaction du public, l'étonnement plein de jugement sur le fait que des parents si éduqués aient pu engendrer un fils comme *lui*.

— Je pensais que ça changerait. À l'âge adulte, je veux dire. Je croyais qu'un jour ça ne me ferait plus pareil d'être avec eux. Une fois que j'aurais une carrière et des amis, et un univers en dehors d'eux. Mais non, ça reste toujours pareil, et April…

Il se tourna vers elle. Elle avait de nouveau les yeux brillants, de compassion pour lui, et c'était un réel déchirement, mais il n'arrivait plus à se taire.

— April, je suis tellement en rage chaque fois que je les vois !

Lorsqu'elle lui prit la main, la force désespérée avec laquelle il la serra dut lui faire mal.

Mais elle ne se plaignit pas, ne s'écarta pas.

— Je déteste ça. Je *déteste* ça ! Leur façon de mépriser tous mes rôles, le fait qu'ils aient écrit tous ces articles et en écriront sans doute d'autres, et leur façon de me regarder comme si j'étais fou ou débile et… et dénué de valeur, alors que je peux le jurer, j'ai essayé. J'ai essayé et essayé encore, j'ai tout donné, et je n'étais qu'un gosse, et ils étaient profs, putain ! Comment ils ont fait pour ne pas savoir ?

Plus tard, il s'était demandé si leur établissement tellement chic rejetait les enfants à besoins particuliers, ou si ses parents étaient juste trop bornés pour reconnaître que leur fils, le fruit de leurs précieux gènes et de leur éducation, pouvait se montrer imparfait dans un domaine si fondamental. Si c'était la honte qui les avait aveuglés et plongés tous les trois dans l'obscurité.

Ça n'importait pas, pourtant. Pas vraiment.

Dans un cas comme dans l'autre, ils ne l'avaient jamais vu comme il était, comme il pouvait devenir, comme il était devenu. Ils n'avaient jamais vu non plus ce qu'il ne deviendrait jamais, quels que soient ses efforts.

Et c'était toujours ainsi.

Il avait les joues mouillées. April les lui tamponnait avec une serviette, et il était trop perdu pour se sentir gêné.

— Je sais qu'ils m'aiment, et je les aime aussi, mais je n'arrive pas à leur pardonner.

Toute cette souffrance, contenue pendant une vie entière, se déversait à présent sur eux deux. April l'accueillait avec bienveillance, lui tenait la main pour le rassurer, lui séchait ses larmes. S'il avait été le guerrier qu'il avait si longtemps incarné à l'écran, il lui aurait prêté allégeance et offert sa vie en cet instant. Il aurait déposé son épée à ses pieds, soulagé.

Elle le fit lever, le guida vers le canapé où elle l'attira tout contre elle. La tête sur son épaule, agrippé à elle aussi fort qu'il le pouvait sans lui faire mal, il enfonça son visage dans son cou au parfum de rose.

— Je n'arrive pas à leur pardonner, répéta-t-il à voix basse dans ce refuge doux et secret.

Elle lui passait les doigts dans les cheveux, le caressait. Il ferma les yeux.

Comme il ne disait plus rien, elle appuya la joue sur sa tête.

— Si tu veux, on peut discuter, ou bien je peux simplement t'écouter. Ou bien on peut rester comme ça, si le silence te fait du bien.

Il ne percevait aucun jugement dans sa voix, aucune impatience. Pas de mépris devant sa faiblesse, son ingratitude ou sa tendance à ressentir les émotions trop fort.

Il ne s'était pas douté. Comment l'aurait-il pu ? Rien dans son passé formé de succès et de relations avortées n'aurait pu le préparer à l'étourdissant soulagement de mettre son cœur à nu devant elle, vulnérable, et de découvrir…

De découvrir qu'elle était prête à protéger ce cœur pour lui.

Alors il pouvait se confier. Enfin, il avait envie d'en parler. Et d'écouter son opinion.

Il prit une inspiration frissonnante tout contre sa gorge.

— Donne-moi ton avis.

— Je pense…

Elle continua à enfouir doucement les doigts dans ses cheveux avant de poursuivre.

— Je ne pense pas qu'on puisse exiger le pardon.

Il sentit la gorge d'April se contracter tout contre son visage, l'entendit même déglutir.

— Surtout si on n'a rien fait pour le mériter. Même si la personne qui t'a fait du mal t'aime.

Elle cessa de le caresser, immobilisa sa main comme pour lui soutenir la tête.

— Tu peux choisir d'offrir ton pardon. Mais tu n'y es pas obligé. Pas même envers tes parents.

Elle releva le visage de Marcus, l'écarta de son épaule pour le regarder dans les yeux d'un air soudain farouche. Elle reprit la parole avec un débit plus rapide, plein de certitude.

— Si tu ne veux pas les voir, n'y va pas. Et si tu ne veux pas leur parler, ne leur parle pas. Si tu ne peux pas leur pardonner ou que tu ne le veux pas, eh bien, rien ne t'y oblige !

Elle hocha la tête, sans doute pour appuyer son propos ou s'encourager à continuer, il l'ignorait.

— Si tu veux leur pardonner leurs erreurs, tu as le droit aussi. Si tu veux leur téléphoner ou leur rendre visite, je te soutiendrai de mon mieux. Il n'y a pas de bonne ni de mauvaise réponse, Marcus. La question, c'est de savoir ce qui te rend heureux.

Cette question-là n'avait jamais été posée, du moins pas par ses parents.

Pendant des décennies, ils avaient tous trois été liés par des attentes et des obligations, plutôt que par une attention particulière à quelque chose d'aussi futile que son bonheur, ou même le leur. Mais s'il se libérait de ces entraves étouffantes, s'il pouvait choisir de garder ou non contact avec eux, selon son désir…

Il ne savait pas ce qu'il éprouverait. Si sa colère et sa douleur deviendraient insignifiantes, pour finir. Si le pardon viendrait plus facilement, ou s'il se sentirait plus confiant dans sa décision de ne pas l'accorder.

— Je ne leur ai jamais…

Il se tut, les lèvres serrées, et se repassa toutes ces années, mais son impression première était juste.

— Je ne leur ai jamais parlé de ce qu'ils m'ont fait subir à l'époque. De ce que je ressens avec eux maintenant. Je me contente de feindre d'être un autre. Ça me semble… injuste de ne pas pardonner alors que je ne leur ai jamais dit qu'ils me blessaient.

De nouveau, April choisit ses mots avec soin.

— Est-ce que tu souhaites en discuter avec eux ?

— Je… je ne sais pas…

Merde, toutes ces émotions l'épuisaient. La tête brumeuse de fatigue et d'incertitude, il s'appuya de nouveau sur son épaule, blotti contre elle comme si son corps lui offrait un rempart face à la tempête. Elle jouait à présent avec les cheveux sur sa nuque, son autre bras lui soutenant le dos avec chaleur.

Avec ses parents, il n'avait aucune idée de la marche à suivre.

Il ne savait qu'une chose : aucun de ses personnages, aucun de ses artifices ne lui avait jamais apporté une telle sécurité, un tel réconfort. Seule April en était capable.

Alors, malgré la peur et la honte qui lui retournaient les entrailles, il ne lui parlerait pas de LENFR. Il n'avouerait pas son mensonge par omission.

Certes, dissimuler ainsi ne le satisfaisait pas pleinement. April ne connaîtrait peut-être jamais tout de lui. Mais leur relation représentait plus que tout ce qu'il avait connu par le passé, tout ce dont il avait rêvé, et il ne prendrait pas le risque de la perdre.

Non, il ne prendrait pas ce risque.

Il serrerait le poing encore plus fort.

Messages privés du Forum Évinie, sept mois plus tôt

Lavinie Is The Star: Tu vas à la Conv des dieux, l'an prochain ?

Livres:ÉnéeNenFeraitRien: C'est pas trop mon truc, les rassemblements de fans.

Lavinie Is The Star: Tu n'aimes pas la foule, ou il y a une autre raison ?

Livres:ÉnéeNenFeraitRien: C'est quelque chose dans ce goût-là.

Lavinie Is The Star: D'accord.

Livres:ÉnéeNenFeraitRien: C'est juste que…

Livres:ÉnéeNenFeraitRien: Je préfère que le virtuel reste virtuel.

Lavinie Is The Star: Tu es timide ?

Livres:ÉnéeNenFeraitRien: Parfois…

Lavinie Is The Star: Je veux te dire : tu n'as aucune raison d'être anxieux vis-à-vis de moi. Je me fiche de ton physique, ou de si tu es timide en face à face, ou… n'importe quoi d'autre. Ça fait longtemps qu'on est amis maintenant, et j'aimerais te rencontrer en personne.

Lavinie Is The Star: Pour un café…

Lavinie Is The Star: Ou un dîner ? Juste nous deux ?

Livres:ÉnéeNenFeraitRien: J'aimerais pouvoir dire oui. Je t'en prie, crois-moi, s'il te plaît.

Chapitre 21

Après toute une journée passée le nez dans la paperasse, April fut accueillie à la maison par une nouvelle brassée de documents.

Cette fois, il ne s'agissait pas de résultats d'analyses d'échantillons, ni de rapports de consultants truffés d'erreurs d'interprétation ou de mauvaises échelles de chiffres, mais de scénarios pour le petit et le grand écran. Des vrais scénarios de Hollywood, chacun comportant un rôle dont l'agente de Marcus pensait qu'il pourrait lui plaire.

Pour certains, il devrait passer une audition ; pour d'autres, non. Certains s'accompagnaient d'une rémunération substantielle, d'autres atteignaient à peine la moyenne. Parfois, d'autres grands noms figuraient déjà au casting ou à la mise en scène, alors que certains projets n'avaient rien à offrir que l'histoire elle-même.

Son agente, Francine, avait ses préférences, évidemment, mais tout ce qu'elle demandait était qu'il fasse un choix, n'importe lequel, et que l'information devienne publique avant que la célébrité liée au *Royaume des dieux* commence à s'estomper. C'est du moins ce qu'il avait expliqué à April devant leurs filets de saumon à la moutarde accompagnés d'une purée de chou-fleur à l'ail. En fin d'après-midi, il avait aussi préparé de savoureux pains plats pour le seul plaisir d'April, qui se régalait.

Ce saumon était divin, comme le reste du repas.

Il avait fait les courses, payant de sa poche, lavé la vaisselle, changé les draps, et même fait tourner une machine avec le linge d'April. Il avait aussi accroché au mur quelques cadres aux endroits qu'elle lui avait indiqués.

S'il ne choisissait jamais d'autre rôle, elle avait l'intention de le garder comme homme au foyer.

Peut-être que ça passerait pour une blague, mais ça n'en était pas une.

La mère d'April ne cessait de sous-entendre qu'elle devrait s'affoler devant la vitesse à laquelle il s'était installé chez elle et était devenu une présence familière et essentielle de son quotidien. Mais, au contraire, cela semblait… naturel. Comme s'il était dans sa vie depuis des années, alors qu'elle ne le connaissait en réalité que depuis quelques semaines.

Elle avait confiance en lui. Bien qu'ils viennent de se rencontrer, c'était ainsi.

Comme le prouvaient ces scénarios, ils n'auraient pas toujours autant de temps ensemble. Bientôt, il devrait retourner à Los Angeles ou partir à l'étranger pour un tournage, et ils passeraient peut-être des semaines ou des mois sans se voir.

Alors, s'il voulait rester, elle n'allait pas le pousser dehors. Cet alignement de leurs emplois du temps ne durerait pas éternellement, et elle avait bien l'intention d'en savourer chaque minute.

— J'aimerais qu'on discute ensemble de mes choix, déclara-t-il depuis sa place d'après-dîner sur le canapé.

Au moyen de son téléphone, il lui fit suivre l'un des mails intéressants qu'il avait reçus.

— En temps normal, ça fait des mois que j'aurais programmé un autre projet, mais je n'arrivais pas à me décider, et je me suis dit que j'avais besoin d'une pause après *Le Royaume*. Mais Francine a raison. Il faut que je me dépêche de faire un choix. Et je ne dirais pas non à un avis extérieur, si ça ne te dérange pas.

— Si ça ne me dérange pas ? rétorqua-t-elle en le dévisageant par-dessus ses lunettes. Marcus, on en a déjà parlé. Je suis une curieuse pathologique. Évidemment, que je veux voir tes scénarios !

Elle ouvrit son ordinateur sur la table de la cuisine propre.

Il rit et continua à parcourir ses messages en quête de scénarios à lui transférer.

— J'ai essayé d'en discuter avec Alex, mais il ne m'aide pas. Il n'arrête pas de me répéter de lancer une gamme de produits capillaires et de ne pas m'emmerder.

Pour être honnête, pour un homme dont la coquetterie était bien moindre que ce qu'il prétendait en public, Marcus passait quand même un temps fou à prendre soin de ses cheveux. Même les jours où il ne faisait rien d'important.

Mieux valait s'abstenir de tout commentaire.

Pendant que l'ordinateur démarrait, April chantonnait, impatiente de s'y plonger, et plus encore de passer des moments à deux.

La semaine passée, elle avait consacré deux soirées à écrire et corriger sa fanfic courte pour la Semaine où Énée bande de tristesse, une autre à travailler sur son costume de Lavinie, et encore une à dessiner des tenues de scène pour le Folk Trio, autrefois connu sous le nom de My Chemical Folkmance. Qui, grâce au lobbying intensif de Mel, s'appelait désormais les Filles de l'Indium. Malgré les protestations de Pablo sur le fait que deux des membres du groupe n'étaient pas des filles…

« Pas de problème, avait réfuté Kei. La contradiction ne fera qu'ajouter à notre mythe. »

« Ça va rechanger dans une semaine, avait chuchoté Heidi près du réfrigérateur un peu plus tard. Surtout, madame Whittier, ne t'appuie pas sur le nom du groupe pour dessiner les costumes. »

Quand April voulait consacrer une soirée à ses hobbys, Marcus ne râlait pas. Il la laissait tranquille, et ne la dérangeait que pour lui faire un bisou ou lui donner quelques conseils timides mais utiles sur son texte. Au lieu de bouder, comme l'auraient fait certains de ses ex, il passait du bon temps à écouter des livres audio, ou faisait des marathons d'émissions culinaires avec Alex par FaceTime.

« De la ganache montée ! jubilait Alex d'une voix qui résonnait trop fort par le haut-parleur du téléphone. Une putain de ganache montée ! »

Après ces soirées passées chacun dans son coin, la patience de Marcus se trouvait récompensée sous la couette. Il semblait plus que satisfait de cet arrangement. Si satisfait, en réalité, qu'il insistait pour lui rendre la pareille, et quand à son tour elle avait eu son dû, il était à nouveau dur, bouillant, et prêt à embarquer sur le navire *April* pour un voyage vers les plaisirs des sens.

Mais toutes ces galipettes n'empêchaient pas April de culpabiliser. Il était grand temps qu'ils passent une soirée ensemble, et qu'ils la consacrent à quelque chose d'important pour lui.

— OK, annonça Marcus quelques minutes plus tard. Je t'ai envoyé les trois favoris.

Oui, c'était le cas. Elle avait trois nouveaux messages dans sa boîte, avec des pièces jointes. Mais, avant de pouvoir les ouvrir et assouvir sa curiosité, elle avait besoin d'en savoir plus. Elle déplaça donc son ordinateur afin qu'il ne l'empêche pas de voir son petit ami.

— Maintenant que *Le Royaume des dieux* est presque fini, c'est quoi ta prochaine étape ? Quelle direction tu veux donner à ta carrière ? Quel genre de rôles tu cherches ? Et pourquoi ce sont ces trois-là que tu préfères ?

Pendant près de dix ans, il avait intercalé des rôles pour le cinéma et la télévision entre les saisons de tournage du

Royaume des dieux, et choisi ceux-ci dans la mince marge de manœuvre que lui laissaient ses préférences et la compatibilité des plannings. La liberté totale qui s'offrait désormais à lui et lui permettait de choisir n'importe quel projet sans se préoccuper des dates de tournage était une nouveauté.

Parfois, elle avait l'impression que cet excès de liberté le désorientait un peu.

— Ça ne va pas se passer comme ça, répondit-il en s'installant confortablement sur les coussins du canapé, un sourire de défi aux lèvres. Tu aimes enquêter et comprendre, alors fais ton boulot, April Whittier. À *toi* de me dire pourquoi ce sont ces trois rôles que j'envisage.

Elle avait l'impression qu'en plus du défi qu'il lui lançait, c'était aussi une forme d'évitement, mais il ne la connaissait que trop bien. Elle adorait ce genre de challenge. Une énigme. Devoir faire ses preuves. Une invitation à découvrir des histoires dans l'histoire. Sans parler de la promesse charnelle que recelait ce sourire paresseux et intrigant.

Elle haussa les sourcils, bien décidée à faire montre d'autant d'insolence que lui.

— Et si je gagne, quelle est ma récompense, Marcus Caster-trait-d'union-Rupp ?

La tension retomba, et il éclata de rire.

Quand il eut repris son sérieux, pourtant, il la regarda droit dans les yeux. Puis il la parcourut du regard de haut en bas, de sa queue de cheval négligée à ses orteils qui se recroquevillaient de désir, avec quelques pauses bien choisies en cours de route. Sa poitrine opulente et libre, dont les tétons pointaient à travers le coton mince et doux. Les courbes voluptueuses de ses hanches et de son ventre. Ses cuisses pleines de fossettes que caressait son pantalon d'intérieur quand elle remua d'être ainsi scrutée. La jonction de ces cuisses, qu'il avait titillée et explorée si souvent désormais.

Une rougeur vint colorer ses pommettes, et il s'étira, magnifique, sur le canapé.

Il savait exactement ce qu'il faisait. À quoi il ressemblait. Il s'était suffisamment exercé pour ses rôles et avait assez d'expérience pour avoir acquis une conscience de son corps qu'April n'avait jamais rencontrée jusque-là.

Alors qu'il s'étirait, son fin tee-shirt remonta sur son ventre plat, et ses biceps en gonflèrent les manches. Il se cambra, la tête rejetée en arrière comme ça lui arrivait dans leurs moments les plus intimes.

Non que cet instant manque d'intimité…

Il détendit ses muscles avec un ronronnement de satisfaction. Le halètement d'April ne lui échappa pas et suscita un nouveau sourire affûté comme une lame.

— Ta récompense ?

À présent allongé, il croisa les mains derrière sa nuque et cligna ses yeux bleu-gris, les paupières lourdes.

— Pour chaque rôle que tu analyses de façon correcte, j'enlève un vêtement. Et si tu ne te trompes pour aucun des trois, tu peux exiger tout ce que tu veux. N'importe quoi.

Elle entortilla une de ses mèches de cheveux autour d'un doigt et le détailla des yeux. Elle savait pertinemment qu'il ne portait que trois vêtements. Pas un de plus. Le nombre parfait pour atteindre son objectif.

Le dénuder allait demander bien peu d'efforts. Et encore moins de venir frotter son sexe sur son beau visage, une fois qu'il serait excité, bouillant, et étendu sous elle.

— Je relève le défi, répondit-elle.

Elle dut lire en diagonale, évidemment, et s'arrêta avant la fin de chaque scénario.

Plus tard, s'il souhaitait qu'elle les parcoure en entier, elle le ferait. Mais pour ce soir, pour ce défi et leur discussion, ce n'était pas nécessaire.

Il ne la quitta pas des yeux pendant sa lecture, mais April ressentait cela sans gêne, comme une caresse. Quand elle faisait une pause et se tournait vers lui, elle croisait son regard et devait lutter pour ne pas rougir sous sa chaleur.

Elle s'attendait à ce qu'il finisse par s'ennuyer et sortir ses écouteurs haut de gamme afin de se plonger dans son livre audio, mais non. Il restait allongé, à guetter son avis.

Les scénarios étaient si différents qu'elle ne risquait pas de les confondre. Pourtant, elle tapa quelques notes afin de se souvenir de ce qu'elle avait lu et de sa conclusion.

Coûte que coûte: série télé, New York victorien. Drame policier/suspense. Histoire d'amour qui naît lentement.

Personnages principaux: voleuse plus ou moins rangée + ancien gigolo (Marcus). Unissent leur connaissance de la rue pour trouver assassin qui choisit des victimes trop marginales pour que la police s'en occupe. Audition nécessaire. $$/$$$

O et ses ex: film indépendant. Comédie dramatique. Ophelia (O), pour des raisons mystérieuses, se retrouve en coloc avec différents ex. Elle a quitté Jack (Marcus), mais regrette depuis et veut le reconquérir. Pas d'audition. $

En théorie, un deuxième long-métrage avait retenu l'attention de Marcus, mais c'était de toute évidence un leurre. Elle ne se donna pas la peine de prendre des notes.

Elle repoussa son ordinateur.

—Marcus, tu m'as menti.

Il sursauta sur le canapé puis pâlit.

—April…

Il s'assit, les lèvres pincées.

—Je suis tellement désolé. Je ne… Je n'aurais pas dû…

Il resta sans voix et la dévisagea, défait.

C'était une réaction exagérée pour cette minuscule tromperie, mais elle savait bien que Marcus était, disons… sensible. À ses propres émotions, mais également à celles d'April. Alex le traitait parfois d'hystérique (c'était vraiment l'hôpital qui se foutait de la charité), mais pour elle, cette vulnérabilité était tout sauf une faiblesse.

S'il décidait un jour de laisser tomber les masques qu'il portait pour se protéger, elle serait prête à être son bouclier. À empêcher les regards malveillants de se poser sur ses failles. Pour son bien, mais aussi, égoïstement, parce qu'elle voulait qu'il ait besoin d'elle. Et plus que ça.

Elle voulait qu'il l'aime. Elle pouvait l'admettre, au moins pour elle-même.

— Ce n'est pas grave.

Elle s'approcha du canapé, s'installa à côté de lui et l'embrassa sur la joue dans un geste réconfortant.

— Tu as de la chance, ajouta-t-elle, je n'ai rien contre les questions pièges.

— Les questions… pièges, souffla-t-il d'une voix tremblante. Oui.

Elle le sentit se détendre et lui planta son doigt dans le bras.

— Contrairement à ce que tu m'as dit, tu m'as envoyé tes deux favoris. Pas trois, tricheur.

Marcus retrouva le sourire à ces mots, comme si le soleil émergeait de nouveau des nuages, et elle sut qu'elle ne s'était pas trompée.

Pourtant, il leva le sourcil avec arrogance, de nouveau parfaitement maître de lui-même.

— Peut-être, peut-être pas. Écoutons ton raisonnement.

Elle se tourna pour lui faire face, replia une jambe sous elle et se lança.

— Impossible que tu choisisses *Jules César : Redux*. Tu aimes la Rome antique, mais pas au point de travailler avec ce metteur en scène. Même moi, j'ai entendu les rumeurs à son sujet, et tu n'as plus besoin d'accepter n'importe quel rôle pour l'argent. Tu peux te permettre de choisir un projet en accord avec ton talent et ton intelligence.

— Mon… mon talent et mon intelligence, bredouilla-t-il.

Il sembla rester bloqué sur cette phrase, mais elle avait un défi à remporter et n'allait pas s'attarder sur ce point.

— Ton petit manège n'était pas très convaincant, honnêtement. Si tu veux m'avoir, il faudra faire mieux que ça, réprimanda-t-elle en secouant la tête. Tu es trop doué pour ce film, à tous égards. Il ne fait pas partie des possibilités. Ton agente n'aurait même pas dû te l'envoyer.

Il la dévisagea, ses yeux bleu-gris écarquillés et solennels. Quand il parla enfin, ce fut à voix basse.

— Je lui ai demandé de ne plus me transmettre de projets avec ce réalisateur, peu importe combien ses films rapportent au box-office. Et rien non plus de ce scénariste, parce que le scénario était une merde misogyne. Exactement comme tu l'as dit.

— L'équipe Whittier marque un point.

Elle s'humecta l'index et traça une marque imaginaire dans l'air.

Comme il ne bougeait pas, elle désigna ses habits d'un geste du menton.

— Je veux te voir comme un pompier sur scène à Las Vegas. Effeuille-toi.

Il répondit par un lent sourire et se redressa sur le canapé. Lente aussi était la remontée de son tee-shirt, dévoilant peu à peu son torse ciselé. Enfin, ses muscles dénudés bougeant avec une impressionnante fluidité sous sa peau parsemée de poils, il enleva le vêtement par-dessus sa tête et le jeta en direction d'April.

Lorsqu'elle le roula dans son poing, il portait encore la chaleur de Marcus.

Elle s'humecta les lèvres avec un soin délibéré, sachant que Marcus ne la lâchait pas des yeux.

— Un de parti. Plus que deux.

Il se renfonça contre le dossier du canapé, une main sur le genou d'April, et y dessina un cercle sur sa peau du bout du doigt.

— J'ai hâte, répondit-il.

Malgré son expression sérieuse, on entendait le sourire dans sa voix. Il suivait des yeux son doigt qui continuait à tourner sur le genou d'April.

Elle serra les cuisses. Il la regarda d'un air coquin.

— Le film indépendant… C'est un engagement limité, bien plus que la série télé. Je pense que ça te plaît. Le scénario est intelligent. C'est l'occasion de montrer toutes les émotions que tu sais jouer. Et c'est rare de te voir dans des rôles comiques, surtout depuis que tu es devenu aussi célèbre.

Il avait commencé à remonter le doigt sur l'intérieur de son genou, chatouillant la peau fine à travers la barrière presque inexistante de son pantalon ample.

— Pourquoi je ne l'ai pas encore accepté, alors ?

— C'est mal payé, mais je ne pense pas que ce soit ce qui t'embête vraiment.

— Tu crois ? répondit-il dans un nouveau ronronnement, torride et langoureux.

De ses mains puissantes, il la fit lever, debout entre ses jambes alors qu'il restait assis sur le canapé. Sans prévenir, il descendit son pantalon large, et lui caressa les cuisses et les mollets de ses paumes brûlantes.

Elle portait toujours une culotte, mais soupçonnait que ça ne durerait pas, car il venait de glisser le pouce sous sa ceinture pour lui caresser le ventre.

— Oui, je crois. Oh, hummm…

Il l'avait attirée contre lui, à califourchon sur ses genoux, et la bosse de son jean appuyait juste au bon endroit, qui pulsait de désir.

— Le casting est tellement nombreux, tu n'aurais peut-être pas la place de briller. Et puis, j'ai l'impression qu'Ophelia n'a pas tellement d'autres caractéristiques que sa longue liste d'ex.

Il acquiesça d'un murmure et posa les mains sur ses hanches, puis la frotta contre lui.

— Deux points pour l'équipe Whittier.

Elle arrivait à bout de patience. Elle voulait sa bouche, et ensuite elle voulait sa queue, et elle ne voulait pas attendre plus que nécessaire, ni pour l'une ni pour l'autre.

— Alors enlève-moi ce putain de jean, souffla-t-elle.

Les yeux brillants, il n'hésita pas une seconde de plus. Il écarta April de ses jambes un instant, retira son jean d'un seul geste avant de le repousser d'un coup de pied. Puis il se remit à la toucher, l'attira plus près, empoignant fermement ses fesses alors qu'il la remettait à califourchon sur lui.

Avec seulement deux très fines couches de tissu entre leurs sexes, chaque mouvement de bassin de Marcus faisait jaillir des étincelles derrière les paupières mi-closes d'April.

— Plus qu'un, gronda-t-il d'une voix rauque qui vibra contre l'épaule de sa petite amie.

Elle leva le menton, et il lui embrassa le cou.

— La série télé…

Merde. Il avait glissé les mains sous son tee-shirt pour lui caresser le dos, et si elle ne se dépêchait pas de terminer son analyse, elle ne le ferait de toute évidence jamais, et si elle ne finissait jamais, elle ne remporterait pas le défi, et si elle ne gagnait pas, elle ne pourrait pas le regarder faire un strip-tease avant de venir se coller sur son visage si content de lui et si sexy.

Enfin, sans doute que si. Mais ça serait encore meilleur en sachant qu'elle avait gagné.

— Encore une arnaque, monsieur Caster-trait-d'union-Rupp ?

Elle s'accorda un moment à savourer sa langue habile qui lui titillait la gorge juste sous la mâchoire, la pression sur son clitoris.

— Alors d'accord.

Lorsqu'elle se redressa, les genoux sur le canapé, il gémit de frustration. Puis il se plaignit davantage encore quand elle le repoussa contre les coussins pour introduire ses doigts sous la ceinture de son boxer.

— Lève tes hanches, lui ordonna-t-elle, et il obéit assez longtemps pour qu'elle tire le sous-vêtement juste sous son magnifique fessier ferme.

Sa queue rebondit sur son ventre sculpté, dure et épaisse. Elle ne l'avait pas encore touchée, même si elle savait qu'elle pouvait. Et qu'elle en mourait d'envie.

Il secoua la tête d'un air de reproche, mais ce fut d'une voix sourde qu'il lui adressa la parole.

— Tu triches, madame Whittier. Tu n'as pas encore gagné le troisième point.

— Je n'ai pas triché ! rétorqua-t-elle, les joues empourprées de désir. Que je sache, tu portes toujours ton boxer.

Le sourire taquin qu'il lui décocha était un véritable pousse-au-crime.

— En effet. Mais pas de la façon prévue…

— Et plus pour longtemps ! Allonge-toi…

Obéissant au doigt et à l'œil, il se coucha de nouveau de tout son long sur le canapé. Cette fois, lorsqu'elle enfourcha ses cuisses, elle serra une main autour de sa queue, et il n'opposa ni résistance, ni changement de sujet. Il se mit à onduler avec une frénésie naissante.

Elle le caressa avant de reprendre la discussion. Il frissonna, le sexe encore plus dur dans sa main.

— J'ai vu la note de Francine, à propos du client que les directeurs de série espèrent décrocher pour la série.

C'était la même chaîne câblée que pour *Le Royaume des dieux*.

— S'ils y arrivent, ça devrait assurer un budget décent, et je suis sûre que ton implication dans la série les aiderait à convaincre les acheteurs. Le script a des séquences d'action, mais aussi un fort potentiel d'émotion. Je pense que tu apprécies l'inversion des rôles entre les genres, par rapport à la norme.

Elle se lécha la paume avant de recommencer à le caresser. Il gémit.

— Je suis restée sur ce scénario plus longtemps que sur les autres, parce que je voulais vérifier qu'il n'y avait pas de jugement sur les travailleurs du sexe. Je n'en ai pas trouvé.

De sa main libre, elle lui effleura le ventre et le torse, et il remua entre ses cuisses.

— Mon avis, c'est que tu as été attiré par le rôle parce que tout le monde, y compris le principal personnage féminin, ne voit au départ dans ton personnage qu'un beau visage et un corps sexy, mais il est bien plus que ça. C'est un scénario intelligent, Marcus. Le meilleur du lot. Et c'est bien payé, en plus.

— Alors pourquoi…, demanda-t-il, cambré et haletant à la grande satisfaction d'April, pourquoi n'ai-je pas encore passé l'audition ?

Elle cessa ses caresses. Merde. Elle avait espéré qu'il ne poserait pas cette question.

— Je ne sais pas… je n'ai pas réussi à comprendre vraiment.

Il souffla avant de parvenir à prendre un ton cynique.

— Eh bien, si tu y arrives, dis-le-moi. Parce que je n'en ai aucune idée, et j'espérais que tu pourrais m'éclairer.

— D'accord.

April estimait que le sujet méritait sa pleine attention, et celle de Marcus aussi. Elle enleva les mains du corps de son amant et les plaqua sur ses propres cuisses.

— Tu as des hypothèses ?

Il se laissa de nouveau aller sur le canapé.

— D'une part, je n'ai pas envie de te quitter, évidemment. Mais l'audition ne nous tiendrait éloignés qu'un ou deux jours, donc ce n'est pas ça. Ou pas seulement, en tout cas. Et je ne veux pas arrêter complètement de jouer, donc ce n'est pas non plus ça le souci.

Il tendit le bras pour remettre en place une mèche d'April.

— Ça fait des mois maintenant que je n'arrive pas à me forcer à passer des auditions, et je ne sais pas pourquoi. Même si ça semble vraiment ingrat de gâcher toutes ces opportunités. Et stupide, aussi.

— Ce n'est pas stupide. Il n'y a pas de bonne ou mauvaise réponse. Juste…

Comme elle l'avait fait par le passé, elle posa une paume sur le cœur de Marcus.

— … ce qui me rend le plus heureux, conclut-il, le visage illuminé d'un sourire. J'espère que c'est vrai.

Elle leva les yeux au ciel.

— Bien sûr que c'est vrai. Je ne te mentirais pas.

Il eut un sursaut si soudain et violent qu'elle descendit vivement de ses genoux.

— Tu as une crampe ? Tu as mal où ? s'écria-t-elle en le regardant sans déceler d'autre problème évident que sa triomphante érection.

Il ferma les yeux.

— Non, je…

Il se tut lorsque le téléphone d'April se mit à sonner, mais elle ne fit pas mine de répondre.

— Comment je peux t'aider ?

— Je t'en prie, réponds à ton appel.

Voyant qu'elle ne bougeait pas, il la chassa d'un geste.

— Je vais bien, j'ai juste besoin de reprendre mes esprits.

Préoccupée de le voir ainsi presque nu et apparemment souffrant, elle ne prit pas le temps de regarder l'écran avant de décrocher. C'était une erreur.

— Coucou, ma chérie ! Je suis bien contente de te trouver à la maison ce soir !

La voix de sa mère résonnait à l'autre bout de la ligne, claire et joyeuse. Trop claire et trop joyeuse, ce qui signifiait qu'elle était anxieuse. Sans doute parce que sa fille n'avait pas répondu à ses coups de fil régulièrement.

— Coucou, maman.

Merde. Merde, merde, merde.

— Oui, pour une fois on a décidé de rester à l'appart et de se reposer au lieu de sortir.

Marcus la regarda avec surprise tout en remontant son boxer. Il devait se demander pourquoi elle mentait à sa mère. Marcus et elle n'étaient pas sortis un seul soir depuis la visite d'Alex, en partie pour éviter les paparazzis et en partie parce qu'ils semblaient tous deux faits pour traîner à la maison.

Apparemment, il n'avait pas remarqué qu'elle rejetait les appels de JoAnn.

— Tu… tu vois toujours ton jeune homme ?

April se retint de répondre sèchement : « Et alors, tu vas t'évanouir ? Je me doute que c'est un choc pour toi ! »

— Oui.

Rester polie était le maximum qu'elle puisse faire en cet instant.

Heureusement, sa mère ne réclama pas plus de détails.

— Dans ce cas, c'est une invitation pour deux. Ton père et moi, on aimerait vous avoir à déjeuner pour mon anniversaire, si vous êtes disponibles. Le premier samedi de juillet, à midi, juste nous quatre.

Soudain, l'air de la pièce semblait froid et humide sur les jambes nues d'April. Elle serra son bras libre autour d'elle et se recroquevilla, le menton sur la poitrine.

Elle ne voyait pas comment refuser. Si elle prétendait que cette date ne convenait pas, sa mère lui en proposerait une autre, puis une autre, jusqu'à ce qu'il devienne évident que le problème n'était pas la date, et elle devrait aborder des sujets épineux. Faire des déclarations auxquelles elle avait besoin de réfléchir encore avant de revoir ses parents.

Lorsque April était enfant, sa mère se démenait pour faire des anniversaires de grandes occasions. Elle entassait des cadeaux à n'en plus finir, organisait des fêtes avec tous ses camarades de classe. Elle accrochait des guirlandes, des ballons et, une fois, elle avait fait venir une petite ménagerie dans le jardin.

Elle préparait même un gâteau, qu'April pouvait choisir.

« C'est un jour dans l'année, ma chérie, où tu as droit de manger tout ce que tu veux. Profites-en. »

April aurait dû être contente de se rendre au grand jour de sa maman, malgré tout. Par reconnaissance pour toutes ces fêtes, au moins. Parce que sa mère se souciait vraiment d'elle, qu'elle s'était donné du mal et qu'elle voulait toujours le meilleur pour sa fille. Elle s'efforçait, par chacun de ses coups de fil, de travailler à son bonheur en lui rappelant ce qu'exigeaient l'amour, la beauté et la santé.

Marcus, derrière elle, la prit dans ses bras. Il était chaud, massif et plein de soutien, et elle parvint à parler malgré sa gorge serrée.

— Attends juste une seconde, maman.

Elle coupa le micro du téléphone, les yeux dans le vide vers la cuisine, et s'adressa à Marcus.

— Ma mère veut savoir si tu peux venir à son anniversaire, le premier samedi de juillet. Ils habitent à Sacramento, donc on sera partis une demi-journée.

— Bien sûr. Je le noterai dans mon agenda tout à l'heure, répondit-il sans l'ombre d'une hésitation.

Sans lui laisser le temps d'en dire plus, elle remit le micro.

— Compte sur nous. Envoie-moi un mail avec les détails, et dis-moi si on peut apporter quelque chose.

— Parfait.

Il y eut un silence gêné, que sa mère finit par remplir par une nouvelle salve de bavardage joyeux.

— Il ne se passe pas grand-chose par ici, mais ton père et moi, on envisage de partir un week-end à Napa le mois prochain. Il a des nouveaux clients, et ils lui ont parlé d'un vignoble…

Non. Non, April ne parlerait pas de son père. De ça, au moins, elle était convaincue.

— Écoute, maman, je dois me coucher tôt, alors je ferais mieux de raccrocher.

Marcus, qui était en train de frotter ses bras glacés, s'arrêta.

— On se rappelle bientôt.

Comment sa mère parvenait à exprimer du chagrin dans un silence total, April ne le comprendrait jamais. Même à deux heures de route, celle-ci arrivait à lui faire baisser la tête de honte.

— OK. Je t'aime, ma chérie, finit par bredouiller JoAnn.

April inspira un grand coup avant de dire la vérité :

— Je t'aime aussi.

Elle raccrocha le plus vite possible. Quand elle se retourna dans les bras de Marcus, il la regardait, le front plissé, et elle ne voulait pas qu'il la questionne. Pas maintenant.

Elle avait les mains tremblantes. Elle ferma les poings.

— J'ai gagné, pas vrai ? Avec le dernier scénario ?

Il hocha la tête lentement.

— Alors désape-toi. Je réclame ma récompense.

Tandis qu'il enlevait son boxer, elle partit vers la chambre, alluma la lumière et attendit qu'il la rejoigne. Quand il le fit, elle l'accueillit en ôtant son tee-shirt qu'elle jeta dans un coin avant de retirer sa culotte qu'elle envoya valser d'un coup de talon.

Il reprit son souffle, se mordit la lèvre, mais son visage resta soucieux.

— Je ne veux pas parler du coup de fil maintenant, expliqua-t-elle. Mais plus tard, oui, c'est promis.

Il hocha de nouveau la tête, avec davantage de conviction cette fois.

— D'accord.

D'un air de défiance muette, elle planta les poings sur ses hanches et resta là, nue comme un ver, le plafonnier allumé à pleine puissance, afin qu'il ne puisse manquer de voir qui elle était, ce qu'elle était. Chaque courbe. Chaque bourrelet. Toutes les taches de rousseur. La moindre vergeture. Chaque centimètre d'elle était exposé et à disposition de Marcus, à prendre ou à laisser.

Il prit le temps de l'observer, puis s'approcha. Puis il fit encore un pas, jusqu'à être contre elle et que les poils rêches de ses jambes musculeuses viennent chatouiller délicieusement la peau sensible d'April.

Il lui caressa le cou, tendrement, avec d'infinies précautions.

— De quoi as-tu besoin, April ?

Toute la soirée, ils avaient parlé de ce dont ils avaient envie, pas de ce dont ils avaient besoin. Mais en cet instant, pour elle, les deux se confondaient.

— Comme récompense, je veux que tu me baises avec toutes les lumières de la pièce allumées, déclara-t-elle, le menton dressé, sans le quitter des yeux. Je veux que tu me regardes tout du long. Tu peux le faire ?

Contre son ventre, le désir de Marcus qui renaissait vint la taquiner, et cette érection avait pour elle un parfum de triomphe. Une victoire totale contre un adversaire qu'elle ne cessait de combattre depuis des décennies maintenant.

Il rit et posa les paumes sur ses seins.

— Bien sûr, que je peux le faire. Je l'ai déjà fait, et ce sera un plaisir, littéralement, de le refaire.

Puis il hésita.

— Seulement…

Sentant la victoire lui échapper, April dut raidir les jambes pour ne pas perdre l'équilibre.

— Oui ? réussit-elle à articuler, les yeux brûlants de larmes qu'elle refusait de verser devant lui.

Quand il enleva les mains de sa poitrine, elle ravala un sanglot.

Mais alors il lui prit le visage, ses pouces lui caressant les joues en cercles doux tandis qu'il lui embrassait le front, la tempe, le nez, avant de descendre jusqu'à sa bouche, qui la trahissait en tremblant.

Penché, front contre front, il formula à son tour une requête.

— Quand j'aurai fini de te baiser, on pourra faire l'amour ? Avec les lumières allumées aussi ?

Elle se mit sur la pointe des pieds pour l'embrasser, et il prit ça – avec raison – pour un oui.

Il s'avère que ce qu'elle voulait et ce dont elle avait besoin n'étaient pas exactement la même chose.

Cette nuit, par chance, il lui donna les deux.

Signalétique : Explicite
Fandoms : *Royaume des dieux*, E. Wade – *Royaume des dieux* (série télé)
Relations : Énée/Lavinie
Tags additionnels : Univers alternatif : moderne, Angoisse & Guimauve & Sexy, L'érection la plus triste du monde, Lavinie : Fantôme, À la fin, ça se termine bien, même s'ils sont morts tous les deux, mais ils sont ensemble, et c'est le principal, non ? Ah là là, vous allez détester ce texte, je crois
Collections : Semaine où Énée bande de tristesse
Stats : Mots : 2 267, Chapitres : 1/1, Commentaires : 39, Kudos : 187, Favoris : 19

L'amour lui remonte le moral (et pas que)

Lavinie Is The Star

Résumé :

Depuis vingt ans, Énée bande pour un fantôme. L'amour de sa vie, morte depuis longtemps. Lavinie, qui disparaît chaque fois qu'il essaie de la toucher.

Et, un jour, elle ne disparaît pas…

Notes :

Je remercie tout particulièrement mon nouveau bêta. J

Cette nuit-là, elle lui apparut encore une fois. Un peu plus *translucide* que lorsqu'elle était en vie, mais à part ça, semblable à elle-même au point de lui déchirer le cœur. Toute en angles et en traits sévères, avec son sourire de travers et ses cheveux mous qui lui frôlaient les épaules. La vision la plus douce qui soit.

Cela faisait maintenant vingt ans qu'il la regardait flotter dans leur chambre, vêtue de cette même nuisette fine qu'elle portait pour dormir une nuit, blottie dans ses bras, pour ne jamais se réveiller. Jusqu'à ce qu'elle ouvre les yeux, sous forme de fantôme. *Son* fantôme. Sa femme. Sa bien-aimée.

Comme toujours, la réaction de son corps lui semblait à la fois perverse et totalement naturelle. S'il le pouvait, il s'élèverait de tout son être jusqu'au lieu qu'elle habitait encore, mais pour le moment, une seule partie de lui se dressait. Elle lui adressa un sourire timide en constatant son état, si timide que personne n'aurait soupçonné que, certaines nuits, elle lui parlait pendant qu'il se caressait, le contemplant de ses yeux brillants et brûlants alors qu'il gémissait, soupirait, et que son plaisir jaillissait sur son ventre.

Ils ne pouvaient se toucher. S'ils essayaient, elle disparaissait aussitôt, et il lui fallait parfois plusieurs jours pour revenir. Et, à son retour, elle avait l'air secouée. Éprouvée. Le regard vide.

Il ne savait pas où elle allait dans ces moments, et elle refusait d'en parler. Mais après la troisième fois, lorsqu'il avait passé une semaine au désespoir à craindre qu'elle ne puisse jamais réapparaître, il cessa de tendre la main vers elle.

Ce soir-là, pourtant, il y avait quelque chose de changé. Alors qu'il était étendu dans son lit – submergé de désir, de chagrin, d'amour –, il haleta soudain. Elle venait de tendre le bras vers lui, comme elle ne l'avait plus fait depuis deux décennies.

Ses longs doigts pleins de douceur lui caressèrent la joue.

Ils étaient tièdes.

Chapitre 22

— Je réfléchis toujours à ce que je veux faire pour la Semaine où Énée bande au mauvais moment, déclara April en réglant son rétroviseur pour la millième fois. Hier, je me suis dit que je pourrais peut-être reprendre les univers alternatifs modernes sans que ça devienne bizarre, du moment que je m'en tiens à la version d'Énée décrite par Wade, plutôt que la tienne. Ce qui, je l'avoue, rend la chose un million de fois moins sexy, mais il faut parfois consentir à des sacrifices pour le bien commun. Et par « bien commun », j'entends « des scènes de cul explicites dans mes textes ».

Marcus rit, mais elle ne lui laissa pas en placer une.

— À propos de scènes de cul explicites, il faut que je te montre le dernier chef-d'œuvre de mon amie Prends-MoiÉnée, intitulé *Le Royaume des anus*. C'est un mélange érotique du *Royaume des dieux* et du *Seigneur des anneaux*. Il s'y passe de drôles de trucs sur le mont Destin.

À mesure qu'ils approchaient de Sacramento, April se transformait en moulin à paroles.

Et certes, elle était drôle, et il avait envie de l'écouter.

Mais il sentait qu'elle n'était pas bien. Ce n'était pas comme la fois où elle avait avalé le cocroffinut. Non, c'était un bavardage qui semblait destiné à combler le silence, à l'empêcher de penser.

Tout en parlant, elle restait attentive à la route, mais parvenait tout de même à tripoter le réglage de la clim, la musique, et même l'orientation des aérations. Marcus ne l'avait jamais vue si agitée.

Elle était anxieuse. Tout simplement.

Au début de leur relation, elle avait mentionné en passant que son père était avocat spécialisé en droit des affaires, et sa mère femme au foyer. Sur le moment, il ne s'était pas demandé pourquoi elle n'en avait pas dit plus. Il marquait là un mauvais point, bien sûr, mais ça montrait aussi l'habileté d'April à détourner la conversation dès qu'elle devenait inconfortable. À croire qu'elle gérait mieux les émotions contradictoires et le passé compliqué des autres que les siens. Mais, si elle voulait papoter, il était d'accord. Si elle avait besoin de songer à autre chose que ce qui l'attendait, il voulait bien l'aider.

Il aurait fait n'importe quoi pour l'aider, et il avait essayé de le lui montrer depuis un mois, depuis ce soir où elle s'était exhibée, nue et tremblante, sous la lumière crue de son plafonnier en lui demandant de la baiser.

Elle ne l'avait pas encore compris, mais ça viendrait.

Il l'aimait, de tout son cœur, et c'était elle, sa récompense. La toucher était pour lui un privilège.

Cette nuit-là, il avait enfin compris à quel point elle cachait ses propres failles, malgré son apparente décontraction et les ampères des ampoules.

Le lendemain matin, il était bien décidé à en apprendre davantage pour mieux la cerner.

Quand il s'était réveillé dans le noir, une heure avant que sonne l'alarme d'April, elle avait déjà les yeux ouverts. En le sentant bouger, elle avait tourné la tête vers lui, et il avait remarqué que toute trace de sommeil l'avait déjà fuie, alors qu'ils s'étaient endormis très tard.

Elle était bien réveillée, plongée dans une telle réflexion qu'il était surpris de ne pas entendre cliqueter ses neurones.

— Dis-moi tout, proposa-t-il en l'attirant contre lui, un bras sous son cou.

De l'autre main, il lui caressait l'épaule, la hanche, le flanc, et l'installait confortablement collée à lui.

— Raconte-moi le coup de fil.

Les draps portaient leur odeur. Un parfum de rose et de sexe qui le comblait.

— Mes parents…

Alors qu'il s'y attendait le moins, elle éclata de rire, un son discordant qui déchira le silence précédant l'aube.

— C'est tellement ironique, Marcus. Putain, c'est tellement ironique !

— Je ne comprends pas…, dit-il en lui embrassant les cheveux.

— Ils vont t'adorer. *T'adorer.* Ils vont t'approuver davantage qu'ils ne m'ont jamais approuvée moi. Mais pas seulement le vrai toi. Le faux aussi, le personnage public. Même s'ils percevaient la différence, je ne crois pas que ça leur importe. Peut-être à ma mère. Mais pas à mon père, en tout cas.

Cette pensée ne l'avait jamais effleuré, mais…

— Mes parents auraient tué père et mère pour t'avoir à ma place, répondit-il.

Ces paroles auraient peut-être dû lui faire mal, mais curieusement, il n'en était rien. La douleur s'était atténuée depuis qu'il l'avait partagée avec April. Depuis qu'il avait pris conscience qu'il avait le choix de la tournure que prendrait à l'avenir sa relation avec ses parents, si elle se poursuivait. Depuis qu'elle lui avait dit qu'il ne leur devait pas de pardon ni rien d'autre qu'il ne souhaitait pas donner.

En outre, comment pourrait-il en vouloir à une version « univers alternatif » de ses parents d'adorer et d'admirer April, alors qu'il en faisait de même ?

— C'est ça qui est ironique, conclut-elle en se rapprochant encore. Toutes tes qualités, tout ce qui te rend si remarquable… ce n'est pas ce qui compte aux yeux de mon père. Lui, il ne s'intéresse qu'aux apparences. La surface. Se vendre à ses clients. Je ne lui parle plus, mais ma mère est cent pour cent de son côté, et elle a ses propres… ses propres ennuis. Alors les choses sont parfois compliquées, souffla-t-elle.

Quand elle s'était tue après cette confession matinale, il n'avait pas insisté.

Au contraire, il lui avait demandé comment il pouvait l'aider, et elle avait murmuré sa réponse dans l'obscurité.

Ils avaient fait l'amour lentement, et pas seulement parce qu'elle avait un peu mal après la folle nuit qu'ils venaient de passer. Sans se presser, dans la pénombre fraîche de sa chambre, et la tiédeur partagée du lit, il s'était allongé sur elle et avait pris entre ses mains ce visage qu'il aimait tant, pour s'assurer, avoir la certitude absolue, qu'elle savait qu'il la regardait.

Parce que c'était ce dont elle avait besoin.

Oui, il commençait à la comprendre, maintenant. Ça lui avait pris plus de temps que ça n'aurait dû, mais aujourd'hui, il rattraperait ce temps perdu.

Elle ne lui avait pas demandé d'aide, parce que ce n'était pas son genre. Mais il l'aiderait quand même.

Si elle avait besoin de distance avec son père, Marcus pouvait s'en charger, et elle lui avait déjà indiqué comment s'y prendre. Son père se souciait des apparences. Personne n'était donc plus à même de capter son attention et de la détourner d'April que le Golden Retriever Bien Propret.

Il avait son personnage. Il avait son scénario, et il était motivé à bloc.

Dès qu'ils arriveraient chez ses parents, il serait prêt à l'action.

Ça ne devrait plus tarder, d'ailleurs. Ça roulait bien, alors ils devraient y être d'ici vingt minutes. April ne cessait de regarder dans le rétroviseur, comme si elle rêvait de faire demi-tour, mais elle poursuivait sa route.

Après avoir encore évoqué plusieurs des dernières fanfics Évinie du forum – qu'il avait déjà lues en secret –, April se mura dans le silence.

Mais pas longtemps.

— J'ai vu que tu consultais de nouveau les scénarios, hier, dit-elle en montant la clim avant de la redescendre une minute plus tard. Tu as pris une décision ?

Discuter de sa carrière pourrait la distraire encore un moment, mais il n'y avait quand même pas grand-chose à raconter.

— Non…

Certaines opportunités s'étaient refermées, après une si longue absence de réponse. Quant à d'autres, il n'arrivait pas à s'y résoudre, sans aucune explication logique pourtant.

Lorsqu'elle émit un petit bruit interrogatif pour l'encourager à développer, il ne se fit pas prier.

— Je suis bien conscient d'avoir beaucoup de chance qu'on me propose tous ces rôles, et je suis reconnaissant. Vraiment. Je ne me raconte pas que gagner ma vie comme acteur, c'est dans la poche, et j'apprécie toutes les occasions et toutes les expériences que j'ai eues. Je ne peux pas dire à quel point.

— Je sais, dit-elle en se tournant brièvement pour lui sourire avant de reporter son attention sur la route. Quand tu parles de ton travail, chacun de tes mots éclate de reconnaissance. C'est adorable, tu n'imagines pas !

Sa considération, son affection, vinrent lui caresser l'âme, comme chaque fois.

Avec elle, il éprouvait toujours cette chaleur. Cette plénitude.

— Je pense qu'il y a de super scénarios dans le tas, mais je ne suis juste…

Quand il se tut, elle n'essaya pas de terminer la phrase à sa place. Il dut finir par se forcer.

—Je ne suis juste pas sûr d'avoir envie de ces rôles.

Aucun ne semblait parfaitement lui convenir. Pire, il ne savait pas quel Marcus devrait se présenter à l'audition. Le vrai lui ? Ou bien à nouveau celui qu'il avait joué en public depuis près de dix ans ?

S'il voulait changer le cours de son récit, c'était peut-être le moment.

Il secoua la tête. Non, il n'y avait pas de « si ». Oui, il voulait tourner la page. La question, c'était « comment ». C'était aussi une affaire de courage. Et ainsi qu'il l'avait dit à April précédemment, lorsqu'il s'agissait d'être brave, il n'était pas Énée.

—Alors ces rôles ne correspondent pas à tes envies. Tu as le droit, le rassura April en lui serrant le genou. Tu as le temps, et tu auras d'autres propositions. Une fois que la dernière saison du *Royaume* sera diffusée et que tu seras de nouveau sous les projecteurs, Francine va voir sa boîte mail exploser.

Peut-être. Mais d'ici là, il s'offrirait une pause bien méritée.

Désireux de changer de sujet, il se tourna vers April autant que le lui permettait sa ceinture de sécurité.

—À propos de célébrité, comment tu te sens à l'approche de la Conv des dieux ? Tu seras au centre de l'attention… Tu te sens prête ?

Le salon aurait lieu le week-end suivant, et ils avaient décidé d'y faire leur première apparition plus ou moins officielle ensemble. Ils ne fuiraient pas les paparazzis, du moins le temps de l'événement. Ils feraient leur entrée à deux, fiers et amoureux.

Il mourait d'impatience. Il avait envie de se montrer avec elle, et elle semblait aussi contente qu'amusée par son enthousiasme.

Quand il ne serait pas pris par des tables rondes avec les autres acteurs, une session de questions-réponses ou des séances photo, il avait l'intention de l'avoir à ses côtés le plus possible. Même si, bien sûr, elle avait aussi des engagements, dont certains tout récents.

— Je crois que oui, je suis prête…, dit-elle en tapotant un peu moins vite le volant du bout des doigts. J'ai déjà sélectionné les tenues que je veux emporter, et mon costume de Lavinie est presque terminé, il ne me reste plus que les ourlets.

Il ouvrit la bouche.

— Et *non*, tu ne peux pas le voir, protesta-t-elle avec un sourire diabolique. Tu vas devoir attendre le concours de cosplay comme tout le monde, monsieur Caster-trait-d'union-Rupp.

Ah, il adorait quand elle l'appelait comme ça. Elle était d'humeur taquine, et c'était bien mieux que l'anxiété.

Puisque parler de la convention semblait l'aider à se détendre, il allait la noyer sous les questions.

— Et la séance avec Summer ? Comment tu la sens ?

Quelques jours plus tôt à peine, la modératrice de séance de questions-réponses de Summer s'était désistée. Les organisateurs, manifestement au courant de l'amour d'April pour Lavinie et de son actuelle notoriété en tant que petite amie de Marcus, l'avaient alors invitée à prendre la relève. Elle avait réfléchi, puis accepté.

Marcus avait déjà présenté les deux femmes via une brève conversation sur FaceTime afin qu'elles soient plus à l'aise. Ensuite, Summer lui avait envoyé un texto :

Tu n'as pas besoin de ma bénédiction, mais elle me plaît ! Elle a l'air d'avoir confiance en elle, aussi, et c'est bien. Mais fais attention à elle pendant ce salon, Marcus. C'est dur pour nous tous, mais je pense que tu n'as pas idée de ce que c'est qu'être une femme sous les projecteurs.

Surtout une femme qui n'en a pas l'habitude, et surtout, SURTOUT une femme qui ne correspond pas au genre de petite amie que la presse et le public imaginent à tes côtés.

C'était Summer tout craché : gentille, attentionnée… Et c'était la raison pour laquelle, lorsque Ron et R.J. avaient foiré la relation d'Énée et de Lavinie dans la dernière saison, Marcus avait été peiné pas seulement pour son personnage, mais aussi pour sa collègue et amie, effondrée.

Grâce à la proximité de leurs rôles, Carah et Summer étaient les deux membres de l'équipe qui le connaissaient le mieux, et aucune d'entre elles ne l'avait trahi devant la presse. Pas une seule fois.

Peut-être qu'il pourrait dîner avec ses trois femmes préférées un soir pendant le salon. Peut-être qu'en leur compagnie, avec leurs conseils, son chemin professionnel serait plus clair.

Leurs suggestions ne pouvaient pas être pires que celle d'Alex qui lui avait, après tout, proposé de lancer une marque de produits capillaires. Il avait même créé des slogans : « Avec Caster-Rupp, mes cheveux sont up ! » ou même : « Une coiffure qui Marcus les esprits ».

— La modération, ça ira. Je n'ai pas peur de parler en public, répondit April avec un haussement d'épaules. Je devrais recevoir la bio de Summer et les questions dans la semaine, afin de pouvoir me préparer bien à l'avance.

Il se força à poser la question suivante, inévitable.

— Tu vois quand tes amies virtuelles ? Vous avez fixé un rendez-vous ?

La semaine précédente, pendant qu'April était au travail, il s'était connecté en invisible au forum Évinie et avait repéré l'annonce qu'elle avait postée la veille. Enfin, Lavinie Is The Star avait révélé à tout le monde qu'elle était cette fan de Lavinie qui sortait avec Marcus, et il était surpris que l'Internet mondial n'ait pas fondu après les réactions que cela avait suscitées.

Une fois que l'émoi était un peu retombé, PrendsMoiÉnée avait demandé :

> Ça veut dire que tu viens au salon, pas vrai ? PAS VRAI ??? FAUT QU'ON SE VOIE ! OMG, C'EST OBLIGÉ ! ÉVINIE POWER !!!

Quelques millions d'émojis cœur et larmes plus tard, le rendez-vous était pris.

Mais il n'était pas censé être au courant, en tout cas pas en détail. Pourtant, il l'était et il aurait été prêt à donner son chèque de la dernière saison du *Royaume* pour pouvoir les rejoindre en tant que LENFR.

Il écrivait toujours, avec Alex comme bêta-lecteur, et il postait désormais sous un nouveau nom de plume, ÉnéeAimeLavinie. Jusqu'à présent, ses textes n'avaient pas généré beaucoup d'activité, ce qui était compréhensible mais décourageant. Et il se sentait terriblement seul alors qu'il rôdait autour de cette communauté qu'il avait contribué à créer, sans pouvoir s'y montrer.

April valait bien ce sacrifice, cependant. Un million de fois.

— Dimanche matin, on se retrouve tous pour le petit déjeuner. Ensuite, je ferai sans doute le tour des stands avec PrendsMoiÉnée, sauf si l'une des tables rondes a l'air particulièrement intéressante.

April mit son clignotant et ralentit en prenant la bretelle.

— On est presque arrivés. On y sera dans cinq minutes.

Elle ne tapotait plus le volant, à présent. Elle avait les mains agrippées si fort à la roue de cuir que ses phalanges devenaient blanches.

Ce silence soudain était encore pire que le bavardage qui l'avait précédé. Elle avait les lèvres pincées en une ligne mince, les joues pâles, le menton relevé avec humeur.

Marcus sentit une rage inattendue lui enflammer les entrailles.

Il n'allait pas forcer April à parler d'un sujet qui de toute évidence la bouleversait, mais il pouvait tenir compte de sa détresse.

Il ne laisserait pas son père s'approcher d'elle. Il ferait barrage.

Il espérait que Brent Whittier avait un bâton ou une baballe à lui jeter, parce que le Golden Retriever Bien Propret avait l'intention de *jouer*.

Forum Évinie

Sujet: Alors, faut que je vous dise, cette femme c'est moi

Lavinie Is The Star: Et ce que je veux dire par là, c'est que: mon compte Twitter est @Évinie5Ever. Et vous vous souvenez peut-être que c'est aussi celui de la fan que Marcus Caster-Rupp a invitée à dîner. Ce qui est logique, puisque cette fan, c'est moi.
Lavinie Is The Star: Oui, il est merveilleux et me rend très heureuse, et non, je ne peux rien vous dire de plus. Mais je voulais que vous le sachiez. C'est chose faite!
PrendsMoiÉnée: Oh my God!!!
ÉvinieOTP: Putain!
ÉvinieOTP: Puuuuutain!!!
Mme Pieux Énée: Voici venu le jour que nos anciens avaient prédit. Le jour où une fan d'Évinie allait toucher la mâchoire de MCR et découvrir s'il est exact qu'elle est si affûtée qu'on s'y coupe!
Lavinie Is The Star: J'ai pas encore de points de suture. Mais ça pourrait bien m'arriver.
PrendsMoiÉnée: C'EST POUR ÇA QUE L'ÉNÉE DANS TES TEXTES, C'EST L'ÉNÉE DE WADE MAINTENANT…
Lavinie Is The Star: Ouais. Je ne voulais pas décrire un homme avec le visage et le corps de mon copain en train de

faire des galipettes avec une autre femme, même Lavinie. Je suis égoïste et j'assume ! J

LavinieEstMaDéesseEtMaSauveuse : IL FAUT QUE TU NOUS RACONTES !

LavinieEstMaDéesseEtMaSauveuse : EST-CE VRAI QU'IL SENT LE MUSC, LA SUEUR FRAÎCHE ET LE MÂLE ?

Lavinie Is The Star : Bah oui… Surtout après le sport…

PrendsMoiÉnée : [GIF jambes écartées, bassin ondulant]

Chapitre 23

La nuit précédant la visite chez ses parents, qu'elle n'avait pas vus depuis un an, April était restée éveillée à côté de Marcus, étalée dans le lit, à la recherche d'une sorte de verdict.

Un peu après 2 heures du matin, elle avait enfin su.

En ce qui concernait sa mère, le sol était contaminé. Elle pouvait soit continuer à vivre en ajoutant une couche de terre, un vernis de politesse pour masquer les dégâts profonds, soit prendre le taureau par les cornes.

Le procédé ne serait pas facile. Cela lui coûterait, peut-être plus qu'elle n'en était consciente.

D'un autre côté, elle ne s'était jamais intéressée à la surface.

Il était temps de creuser et de jeter.

Par chance, s'était-elle dit avant de sombrer avec gratitude dans le sommeil tant attendu, *j'aurai Marcus à mes côtés. Il me tiendra la main. Il me rappellera, si j'oublie, que ce n'est pas moi le contaminant. Même si mes parents ne partagent pas cet avis.*

Sauf qu'elle s'était trompée. Complètement, de la façon la plus humiliante, à lui en retourner les entrailles.

Marcus n'était pas à ses côtés, pas une minute. Il ne lui tenait pas la main.

Au lieu de ça, il bavardait avec son père à l'autre bout du rez-de-chaussée ouvert. Il riait, partageait des conseils sport et alimentation, dont Brent répétait certains à la cantonade, d'un ton suffisamment aimable pour qu'une personne extérieure ne puisse comprendre à quel point ses remarques étaient acerbes, et qui exactement était la destinataire de ses piques.

Le soutien et l'affection de Marcus ne lui avaient jusque-là jamais fait défaut, et elle avait compté dessus aujourd'hui. Plus que ça, elle s'en était remise à lui pour prouver à ses parents et à elle-même que tout ce qu'ils croyaient, tout ce qu'ils lui avaient raconté pendant dix-huit ans, était faux.

Les doigts de Marcus mêlés aux siens, les sourires radieux qu'il lui adresserait, annonceraient son triomphe plus sûrement que des mots.

Je suis grosse, mais il m'a choisie.

Je suis grosse, et il n'a pas besoin que je change.

Je suis grosse, et il est fier de moi.

À présent, elle était juste une grosse de plus dont le beau gosse de service ne voulait pas près de lui, du moins pas en public. Et c'était exactement ce à quoi s'attendaient ses parents, et ce contre quoi sa mère l'avait mise en garde, lors de tous ces appels inquiets auxquels April avait fini par cesser de répondre.

Franchement, elle se fichait comme de sa première culotte de ce que son père pouvait bien croire ou penser, désormais. Mais, lorsqu'elle avait imaginé cette discussion avec sa mère, elle s'était figuré Marcus tout près, sa proximité représentant un silencieux rappel qu'elle était désirée et appréciée, et que son bonheur valait bien une conversation pénible et la pose de limites fermes.

Au lieu de cela, elle était en train de le faire toute seule, parce que voilà.

Bien sûr.

Alors que les deux femmes mettaient le couvert, sa mère lui avait déjà fait part de ses craintes à voix basse, les sourcils froncés au-dessus de ses yeux d'un brun chaud.

— Tu es certaine qu'il ne fait pas ça pour la pub, ma chérie ? Ça paraît tellement… improbable.

Son anxiété était réelle. Il y avait de l'amour dans ce regard familier.

Mais ses paroles ne lui en faisaient que plus mal. Quand April avait rétorqué que sa relation avec Marcus était sincère, l'incrédulité tacite mais évidente de sa mère l'avait également blessée.

À présent, pendant qu'elles apportaient les dernières touches de leur « repas festif et gourmet dans un esprit spa », comme sa mère l'avait désigné, elles marchaient toutes deux sur cet éternel sol contaminé.

— J'ai vu quelques photos dans les tabloïds, déclara JoAnn en vérifiant la cuisson de ses pavés de saumon braisés avant de les disposer sur un plat. Je t'enverrai quelques liens pour des sous-vêtements gainants. Ça permet de flatter un peu la silhouette, comme ça tu seras plus à l'aise même si les paparazzis doivent faire des photos volées.

— De toute ma vie, jamais je ne me suis sentie « à l'aise » dans des sous-vêtements gainants, rétorqua April en tentant de garder un ton léger, sans amertume. Plutôt le contraire, pour être exacte.

Sa mère rit.

— Tu sais bien ce que je veux dire.

Oh oui, April le savait. Le confort physique n'avait aucune importance, si l'inconfort pouvait aider à éviter les critiques des proches comme des inconnus. JoAnn l'avait appris à ses dépens.

Pendant la première année de son mariage, elle avait pris plus de vingt kilos. Mais elle s'était hâtée de les perdre quand elle s'était aperçue qu'au-delà d'un certain poids son mari ne l'invitait plus à sortir avec ses collègues, ne dansait pas avec elle en public, ne la touchait pas en privé.

C'était une erreur de parcours, jamais répétée. Brent se vantait encore que sa femme ait perdu tous ses kilos de grossesse un mois après l'accouchement. Et comme JoAnn n'avait pas voulu prendre le risque de ne pas réussir l'exploit une deuxième fois, April était restée enfant unique.

À la naissance, c'était un petit bébé, et elle était restée de constitution mince jusqu'à la puberté. Là, les chiffres sur la balance avaient commencé à grimper de semaine en semaine. Jusqu'à ce que, finalement, sa mère la prenne à part pour lui raconter l'histoire de sa première année de mariage et les leçons qu'il fallait en tirer.

« Les garçons se soucient de ces choses davantage que ce que nous croyons, nous les filles, et je ne veux pas que tu te retrouves mise à l'écart comme je l'ai été. Ma chérie, si je te dis ça, c'est parce que je t'aime et que je ne veux pas que tu souffres », avait-elle déclaré en posant une main douce, fraîche et tendre sur la joue brûlante et mouillée d'April.

C'était toujours le même sempiternel refrain.

« Je t'aime et je ne veux pas que tu souffres. »

Il était trop tard, bien trop tard pour ne pas souffrir. Mais, au moins, cette histoire avait confirmé ce qu'April soupçonnait déjà. Ce qu'elle redoutait.

Son père avait cessé de l'amener aux événements festifs organisés par sa boîte. Les seules photos d'elle visibles dans la maison dataient d'avant sa puberté. Au mariage de sa cousine, quand sa grand-mère maternelle lui avait suggéré de danser avec sa fille, il avait tout simplement fait comme s'il n'avait pas entendu.

Il avait honte d'être vu avec elle.

Oui, ça faisait mal. Vraiment. Oui, elle avait fini par consulter un psy à ce sujet.

Mais, honnêtement, cet homme était un connard dans tellement de domaines que c'était assez facile de couper les ponts avec lui.

Ils ne se parlaient pas, ne se voyaient presque jamais, à l'exception d'occasions comme celle-ci, et même alors sa mère faisait constamment tampon, comme une médiatrice. Mais si passer du temps en sa présence désapprobatrice la rendait toujours nerveuse, elle n'en ressortait plus anéantie.

Sa mère, cependant, était tout en douceur, mêlée à une toxine que JoAnn elle-même était incapable de reconnaître comme dangereuse.

En se débarrassant de ce poison, April risquait de perdre la douceur aussi.

Pourtant, elle avait expliqué à Marcus qu'il avait le droit de poser des limites à ses parents pour préserver son bonheur, et elle devait maintenant suivre son propre conseil. L'amour de JoAnn pour April n'excusait pas le mal qu'elle lui avait fait, et l'amour d'April pour JoAnn ne pouvait pas sauver leur relation.

Sauf si les choses changeaient. Si April parlait et que sa mère l'écoutait pour de bon.

Aujourd'hui, elle parlerait. Le reste était entre les mains de sa mère.

Une cuillère à la fois, JoAnn était en train de déposer une sauce au yaourt à zéro pour cent et à l'aneth sur les assiettes. Toujours en bavardant. Toujours inquiète, aimante et toxique.

— Est-ce que tu as pensé à te faire opérer, pour ton… problème ?

Sa mère avait toujours trébuché sur le mot, comme si le surpoids était une obscénité.

— Ça te faciliterait peut-être la vie, surtout avec un homme comme Marcus. Et tu sais combien je me fais du souci pour ta santé.

April ne risquait pas de l'oublier, vu la fréquence des rappels que sa mère lui en faisait.

— Je pourrais venir t'aider pendant la convalescence, si tu voulais.

Comme sa fille ne répondait pas, JoAnn tenta un angle différent.

— Mais je sais que c'est une grosse étape. Si tu n'es pas prête, peut-être que tu pourrais essayer mon régime et mon programme sportif. Ça nous ferait un point commun, comme pour ton père et moi.

Adolescente, April se demandait pourquoi ses parents restaient ensemble. JoAnn, joyeuse et pleine de bonnes intentions, avec une tendance à se noyer dans un verre d'eau. Brent, sûr de lui, nombriliste et méchant. Mariés depuis près de quarante ans maintenant, ils semblaient toujours des inconnus dans tous les domaines importants. Un couple qui ne paraissait jamais aussi distant que lorsqu'ils se tenaient l'un à côté de l'autre.

Eh bien, maintenant elle savait : l'aérobic et les protéines maigres avaient sauvé leur mariage.

Ce serait presque drôle, si seulement sa mère n'avait pas cet air terrifié chaque matin en montant sur la balance, et chaque soir aussi, et toutes les fois dans la journée où elle se torturait, sans relâche.

Après qu'elle fut partie pour l'université, il avait fallu trois ans à April pour cesser de se peser après chaque repas. Et dix de plus pour jeter carrément sa balance.

Sa mère était en train de couper des tranches de citron de façon artistique pour décorer les assiettes. Le repas était donc presque prêt. Elles n'avaient plus beaucoup de temps, et April sentait son courage s'effriter.

Elle ne pouvait pas attendre après le déjeuner, comme elle l'avait projeté.

Elles allaient faire ça maintenant.

— Maman, dit-elle en posant une main sur celle de sa mère, l'arrêtant dans son geste expert. J'ai besoin de te parler une minute. En privé.

JoAnn plissa le front.

— On va passer à table, ma chérie. Ça ne peut pas attendre ?

— Je ne crois pas, répondit April en la poussant doucement vers l'intimité de la chambre d'amis.

L'anniversaire de JoAnn n'était pas le moment le mieux choisi pour ça, mais cette conversation devait avoir lieu en face à face, et April ne savait pas quand elle reviendrait dans sa maison d'enfance. Ni même si elle reviendrait un jour. Tout dépendait de ce qui allait se passer maintenant.

Vivre aux côtés d'un homme comme Brent pendant des décennies avait rendu JoAnn extrêmement sensible au possible mécontentement de ceux qu'elle aimait. Déjà elle se tordait les mains avec anxiété, au bord des larmes, et c'était en partie pour cela qu'elles n'avaient encore jamais eu cette discussion. Mettre sa mère dans cet état donnait à April l'impression d'être un monstre. D'être comme son père.

— Qu'est-ce qui…

Sa mère sursauta en entendant la porte se refermer, bien qu'April l'ait fait le plus doucement possible.

— Qu'est-ce qui ne va pas, ma chérie ?

OK. Elle n'avait pas besoin de Marcus.

Pour finir, elle était vouée à le faire toute seule, depuis le début.

— Après aujourd'hui, je ne veux pas revoir papa. Jamais.

D'une minute à l'autre, Brent allait se demander pourquoi sa femme ne le servait pas avec la diligence attendue, et cette conversation prendrait fin. April n'avait pas le temps de tourner autour du pot.

— Le voir ne m'apporte rien d'autre que du stress, et je n'ai pas l'intention de continuer à m'infliger ça.

Sa mère sembla s'étrangler en entendant cette première déclaration, si ferme. Elle avait les yeux vitreux, terrifiés.

Pendant des années, elle avait déploré la distance qui s'était instaurée entre le père et la fille, cajolant April au téléphone pour qu'elle lui rende visite pour son anniversaire ou lui envoie un cadeau à Noël, avant de chuchoter d'un ton qui se voulait sincère qu'il avait demandé de ses nouvelles.

April n'en croyait pas un mot. Et quand bien même il l'aurait fait, est-ce que cette simple question en passant suffisait à indiquer qu'il était réellement peiné de la savoir si éloignée, qu'il souhaitait retrouver une proximité avec elle ?

Non. Absolument pas.

À présent, April déclarait son indépendance, le bannissant de sa vie. Les pires craintes de sa mère se réalisaient, et c'était horrible, vraiment atroce, d'être celle qui lui infligeait cette blessure nécessaire.

— Ma chérie…

Les lèvres tremblantes, JoAnn tendit la main vers April. Comme sa fille continuait à parler, elle se tut sans achever son geste.

— Désormais, notre relation ne l'inclura plus.

Sa mère tenterait de se faufiler dans la moindre faille, aussi April n'allait en laisser aucune.

— Si tu ne peux pas me rendre visite sans lui, je comprendrai. Mais, dans ce cas, je ne te verrai plus non plus.

Tard la veille, April avait formulé différentes versions de cette conversation.

« Il ne m'aime pas. Peut-être que je l'aime encore un peu, simplement parce que c'est difficile de ne pas aimer son père. Mais je ne l'apprécie pas, en tout cas. J'en ai fini avec lui. »

Cependant, cela aurait incité sa mère à prétendre que *bien sûr* son père l'aimait, mais que les hommes le manifestaient autrement, qu'il fallait juste qu'April comprenne et accepte. Qu'elle renie son angoisse, ses besoins, alors qu'elle avait la poitrine déchirée, vidée, à l'idée de voir cet homme censé l'aimer d'un amour inconditionnel, mais qui n'en éprouvait aucun.

Aucun.

Sa mère, si. Ce qui ne faisait que rendre le reste de cette scène encore pire.

— Ce que va devenir notre relation après aujourd'hui dépend de toi, souffla April, la gorge en feu. Pas seulement parce que je ne veux pas te voir s'il est présent, mais parce que les choses doivent changer entre nous. Même sans lui.

JoAnn pleurait à présent franchement. Ses genoux lâchèrent, et elle se laissa tomber sur le bord du lit, voûtée comme pour se protéger. À une autre époque, April aurait été prête à s'arracher le cœur pour ne pas voir sa mère ainsi.

Et, d'une certaine façon, elle l'avait fait.

Mais aujourd'hui, son calvaire finissait, même si elle se sentait monstrueuse et sale.

— Je ne veux plus jamais parler de mon corps avec toi.

Malgré sa voix qui tremblait comme pas permis, elle devait poser des limites claires, absolues, sans interprétation possible, afin que sa mère ne puisse prétendre les enfreindre par erreur.

— Je ne veux pas parler de ce que je mange ou ne mange pas. Je ne veux pas parler du fait que je fasse du sport ou pas. Je ne veux pas discuter de ce à quoi je ressemble ou ne ressemble pas. Ni de prises de sang, de médicaments. Mon poids, ma santé et mes vêtements sont des sujets tabous.

JoAnn, bouche bée et les yeux rouges, secouait la tête de confusion, de déni, ou d'une autre émotion qu'April, en proie elle aussi à une violente tristesse, ne parvenait pas à déchiffrer.

— Je sais que tu te fais du souci pour moi, je sais que tu veux m'aider, mais ça ne change rien à ce que je te dis.

Les larmes lui piquaient les yeux et lui brouillaient la vue, et elle les essuya d'une main rageuse, sans cesser de parler, toujours debout.

— Je t'en prie, crois-moi : la prochaine fois que tu évoques mon corps, ce sera la fin de la conversation. Je quitterai la pièce ou raccrocherai le téléphone. La prochaine fois que tu m'envoies des liens vers des régimes ou des programmes d'exercices physiques, je te bloque.

Pour une fois, elle était contente que sa mère se montre toujours timide devant une personne assurée. Cela lui permettait d'attaquer la partie suivante sans que le poids de son amour filial l'attire vers les profondeurs et noie les mots qui devaient enfin être prononcés.

— Si ça ne suffit pas, si tu n'es pas capable d'arrêter, je couperai les ponts avec toi.

Malgré le halètement de sa mère, malgré ses propres larmes, April maintint de son mieux le contact visuel.

— Parce que tu me fais du mal, maman, bredouilla-t-elle. Tu me fais beaucoup de mal.

Sa mère se mit à sangloter, les bras le long du corps, poings fermés.

— Mais je t'aime !

En entendant ces mots, April dut baisser la tête. Puis elle ravala la bile qui lui remontait dans la bouche, et releva le menton.

Elle avait beau parler d'une voix brisée, ses paroles débordaient de certitude. Et d'honnêteté.

— Tu m'aimes, mais tu me blesses. Quand je te parle, quand je te vois, je finis à moitié persuadée que la personne que je suis, comment je suis, c'est mal et répugnant, et qu'il faut me soigner.

— Tu n'es pas répugnante, murmura JoAnn, le visage plissé de chagrin. Je n'ai jamais, jamais pensé ça.

La vérité si évidente de cette déclaration poussa April à lui prendre la main. Les doigts de JoAnn étaient minces, glacés et tremblants. Si fragiles qu'April ne voulait pas les serrer trop fort de peur de les casser.

Pourtant, il fallait que sa mère comprenne.

— Mais c'est ce que tu me fais ressentir.

Tout ce qu'elle avait répété dans sa tête la veille venait d'être dit. Sauf la dernière partie. Et les voix des deux hommes se rapprochaient. Elle devait se dépêcher.

— Papa ne comprendra jamais, vraiment jamais, combien il nous a blessées. Même s'il le comprenait, il ne le reconnaîtrait pas, reprit-elle en serrant doucement la main de sa mère. Mais tu n'es pas lui. S'il te plaît, maman. Demande-toi si tu veux continuer à me faire du mal, maintenant que tu en es consciente.

Sa mère pleurait désormais en silence, les larmes laissant un sillage étincelant dans le rayon de soleil qui entrait par la fenêtre, des rides de chagrin encerclant sa bouche pâle.

— Je voulais seulement t'aider, chuchota-t-elle.

April embrassa le dos de la main de sa mère, où la peau était plus sèche et fine que dans son souvenir. Constellée de taches de rousseur, malgré l'écran total et la crème de soin.

Dans son esprit, sa mère était encore jeune et glamour. Drapée dans des robes moulantes qui soulignaient ses formes, avec un maquillage impeccable alors qu'elle partait au bras de son mari pour les fêtes de son travail, lançant les dernières instructions à la baby-sitter tandis que Brent, impatienté, la tirait vers la porte.

Mais elle n'était plus jeune. Et April non plus, en réalité.

Elles n'auraient bientôt plus le temps de réparer ça. De réparer leur relation.

La seule voie était celle de l'honnêteté.

— Tu ne m'aides pas, maman. Tu me fais seulement du mal.

Alors la porte de la chambre d'amis s'ouvrit, et le bavardage aimable et viril de Marcus et son père se tut d'un coup.

Brent fronça les sourcils, mais ne s'approcha pas de son épouse.

— JoAnn ? Qu'est-ce qui…

— Je crois qu'on ferait mieux d'y aller, déclara April.

Soudain, Marcus était près d'elle, sa main chaude et forte sur son épaule. Elle recula d'instinct.

— Désolée de gâcher le repas, maman. J'ai mis ton cadeau dans le salon.

Du coin de l'œil, elle vit Marcus la dévisager, stupéfait, le bras en l'air, mais en cet instant, elle s'en fichait. Sa mère était toujours assise sur le lit. Toujours voûtée, son corps frêle secoué de sanglots silencieux, afin de ne pas embarrasser les autres avec son chagrin.

April se pencha pour l'embrasser sur le sommet du crâne. Elle respira sa fragrance poudrée et printanière, peut-être pour la dernière fois.

— Quand tu auras eu le temps de réfléchir, appelle-moi.

Ses larmes trempaient les cheveux de sa mère, et elle préféra s'écarter après une ultime bouffée fleurie.

— Je t'aime, maman.

Alors que son père vociférait des protestations et des ordres, que sa mère pleurait, et que Marcus la suivait en silence, April ramassa son sac à main et quitta la maison de ses parents.

Elle avait certes les yeux brouillés, mais elle gardait le dos droit.

Et c'était tant mieux. Cette journée en enfer n'était pas finie. Quand ils auraient roulé cinq minutes, elle demanderait à Marcus de se garer.

Sa mère n'était pas la seule à l'avoir blessée ce jour-là.

Elle n'avait pas l'intention de laisser cela se reproduire.

Signalétique : Adultes
Fandoms : *Royaume des dieux*, E. Wade – *Royaume des dieux* (série télé)
Relations : Énée/Lavinie
Tags additionnels : Univers alternatif : moderne, Angoisse & Guimauve & Sexy, Mariage arrangé, Lavinie a des problèmes d'image corporelle, pour des raisons évidentes
Stats : Mots : 1893, Chapitres : 1/1, Commentaires : 47, Kudos : 267, Favoris : 19

Intouchable

Lavinie Is The Star

Résumé :

Lavinie sait exactement pourquoi son mari ne la touche pas, ne l'embrasse pas, ne couche pas avec elle. Peut-être, cependant, qu'elle a fait quelques suppositions erronées en cours de route. Des suppositions qu'Énée a l'intention de corriger.

Notes :

Merci à mon fabuleux bêta, LENFR ! Il m'a aidée à travailler la charge émotionnelle de mes histoires, donc si vous en décelez une dans celle-ci, elle vient de lui.

La nuit, elle était étranglée par l'ironie de la situation. Avoir un mari si beau, un mari qu'elle en était venue à aimer, avait rendu son existence maritale tellement pire, tellement plus douloureuse, que si elle avait épousé Turnus, son fiancé, avant que le destin – et l'interférence des parents – ait rompu leur engagement. Turnus, tout en boucles brunes, en protestations, en colère juste et en minceur athlétique.

Turnus, qui n'aurait couché avec elle que dans le noir, l'aurait prise par-derrière chaque fois que c'était possible, et aurait évité de la regarder, comme il le faisait depuis leur première rencontre.

Mais, au moins, il l'aurait emmenée au lit. Contrairement à son époux réel.

Son époux, doré à la lumière du soleil. Son époux, avec ses muscles puissants et ses traits polis à la perfection. Son époux, courtois, attentif, et aussi distant que la lune au-dessus de leur tête.

Pour Énée, de toute évidence, même l'obscurité complète ne suffisait pas à masquer qui il avait épousé, et qu'il allait devoir baiser. Pour lui, elle n'était pas simplement laide, mal à l'aise et toutes ces choses affreuses que son père lui avait dites. Elle était intouchable. Si hideuse qu'il ne pouvait même pas l'effleurer du doigt.

Du moins, c'est ce qu'elle aurait continué à croire pour toujours si elle ne s'était pas enivrée un soir. Enivrée à l'excès. Pour la première fois de sa vie. C'était l'enterrement de vie de jeune fille de Didon, et Lavinie mourait de jalousie devant la façon dont l'ex d'Énée – qui était devenue une fidèle amie – avait réussi à oublier ce gars et à tourner la page comme Lavinie ne le pourrait jamais, étant son épouse. Elle avait donc bu pour oublier.

Lorsqu'elle était rentrée à la maison en taxi, il l'attendait au bout de l'allée, prévenu de son arrivée par un texto de Didon. La voyant tituber, il la prit contre lui et la soutint d'un bras puissant autour de ses épaules.

Elle le regarda, les yeux flous, et déclara d'une voix pâteuse :

— Pas besoin de me toucher... Je sais que t'as pas envie... me l'as bien fait comprendre, hein ?

Il s'arrêta net sur leur bout de trottoir, sans la lâcher, le front plissé de stupeur.

— Ça fait des mois que l'envie de te toucher ne me quitte pas une minute. C'est quoi ces conneries que tu racontes ?

Chapitre 24

April avait repoussé d'un haussement d'épaules sa tentative de réconfort dans la chambre d'amis de ses parents, et Marcus ne s'autorisa pas à essayer de la toucher à nouveau. Il prit les clés qu'elle lui donnait, lui passa la boîte de mouchoirs et une bouteille d'eau, régla le GPS sur l'adresse de son appartement, et prit la route pour les ramener à la maison.

Elle ne voulait pas qu'il la touche. C'était son droit, et elle avait sans doute de bonnes raisons de vouloir mettre de la distance avec lui. Mais il ne comprenait pas lesquelles. Et s'il n'avait pas la permission de la toucher, il pouvait tout de même la regarder furtivement en conduisant. Aux stops, aux feux rouges, et quand il attendait derrière une voiture qui tournait à gauche.

Pendant ces aperçus, il observait ses traits brouillés par les larmes, en quête d'un indice de ce qu'il avait mal fait, et ne trouvait… rien du tout.

Son visage semblait taillé dans la pierre. Inaccessible.

Marcus sentait monter son anxiété et sa confusion, au point d'en avoir le crâne tellement saturé qu'il s'étonnait que ses tympans n'explosent pas sous la pression.

Soudain, elle fit un signe vers la droite.

— Gare-toi.

Ils étaient arrivés devant un petit parc non loin de l'autoroute, et il s'engagea sur le parking.

— Prends un emplacement sans personne autour, s'il te plaît.

Le coin opposé du parking présentait des places assez à l'écart, et il choisit la dernière au fond. Quelques instants plus tard, la voiture était arrêtée, le moteur éteint, mais il avait toujours les mains serrées sur le volant. Parce qu'il était tellement nerveux, et aussi parce qu'il devait les garder loin d'elle tant qu'elle n'était pas prête à accepter son contact.

Il observa son visage marbré et les mouchoirs froissés sur ses genoux, la mâchoire si crispée qu'elle en était douloureuse, tant c'était difficile de résister à l'envie de la consoler.

Elle ne parla pas. Pas un mot.

— April, finit-il par supplier d'une voix rauque. Je ne sais pas ce qui s'est passé avec ta mère, ni où j'ai merdé, mais manifestement c'est le cas. Je suis désolé.

Il pensait avoir tout compris. Son père était un connard, et le voir la perturbait. Si Marcus jouait le rôle de barrière humaine, elle pourrait passer du temps avec sa mère et repartir de cette visite intacte. C'était aussi simple que ça.

Mais, au contraire, elle en était ressortie métaphoriquement en sang, et bordel. Bordel ! Clairement, il ne l'avait pas aidée du tout ! À voir le résultat, on aurait plutôt dit qu'il avait contribué à la dépecer.

Il en mourait de honte. Il l'avait sans le vouloir abandonnée quand elle avait besoin de lui. C'était le pire sentiment de la terre. Le pire.

Ne l'avait-il pas suffisamment écoutée ? Ou bien en avait-elle dit moins que ce qu'il avait compris, moins que ce dont il avait besoin pour la soutenir et la protéger ? Et, dans ce cas, comment avait-il été assez bête pour ne pas s'en apercevoir ?

Après un autre silence qui torturait Marcus, elle finit par répondre à ses excuses, en mots durs, abrupts et étonnamment sonores dans l'espace confiné de la voiture.

— Mon père méprise les gros. Moi comprise. Ma mère veut me sauver du jugement des gens comme lui, et donc elle passe son temps à me donner des conseils concernant mon corps, expliqua-t-elle avant de pincer ses lèvres tremblantes. Aujourd'hui, je lui ai dit que je ne lui rendrais plus visite si mon père était là, car je n'ai plus l'intention de le fréquenter. Et je lui ai dit aussi que je couperais les ponts avec elle si elle ne cessait pas de me parler de mon corps.

Il avait un goût de métal dans la bouche. Il s'était mordu la joue ou la langue, et c'était parfait. Ce qu'elle venait de lui révéler appelait le sang.

Ce salopard.

Dans la vie, il y avait les connards, et puis il y avait…

Il ne savait même pas quelle insulte attribuer à son père.

Même ainsi – ravagée par les larmes, les joues marquées par le chagrin – April étincelait dans la lumière du soleil. Comment son père pouvait-il manquer de voir sa beauté, sa valeur, comment avait-il pu se détourner d'une fille qui aurait dû être sa plus grande fierté, Marcus n'en avait pas la moindre idée.

Et sa mère. Sa mère…

Par certains côtés, c'était encore pire, non ? Au final, le mépris de ce père était peut-être plus facile à oublier que les humiliations inconsciemment infligées par sa mère.

Brent ne méritait pas une seconde de l'attention d'April, ni une seule de ses larmes. Mais JoAnn…

JoAnn voulait protéger sa fille. Elle avait les meilleures intentions. JoAnn aimait sa fille, d'un amour sincère, mais la blessait tout de même. De façon incessante.

La pensée d'April grandissant dans une telle atmosphère le rendait malade.

Merde, il aurait tant voulu la prendre dans ses bras ! Il en avait tant besoin ! Pourtant, alors qu'il cherchait les bons mots, il serrait le volant si fort que c'était un miracle que le cuir ne se déchire pas. Mais quand il voulut parler, elle l'arrêta d'un geste.

— Laisse-moi finir, s'il te plaît.

Le sang lui affluait dans la bouche, mais il acquiesça.

—Aujourd'hui, je voulais que tu sois à mes côtés, que tu me tiennes la main. Pour leur montrer que je n'ai pas besoin de changer d'apparence pour avoir une relation épanouie, et aussi pour me soutenir pendant que j'avais une conversation difficile avec ma mère, soupira-t-elle en frottant ses yeux rouges. J'avais vraiment besoin de mon petit ami, pas de ton personnage public. Mais je ne te l'ai pas dit, donc tu n'as pas besoin de t'excuser. C'est bon.

Après le tumulte de cette journée, son pardon presque instantané était une grâce qu'il n'avait pas espérée, et qu'il n'était pas certain de mériter. Peut-être qu'elle ne lui en avait pas dit assez avant la visite, mais il aurait dû lui demander de quoi elle avait besoin, plutôt que de faire des suppositions.

Son échec lui retournait l'estomac, mais on n'était pas là pour se soucier de lui. Il ne fallait pas l'oublier.

Il ne parla pas tant qu'elle ne le regarda pas à nouveau dans les yeux.

Il avait la main à quelques centimètres seulement de celle d'April, mais n'osait pas la prendre sans son accord.

—Je peux ?

Elle hocha la tête, et il souffla, rassuré, en mêlant leurs doigts, leurs deux paumes posées sur sa cuisse. De sa main libre, il essuya une dernière larme sur la joue d'April, d'un geste très doux du pouce, tout en légèreté sur sa peau tachée de sel.

Elle ne recula pas. Ouf.

Il sentit sa nausée diminuer alors que la terreur – sa peur que cette journée marque la fin de leur relation, qu'elle ne lui pardonne jamais – refluait à mesure qu'il prolongeait sa caresse.

—April…

Tête baissée, il leva leurs mains vers sa joue et s'y frotta, puis lui embrassa les phalanges.

— Tu m'as raconté que ton père et toi, vous ne vous parliez plus, et tu semblais anxieuse à l'idée de cette visite. Alors mon but était de le tenir aussi éloigné de toi que possible. Comme tu m'avais dit qu'il ne pensait qu'aux apparences, j'ai pensé que la meilleure façon de procéder, c'était d'être…

— Quelqu'un d'autre.

Merde, elle avait l'air fatiguée. Il espérait qu'elle le laisserait conduire jusqu'à Berkeley.

— Je comprends, dit-elle. Maintenant, en tout cas.

Il saurait se faire pardonner. Quand elle reverrait sa mère – si cela se produisait –, il ferait tout ce dont elle avait besoin. Il serait qui elle voudrait.

Et, en attendant, il lui donnerait tout l'amour possible.

Parce qu'elle le méritait, et parce qu'il ne pouvait pas faire autrement. Il était tellement épris d'elle que son adoration débordait de lui comme l'eau d'une fontaine ou le sang d'une plaie. Il exhalait de l'amour à chaque respiration. Sa passion flottait derrière lui à chacun de ses pas, brillante comme des lucioles dans le noir de la nuit.

Et surtout : il lui donnerait de l'amour parce qu'il voulait recevoir le sien en retour.

Et, pour cela, il devait être absolument certain qu'elle avait compris pourquoi il l'avait déçue, et combien il en était désolé.

— Au bout de deux phrases, je voyais que ton père était un abruti. Ce dont je me doutais déjà, vu que tu ne lui parles plus, mais je n'ai pas eu de mal à deviner pourquoi, soupira-t-il. Mais ta mère semblait avoir une affection sincère pour toi, alors j'ai pensé que tu étais en sécurité avec elle, pendant que je faisais diversion. Je suis vraiment navré.

Elle avait les mains glacées, et il les lui frictionna, tentant de lui communiquer sa chaleur.

Elle le regardait, manifestement épuisée. Avachie sur le siège, elle avait des cernes noirs sous les yeux.

— Elle a une affection sincère. Ce n'est pas ça le problème.

— Je le sais maintenant. Je suis désolé, répéta-t-il d'une voix rauque. Si je m'étais douté qu'elle te harcelait comme ça, je ne t'aurais jamais abandonnée.

— Pas besoin de t'excuser, répondit-elle avec un bâillement qui lui fit craquer la mâchoire. Tu ne savais pas. Je ne te l'avais pas dit.

Affalée dans son siège, elle se mit à frissonner, bien qu'il ne fasse en réalité pas froid dans la voiture. Sans se préoccuper de la pollution, Marcus ralluma le moteur et monta le chauffage au plus haut avant d'allumer aussi son siège chauffant.

Elle ne protesta pas.

Il lui prit le visage à deux mains.

— April, je te jure que je ne pense pas comme ton père. De façon générale, parce que c'est un trouduc, mais aussi…

Mal à l'aise, il laissa la phrase en suspens, et elle la termina pour lui.

— … tu t'en fiches que je sois grosse.

Elle poussa son nez contre la paume de Marcus et referma les yeux.

— Et j'aurais dû m'en douter depuis le début, vu comment on s'est rencontrés.

Sur le forum Évinie ? Quel rapport avec son poids ?

— Comment on s'est…, commença-t-il avant de se souvenir. Sur Twitter. Oui, vu comment on s'est rencontrés.

Merde, il avait failli oublier. Failli révéler depuis combien de temps exactement ils se connaissaient.

Seigneur. Comme si la journée ne contenait pas déjà assez de drames et de conflits.

Des lèvres, il lui effleura le front puis le nez avant de lui donner un petit baiser sur la bouche.

— J'aime ton corps comme il est, April.

— Je te crois, souffla-t-elle avec un sourire timide qui allégea le cœur lourd de Marcus. Même un acteur de ta trempe ne pourrait jouer ta manière de me regarder. Surtout quand on fait l'amour.

Fou de désir, de passion, et incapable de parler. C'était ainsi qu'il se sentait quand ils faisaient l'amour, et ça se voyait sans doute.

Le corps d'April était parfait exactement comme il était. Brent Whittier pouvait aller se faire foutre.

— Je ne savais pas que c'était pour ça que tu étais fâchée avec ton père.

Après une dernière tendre caresse pour repousser les cheveux qui lui tombaient sur le front, il se réinstalla bien droit sur le siège conducteur et passa une vitesse.

— Je savais que c'était un problème pour certains des gars avec qui tu es sortie, mais avec lui, je l'ignorais. Je suis vraiment désolé.

Elle ne réagit pas tout de suite.

La tête en arrière, elle ferma les yeux. Son pronostic : épuisée par toute cette agitation, elle serait endormie dans trente secondes.

Puis, alors qu'ils étaient presque sortis du parking, elle sembla prendre conscience de ce qu'il venait de dire. Elle rouvrit les yeux d'un coup, lui mit une main sur le bras pour l'empêcher de s'engager sur la route. Il freina et se tourna vers elle.

— Qu'est-ce qui ne va pas ?

Avait-elle toujours froid ? Voulait-elle descendre de la voiture, aller s'asseoir à deux sur un banc dans le parc, au soleil ?

— Marcus…, bredouilla-t-elle, le front plissé. Comment tu savais que j'avais été critiquée pour mon poids par des ex ?

Il sentit sa gorge se serrer si fort qu'il crut entendre un bruit dans ses oreilles.

Merde. Oh, merde !

Certains de ses ex s'étaient comportés comme des connards avec elle à cause de son corps, mais elle ne le lui avait jamais dit. Du moins, elle ne l'avait jamais dit à *Marcus*.

En réalité, elle n'avait abordé le sujet des pauvres mecs qu'une fois en sa présence. Quand elle avait posté à propos de la grossophobie sur le forum Évinie, et qu'il avait lu son post et réagi en tant que LENFR.

Il ouvrit la bouche, puis la referma, lèvres pincées.

Il avait le choix. Il pouvait mentir. Prétendre qu'il avait deviné, d'après le malentendu à propos de la salle de sport et du buffet de petit déjeuner quelques mois plus tôt.

Ou bien, il pouvait avouer la vérité. Enfin, cesser de lui cacher des trucs.

Il savait quel choix ferait un homme bon, un partenaire sincère. Mais il savait autre chose aussi, avec une certitude qui le rendait malade.

S'il lui avait parlé de son plein gré, il aurait pu avoir une chance de rattraper le coup. Mais n'admettre ce mensonge par omission que maintenant, après avoir été pris la main dans le sac… ça, elle ne pourrait pas le lui pardonner.

April, qui ne se souciait que de la vérité cachée sous les jolies apparences, ne lui ferait plus jamais confiance, et il ne pouvait pas le lui reprocher. Non, impossible de lui en vouloir.

Mais il fallait quand même qu'il lui explique, qu'il essaie en tout cas, parce qu'il l'aimait, et qu'elle méritait bien ça. Peu importe qu'elle continue de l'aimer après avoir entendu sa confession. Peu importait même qu'elle l'ait jamais aimé.

— Marcus ?

Elle ne semblait plus endormie du tout. Au contraire.

Il baissa la tête, tenta d'ignorer la bile qui lui remontait dans la gorge, et respira tant bien que mal par la bouche.

Si sa nausée empirait encore, il en serait réduit à ouvrir la portière pour ne pas tacher ses sièges.

Sans un mot, il fit marche arrière tout le long du parking, jusqu'à ce qu'ils soient de retour dans le coin désert.

April se redressa, de plus en plus alerte, le regard aigu comme une lame sur sa gorge.

Puis il se gara, et il sut que l'heure était venue.

Un dernier regard, tant qu'il avait encore sa confiance. Une dernière caresse sur sa joue. Un dernier moment à espérer que peut-être – peut-être, malgré tout ce qu'il savait d'elle – elle accepterait ses excuses sincères et qu'ils pourraient poursuivre leur relation.

Elle avait la peau glacée. Et, à présent, lui aussi.

— Je suis Livres:ÉnéeNenFeraitRien, dit-il.

Messages privés du forum Évinie, six mois plus tôt

Lavinie Is The Star : Je me sens mal. Enfin, un peu. Ou pas.
Livres:ÉnéeNenFeraitRien : ???
Lavinie Is The Star : J'ai été un peu brutale avec FanÉnée83 juste là, dans son sujet sur l'« inexactitude historique » des personnes non blanches dans la série. Mais franchement, LENFR, est-ce qu'elle croit que les Noirs sont apparus à l'époque victorienne ?
Livres:ÉnéeNenFeraitRien : J'irai lire ça dans une minute, mais j'ai confiance, si tu as été brutale, elle le méritait. Surtout que son point de vue est totalement con.
Lavinie Is The Star : MERCI !
Livres:ÉnéeNenFeraitRien : Je suis là pour défendre ton brutal honneur aussi souvent que nécessaire.
Lavinie Is The Star : Pour être honnête, j'étais déjà en rogne avant cette conversation débile sur la présence ou l'absence de Noirs en Europe alors qu'on a des tonnes de preuves que bien sûr ils étaient là, et j'ai sans doute un peu passé mes nerfs sur elle.
Lavinie Is The Star : Et juste par souci de transparence, quand bien même il n'y aurait pas eu de Noirs à l'époque en Europe (ET IL Y EN AVAIT), notre série représente un putain de PÉGASE, alors je pense qu'on peut s'asseoir sur son exactitude historique qui n'est qu'un putain de prétexte raciste, non mais !

Livres:ÉnéeNenFeraitRien: Bien dit.

Livres:ÉnéeNenFeraitRien: Alors, qu'est-ce qui t'a mise en boule avant que tu voies ce sujet ?

Lavinie Is The Star: C'est un peu long à raconter.

Livres:ÉnéeNenFeraitRien: Tu n'es pas obligée de me raconter. Oublie ma question.

Lavinie Is The Star: Non, pas de problème.

Lavinie Is The Star: Sans entrer dans les détails, disons que j'ai vu une copine pour dîner, et elle m'a déçue.

Lavinie Is The Star: Je pensais qu'elle m'acceptait comme je suis, mais…

Lavinie Is The Star: Elle veut me changer. M'améliorer.

Livres:ÉnéeNenFeraitRien: Hein ?

Lavinie Is The Star: Il FALLAIT qu'elle dise quelque chose, LENFR. Parce qu'elle se fait du SOUCI.

Livres:ÉnéeNenFeraitRien: Je suis certain que tu le sais déjà, mais : tu n'as pas besoin qu'on te change ni qu'on t'améliore. Tu es parfaite comme tu es.

Livres:ÉnéeNenFeraitRien: Je suis désolé. Ça a dû te blesser.

Livres:ÉnéeNenFeraitRien: Je n'ai pas des tonnes d'amis, trois peut-être ? Et ce sont tous les trois des collègues. Mais ils ne me feraient jamais une chose pareille. Tu mérites mieux.

Lavinie Is The Star: Toi qui es tellement drôle et gentil, je suis sur le cul d'apprendre que tu n'as pas un énorme cercle d'amis proches et fidèles ! Mais la qualité vaut mieux que la quantité, pas vrai ?

Livres:ÉnéeNenFeraitRien: Franchement, je suis déjà content d'en avoir. Enfant, je n'en avais aucun.

Lavinie Is The Star: C'est pas facile, l'enfance.

Livres:ÉnéeNenFeraitRien: Non. Bref, je suis vraiment reconnaissant d'avoir ces amis-là. Y compris toi, Litsie.

Lavinie Is The Star: Moi aussi.

Lavinie Is The Star : Merci de m'avoir écoutée, comme toujours.
Livres:ÉnéeNenFeraitRien : De rien.
Lavinie Is The Star : Je ne me lie pas facilement, et ça fait mal quand je le fais et que je suis déçue.
Livres:ÉnéeNenFeraitRien : Décevoir les autres, c'est un peu ma spécialité, malheureusement.
Lavinie Is The Star : Eh bien, moi, tu ne m'as jamais déçue.

Chapitre 25

April pleurait de nouveau, de douleur, oui, mais aussi de rage.

Tellement de rage, putain!

Marcus était LENFR. À une époque, ça aurait son vœu le plus cher, de voir les deux hommes les plus importants de sa vie se fondre en un seul. De ne pas avoir à choisir entre eux. Mais à présent… à présent…

Tout ce temps. Tout ce temps, il avait fait comme s'ils étaient deux inconnus lorsqu'ils s'étaient rencontrés au restaurant. Tout ce temps, il lui avait *menti*.

—April, je suis tellement désolé. Je t'en prie, pardonne-moi.

Quand Marcus tendit une main timide pour lui sécher à nouveau ses larmes, elle la repoussa d'une claque.

—Pourquoi?

Cet unique mot était si étranglé par la trahison qu'il était à peine audible.

—Pourquoi tu n'as rien dit?

Il se passa les doigts dans les cheveux, les serra si fort dans son poing qu'il dut en arracher quelques-uns.

—Je voulais, April. Bordel, j'aurais donné n'importe quoi pour te le dire!

Mais merde, quel ramassis de conneries! Il la pensait crédule à ce point?

—N'importe quoi, singea-t-elle avec un horrible rire discordant. N'importe quoi, sauf *me le dire*!

C'était un si petit faux pas, qu'il venait de faire. Si facile à oublier, à justifier, si sa boulette n'avait pas impliqué quelque chose qu'elle ne pouvait absolument pas remettre en question. Dont elle ne pouvait douter.

Cela faisait des mois qu'elle avait décidé de ne pas parler à Marcus de la grossophobie des garçons avec qui elle était sortie. C'était une omission délibérée de sa part, parfaitement consciente, qu'elle avait décidée pour ménager sa fierté. Elle s'était raconté que cette partie de son passé n'avait pas d'importance, vraiment, puisque lui aimait son corps exactement comme il était.

Si elle n'avait pas relevé cette minuscule gaffe, lui aurait-il avoué la vérité un jour ? Et depuis combien de temps, précisément, était-il au courant ?

— Quand tu m'as invitée, sur Twitter, tu savais qui j'étais ? demanda-t-elle d'une voix dure, froide, à mesure que ses larmes se tarissaient.

Il secoua la tête avec frénésie.

— Je n'en avais pas la moindre idée. Je te le jure. Je ne l'ai su que quand tu me l'as dit, au dîner.

Cette sidération, lorsqu'elle lui avait révélé son nom de plume. Ces questions qu'il lui avait posées au début à propos de Marcus – à propos de *lui*, et de ce qu'elle éprouvait pour lui – sur le forum Évinie. Toutes ces conversations pendant lesquelles il avait feint de ne rien connaître du monde de la fanfiction.

— Tu me caches ce secret depuis notre premier rendez-vous…, chuchota-t-elle. Depuis notre premier rendez-vous, putain !

Il se massa la nuque d'un geste violent.

— April, il faut que tu comprennes…

— Ah, super.

Jamais elle n'avait employé ce ton dégoulinant de sarcasme et de dédain avant. Pas une seule fois. Il tressaillit, et elle en ressentit une joie farouche.

— Vas-y, je t'en prie, dis-moi ce que je dois comprendre. J'ai vraiment hâte.

— Si quelqu'un apprenait que j'ai écrit des *fix-it* en réaction à la série, si quelqu'un découvrait ce que j'ai dit des scénarios sur le forum Évinie…

Il paraissait si sincère, chacun de ses mots vibrant en une déchirante supplique. Le meilleur des acteurs, comme toujours.

— J'aurais pu perdre le rôle d'Énée. J'aurais même pu avoir un procès, peut-être. Et plus personne n'aurait voulu faire jouer le gars qui…

Assez. Elle n'avait pas besoin d'un discours sur la gravité des conséquences, de ce qui aurait pu arriver, ou pouvait se produire encore maintenant. Bien sûr que ses directeurs de série ne seraient pas contents. Peut-être même les autres acteurs. Mais il lui avait menti, et elle n'allait pas le laisser dévier la conversation.

Elle leva une main ferme.

— J'ai compris, Marcus.

— Je ne crois pas, non. Pas vraiment.

Il serra les lèvres, juste quelques secondes. Une bouffée de colère, alors que Marcus n'était jamais, jamais en colère contre elle, du moins avant d'être surpris à mentir.

Elle ne se laissa pas prendre à cette feinte, et attaqua la partie la plus douloureuse de cette cascade de merde.

— Je comprends aussi quel est le vrai problème.

— Quel vrai problème ? gronda-t-il.

— Tu ne me fais pas confiance.

Elle se renfonça dans son siège et rit de nouveau, du même rire affreux que plus tôt.

—On a été amis pendant plus de deux ans en ligne, et tu vis avec moi depuis des mois, et tu ne me fais toujours pas confiance.

Elle avait été tellement sûre de leur couple. De Marcus et elle.

Et depuis le début, elle avait construit la relation sur des sables mouvants.

La colère avait quitté Marcus, et lorsqu'il secoua la tête en signe de dénégation, son geste était si violent et si désespéré qu'il dut se faire mal au cou.

—Non, April. Non ! Ce n'est pas…

Elle se mordit la lèvre. Sa façade calme et froide se fissurait.

—Jamais je n'en aurais parlé à quiconque. J'aurais été muette comme une tombe. Je n'aurais rien dit à mes collègues. Ni à nos amies du forum Évinie. Ni à ma mère. À *personne.*

C'était la vérité, en toute honnêteté, et elle espérait qu'il serait capable de la reconnaître.

—Je le sais ! s'écria-t-il d'une voix brisée en agitant les mains. Tu crois vraiment que je ne sais pas ça ?

Elle avait l'impression de manquer d'oxygène, comme si l'air était devenu trop épais pour être respiré, et elle avait envie d'ouvrir la portière pour s'enfuir en courant. Mais elle resta affronter Marcus.

—Ouais. Bien sûr.

Elle s'était tellement mordu la lèvre qu'elle était rouge, à vif, et lui fit mal lorsqu'elle lui adressa un sourire mauvais.

—Y a juste un petit problème : si tu le savais, si tu me faisais confiance, alors tu aurais dû me le dire !

Il s'énervait sur sa ceinture de sécurité comme si elle l'étranglait, et finit par enfoncer le bouton d'un geste rageur pour la détacher. La violence du mouvement ne sembla pas le calmer, cependant, et il continua à haleter, le souffle court.

— J'avais peur.

C'était une déclaration crue, sans fard, suffisamment dépourvue de vernis pour qu'April ne parvienne pas à maintenir son sourire méprisant, malgré tous ses efforts.

— Quand on s'est rencontrés en personne, je préférais être prudent avant de partager un secret potentiellement si dangereux, et je pense que ça se comprend, même si tu as le droit de ne pas être d'accord. Et puis j'ai su que je pouvais te faire confiance, mais je ne...

La mâchoire serrée de frustration, il paraissait chercher ses mots.

— Je ne me faisais pas confiance pour bien m'exprimer quand je t'expliquerais ça. Je ne me faisais pas confiance pour être assez bien pour que tu restes, une fois que tu saurais que je t'avais caché quelque chose d'aussi important tout du long. Depuis notre premier rendez-vous. Je t'aime, et j'étais terrifié à l'idée que tu me quittes, avoua-t-il, les sourcils contractés en une muette supplication.

Elle prit une inspiration subite qui sembla vider la voiture du peu d'air qui y restait. Nauséeuse, la tête lui tournant, elle le dévisagea.

« J'avais peur. »

« Je t'aime, et j'étais terrifié à l'idée que tu me quittes. »

Même déchirée de chagrin et en rage, elle ne pouvait pas ignorer l'honnêteté totale de ces déclarations. Elle ne pouvait se persuader qu'il jouait avec elle, la trompait, lui extorquait son pardon en affichant de la vulnérabilité pour la manipuler.

Il était enfin en train de se montrer à elle sans barrière, sans artifices, sans mensonges entre eux.

Mais il était trop tard. Juste un peu trop tard, putain.

Dehors, des enfants criaient en jouant au ballon à l'autre bout de la grande étendue gazonnée du parc. Le bruit était lointain, presque inaudible tant elle avait les oreilles qui sifflaient, sans compter son siège qui grinçait alors qu'elle s'y enfonçait.

Sa voix n'était plus furieuse ni hautaine, mais elle était toujours lourde. Désespérée.

— Pendant des mois, tu en as su davantage sur moi que ce que je croyais, et tu m'as caché ça. C'est une affreuse trahison. Tu le comprends, n'est-ce pas ?

Cela remettait tout en cause, lui donnait le tournis.

Elle devait se repasser chaque conversation qu'ils avaient eue, chaque instant de leur relation, les analyser. À quel moment mentait-il ? Quand omettait-il simplement la vérité ? Quand avait-il utilisé ce qu'il savait en tant que LENFR au service des objectifs de Marcus ?

Il lui avait soutiré des informations sur Marcus en tant que LENFR, ça, elle le savait avec certitude. Et ensuite… ensuite, il avait coupé les ponts sur le forum Évinie. D'un claquement de doigts.

— Quand LENFR a cessé…

Elle inspira par le nez et tenta de souffler doucement par la bouche.

— Quand *tu* as cessé de m'écrire sur le forum, je me suis dit que j'avais fait quelque chose de mal, ou que tu m'avais vue et que tu pensais que je ne te c-convenais pas. Tu étais m-mon…

Elle se tut, prise de sanglots qui lui secouaient les épaules, et il baissa la tête.

Elle ravala ses larmes.

— T-tu étais mon meilleur ami et tu as juste… disparu. Sans explication acceptable, avec une excuse idiote et pas du tout crédible. Tu m'as menti en tant que Marcus, mais tu m'as aussi menti en tant que LENFR. Tu m'as *a-abandonnée.*

Elle rejeta la tête en arrière et se mit à contempler le tissu gris du plafond de sa voiture en attendant d'être de nouveau capable de parler de façon intelligible.

— Tu m'as blessée, menti, et tu as trahi ma confiance parce que tu avais peur.

— Je suis tellement désolé, murmura-t-il d'une voix torturée.

Il était impuissant face à son désespoir.

— Ton personnage public, poursuivit-elle en se massant le front, agitée. Tu disais que ça faisait des années que tu voulais en sortir, mais tu ne l'as pas fait. Pour la même raison, j'imagine. Parce que c'est trop dur, et que tu risquais de tout perdre, et que tu as peur. Trop peur pour choisir ton prochain rôle, parce que tu dois décider quelle version de toi-même tu vas montrer sur le plateau.

Cette tirade ne requérait pas de réponse, et il ne lui en donna pas.

Au lieu de ça, il respira un grand coup et redressa les épaules.

— Est-ce que tu peux me pardonner ?

Il avait posé la question d'un ton bourru, les yeux vitreux.

Elle ouvrit la bouche, puis la referma. Une fois. Deux.

Comme elle continuait à fixer le plafond sans un mot, il reprit la parole.

— Tu n'es pas obligée de le faire. Je le sais. Mon amour ne me garantit pas ton absolution, et je ne te l'ai pas déclaré pour peser sur ton choix. Je l'ai dit parce que je veux que tu le saches. Peu importe ce qui se passera entre nous maintenant, il faut que tu saches que tu es aimée. Même si tu ne me pardonnes pas.

Elle avait déjà les joues piquantes de larmes séchées, et voilà qu'elle pleurait de nouveau. Encore.

Il l'aimait. Elle le croyait. Et par certains côtés – nombreux –, c'était vraiment un homme bon. Si bon qu'elle avait bien failli croire qu'ils parviendraient à faire fonctionner leur relation, contre vents et marées.

Mais elle connaissait la réponse à sa question, parce qu'elle se connaissait bien.

Elle n'avait pas envie de le dire, mais elle allait se forcer. Elle n'avait pas le choix.

— Non. Je ne peux pas te pardonner.

Il poussa un gémissement rauque, blessé, qui ne fit qu'accélérer le flot de ses larmes.

Elle roula la tête de côté pour le regarder enfin. Elle avait les yeux si mouillés qu'il était flou, son expression indistincte, et peut-être que c'était mieux ainsi.

Avec son poing, elle se frotta le menton pour essuyer ses larmes.

— Je veux rentrer à la maison.

L'amour de Marcus pour elle ne lui garantissait pas son pardon, et le sien ne l'obligeait pas à le lui donner. Ce qui signifiait que c'était leur dernier moment seuls ensemble. À jamais.

Pourtant, quand il lui prit la main, elle ne la retira pas.

Elle avait les doigts glacés et tremblants, et lui aussi. Il déposa un tendre baiser dans sa paume, puis reposa avec douceur la main d'April sur ses genoux.

Il boucla sa ceinture et remit le contact.

— Quand on arrive à Berkeley, je ferai mes bagages.

Elle laissa échapper un halètement saccadé.

Mais elle ne protesta pas.

Le Royaume des dieux : Un cri venu des profondeurs **(TOME 2)**
E. Wade

— Construis un bûcher funéraire, ordonna Didon à sa sœur Anne alors que le vent faisait claquer les voiles de la flotte d'Énée et l'entraînait loin, loin, si loin. Dessus, tu mettras tous les biens de notre vie commune. Notre lit conjugal. Les vêtements qu'il a autrefois portés. Toutes les armes qu'il a abandonnées.

Comme il m'a abandonnée.

Autrefois, elle aussi était une arme. Une épée, brillante, affûtée et létale. C'était ainsi que l'avait trouvée le roi berbère Hiarbas, lorsqu'elle était arrivée en Afrique du Nord et avait mendié une petite parcelle de terre, un refuge avant de reprendre ses voyages.

— Pas plus que ce que peut délimiter la peau d'un bœuf, avait-elle supplié d'un air doux.

Il avait donné son accord après avoir entendu ses hommes rire avec bienveillance. Ses sages conseillers. Une femme idiote. Une requête idiote.

D'abord, elle avait aiguisé sa lame jusqu'à ce que, d'une simple pression du doigt, elle puisse trancher un homme en deux. Puis elle avait pris cette peau puante et l'avait découpée en lanières si fines qu'elle avait pu s'approprier une substantielle colline fertile. C'était là qu'elle s'était installée, avec ses sujets, avant d'étendre son règne à l'extérieur, de plus en plus loin.

Une dirigeante. Une reine. Respectée et aimée de son peuple, et d'Énée.

Sous sa passion enfiévrée, son peuple avait commencé à s'agiter. Énée aussi.

Quand le bûcher fut construit, elle grimpa au sommet et souleva l'épée qu'il lui avait un jour présentée, à genoux, la lame bien à plat sur ses deux paumes. Ce plat ne l'intéressait plus désormais. Seulement la pointe. Ses lèvres, qui formaient les paroles finales que personne n'entendrait, s'immobilisèrent quand elle le vit.

Un autre demi-dieu, tricheur également. Cupidon.

Il replia avec grâce ses ailes dans son dos et se posa en douceur au sommet de sa montagne de chagrin, puis la regarda, le visage empreint de tristesse.

— Es-tu venu accroître ma dévotion ? demanda-t-elle avec un rire métallique, glacial et terrifiant. Elle m'a déjà conduite à la destruction. Que prévois-tu de plus ?

— Non, ô reine trahie. Je suis venu te libérer, répondit-il d'une voix basse, vibrante de détermination.

Elle essaya de rire encore, mais ne parvint qu'à pousser un sanglot d'impuissance.

— J'étais prête à me libérer moi-même.

— Pas ainsi, protesta-t-il. Pas ainsi.

La flèche qu'il lui décocha dans la poitrine à cet instant n'était ni affûtée ni brûlante. Elle était émoussée et froide. Du plomb.

Et, pour la première fois depuis qu'elle avait aperçu Énée à bord de son vaisseau, ses boucles brunes caressées par la brise alors qu'il approchait de ses rivages, elle redevint une lame. À tel point qu'elle n'avait plus besoin d'une épée pointée sur son cœur. C'était fini.

La pensée d'Énée ne lui apportait désormais que du dégoût, plus de désir. Plus de manque enfiévré.

Cupidon baissa sa tête dorée.

— Ainsi, nous voici libérés tous deux. Toi de ton amour maudit. Moi des injonctions égoïstes de ma traîtresse de mère.

Il la prit dans ses bras et, d'un coup d'aile, la déposa au pied du bûcher.

— Je dois rejoindre Psyché, annonça-t-il en lui tendant la main pour lui donner de l'équilibre, mais elle n'avait pas besoin d'aide. Tu sais ce qu'il te reste à faire.

Elle le savait. Oui.

Elle reprendrait son manteau de souveraine, protégeant son peuple des menaces venues de l'extérieur et des profondeurs. Les envahisseurs humains, et ceux qui émergeaient en rampant du Tartare par le passage qui s'ouvrait dans l'enceinte de sa cité.

Lorsque Cupidon ne fut plus qu'une tache d'or à l'horizon, Didon prit une torche et mit le feu à sa vie avec Énée.

Chapitre 26

La clé de chez Marcus fonctionnait toujours. À ses yeux, elle n'aurait pas dû.

Peu à peu, au cours des mois écoulés, le petit appartement d'April était devenu son chez-lui. Un endroit qui était à eux deux, pas seulement à elle. Un endroit qu'il n'aurait pas besoin de quitter, jamais.

Il se laissa aller à rêver de cette fiction, jusqu'à presque oublier que c'en était une.

Lorsque sa porte d'entrée s'ouvrit, l'air glacé par la climatisation le gifla, et il frissonna. Une fois à l'intérieur, le froid lui contracta les poumons, mais de toute façon, ça faisait presque vingt-quatre heures qu'il n'avait pas repris son souffle.

Cela ferait bientôt une journée qu'April l'avait rejeté – à raison, bien sûr, on ne pouvait pas le lui reprocher –, et il haletait toujours. Il se sentait toujours enfermé dans un piège qu'il avait lui-même créé.

Mais il se força à faire quelques pas dans la pièce, à fermer la porte derrière lui, puis à mettre le verrou, éteindre l'alarme, car sa maison était pleine d'objets de valeur, même si lui-même avait l'impression de n'en avoir aucune.

La place de ses clés et de son portefeuille était sur la console à côté de la porte, dans un bol en bronze martelé. Ses chaussures allaient dans le placard du vestibule. Son cœur brisé… eh bien, ça, il ne pouvait pas le déposer quelque part.

Il enfonça ses mains tremblantes dans ses poches et contempla le vaste espace lumineux du rez-de-chaussée, tout en pans ouverts et plafonds hauts, avec des fenêtres baignées de soleil et un mobilier parfait. Des murs blancs, quelques touches de chrome ici ou là, et un ameublement bas, minimaliste.

Il ne s'était jamais vraiment senti chez lui nulle part avant de rencontrer April. Pas même ici.

Il avait mal à la gorge. Il se dirigea vers la cuisine pour se servir un verre d'eau pétillante glacée grâce au distributeur inséré dans la porte du réfrigérateur. Ses pas résonnaient faiblement dans l'espace spartiate.

La bouteille d'eau bon marché qu'il avait achetée à la station-service s'était réchauffée pendant le trajet de Berkeley à Los Angeles, et il l'avait laissée dans la voiture. Il n'avait pas besoin de souvenirs de cette journée, même infimes.

Chaque fois qu'il laissait son esprit s'égarer, il revoyait April pleurer.

S'ils avaient vécu à une autre époque, il se serait agenouillé devant elle. Prosterné. N'importe quoi, tout ce qui pourrait servir à apaiser même une parcelle de cette haine de soi inextinguible qu'il éprouvait.

Il avait pleuré aussi, bien sûr, mais pas avant d'être parti de chez elle, car jamais il ne l'aurait fait devant elle. Pas comme ça. Ce serait la manipuler involontairement, parce qu'elle se souciait de lui. Il le savait, même s'il savait aussi qu'il ne le méritait pas.

Si elle lui pardonnait un jour, si elle acceptait de le reprendre – et ça ne risquait pas de se produire –, il ne voulait pas que ce soit par pitié. Ça lui ferait moins mal de ne jamais la revoir.

Peut-être. Sans doute.

Il but son eau, dont les bulles lui irritèrent encore davantage la gorge.

Sous sa main, le comptoir en béton poli était lisse et froid. Il y posa son téléphone et fit défiler ses messages récents.

Des textos d'Alex commentant l'épaisseur idéale que devait avoir la croûte d'une tourte, et se plaignant du déprimant manque d'intérêt de Lauren pour la pâtisserie anglaise et les godemichés. Une tirade incroyablement vulgaire de Carah en message privé à propos des cérémonies de remise de prix à venir. Un mail de son père, qu'il effaça sans le lire. Une poignée d'autres mails de son agente, qu'il conserva mais n'ouvrit pas non plus. Un appel manqué de Summer.

La conversation de groupe des acteurs avait aussi été active ces dernières heures. Active et nerveuse, sans doute à cause du salon qui approchait.

Carah : SURPRISE, SURPRISE, LES GARS…

Carah : Ron et R.J. se défilent officiellement de la Conv des dieux, au prétexte d'une charge de travail trop importante.

Carah : Charge de travail, mon cul !

Alex : Je suppose qu'ils parlent de la charge de travail pour leur projet *Star Fighters*, vu qu'on les a à peine vus sur nos tournages à nous cette saison.

Alex : Sauf devant les caméras, naturellement, pour tourner des bonus et des interviews destinés à souligner leur dévouement et leur génie.

Maria : En tout cas, ils n'étaient pas en train de bosser sur nos scénarios…

Ian : Arrêtez de pleurnicher, ils étaient souvent là.

Peter : Encore ces hallucinations dues au thon, pauvre Ian !

Peter : Quel dommage que tout le monde soit privé de la conférence de Ron et R.J., « L'art et la manière de tout foirer quand on est un mec blanc, cis et hétéro ».

Ian : Je t'encule, Peter.

Ian : T'es has been.

Ian : Tu n'avais jamais participé à une série à succès avant, tu n'as pas la moindre idée de comment ça marche, et encore moins quand tu t'éloignes de ta petite île à la con !

Alex: Est-ce qu'on peut être bourré en mangeant trop de thon ? Et avoir le thon mauvais, comme l'alcool ?

Maria: « Je t'encule, Peter » ?

Maria: Oh, Ian, je suis vraiment désolée.

Maria: Je regrette, mais Peter apprécie un certain niveau de…

Maria: Comment expliquer ça ?

Maria: D'hygiène corporelle ? Oui, c'est ça, d'hygiène corporelle…

Maria: En ce qui concerne ses amants.

Maria: Je suis à peu près sûre qu'une personne qui pue le poisson est disqualifiée d'office, malheureusement.

Carah: Oooooooooooh !

Carah: Quelqu'un a reçu un coup de requin-marteau ! Du jamais vu !

Carah: Une bagarre ! Une bagarre !

Ian: Tu as raison, Maria.

Ian: Je suppose que tu connais bien les petites préférences de Peter en matière de sexe…

Summer: Arrête ça tout de suite, Ian.

Maria: Non, continue, ça m'intéresse.

Alex: Ian, Peter ne se fait peut-être pas des intraveineuses de thon, et il n'a pas des muscles sur ses muscles comme une sorte d'*Inception* de la gonflette, mais il est bien capable de te défoncer la gueule, mon pote…

Alex: Et moi aussi, pour être clair !

Peter: Merci pour ta gentille proposition, Alex, mais il ne resterait plus rien de lui quand j'en aurais terminé.

Peter: Et encore, à condition que Maria ne se charge pas de lui avant, parce qu'elle le transformerait en terrine de poisson d'une seule main…

Peter: Alors je t'en prie, Ian, finis donc ce que tu étais en train de dire.

Carah : C'EST MIEUX QU'UN ANNIVERSAIRE, CETTE CONVERSATION !

Carah : TOUS LES THONS TREMBLENT DANS LEURS LITS !

Peter : Ian ?

Alex : Ouhouh, Ian ?

Carah : IAN, REVIENS !

Maria : Il est parti d'un coup de nageoire, tel un poisson.

Maria : Même si je dois dire que, contrairement à lui, les poissons sont des vertébrés.

Summer : Ah, ah, bien dit !

Carah : DES INSULTES ICHTYOLOGIQUES, JE KIFFE MA VIE !

Si Marcus avait été capable de sourire, il l'aurait fait.

Mais il se contenta de finir son verre d'eau avant de le déposer dans son impressionnant évier, puis se prépara à aller chercher ses valises dans la voiture et à déballer littéralement la vie qu'il avait partagée avec April.

Après plusieurs allers-retours, il posa ses bagages sur son lit immense et ouvrit tout, déterminé à vider chaque poche, chaque compartiment, chaque recoin sombre.

Le linge sale, dans le panier. Le linge propre, dans les tiroirs ou la penderie. La trousse de toilette dans la salle de bains. Les appareils sur ma table de chevet ou dans mon bureau.

S'il continuait à se répéter ces phrases, il ne pourrait pas penser à autre chose. Se souvenir.

C'était tellement facile. L'esprit vide. Parfait.

Une brassée d'objets à la fois, minute après minute, tout retrouva sa place. Les vêtements, les produits de toilette, les appareils, les émotions. Sa vie avait retrouvé son état pré-April. S'il n'avait pas connu la vérité, il aurait pu croire qu'il n'était jamais parti.

Puis il le vit, soigneusement rangé dans une poche, emballé dans du papier journal pour ne pas s'abîmer.

— J'ai changé d'avis, lui avait-elle dit un samedi, alors qu'ils se tenaient sur les falaises de Sutro Baths et regardaient la marée monter. D'abord, j'ai cru que tu étais un diamant, puis de l'or. Mais ça ne collait pas vraiment. Pas une fois que je t'ai mieux connu.

Elle lui avait pressé la main avant de la lâcher pour fouiller dans son grand fourre-tout.

— Je suis heureuse de te le donner.

Le soleil couchant faisait luire ses cheveux tandis qu'elle secouait la tête d'un air de regret.

— Ça pèse une tonne. On pourrait croire que ça le rend facile à trouver, mais…

Il l'aurait bien aidée, sauf qu'il n'avait pas la moindre idée de ce dont elle parlait.

— Pardon ?

— Je t'ai acheté un cadeau ! avait-elle annoncé d'un ton joyeux sans cesser de chercher.

Il l'avait contemplée, incapable de proférer un son. La dernière fois qu'on lui avait fait un cadeau juste comme ça, sans arrière-pensée ni occasion particulière ou succès à fêter…

Eh bien, ça ne s'était jamais produit. Pas qu'il se souvienne.

— Le voilà !

Elle avait levé la tête avec un sourire satisfait avant de lui déposer un objet extrêmement lourd dans la main. Il était enveloppé dans du papier journal, mais vaguement rond.

— Ouvre-le.

Les pages de journal crissaient alors qu'il les écartait avec précaution pour révéler… une pierre. La plus belle pierre qu'il ait jamais vue. Elle était d'un bleu riche, intense, mouchetée de blanc et veinée de ce qui semblait être de l'or. Une sphère polie, fraîche au creux de sa paume.

— C'est du lapis-lazuli, avait expliqué April en tapotant la pierre. Quand on est allés dans cet entrepôt de minéraux l'autre week-end, je l'ai acheté pendant que tu étais aux toilettes.

Il aurait apprécié n'importe quel présent de sa part. Des places de cinéma. Une crotte fossilisée – un coprolithe, c'est ça ? – qu'ils avaient vue dans cet entrepôt. Un soda. N'importe quoi.

Mais ce caillou… il était magnifique, aussi beau que la femme qui le lui avait offert.

Et puis elle avait continué à parler, et il avait senti son cœur se dilater au point de lui emplir toute la poitrine et de lui serrer la gorge.

— Le lapis est une roche métamorphique. Le minéral original est soumis à d'intenses chaleurs et pressions, et c'est ce qui produit… ceci.

Elle posa la paume sur son torse, sur son cœur dilaté, avec révérence.

— La beauté, conclut-elle.

Il s'était mordu la lèvre pour retenir ses larmes devant un tel compliment.

— Ces veines dans la pierre, ce n'est pas vraiment de l'or, si ?

— Non, avait-elle répondu avec un haussement d'épaules nerveux. C'est de la pyrite. On l'appelle aussi l'« or des fous ». Désolée.

Merde, elle croyait qu'il critiquait son cadeau, et rien ne saurait être plus éloigné de la réalité.

— Ça ne pourrait pas être plus beau avec de l'or. Merci. J'adore, avait-il dit en lui soulevant le menton pour l'embrasser avec tout l'amour que pouvait contenir le cœur d'un homme.

Peut-être qu'elle n'avait pas prononcé les mots, mais il avait reconnu la solennité de ce cadeau. Ce n'était pas seulement une sphère de pierre, mais…

Son cœur. C'était comme si elle avait déposé son cœur dans la paume de Marcus, malgré toutes ses peurs.

Côté courage, April possédait plus que sa part.

Bien trop tard, lui aussi avait été courageux. Il avait avoué la vérité, tout entière. Il avait mis son cœur à nu, sans artifice ni omission, et lui avait dit : « Cette part de moi, c'est de la pyrite, pas de l'or. »

Et quand elle l'avait su, elle n'avait plus voulu de lui. C'était un menteur, précieux uniquement aux yeux d'une idiote qui le prendrait pour plus qu'il n'était.

Maintenant qu'elle l'avait quitté, il n'était plus *quelque chose de plus* pour personne. Il n'était plus un minéral bleu riche et moucheté, poli, beau et solide. Lourd dans la paume, autrefois et maintenant.

À présent, il n'était plus qu'une poussière d'homme. L'un de ces éclats que le soleil faisait briller et qui flottaient dans la voiture d'April, étincelants, sans but, à la dérive.

Oui, il était en colère qu'elle ait ainsi allègrement balayé ses inquiétudes pour sa carrière, comme si ce n'était rien. Mais il était encore plus en colère contre lui-même. Encore. Toujours.

Il ne retenait jamais la leçon. Jamais, jamais.

Posé sur le buffet, son téléphone vibra. Encore un message d'Alex. Apparemment, il avait enfin reçu celui de Marcus.

Une bulle apparut sur mon écran :

Je suis tellement désolé, mec. J'arrive…

Marcus souffla. Ouf. Il avait besoin de son meilleur ami, et il avait besoin à la fois de rompre le silence oppressant de la maison et de faire taire la cacophonie dans sa tête.

Alex était capable des deux facilement, il lui suffisait d'une diatribe sur les exigences démesurées des concours de pâtisserie télévisés. Surtout s'il apportait…

Nouveau message.

Je sais que ce n'est pas trop ton truc, mais tu veux te bourrer la gueule ? Je peux acheter de l'alcool en chemin.

Oui, s'il te plaît.

Il ne déballa pas la sphère de lapis. Il la plaça, encore enveloppée de journal, tout au fond de son placard, derrière la boîte en carton qui contenait une paire de chaussures de randonnée qu'il n'avait jamais réussi à faire à son pied.

Ainsi, elle ne pourrait pas le narguer avec ce qu'il avait perdu, ni lui rappeler ce qu'il n'avait jamais réellement été.

April ne se cachait plus. Ce qui signifiait, malheureusement, qu'elle allait à la Conv des dieux le lendemain, moins d'une semaine après sa rupture avec Marcus. Et tant pis pour l'attention publique, la possible humiliation et sa propre détresse.

Elle ne se faisait pas d'illusions : ça n'allait pas être agréable. Après tous ces tweets, ces articles et ces posts de blogs, il y avait trop de gens qui connaissaient son visage. Sa silhouette. Elle ne pourrait pas se perdre dans la foule ni dissimuler le fait que Marcus et elle se rendaient au salon séparément.

Les cyniques lèveraient les yeux au ciel et rappelleraient qu'ils avaient flairé le coup de pub dès le début. Les méchants riraient. « Alors c'est fini de jouer les chevaliers servants ? railleraient-ils. Même un acteur si talentueux ne pouvait pas prétendre vouloir d'une femme comme *ça* bien longtemps... »

Tant pis. S'ils la jugeaient, qu'ils aillent se faire foutre.

Et quand bien même elle aurait voulu se planquer, il était hors de question de laisser son costume de Lavinie – qui avait coûté des heures de travail à Mel et Pablo – moisir dans un placard par lâcheté. Et pour rien au monde elle ne raterait son rendez-vous avec ses amies Évinie les plus proches.

Elles remarqueraient sa distance avec Marcus et se poseraient des questions, évidemment. Avec un peu de chance, elles auraient la gentillesse de ne pas aborder le sujet. Ou, au pire, elles aborderaient le sujet avec une boîte de mouchoirs à portée de main.

Après avoir entassé ses derniers vêtements et sa trousse de toilette dans sa valise, elle la ferma et la tira jusqu'à la porte de l'appartement. Ensuite, elle s'assit sur le canapé sous une couverture et écouta un podcast.

Elle essayait de se concentrer, mais n'arrêtait pas de songer que Marcus trouverait le sujet intéressant. Pas tant parce qu'il aimait les affaires criminelles non élucidées, mais parce qu'elle ne connaissait personne aussi avide de savoir que lui. Il avait une curiosité innée égale à la sienne.

Bordel, il lui manquait.

Quand elle prit conscience qu'elle n'avait rien retenu des dix dernières minutes du podcast, elle l'éteignit. Dans l'obscurité grandissante de son salon, un coussin serré contre la poitrine, elle resta assise et renonça à chasser ces pensées. D'eux. De sa vie sans lui.

C'était allé si vite – ou peut-être pas tant que ça, maintenant qu'elle savait qu'il était LENFR –, Marcus s'était fait une large place dans sa vie et son cœur. Mais il n'était pas tout, et elle avait d'autres centres d'intérêt. Son travail, son costume et sa rencontre prochaine avec ses amies Évinie étaient la preuve de ses passions hors Marcus. Il en allait de même de son projet de dîner avec Bashir et Mimi la semaine suivante.

Elle n'était pas perdue. Pas du tout.

Même si son absence de sa maison, de son lit, de ses bras, la laissait certains jours avec les yeux vides, et des douleurs jusque dans les articulations. Même si elle regardait des émissions britanniques de pâtisserie en mangeant des repas à emporter, parce que la ganache montée et l'élasticité de la pâte la faisaient penser à lui.

Même si elle l'aimait, et qu'il le lui rendait au centuple.

Quand elle éteignait sa lampe de chevet le soir à une heure indue, elle le voyait encore derrière ses paupières, le visage froissé et tiré, brûlant d'amour alors qu'elle lui criait dessus dans sa voiture. Les yeux mouillés, mais trop honorable pour utiliser ses larmes et sa détresse pour la contraindre à pardonner.

Parfois, tandis qu'elle changeait de position et retournait son oreiller une fois de plus, elle se demandait si la conversation aurait pu prendre un autre tour dans d'autres circonstances. Si elle n'avait pas eu les nerfs à vif, si elle n'avait pas été épuisée et glacée par cette confrontation avec sa mère, qui aurait dû avoir lieu depuis bien longtemps. Si elle n'avait pas été encore bouleversée d'avoir vu son père, et de s'être sentie abandonnée par Marcus chez ses parents.

Il avait poussé le chauffage à fond pour elle, avait allumé son siège, lui avait pris le visage dans ses mains et lui avait présenté des excuses sincères.

Mais sa douleur et sa colère étaient encore en ébullition juste sous la surface, bien trop faciles d'accès. La moindre égratignure à son calme apparent était susceptible de mettre à nu toute cette émotion volatile, et il lui avait infligé bien plus qu'une égratignure.

Avec sa tromperie, il l'avait poignardée.

Avec ses mots coupants, en lui refusant son pardon, elle lui avait rendu la pareille. Ça ne faisait pas un doute. Si la dévastation lisible dans ses yeux expressifs ne le lui avait pas indiqué, son langage corporel s'en serait chargé. Il s'était dirigé vers la porte de son appartement comme un homme brisé, replié sur lui-même comme pour éviter de nouvelles déflagrations.

Cinq jours s'étaient écoulés depuis. Par respect pour ses exigences, il ne l'avait pas contactée. La première nuit, il avait envoyé un texto. Trois petits mots qu'il lui avait déjà dits, et dont elle savait qu'il les pensait sincèrement.

Je suis désolé.

Peur. Il avait eu peur, et c'était pour cela qu'il l'avait blessée et lui avait caché des choses.

Elle ne pouvait le lui reprocher, mais n'arrivait pourtant pas à lui pardonner non plus. Il suffisait qu'elle repense à la douleur déchirante de la perte soudaine et inexplicable de LENFR. Ou bien à tous ces mois où il avait feint l'ignorance en matière de lecture et d'écriture de fanfictions ; tous ces mois pendant lesquels il n'avait pas avoué la connaissance intime qu'il avait d'elle, née de plusieurs années d'amitié ; tous ces mois où il avait maintenu la réciproque hors d'atteinte pour elle, alors qu'elle aurait pu comprendre si facilement qui il était vraiment.

Pas étonnant qu'elle ait eu l'impression de le connaître depuis des années. C'était le cas. Mais pas lui tout entier. Pas suffisamment.

Elle ne le détestait pas. Elle n'était plus en colère. Elle était juste… fatiguée.

La lumière chaude et vive de son amour était éteinte, et les ombres que cela laissait lui convenaient. Elle allait bien.

Parfaitement bien.

Ou du moins elle irait bien, si elle arrivait à se persuader qu'elle avait fait le bon choix.

Messages privés du forum Évinie, cinq mois plus tôt

Lavinie Is The Star : Tu fais quoi, quand tu te sens triste sans aucune raison ?

Livres:ÉnéeNenFeraitRien : Qu'est-ce qui se passe ? Ça va ?

Lavinie Is The Star : Je vais avoir mes règles. Il ne se passe rien, mais ça influe sur mon humeur.

Lavinie Is The Star : J'espère que ça ne te met pas mal à l'aise que je parle de ça, parce que si c'est le cas : TROP TARD, PAUV' NAZE !

Livres:ÉnéeNenFeraitRien : Comme environ la moitié des humains de cette planète auront ou ont eu leurs règles, j'ai toujours trouvé ridicule de s'en offusquer.

Lavinie Is The Star : Alors tu es le genre de mec qui achète des tampons pour sa copine au supermarché ?

Livres:ÉnéeNenFeraitRien : Ah oui, ce n'est pas une hypothèse. J'ai déjà acheté des tampons. J'ai aussi massé le dos, et nettoyé des taches de sang sur les draps ou les vêtements.

Livres:ÉnéeNenFeraitRien : Et, au cas où ça t'inquiéterait, ma virilité ne s'est pas détachée pour autant. Malgré ce que certains hommes ont l'air de croire.

Lavinie Is The Star : Eh bien, je suis ravie que tu me rassures sur ta virilité, LENFR.

Livres:ÉnéeNenFeraitRien : Je suis navré que tu ne te sentes pas bien, Litsie.

Lavinie Is The Star : Merci.

Lavinie Is The Star : Aussi, merci de m'avoir distraite de ma misère grâce à cette conversation sur les tampons. C'est un talent que je te découvre.

Livres:ÉnéeNenFeraitRien : J'aime bien garder une part de mystère.

Lavinie Is The Star : Tu es une perpétuelle surprise, mon ami. Une énigme, drapée de mystère, à l'intérieur d'un supermarché avec des Tampax dans ton caddie.

Lavinie Is The Star : Mais tu n'as pas répondu à ma question, cela dit. Qu'est-ce que tu fais quand ça ne va pas ?

Lavinie Is The Star : Tu bois un thé ? Tu prends un bain ? Tu regardes un nanar ? Tu lis ? Tu engloutis un pot de glace ? Tu te sers un verre de vin ?

Livres:ÉnéeNenFeraitRien : Autrefois, tout ce que tu as cité. Mais maintenant, en général, je…

Lavinie Is The Star : Oui ?

Lavinie Is The Star : LENFR ?

Livres:ÉnéeNenFeraitRien : En général, je parle avec toi.

Chapitre 27

Cela faisait environ dix secondes que Marcus partageait une suite à l'hôtel avec Alex quand il se souvint de la raison précise pour laquelle ils n'étaient plus colocataires.

Alex avait de nombreuses qualités : il était d'une indéfectible loyauté. D'une intelligence brillante. Plein de compassion pour la douleur affreuse que son ami s'était infligée à lui-même. Il représentait une bonne distraction par rapport à cette même souffrance, et c'était pour cela que Marcus lui avait proposé de partager une suite.

Alex manquait toutefois d'une qualité essentielle : il n'était pas reposant.

Marcus avait espéré faire une sieste avant les événements de la soirée. Sa première séance photo avec ses fans était prévue ce soir-là, suivie pour Alex d'une session de questions--réponses, et les participants déboursaient une grosse somme d'argent pour ce privilège. Il ne voulait pas se présenter avec une tête de déterré. Il ne voulait pas se *sentir* comme un déterré.

Comme Alex avait parlé non-stop pendant tout le long trajet en voiture depuis l'aéroport, pendant qu'ils s'enregistraient à l'accueil et à chaque couloir qui conduisait vers leur suite, tout espoir d'une sieste semblait devoir mourir d'une mort tragique dans un futur proche.

— … me demande bien pourquoi Lauren s'inquiète autant.

Alex se laissa tomber à plat ventre sur son grand lit, puis se redressa sur les coudes et se mit à pianoter sur son téléphone.

— Je n'ai rien dit de vraiment méchant à cette fan. J'ai juste sous-entendu que si elle n'avait rien de mieux à faire de son temps libre que d'insulter des inconnus, elle ferait mieux de s'occuper d'aller se faire foutre. Je n'y peux rien si elle a couru déballer ça aux tabloïds, et Lauren non plus. Ron et R.J. ne vont quand même pas la virer pour une broutille pareille.

Marcus fronça les sourcils.

— Elle t'avait dit quoi, cette fan ?

— À moi, rien, répondit Alex en tapant l'écran de son téléphone avec une force inhabituelle. C'est à Lauren qu'elle s'adressait.

Ah. Voilà qui expliquait les choses, au moins un peu.

La meilleure expression pour décrire le physique de Lauren était « non conventionnel ». Elle était petite et ronde. Très petite et *très* ronde, avec des jambes toutes maigres, des yeux brillants, des traits anguleux et les sourcils presque toujours froncés.

Marcus trouvait qu'elle ressemblait à un petit moineau dodu. Mignon. Mais il n'avait pas de mal à croire que des anonymes dépourvus de beauté intérieure puissent la regarder et ne voir qu'un manque de beauté extérieure.

— Et ne me demande pas de te répéter ce que cette *fan*, cracha Alex comme si ce mot était maintenant une insulte, lui a dit. C'était infâme et ça faisait mal, même si Lauren prétend le contraire. Je me *fiche* qu'elle ait l'habitude qu'on la traite comme ça. Ça n'arrivera pas en ma présence. Je ne laisserai pas faire.

Alex se passa la main dans les cheveux avec une moue rageuse.

Non. Pas de sieste à l'horizon.

— Je vais aller chercher des glaçons, annonça Marcus. Tu as besoin de quelque chose ?

— Non. Je vais écrire les grandes lignes d'une fanfic. La flèche de Cupidon donne à une horrible bonne femme mal embouchée une telle envie de se faire foutre qu'elle ne peut plus ni manger ni boire, elle passe son temps à se masturber, et alors elle meurt de déshydratation.

Il se tut, pensif.

— Ou peut-être qu'elle fait juste un malaise et qu'elle retient la leçon. C'est rare que je tue les gens dans mes histoires.

Marcus vit là l'occasion de filer.

— OK, je reviens vite. Tâche de ne pas te faire virer en mon absence.

— Je ne te promets rien, marmonna Alex, à nouveau penché sur son téléphone.

L'hôtel accueillant des séminaires était construit autour d'un atrium qui s'ouvrait sur des puits de lumière. Les couloirs de chaque étage débouchaient sur cet espace central et surplombaient l'agitation du rez-de-chaussée. D'après le plan de l'hôtel affiché sur l'intérieur de leur porte, le distributeur de glaçons se situait à l'autre bout de l'étage, le plus loin possible de leur suite.

Parfait. Ces quelques minutes de calme ne lui feraient pas de mal.

La porte claqua derrière lui. Son seau à glaçons sous le bras, Marcus se dirigea vers l'extrémité opposée du couloir, et regarda vaguement la réception en contrebas. La plupart des acteurs du *Royaume* ainsi que les membres de l'équipe qui assistaient au salon arriveraient bientôt. Il chercha des visages familiers.

Les chances d'en apercevoir étaient infinitésimales, avec des milliers de personnes dans l'hôtel.

Et pourtant, elle était là. Minuscule mais reconnaissable. Presque à l'avant de la file pour récupérer la clé de sa chambre, valise à ses côtés, elle attendait patiemment, la lumière de la réception étincelant sur sa chevelure flamboyante.

Il avait désespérément souhaité qu'elle vienne, prié pour qu'elle ne vienne pas.

Mais il savait très bien quelle décision elle prendrait, pour finir. April n'était pas femme à reculer devant ses responsabilités, et elle avait accepté le rôle de modératrice de la session de questions-réponses de Summer, ainsi que de rencontrer leurs – ses – amies du forum Évinie lors du salon. Elle n'allait pas rater l'événement, même si elle en avait envie.

Et peut-être que ça ne la dérangerait pas d'être à nouveau près de lui. Peut-être qu'elle n'avait pas le ventre noué par une nausée quasi permanente depuis leur dispute. Peut-être qu'elle n'avait pas d'insomnies et ne passait pas son temps à se rejouer leur dernière conversation dans sa tête, à chercher ce qu'elle aurait pu formuler autrement, à regretter les choix qu'elle avait faits des semaines ou des mois auparavant.

Elle allait peut-être bien. Dans ses moments les moins égoïstes, il *espérait* même qu'elle allait bien.

Ce n'était pas son cas.

Depuis cet horrible trajet en voiture, il n'allait plus sur le forum Évinie, même en mode invisible. Voir son nom, son avatar, augmentait violemment sa nausée. Écrire des fanfics faisait remonter trop de souvenirs à présent : la bêta-lecture attentive et joyeuse de Litsie, la jubilation d'April devant des histoires particulièrement sexy, la communauté qu'il avait aidé à créer et qu'il avait désormais perdue…

April n'avait pas posté de textes sur AO3 depuis qu'il était parti. Il ne savait pas s'il aurait eu le courage de les lire.

Toutes les sources de plaisir et de sens dans sa vie semblaient se tarir une à une, et il ne pouvait s'en prendre qu'à lui-même. Pas étonnant qu'il en ait l'estomac retourné, la tête prise dans un étau.

Depuis son poste d'observation en hauteur, il la vit arriver au guichet. Il la regarda attendre pendant que le réceptionniste passait sa carte bleue et vérifiait ses papiers d'identité. Puis elle prit sa carte magnétique et se dirigea vers les ascenseurs, où elle disparut.

Alors il s'éloigna d'un pas lourd vers la machine à glaçons, remplit le seau, et essaya d'oublier pourquoi sa vie était devenue aussi froide et dure que la glace qui tintinnabulait à chacun de ses pas.

Quelques minutes après avoir regagné sa chambre, pourtant, son propre désespoir, terrible et incessant, sembla diminuer face à un nouveau désastre, arrivé sous forme d'un unique et terrible message.

— Combien de temps il t'a fallu pour quelques glaçons ? s'écria Alex lorsque la porte se referma. Tu es allé à pied jusqu'à la toundra arctique pour découper des petits cubes toi-même ?

Il était toujours sur le lit, toujours voûté sur son téléphone. Toujours, de toute évidence, décidé à remplir chaque minute de temps libre de son bavardage.

— Le distributeur est à l'autre bout de… laisse tomber. Désolé d'avoir été si long.

Un coup d'œil à l'horloge à côté du lit anéantit ses derniers espoirs de sieste. Il leur restait, à tout casser, dix minutes avant de descendre pour honorer leurs premiers engagements.

— *Merde*, grogna Alex. J'ai un nouveau message de Ron. L'objet est « Conduite inappropriée et conséquences possibles ». Comme si je ne savais pas quels châtiments horribles ils pourraient…

Soudain, il ferma la bouche et fronça les sourcils.

Marcus le regarda, inquiet, faire défiler l'écran vers le bas puis remonter, sans doute pour relire le message, et faire défiler à nouveau.

Sa respiration avait changé. Il s'était mis à haleter, avant de souffler comme le taureau furieux que Ron et R.J. avaient incorporé à la quatrième saison sans rime ni raison.

Il avait des taches rouges sur les joues, ce qui n'était jamais, jamais bon signe.

— Les bâtards. Les bâtards sans cœur ! chuchota-t-il.

Sachant qu'Alex finirait par lui raconter, mais sans doute à pleins poumons, Marcus préféra prendre le téléphone de son ami et lire, lentement et péniblement, le mail lui-même.

Grossièreté inadmissible envers une fan, en violation des attentes en termes de comportement, bla-bla-bla. Obligations contractuelles, bla-bla-bla.

Rien de trop surprenant ni de fâcheux, et rien qui provoquerait en temps normal une telle réaction de la part d'Alex…

Oh. Oh.

Tout en bas du message, Ron avait ajouté un post-scriptum moins juridique.

P.-S. : Je suppose que c'est notre faute, puisqu'on t'a flanqué une nounou aussi moche. Dis à Lauren de se mettre un sac sur la tête si c'est la seule solution, mais arrête de laisser sa tronche t'attirer des ennuis. Même si ça ne réglerait pas le problème du reste de sa personne, pas vrai ?

Ron avait conclu par un émoji qui pleurait de rire.

Ils avaient aussi mis Lauren en copie. Des « bâtards sans cœur », en effet.

Merde. Marcus devait arranger ça, ou au moins gagner du temps. Sans rendre son téléphone à son ami, si possible.

Il ne leur restait que quelques minutes avant le premier engagement d'Alex, mais celui-ci n'était actuellement pas en état de monter sur scène, et encore moins de répondre à ce message désinvolte et cruel par un mail au ton professionnel, qui ne menacerait pas sa carrière. Il fallait d'abord qu'il se calme.

Comment faire ?

— Écoute, Alex, tu ne veux pas qu'on aille marcher un peu avant…

— Pas le temps.

Toujours écarlate, son ami se leva, enfila ses chaussures sans les mains, et se dirigea vers la porte avec une démarche de fauve.

— Allons-y. J'ai une session de questions-réponses qui m'attend. Tu peux garder mon téléphone pour le moment.

Marcus glissa l'appareil dans la poche de son jean, aussi près que possible de son entrejambe. Aller le chercher demanderait un niveau d'intimité qu'Alex et lui ne partageaient pas.

Bonne idée… non ?

Mais alors, pourquoi le renoncement d'Alex à son téléphone rendait-il Marcus si nerveux ?

Ils marchaient dans les couloirs sans fin, Marcus souriant aux fans et s'excusant de ne pouvoir s'arrêter pour des selfies à cause de la session d'Alex dont l'heure approchait.

Alex était muet, ce qui ne lui ressemblait pas. Les yeux rivés droit devant lui, il remontait les couloirs à grandes enjambées, chacun de ses mouvements pleins de puissance et d'efficacité.

Quelques minutes plus tôt à peine, alors qu'il rapportait les glaçons, Marcus avait envisagé de ne regarder que le début des questions-réponses d'Alex depuis les coulisses. Ensuite, il s'enfuirait pour regagner leur chambre et chercher dans le sommeil un répit attendu et mérité, loin de son chagrin et du bavardage incessant de son ami.

Il n'en avait plus l'intention. Ils arrivèrent à la salle d'Alex. Le modérateur et les organisateurs les accueillirent avec une politesse débordante et leur offrirent des sièges en coulisses. Aucun des deux ne voulut s'asseoir.

Après un nouveau silence, Marcus réessaya d'en discuter.

— Je sais que tu es en colère, mais…

— Ne t'en fais pas. Ça ira.

La voix de son ami était détachée, en contradiction avec les taches vives qui lui marbraient les pommettes.

Marcus ne savait pas s'il devait être rassuré ou inquiet de cette déclaration.

Quand le modérateur annonça Alex, celui-ci salua Marcus d'un signe de tête et entra sur scène comme il serait monté sur un ring de boxe.

C'était…

Marcus s'approcha tout au bord du rideau pour regarder son meilleur ami, qui parcourait la scène à grands pas, micro à la main, au lieu de s'asseoir à côté du modérateur. Ce sourire, étincelant à travers la barbe hirsute, était à la fois sauvage, carnassier, et bien connu de Marcus.

Il présageait généralement une calamité d'ampleur apocalyptique.

C'était la catastrophe.

On avait donné à Lauren un siège réservé à l'extrémité du premier rang, et elle observait Alex avec attention, le front encore plus plissé que d'ordinaire. Perchée tout au bord de sa chaise pliante, elle semblait prête à… intervenir, mais comment ? Peut-être allait-elle se jeter devant lui, ou le faire brutalement descendre de la scène ?

Malgré l'anxiété évidente de Lauren, qui faisait écho à celle de Marcus, la session se déroula normalement. À peine si les réponses d'Alex étaient un peu plus sèches que d'habitude.

Ses pommettes ne reprirent pas tout à fait leur couleur normale, mais il se montra charmant, spirituel et conforme en tout point à ce que les directeurs de série attendaient de lui en public.

Du moins, jusqu'à la dernière question.

La femme au troisième rang était toute tremblante de timidité, mais elle se leva pour poser sa question en bégayant un peu.

— Que p-pouvez-vous nous dire sur la dernière saison ?

— Votre question porte sur la dernière saison, c'est bien ça ? Vous voulez savoir ce que je peux révéler ?

Le sourire d'Alex se fit encore plus étincelant sous les projecteurs, et Marcus sut. Sans l'ombre d'un doute.

— C'est une excellente question pour conclure, et je vous en remercie. Je vais me faire un plaisir d'y répondre.

Marcus se dirigeait déjà vers le centre de la scène, prêt à formuler une excuse, n'importe laquelle, pour sortir son ami de là, mais c'était trop tard. Lauren s'était levée d'un bond, en vain.

Ils ne purent rien faire d'autre que regarder et écouter, horrifiés, alors qu'Alex mettait toute sa carrière en péril dans un accès de colère dévastatrice.

— Comme vous le savez, les acteurs ne sont pas autorisés à en dire beaucoup à propos des épisodes qui n'ont pas encore été diffusés.

L'air furieux, le regard fou, il s'arrêta de marcher et se mit à parler clairement et distinctement aux caméras qui enregistraient ses déclarations pour les diffuser en direct dans le monde entier.

— Toutefois, si vous voulez découvrir mon opinion sur notre dernière saison, je vous invite à lire mes fanfictions. J'écris sous le nom de plume de CupidonDéchaîné. Avec un grand C et un grand D.

On entendit quelques halètements de surprise, mais le public resta muet. Pas un bruit. Les bras croisés, les traits déformés par la consternation, Lauren se laissa retomber sur sa chaise, voûtée.

Alex salua d'une arabesque de la main, comme un courtisan, puis posa son micro sur la chaise qu'on lui avait préparée et qu'il avait dédaignée. Puis il leva un index, comme s'il se ravisait, et reprit le micro.

— Ah, ajouta-t-il avec une désinvolture cynique, ces histoires vous donneront aussi un aperçu de ce que je pense de la série en général.

Lauren s'était couvert le visage de ses deux mains, tête baissée.

Il se tut un long moment, souriant de plus belle.

— Et aussi, je préfère vous prévenir : dans mes textes, Cupidon se prend un gode. Souvent, vu qu'il adore ça. Ce n'est pas de la grande littérature, mais ça reste meilleur que, dans cette saison, certains…

Il adressa un clin d'œil au public, laissant les spectateurs deviner le mot « épisodes ».

— Enfin, n'en parlons plus.

Les caméras et de nombreux téléphones enregistraient toute la session, et il serait impossible de nier plus tard, ni même de tenter de détourner le sens de ses propos : une provocation, délibérée et ciblée.

Marcus entendit un petit gémissement. Il supposait que c'était Lauren.

Alex attendit encore un moment, la tête penchée comme pour réfléchir. Puis il sourit une dernière fois.

— Non, j'ai tout dit. En ce qui me concerne, c'est fini, déclara-t-il avec une nouvelle courbette.

Il quitta la scène alors que s'élevaient des murmures choqués, et s'arrêta à côté de Marcus. Son corps irradiait d'une chaleur surprenante. Les yeux fermés de toutes ses forces, il soufflait comme un taureau prêt à gratter le sol et charger.

— Alex…

Pas de réponse.

— Alex.

Cette fois, le jeune homme cilla et parvint à lui accorder son attention.

— Si tu ne trouves pas un moyen de limiter les dégâts tout de suite, c'est *vraiment* fini pour toi, lâcha Marcus en lui posant la main sur l'épaule avec douceur. Je dois faire ma séance photo avant de te rejoindre dans la chambre, mais tu dois appeler ton agent, ton avocat et tous les gens susceptibles de t'aider. Tout de suite.

Alex referma les yeux, et ses épaules s'affaissèrent enfin. Il hocha la tête.

— Je sais. Je sais.

Sa voix n'était pas désolée, seulement résignée.

Forum Évinie

Sujet : C'est quoi ces scénarios pourris, cette saison ?

Lavinie Is The Star : Il y a tellement de choses qui ne vont pas. Tellement !

Lavinie Is The Star : Je ne comprends toujours pas pourquoi les directeurs de série ont choisi de déplacer l'action quasiment au Moyen Âge au lieu de la Rome antique. (Oui, je sais ce que LENFR va dire.)

PrendsMoiÉnée : « Ils essaient de surfer sur la hype de *Game of Thrones*. »

Lavinie Is The Star : Exactement. Mais, même mille ans plus tard, les gens ne disaient pas : « Je suis stressé ». Même MOI, une femme qui n'écris JAMAIS dans l'univers des livres, je le sais.

Livres:ÉnéeNenFeraitRien : Merci de l'avoir dit pour moi.

PrendsMoiÉnée : Sans parler de tous ces anachronismes, les dialogues me semblent plus… basiques, non ?… que dans les trois premières saisons.

Livres:ÉnéeNenFeraitRien : Ce n'est pas un hasard. Un livre par saison. Trois livres en tout.

Livres:ÉnéeNenFeraitRien : Les directeurs de série n'ont jamais compris les personnages. Ils se reposaient sur les livres de Wade et les acteurs. Maintenant qu'il n'y a plus de livres auxquels se référer, les acteurs font de leur mieux pour vendre ce qu'on leur donne, mais ils ne peuvent pas inventer l'intrigue et les dialogues.

Livres:ÉnéeNenFeraitRien: Du moins, c'est ce que disent les rumeurs. Je ne sais pas vraiment.

Chapitre 28

April n'avait pas assisté à la session de questions-réponses d'Alex, de crainte d'y croiser Marcus. Par la suite, cependant, elle ne put éviter d'en entendre parler.

Ainsi, elle avait vu un type avec un tee-shirt : « Si t'aimes pas Cupidon, va chier, et me demande pas le PQ » orné de deux ailes stylisées raconter à ses amis, l'air aussi émoustillé que choqué.

— Il l'a juste… crié sur les toits. Sans qu'on lui pose la question. Et, apparemment, toutes ses fanfics parlent de gode !

Cachée derrière une immense plante verte, April écoutait cette conversation qu'elle avait déjà entendue, avec des variantes, trois fois en dix minutes. Elle espérait glaner un élément – n'importe lequel – qui puisse atténuer son inquiétude pour Alex.

Une jeune femme au diadème de Psyché fronça les sourcils.

— Comment ça, de gode ?

Une autre fille, dont le tee-shirt montrait une carte des Enfers, lui fit signe d'approcher et lui chuchota des explications à l'oreille.

— Oh, soupira l'admiratrice de Psyché. Euh… ah !

Devant sa mine éberluée et ses joues rouges, le groupe éclata de rire.

— Le tournage de la dernière saison est fini, pas vrai ? rebondit un autre de leurs amis, un quadragénaire avec une épée en plastique à la ceinture, l'air très amusé. Au point où on en est, ils ne peuvent plus le virer ?

L'homme au tee-shirt Cupidon répondit avec un ricanement.

— Peut-être pas, mais ils peuvent l'attaquer en justice. Ça m'étonnerait bien qu'ils s'en privent.

Le groupe s'éloigna vers l'une des salles pour une séance photo, et April ne les suivit pas. Elle n'essaya pas de surprendre d'autres conversations. L'information était toujours la même, et la conclusion invariable.

Alex était foutu.

À présent, elle était vraiment contente de ne pas avoir assisté à ce spectacle, et était bien décidée à ne visionner aucune des innombrables vidéos qui avaient fleuri sur YouTube à peine quelques minutes après l'incident. Si Alex pouvait parfois se montrer un peu con, il était loyal, drôle et sympa. Elle l'appréciait. Et elle n'avait aucun désir de le regarder foutre en l'air le travail d'une vie dans ce qui semblait – d'après les observateurs – être un accès d'une mystérieuse rage servie avec un sourire étincelant.

Mais ça ne l'empêcherait pas de lire ses fanfics. Tout de suite. Si quelqu'un dans l'univers du *Royaume* avait besoin de se prendre un bon gode dans le cul, c'était sans nul doute Cupidon.

Alors qu'elle se dirigeait vers les ascenseurs, elle sentit peser sur elle de nombreux regards accompagnés de chuchotements. C'était ainsi depuis qu'elle était arrivée, plus tôt dans l'après-midi.

Même au bout de deux heures, et malgré le fait qu'elle s'y soit préparée mentalement, elle était toujours désorientée par toute cette attention. Certaines personnes se contentaient de la dévisager ou de la photographier, voire de la filmer, de loin. Elle pouvait s'en accommoder. Mais les gens qui l'abordaient avec des remarques ou des questions, bien trop familiers envers elle pour son équilibre…

Elle aurait voulu les esquiver. Non par timidité, honte d'elle-même, de son physique ou de sa relation passée avec Marcus.

Mais parce qu'elle souffrait. Prononcer le prénom de Marcus lui faisait mal. Les clins d'œil, sous-entendus et questions surexcitées étaient comme un poignard qu'on retournait dans une plaie qui n'avait même pas commencé à cicatriser.

— Eh, ce serait pas…, siffla une femme avec un tee-shirt « Didon, tournée de la vengeance : 1000 ans av. J.-C. » avec un coup de coude à son amie.

— C'est la copine de Marcus Caster-Rupp ! On devrait lui demander…

April pressa le pas.

Bref, elle avait déjà besoin d'être un peu seule, alors que c'était sa première soirée au salon. Heureusement qu'elle n'avait pas accepté les propositions de partager une chambre avec la bande Évinie, même PrendsMoiÉnée.

Soulagée de se retrouver au calme dans sa chambre paisible, elle enleva ses chaussures et s'installa confortablement, calée contre la tête de lit. Elle n'aurait besoin que de deux heures pour lire toutes les fanfics d'Alex, d'après le nombre de mots indiqué, et elle était tout à fait partante pour y consacrer ce temps. Elle n'avait pas spécialement envie de répondre à de nouvelles questions sur Marcus dans un avenir proche.

Pour finir, elle passa plus de deux heures à lire sur son ordinateur. Nettement plus. Jusqu'à rater tous les autres événements de la soirée, et éviter ainsi les groupes de fans du *Royaume* qui se donnaient des coups de coude et se criaient des « Chut, chut ! » pas très discrets en l'apercevant.

Les textes d'Alex étaient fascinants. Plus encore. Ils étaient *révélateurs*, de bien des façons.

Avant chacune de ses histoires, il remerciait son fidèle bêta et compagnon de plume, ÉnéeAimeLavinie. Pas besoin d'être grand clerc pour deviner de qui il s'agissait. LENFR, peu désireux d'utiliser son précédent pseudo, afin de ne pas attirer son attention sur sa présence en ligne et risquer de la blesser davantage. Marcus, qui ne pouvait ou ne voulait cesser d'écrire.

Maintenant qu'elle savait que LENFR et Marcus étaient une seule et même personne, elle se demandait ce qui l'avait attiré vers la fanfiction. Ce que lui apportait l'écriture, en particulier à propos d'Énée. Et surtout quand on connaissait les risques que cela impliquait pour sa carrière si ça venait à se savoir. Ce que représentait la communauté Évinie, cette communauté qu'il avait quittée par égard pour elle, elle le savait bien. Ce qu'il éprouvait en s'éloignant de ce cercle d'amis, en repartant de zéro, sans garantie de retrouver un public pour ses textes.

Ça devait lui faire mal. Plus qu'elle ne pouvait le dire. Sans doute même plus qu'elle ne l'imaginait.

Peut-être était-ce sentimental et bébête, mais après avoir deviné qui était ÉnéeAimeLavinie, elle lut ses textes, ceux qu'il avait écrits lorsqu'ils étaient ensemble à Berkeley, avant de parcourir ceux d'Alex.

On y retrouvait la patte de Marcus. Plus encore, c'était…

April baissa la tête et se mordit la lèvre jusqu'à avoir du sang dans la bouche.

Les textes d'ÉnéeAimeLavinie étaient tendres à mourir.

Son côté torturé, si caractéristique, ne disparaissait jamais totalement. Il y avait toujours un fond de nervosité électrique du côté d'Énée, une peur que Lavinie découvre son horrible passé avec Didon et le juge durement.

Mais, pour l'essentiel, ses nouvelles fanfictions étaient centrées sur l'amour, pas la souffrance.

Histoire après histoire, l'Énée de Marcus tombait de plus en plus éperdument amoureux de sa femme. Décidé à conquérir son cœur, il la courtisait de son mieux, tentait de lui manifester sa dévotion, de dépasser ses appréhensions, de faire tomber ses barrières, jusqu'à ce qu'ils arrivent enfin à un happy end bien mérité.

Personne d'autre ne pouvait comprendre le parallèle avec la vraie vie.

April, au contraire, ne pouvait pas le manquer.

Elle dut se moucher, se tamponner les yeux avec un gant mouillé et questionner tous ses récents choix de vie avant de se plonger enfin dans les histoires d'Alex, et alors… Seigneur…

Le gode. Mon Dieu, c'était magnifique.

Mais ce n'était pas cet aspect-là qui la laissait bouche bée d'inquiétude.

Sa fanfic décrivant Cupidon en acteur d'une série populaire façon *Royaume des dieux* était plus que ressemblante avec la réalité. Elle était carrément accablante. Il y exposait crûment ce qu'il considérait comme les points forts de la série – les équipes, les acteurs, les livres – et ce qu'il considérait comme ses faiblesses.

À savoir, des directeurs de série incompétents et déplaisants.

Tout ce qu'il écrivait confirmait ce que les membres de la communauté Évinie savaient déjà, et d'autres indices que Marcus avait laissé transparaître en privé. Mais ni elle ni ses amies n'auraient jamais imaginé que l'un des acteurs ose écrire ces choses si clairement, et sans censure.

Et ce n'était pas pour rien : une telle honnêteté avait le pouvoir de ruiner une carrière. En l'occurrence, celle d'Alex.

Dès qu'elle eut fini de lire sa fanfic, elle rechercha les tweets récents à son sujet, ainsi que de nouveaux articles de blogs ou de sites, car il était évident que la divulgation de ses écrits allait causer une émeute. Surtout vu le contenu de ses histoires.

La recherche ne prit même pas quelques secondes.

Le nom d'Alex était partout. Il figurait dans les tendances sur Twitter. Il apparaissait dans des articles affolés sur Internet, et dans des brèves goguenardes à la télévision. Sur son écran d'ordinateur, il semblait la regarder depuis une salle de conférence anonyme, les joues empourprées, le sourire carnassier, sa réputation en lambeaux. Peut-être à tout jamais.

Selon les sources les plus fiables, les directeurs de série en rage envisageaient des poursuites et des dommages et intérêts pharaoniques. L'un des autres acteurs, le gars qui jouait Jupiter, l'avait qualifié publiquement d'opportuniste et d'ingrat. Pire, tout le monde semblait d'accord sur un point : producteurs et réalisateurs éviteraient désormais toute collaboration avec lui, de crainte qu'il ne les accable eux aussi en public.

« Le Paria », titrait un article.

Un bandeau défilait en bas de l'écran d'une émission de divertissement, avec écrit : « L'acteur crache son venin et provoque un scandale ».

Son agent et son avocat travaillaient apparemment fébrilement en coulisses. Marcus aussi, évidemment. Les articles n'en parlaient pas, mais elle le connaissait. Il devait être au milieu du chaos, à essayer de soutenir son ami et de lui apporter toute l'aide possible.

Sans se laisser le temps de réfléchir, elle attrapa son téléphone pour lui envoyer un court texto.

> Quand tu auras l'occasion, dis à Alex que je pense à lui et que je croise les doigts. J'espère qu'il va bien.

Après un moment, elle ajouta :

Pas la peine de répondre. Je sais que vous êtes occupés tous les deux.

« Message délivré », lui indiqua son téléphone. Tant mieux, il n'avait pas bloqué son numéro.

Il réagit dans la minute, et ce simple fait lui fit monter les larmes aux yeux une fois de plus. Et tant pis si la réponse était laconique.

Lauren s'est fait virer. Trop tard pour le virer lui, puisque le tournage est terminé. Il va peut-être réussir à éviter des amendes et un procès, mais je ne sais pas.

Il avait répondu. Plus encore, il lui donnait des informations privées dont il ne voudrait pas qu'elles soient divulguées. Alors même qu'ils n'étaient officiellement plus ensemble, et qu'elle aurait eu des raisons de vouloir se venger.

Il avait confiance en elle. Vraiment.

D'accord. Merci pour ta réponse.

Marcus ne rebondit pas sur ce dernier message. Ni sur-le-champ, ni plus tard.

Tout en attendant ce message qui ne viendrait pas, elle continua à parcourir Twitter, à lire des articles sur Alex et la perte de sa réputation chèrement acquise à Hollywood, à se questionner sur elle-même et sur les reproches qu'elle avait adressés à Marcus moins d'une semaine auparavant.

Il aurait dû *savoir*, se disait-elle pour se justifier. Il aurait dû lui avouer son identité en ligne. Il aurait dû mettre son destin entre ses mains une fois qu'il avait découvert qu'elle était Lavinie Is The Star, sans prêter attention au risque que cela faisait peser sur son gagne-pain et sur la carrière qu'il avait construite grâce à vingt ans de travail acharné, sans répit.

Et il aurait dû faire ça, selon elle, alors même que la révélation publique de ce qu'il avait dit, écrit, l'aurait condamné au même sort qu'Alex.

Ces paroles lui étaient venues si facilement, comme si elle savait de quoi elle parlait, comme si elle comprenait les conséquences auxquelles il aurait fait face. Mais tandis qu'il essayait de lui expliquer, elle n'avait *pas* compris. Vraiment pas, et c'était seulement maintenant, après ce qui était arrivé à Alex, qu'elle s'en rendait compte.

Peut-être que Marcus aurait quand même dû lui faire confiance. Après un ou deux mois de relation. Mais pour un homme qui n'avait conquis sa fierté et son estime de soi que tardivement et grâce à sa célébrité, elle pouvait comprendre qu'il ait hésité, même à ce moment-là.

Bien sûr, il avait dit que la confiance n'était pas le problème principal. Pas pour finir.

« J'avais peur. » « J'étais terrifié à l'idée que tu me quittes. »

Et c'est ce qu'elle avait fait.

Sur son ordinateur, elle se retrouva à chercher les articles que les parents de Marcus avaient rédigés à propos du *Royaume des dieux*. Ils n'étaient pas difficiles à trouver, étant donné le battage que les tabloïds avaient fait autour de l'évident différend qui opposait Marcus à ses géniteurs.

Avant même d'avoir rencontré Marcus en personne, April trouvait glauque la fascination des médias pour cette querelle familiale, et elle avait refusé de lire la moindre ligne sur le sujet. Mais à présent… à présent, il fallait qu'elle comprenne.

L'estomac noué, elle resta donc assise sur son lit, plongée dans les essais cosignés par les parents de Marcus, à la recherche d'une connexion avec lui, d'un indice que ces gens l'avaient engendré et élevé.

C'était comme de regarder Marcus dans un miroir déformant de fête foraine, son image bizarre et perturbante.

Si Marcus était intelligent, ses parents étaient dédaigneux. Comme lui, ils écrivaient facilement, mais de façon sèche, sans émotion. Le travail de sa vie était présenté comme une source de honte et non de fierté. Sa place dans leur vie semblait si petite qu'ils n'avaient même pas besoin de la reconnaître.

Mais elle le voyait quand même. Sur son canapé. Dans ses bras. Secoué, les yeux rouges, chuchotant d'une voix brisée sur ce qu'il leur devait. Ce qu'ils méritaient de lui.

S'il parvenait à leur pardonner, tant mieux pour lui.

Elle en était incapable, et ne le voulait pas.

Il ne leur devait rien. Elle, de son côté, lui devait des excuses.

Malgré ses grands discours sur la confiance, elle ne l'avait pas préparé à la rencontre avec ses parents, ni à son instabilité après avoir passé du temps avec eux. Elle n'avait pas décrit le dégoût qui se peignait sur le visage de son père quand il fallait lui racheter des vêtements, une taille au-dessus, une fois de plus. Elle ne lui avait pas raconté que sa mère se tenait nue devant un miroir à se pincer la chair, au bord des larmes, en se demandant si elle était toujours assez mince pour être aimée de son mari.

Elle n'avait pas expliqué l'humiliation horrible de prendre conscience qu'un homme qui venait de la voir nue, qui était *en elle* quelques instants plus tôt, aurait voulu qu'elle ait un autre corps, et elle n'avait pas partagé avec lui la rage et le chagrin qu'elle avait éprouvés lorsque ce même homme espérait quand même qu'elle se déshabillerait et écarterait les jambes pour lui offrir ce corps pourtant si déficient.

Ces morceaux de son passé étaient cruciaux pour la comprendre, aussi cruciaux que l'identité en ligne de Marcus l'était pour le comprendre. Mais aucun des deux n'avait dit un mot.

« J'avais peur. » « J'étais terrifié à l'idée que tu me quittes. »

Même si elle voulait arranger les choses entre eux – à supposer que ce soit possible –, ce n'était ni le moment ni le lieu. Ils avaient tous les deux des responsabilités, des réunions, des amis à voir.

Comme par un fait exprès, son téléphone vibra annonçant un texto en provenance d'un numéro qu'elle avait enregistré dans ses contacts la veille seulement. Celui de Cherise – aussi connue sous le nom de PrendsMoiÉnée –, qu'elle lui avait envoyé par message privé sur le forum Évinie en perspective du salon.

> Désolée de t'écrire si tard. J'espère que je ne t'ai pas réveillée. Je ne t'ai pas croisée sur le forum ce soir, alors je voulais te prévenir : on se voit toujours pour le petit déj dimanche, mais tu vas nous voir demain matin aussi. Si tu t'imagines qu'on va rater ton premier concours de cosplay, meuf !

Oh, merde. Le retour du gant humide sur ses yeux et de la boîte de mouchoirs.

Mais c'étaient des larmes différentes, cependant. Des larmes de joie.

Elle avait une communauté maintenant – et même des communautés, au pluriel – et elle n'avait plus besoin de leur cacher quoi que ce soit. Ni au travail, ni en ligne, ni nulle part. Ils la connaissaient et l'acceptaient comme elle était. Et ils voulaient même la *soutenir*. La fatigue et les pleurs brouillaient sa vision, mais elle finit quand même par répondre :

> Merci. Mais vous n'êtes pas obligées de venir. Je sais qu'il y a d'autres événements à la même heure.

Cherise envoya trois émojis avec les yeux au ciel, puis un autre message, concis et déterminé.

Attends-toi à des fans en délire, LITS. Tu le mérites.

Devant cette déclaration, April n'avait plus de mots. Une avalanche d'émojis aux yeux en forme de cœur devrait faire l'affaire, au moins pour ce soir. Elle posa son téléphone et se prépara à se coucher, car elle avait besoin de sommeil et de forces pour la journée qui l'attendait.

Le matin, elle devait finir de mettre en œuvre son plan de remédiation.

Fini de me cacher, s'était-elle promis dans une autre chambre d'hôtel des mois plus tôt. *Fini de me cacher.*

Le concours de cosplay avait lieu le matin, et elle était décidée à porter son costume Évinie avec fierté, malgré toutes les caméras et les murmures. Ses amies, apparemment, seraient là pour l'encourager. Ensuite, elle modérait la session de Summer Diaz. Puis elle enverrait un message à Mel et Heidi pour leur raconter comment ça s'était passé : elles le lui avaient demandé la semaine passée.

Aucun doute. C'en était fini de cacher son corps et son fandom.

Peut-être qu'après ce week-end elle pourrait aussi cesser de cacher son cœur…

Tôt le lendemain matin, Marcus fit le tour des stands marchands et acheta un masque d'Énée, ce qui ne manqua pas de susciter l'amusement et la surprise des badauds. Après avoir signé quelques autographes et posé pour des selfies, il retourna à sa chambre.

Elle était à présent à moitié vide. Alex était parti la veille au soir, soit pour obéir aux exigences de Ron et R.J., soit sur les conseils de son avocat, son agent et son équipe de relations publiques. Ou peut-être à la poursuite de Lauren. Marcus avait son idée sur la question.

Depuis, son ami n'avait répondu qu'une fois à ses textos.

Vais arranger ça. Ne t'en fais pas.

Comme si c'était possible. Mais il ne pouvait rien faire de plus pour Alex depuis le salon, et il avait des obligations toute la journée. Il y avait aussi un autre événement qu'il ne voulait manquer pour rien au monde, malgré les circonstances tendues et douloureuses.

Vêtu d'un jean, d'un tee-shirt à manches longues basique, et de son masque, il passait inaperçu.

La salle réservée était bondée malgré l'heure relativement matinale, mais il parvint sans difficulté à trouver une place debout sur le côté.

April ne le verrait pas, mais il avait bien l'intention de la regarder défiler.

Les participants au concours de cosplay se tenaient en groupe serré au pied de la scène. Même au milieu de tous ces superbes costumes colorés, il la repéra au premier coup d'œil. Peut-être grâce à sa chevelure, ou peut-être parce que – à ses yeux – elle avait toujours brillé comme sous des projecteurs. Une étoile, dans tous les sens du terme.

Son costume était toujours dissimulé par sa cape, et elle avait la tête baissée vers son téléphone. Puis elle leva brusquement les yeux, bouche bée, et soudain elle rayonnait de joie, les bras tendus, alors que deux silhouettes familières l'enlaçaient. Mel avec ses foulards et Heidi aux cheveux bleus, ses collègues et partenaires de couture, venaient d'arriver pour assister au concours.

La semaine passée, April ne s'attendait pas à leur venue, et son sourire aussi touché que stupéfait, alors qu'elle se réjouissait du soutien de ses collègues, lui serra la gorge.

Elle était entourée d'autres personnes également, qu'elle ne semblait pas reconnaître. Après un échange de quelques phrases, cependant, elle les étreignit aussi, riant de joie, et il éprouva le besoin de savoir.

Il s'approcha, toujours incognito. Plus près. Suffisamment pour lire l'un des badges que les participants portaient autour du cou.

Cherise Douglas. Et en dessous, entre parenthèses : *PrendsMoiÉnée sur AO3.*

Il baissa la tête et tenta de reprendre ses esprits avant de s'éloigner de nouveau. Tous ces gens qui s'interpellaient, se souriaient et échangeaient des accolades, n'étaient plus sa communauté, de même qu'April n'était plus sa meilleure amie en ligne ni sa petite amie.

Il ne voulait pas s'imposer, et ne le pouvait pas, sauf à vouloir encourir le même châtiment qu'Alex.

Le concours débuta, et April enleva sa cape, la tendit à Mel d'un geste théâtral, et prit place dans la queue. Son costume ne lui semblait pas tellement différent de celui qu'elle avait présenté sur Twitter. Il était seulement un peu plus luxueux et mieux ajusté.

Mais lorsqu'elle monta par l'escalier de côté et, à son tour, traversa la scène d'un pas lent, il vit la différence. Comme tout le monde. Arrivée au milieu, elle s'arrêta, se tourna vers le public, et défit quelques attaches invisibles. En quelques secondes, comme par magie, elle avait transformé la jupe de Lavinie en cape et escamoté son corsage pour faire apparaître un second costume totalement différent.

Des hauts-de-chausses, un pourpoint, une épée.

Énée. Elle était devenue Énée par une incroyable astuce.

Elle resta debout, éclatante sous les lumières vives, toutes les caméras fixées sur elle, riant. Sublime. À la fois guerrier et jeune fille. Évinie, son OTP, incarné. Fière, tellement fière, alors qu'elle répondait aux applaudissements et sifflets admiratifs par une révérence.

Marcus connaissait ce menton relevé : du défi.

Malgré toutes les vulnérabilités qu'il commençait seulement à comprendre, elle se dévoilait au monde et le défiait de juger son corps, ses passions, ses succès, sa vie. Et elle le faisait avec le soutien d'une communauté qui l'entourait parce qu'elle les avait autorisés à la découvrir, à vraiment la connaître.

C'était un triomphe. Plus encore, c'était du courage à l'état pur.

Tout demi-dieu qu'il était, Énée ne lui arrivait pas à la cheville. Marcus non plus.

Mais peut-être que, comme toutes les autres compétences qu'il s'était donné du mal pour acquérir au fil des années, ça demandait seulement de l'entraînement.

Une fois qu'April eut reçu le deuxième prix – une injustice flagrante à ses yeux –, il retourna à sa chambre pour rassembler son courage à son tour.

Il faudrait se contenter d'un mail, car il ne se pensait pas capable de trouver les mots justes à l'oral.

Pour finir, il écrivit une missive très directe. Ce qui ne signifiait pas pour autant que le message serait compris. Mais il avait besoin de le dire, dans tous les cas, parce qu'il devait cette déclaration autant à lui-même qu'à eux deux.

La conclusion résumait tout, comme sa mère le lui avait enseigné lors d'interminables heures passées à rédiger des dissertations qui n'étaient jamais assez bonnes selon ses critères.

Je vous aime tous les deux. Malgré cela, si vous ne pouvez pas me respecter ni respecter ma carrière, je ne veux plus vous rendre visite. Si j'ai du succès, c'est parce que j'ai eu de la chance, d'accord, mais aussi parce que j'ai travaillé dur et que je suis bon dans mon domaine. Je suis fier de ce que je fais et de ce que j'ai réussi. Et particulièrement quand on sait combien la dyslexie m'a compliqué la tâche. Si vous ne pouvez pas partager cette fierté, je le comprendrai, mais je ne me soumettrai pas plus longtemps à votre réprobation. Si vous m'aimez sincèrement, acceptez-moi comme je suis. Si vous en êtes incapables, alors peut-être que votre définition de l'amour n'est pas la bonne.

Il avait signé « Votre fils qui vous aime », peut-être pour la dernière fois.

Il relut de son mieux le message qu'il avait dicté.

Puis, d'un index tremblant, il appuya sur « envoyer ».

Les mains moites sur son téléphone, il appela ensuite un numéro qu'il avait enregistré dans ses contacts des semaines plus tôt, au cas où il trouverait un jour le courage.

Peut-être n'était-ce pas encore le cas. Mais il avait au moins trouvé suffisamment d'inspiration et de motivation. Assez pour accomplir ce qu'il aurait dû faire des années plus tôt.

Vika Andrich décrocha à la deuxième sonnerie, un bruit de conversation noyant presque sa voix. Elle était sans aucun doute en bas, dans l'un des couloirs bondés, entourée de fans du *Royaume* afin de réunir des informations pour son blog.

— Ici Vika. Que puis-je faire pour vous ?

— Bonjour, c'est Marcus Caster-Rupp, annonça-t-il d'un ton rauque. J'ai quelques erreurs à rectifier. Que diriez-vous d'une interview exclusive ce soir ?

Il y eut un très long silence.

— Attendez un instant.

Quand elle reprit la parole, le calme s'était fait derrière elle.

— Puis-je être franche ?

— Je vous en prie, balbutia-t-il, la gorge serrée.

— J'ai l'impression qu'il était temps.

Signalétique : Adultes
Fandoms : *Royaume des dieux*, E. Wade – *Royaume des dieux* (série télé)
Relations : Énée/Lavinie
Tags additionnels : Canon, Angoisse et Guimauve, Culpabilité
Stats : Mots : 5 937, Chapitres : 3/3, Commentaires : 9, Kudos : 83, Favoris : 4

Au fil de l'épée

ÉnéeAimeLavinie

Résumé :

Énée enseigne l'escrime à sa femme… et attend qu'elle fasse couler le sang.

Notes :

Merci à mon bêta. Il se reconnaîtra.

Lavinie commençait à se sentir plus à l'aise une épée à la main.

Et l'arme n'était pas la seule chose qu'elle avait plaisir à prendre en main. Il était suffisamment égoïste pour apprécier ses talents accrus de ce côté-là aussi. Mais ce n'était pas au lit qu'elle allait apprendre à lui faire confiance, ni à lui ouvrir son… cœur.

La nuit, elle se laissait caresser et s'y aventurait aussi, pleine de bonne volonté mais encore maladroite. Elle avait toujours ce regard éberlué chaque fois qu'elle était emportée par un frisson d'orgasme entre ses bras. Son hésitation durable le charmait, alors même que sa jouissance déclenchait celle d'Énée.

Sous le soleil brûlant, dans la poussière, elle était une autre femme. Habillée et assurée, elle lui rendait les coups, se défendait, *attaquait* même.

« Il faut que tu apprennes, au cas où les autres gardes du Latium tomberaient », lui avait-il dit.

Ce n'était pas faux. Mais c'était aussi une excuse, car il avait pris goût à combattre avec elle dès la première fois.

Son sourire de travers, si attachant, étincelait alors qu'elle mouvait son corps anguleux, qu'il trouvait élégant, sans la moindre hésitation, convaincue que jamais il ne la blesserait. Il semblait qu'elle considère certaines épées comme plus dangereuses que d'autres.

Un jour, ce fut elle qui le blessa.

— Parle-moi de Carthage, mon époux, demanda-t-elle en repoussant l'arme d'Énée alors qu'elle avançait vers lui. Comment passais-tu le temps là-bas ?

Il se déconcentra, et le résultat ne se fit pas attendre. La plaie sur sa cuisse se remplit de sang, et elle réprima un halètement avant de trouver un coin propre de sa stola qu'elle appuya sur l'entaille.

Elle se confondait en excuses d'une voix étranglée, et il la consola, tout en s'interrogeant.

Si elle savait – si elle savait ! – comment il avait abandonné la dernière femme qu'il avait aimée, sans un mot ; si elle s'était tenue à ses côtés sur le pont de son vaisseau, et avait regardé une reine s'immoler par désespoir devant sa cruauté ; si elle le connaissait pour ce qu'il était, ce qu'il avait été et ce qu'il avait fait...

Peut-être qu'elle n'accepterait pas son « épée » au lit, et peut-être qu'elle ne rirait pas en jouant avec lui à faire de l'escrime dans leur cour poussiéreuse.

Peut-être qu'elle préférerait le pourfendre pour de vrai.

Chapitre 29

— . . . Donc Cyprien et Cassie vont devoir prendre des décisions difficiles sur leur relation, sur ce qu'ils sont prêts à sacrifier l'un pour l'autre, et pour l'humanité, expliqua Maria en réponse à une question de la modératrice, avant de se tourner vers Peter. Tu as quelque chose à ajouter ?

Pendant qu'elle parlait, il ne l'avait pas quittée des yeux, captivé, un léger sourire éclairant son visage.

— Une autre question qui va devenir cruciale, c'est de savoir si l'île sur laquelle ils ont fait naufrage des années auparavant est toujours leur prison, ou si elle est devenue pour eux un foyer. Mais, à part ça, je crois que tu as déjà exprimé le fond de ma pensée. Comme toujours.

Maria le regarda d'un air taquin.

— Si tu sous-entends que je parle trop…

— Quoi ? Loin de moi cette idée ! s'écria-t-il d'un ton théâtral, une main sur le cœur, faisant rire le public. Tu sais bien que je suis suspendu à tes lèvres, ma gente dame.

— Il y a un mot suédois qui s'applique parfaitement ici, déclara Maria, les coudes sur la table, avec un geste complice à l'intention du public de leur session. *Snicksnack.* Ça veut dire : n'importe quoi, des idioties totales.

Carah pouffa de rire.

— Je pensais que je serais la première personne de la journée à être censurée pour son langage.

— Les Suédois aussi sont mal embouchés, je l'ai découvert à mes dépens, répliqua Peter très distinctement dans son micro alors que Maria lui souriait. Je ne peux qu'en conclure que les longs hivers encouragent la vulgarité.

Marcus les regarda en secouant la tête. Cet échange serait devenu viral avant même qu'il se reconnecte à Twitter un peu plus tard. Pendant toutes ces années, les mèmes et les GIF n'avaient pas manqué. Il le savait bien.

La proximité et l'attachement qui semblaient débordants entre ces deux-là fascinaient jusqu'aux gens qui ne suivaient pas *Le Royaume des dieux*. Jamais Maria et Peter n'étaient sortis ensemble, de l'avis de tous, Marcus compris. Mais loin d'amoindrir la curiosité pour leur relation, cela ne faisait que la renforcer.

Le modérateur se tourna alors vers lui. Marcus était le seul parmi les acteurs à n'avoir pas encore répondu à une question sur son rôle en particulier.

— Marcus, pouvez-vous nous parler un peu de l'arc narratif d'Énée au fil de la série ? Je sais que vous ne pouvez rien révéler sur la dernière saison, mais peut-être pouvez-vous développer l'état d'esprit de votre personnage alors que tout le monde se prépare à un terrible affrontement entre Junon et Jupiter ?

Habituellement, on n'adressait pas de questions aussi pointues à Marcus.

Mais voilà. Un nouveau moment décisif. Une autre occasion d'être courageux, ou pas.

April n'était pas dans le public. Il l'avait cherchée, de toutes ses forces. Peut-être qu'elle avait besoin de se concentrer avant sa session avec Summer, qui avait lieu dans moins d'une demi-heure, ou peut-être qu'elle n'avait pas voulu se montrer dans la même pièce que son ex-petit ami.

Peu importait. Son courage l'avait certes inspiré, mais il ne faisait pas ça pour elle.

Il le faisait pour lui.

Il avait reçu la question à l'avance. Il savait ce qu'il devait dire.

—Je pense…

Il but une gorgée d'eau pour soulager sa gorge sèche.

—Je pense que quand on rencontre Énée dans la première saison, c'est un homme qui a perdu son foyer, mais pas son identité. Il a peut-être navigué pendant des mois, parfois loin de la terre, à la merci de Neptune, mais il a un sens très clair de qui il est, et de son but. C'est le pieux Énée. Un guerrier, un chef dévoué à la volonté des dieux, quelles qu'en soient les conséquences.

Les autres acteurs le dévisageaient, sourcils froncés et regard stupéfait, et cela n'avait rien d'étonnant. Il n'osait pas regarder l'assistance, soudain très silencieuse.

—Mais…

Il reprit de l'eau et poursuivit.

—Mais après avoir reçu l'ordre de quitter Didon, la femme qu'il aime, d'une manière si cruelle et dévastatrice, après s'être tenu sur le pont de son navire à la regarder, impuissant, brûler sur le bûcher funéraire qui contenait tous les souvenirs de leur vie commune, il se trouve incapable de réconcilier son propre sens de l'honneur et son devoir d'obéissance envers Vénus et Jupiter.

Nouvelle gorgée d'eau. Nouvelle profonde inspiration, avant de continuer à défier son image publique de façon si radicale que personne ne pourrait plus croire à ses précédents artifices.

—Quand il rencontre Lavinie, il a passé du temps à se débattre avec cette contradiction entre devoir et conscience, et il essaie de déterminer ce que la piété signifie réellement pour lui. Ce n'est plus le même homme. Surtout après avoir commencé à construire une vie avec sa femme, une vie qui ne soit pas définie par les combats et les bains de sang.

Marcus adressa un pauvre sourire aux spectateurs sans croiser le regard de personne.

—Comment cela se mettra-t-il en place dans la saison finale, je ne peux hélas pas vous le dire.

Le modérateur, journaliste dans un magazine de divertissement connu, le regardait en clignant des yeux.

—Ah… d'accord. Euh, merci, Marcus, pour cette… pour cette réponse très détaillée.

Au premier rang, Vika observait Marcus. Lorsqu'il croisa sans le vouloir son regard, elle hocha la tête et lui sourit. En signe de reconnaissance. D'encouragement, peut-être.

—Eh bien, euh…, reprit le modérateur, un homme un peu plus âgé que Marcus, toujours en état de choc, en parcourant ses feuilles avant de reprendre contenance. Je crois qu'il nous reste un peu de temps pour les questions du public.

Ce fut le brouhaha général jusqu'à ce qu'une femme au fond de la pièce se lève, accepte un micro, et s'adresse au groupe d'acteurs.

—Cette question est pour Marcus.

—Bah tiens, souffla Carah en lui tapotant le bras pour le rassurer.

Mais, à sa grande surprise, la femme n'évoqua pas l'évident hiatus entre son précédent personnage public et la version de lui-même qui venait juste de s'exprimer.

Non, c'était bien pire.

—Mon copain et moi, ça fait un moment qu'on n'est pas d'accord, commença-t-elle en esquissant un geste vers un bonhomme en tee-shirt du *Royaume*, affalé sur le siège d'à côté avec un sourire suffisant. Il est persuadé que si tu es sorti avec cette fan, ce n'était que pour la pub, ou pour faire passer un message politique. Je lui ai répondu que tu étais un grand acteur, mais pas au point de jouer cette expression que tu as quand tu la regardes. Alors, qui a raison ?

Marcus se demanda vaguement quelle expression il avait lorsqu'il regardait April. Fou d'amour, sans doute. Éperdu.

Le modérateur soupira et considéra la femme d'un air sévère.

— Merci de vous assurer que toutes les prochaines questions concernent la série, et non des sujets purement personnels. Passons à la question suiv…

— Non, l'interrompit Marcus. Non, ce n'est pas grave. Je vais répondre.

Avant April, il n'aurait pas décelé les implications de cette question, le parti pris du copain de cette femme. Mais maintenant qu'il savait, il n'allait pas laisser couler.

April ne voulait peut-être plus de lui, mais il ne resterait pas là à regarder ce trouduc ricanant – ni personne d'autre – réduire leur relation à un coup de pub ou un message politique.

— Ma relation avec Mme Whittier est réelle, déclara-t-il dans le micro d'une voix délibérée, glaciale. C'est une femme dotée d'une intelligence et d'un talent exceptionnels, en plus d'être magnifique.

Le petit ami renifla en entendant ces mots, et Marcus le cloua du regard. Le visage fermé et impavide, il ne le lâcha pas des yeux tant que son sourire ne se fut pas effacé.

— J'estime être chanceux d'avoir pu la fréquenter, et je serais fier de l'avoir à mes côtés sur tous les tapis rouges du monde, si elle daignait m'accompagner. Cela répond-il à votre question ? demanda-t-il en se tournant à nouveau vers la femme, un sourcil levé d'un air de défi.

— Euh… oui. Merci, bredouilla-t-elle en se laissant retomber avec un bruit sur sa chaise, les yeux écarquillés.

Ça ne compenserait pas tout le mal qu'il avait fait à April, mais au moins il avait prouvé une chose.

Il avait peut-être des défauts, mais il n'était pas comme son père.

En cet instant, pour la première fois depuis des années, il n'était que lui-même. Rien de plus, et surtout rien de moins. Cela suffirait-il pour elle, pour les fans du *Royaume*, pour ses parents ? Il l'ignorait.

Mais enfin, après près de quarante ans, cela suffisait pour lui.

Deux minutes avant l'heure du début de leur session, Summer Diaz entra dans les coulisses en courant et donna à April une accolade rapide et un peu moite.

— Je suis désolée. La table ronde a duré plus longtemps que prévu. Il y avait *beaucoup* de questions du public. Gênantes, en plus.

— Ah bon ? dit April en se coinçant une mèche derrière l'oreille. Quoi, par exemple ?

Elle essayait de ne pas trop laisser transparaître sa soif d'information, surtout en ce qui concernait Marcus.

L'un des organisateurs leur adressait de grands gestes pour attirer leur attention. April se déplaça légèrement afin qu'il soit caché par Summer.

Celle-ci l'observait avec intérêt tout en reprenant son souffle.

— Entre autres, pourquoi Marcus s'exprime maintenant comme un docteur en sciences sociales, et non plus comme un très bel idiot du village. Si sa relation avec toi était sincère, ou s'il ne s'agissait que d'un coup de com.

April resta bouche bée. Elle en était consciente, mais la pièce lui semblait soudain manquer d'air, au point qu'elle devait aspirer à pleins poumons.

— Qu'est-ce…, haleta-t-elle. Qu'est-ce qu'il a dit ?

— Il a fourni pas mal d'explications. Laisse-moi réfléchir, répondit Summer, la tête penchée de côté. En gros : il est timide et dyslexique, et il donnera plus de détails dans une interview qui devrait être postée soit ce soir tard, soit demain matin.

Oh, waouh. Bordel.

Il l'avait fait. Il avait jeté au rebut son ancien personnage public, de la façon la moins discrète possible. À peine plus discrète, disons, qu'interrompre un mariage royal pour exécuter une chorégraphie sur la dyslexie avant de mettre le feu à des flacons de produits capillaires.

Chose qu'il ne ferait jamais. Il était bien trop attaché à ses produits capillaires. Surtout sa mousse coiffante, qui sentait le romarin, les nuages et le pognon.

— Et comment a réagi le public ?

C'était la question centrale, terrifiante.

Summer haussa une épaule.

— Les gens étaient compatissants, mais aussi désorientés. Je crois que l'interview va permettre d'arrondir les angles…

April s'agrippa au dossier d'une chaise, les jambes flageolantes de soulagement.

— Et… qu'est-ce qu'il a dit sur moi ?

C'était presque un murmure, car l'organisateur du salon se rapprochait, mais elle n'aurait sans doute pas réussi à parler à voix haute même dans d'autres circonstances.

— Que tu es intelligente, talentueuse et magnifique, égrena Summer en comptant sur ses doigts. Et que votre relation est réelle, et qu'il est fier d'être avec toi.

April ferma les yeux en espérant que ses larmes retourneraient là d'où elles étaient venues.

— On a déjà une minute de retard, souffla l'organisateur, l'air stressé. Vous êtes prêtes ?

April hocha la tête, les yeux toujours fermés.

— Moi oui, répondit Summer. April ?

Puis elles montèrent sur scène, cillant sous les projecteurs, et April se plongea dans ses notes en essayant de se concentrer sur sa tâche. Des gens continuaient à entrer dans la salle et restaient debout au fond alors qu'elle présentait Summer au public. Elle ne put s'empêcher de se demander si eux aussi venaient directement de la table ronde, s'ils avaient entendu ce qu'avait dit Marcus. Sur lui-même, sur elle. Sur eux.

Pas le moment de penser à ça.

— Summer, dit-elle en pivotant sur sa chaise pour lui faire face. Pour commencer, peux-tu nous expliquer ce qui t'a attirée vers le rôle de Lavinie ?

April ne garda de la session qu'un souvenir flou, ponctué de temps à autre par l'empathie sincère de Summer pour son personnage, et par l'intelligence avec laquelle elle répondait aux questions sur son travail, sur les livres qui avaient inspiré la série ou sur l'expérience de jouer dans un succès planétaire. April fit de son mieux pour conserver l'esprit clair et s'ancrer dans le moment présent, tout en se préparant à toutes les éventualités. Tout se passa bien, mieux même qu'elle l'avait anticipé.

Puis, comme prévu, il resta dix minutes pour les questions du public.

L'un des bénévoles du salon choisit une personne de l'assistance, qu'April se souvenait vaguement d'avoir vue entrer alors qu'elle venait de présenter Summer.

La jeune femme, grande et aux formes généreuses, ne devait pas avoir tellement plus de vingt ans. Elle sourit avec timidité en regardant April.

— Bonjour. Je m'appelle Leila et je voulais poser une question.

April lui rendit son sourire et prit son air le plus encourageant.

— Bonjour, Leila. Vas-y. Summer sera ravie de te répondre.

La fille plissa le front.

— Non, je voudrais vous poser une question à vous.

Ah, merde.

Du coin de l'œil, elle vit Summer prendre son smartphone et taper fiévreusement un message, ce qui semblait bizarre et un peu malpoli dans les circonstances, mais elle supposait que personne dans le public ne prêtait attention à l'actrice en cet instant de toute façon.

Non, tout le monde la regardait, et ils savaient tous de quoi la jeune femme allait s'enquérir. De Marcus. Évidemment, de Marcus.

L'organisateur lui fit signe depuis le côté de la scène, et articula silencieusement quelque chose. « C'est vous qui voyez », crut-elle lire sur ses lèvres.

Sa vie privée était en jeu, mais aussi sa fierté.

Et son cœur.

Marcus finirait par voir ce passage, elle le savait. Au minimum, il en entendrait le récit par Summer ou quelqu'un d'autre. Et peut-être qu'elle avait pensé que le salon n'était pas le meilleur endroit pour avoir cette conversation, peut-être aussi qu'elle n'avait pas eu l'intention d'exposer ses sentiments devant une salle pleine d'inconnus avant de lui parler directement, mais elle n'éluderait pas la question, quelle qu'elle soit.

Il l'aimait. Il *l'aimait*, et Marcus avait déjà trop souvent aimé des gens qui lui avaient fait défaut. Qui avaient ignoré ses besoins et refusé de le reconnaître publiquement.

Elle était fière de lui et, et peu importe la suite de leur histoire, elle voulait qu'il le sache.

Elle prit une inspiration tremblante, tenta de se donner du courage mentalement, et s'adressa à la jeune femme.

— Pas de problème. Quelle est ta question ?

— Lors de la table ronde, reprit Leila avec un geste vague en direction de la porte. Vous savez, juste avant cette session ?

April hocha la tête.

— Bref, à cette table ronde, Marcus Caster-Rupp a dit qu'il n'était pas avec vous pour la pub.

— Notre relation n'a rien à voir avec la publicité, répondit April d'un ton ferme, définitif. La première fois qu'on s'est rencontrés, l'attirance a été immédiate et réciproque.

Et cela restait vrai, qu'elle parle de leur amitié en ligne ou de leur premier rendez-vous.

— Ah. Chouette, soupira Leila avec un bref sourire, assez large pour faire apparaître d'adorables fossettes sur ses joues rondes. Et vous sortez toujours ensemble ? Parce que ça… ça me fait beaucoup de bien de vous voir ensemble t-tous les deux…, balbutia-t-elle.

Quand April croisa son regard, elle y devina de la souffrance, un besoin d'amour. Les mêmes qui l'avaient déchirée elle-même pendant des décennies, et l'avaient attirée de façon inéluctable vers le fandom Évinie.

S'il vous plaît, dites-moi qu'on peut être aimé avec mon physique.

S'il vous plaît, dites-moi qu'on peut être désiré avec mon physique.

S'il vous plaît, dites-moi qu'on peut avoir une vie heureuse avec mon physique.

Elle se mordit la lèvre, baissa la tête, puis réfléchit à ce qu'elle pouvait répondre à cette jeune fille. Merde, elle n'avait pas l'intention d'aborder ce sujet, mais…

— Au risque de paraître cliché… c'est compliqué ! dit-elle avec un petit rire qui en suscita d'autres dans l'assistance. Mais il y a un point que je veux exprimer clairement, cela dit : si on se sépare, ça ne sera pas parce que notre relation n'était pas réelle, ni parce qu'il n'aime pas mon corps. Je lui plais comme je suis. Et croyez-moi… j'en sais quelque chose !

Elle gratifia l'assistance d'un sourire extrêmement satisfait.

Leila pouffa de rire, et April l'accompagna avant de prendre une gorgée d'eau bien méritée. En se détournant du public, elle aperçut quelqu'un à l'extrémité de la scène, caché de la salle par un rideau.

Ce n'était pas l'organisateur du salon, ni un bénévole.

Marcus.

Il haletait, comme s'il avait traversé l'hôtel en courant pour la rejoindre. Il serrait son téléphone dans sa main, et April devina à qui Summer venait d'envoyer un texto et pourquoi.

Il la contemplait, le visage plissé d'inquiétude. Ce n'était pas difficile de lire sur ses lèvres, d'interpréter son geste du bras vers le public qu'il ne devait pas voir. *Je suis désolé.*

Lorsqu'elle lui sourit, son visage s'éclaircit. Toujours anxieux, mais doux et plein d'affection.

— Leila, tu ne m'as pas posé cette question, mais il y a quand même autre chose que je veux clarifier, déclara-t-elle dans son micro sans cesser de regarder Marcus.

Il n'y avait plus que lui.

— Si Marcus et moi on se sépare, ce ne sera pas parce que j'en ai envie, ni parce que je ne l'aime pas.

Il était désormais parfaitement immobile, l'air grave.

— Je l'aime. Évidemment que je l'aime. Comment pourrais-je ne pas l'aimer ?

C'était impossible, en réalité. Il était inévitable qu'elle l'aime, depuis ce premier message privé sur le forum Évinie.

— C'est un homme tellement fabuleux. Un vrai puits de science, intelligent et curieux de tout.

Marcus avait les mains si agitées qu'il préféra fermer les poings. Mais pas un instant il ne la quitta des yeux. Jamais.

— Il est tellement plus profond que ce qu'il a montré au monde, et tout ça, c'est encore plus impressionnant que la personne que vous voyez sur votre écran de télévision ou de cinéma.

Et c'était peu de le dire. Elle espérait qu'il le comprendrait un jour.

— Il n'est pas parfait, et moi non plus. Parfois, il se trompe parce que c'est comme ça : il n'est pas un demi-dieu en vrai.

Il avait les lèvres entrouvertes, les yeux brillants, et pas seulement à cause de la lumière vive de la scène. Et ce n'était que justice, car elle était également au bord des larmes à présent.

— C'est juste un homme. Mais un homme bon, qui mérite tout le bonheur possible.

Elle lui adressa un signe du menton avant de se tourner de nouveau vers la salle.

— Et le fait qu'il soit le plus bel homme du monde ne gâche rien.

Nouvel éclat de rire du public, et le son familier de celui de Marcus lui parvint depuis le côté de la scène. Elle en fut rassurée, parce qu'elle ne voulait pas qu'il pense qu'elle ne le voyait que comme un bel homme, même s'il l'était indéniablement.

— Bien, on va maintenant se concentrer sur les questions pour Summer, dit-elle en regardant l'assistance à la recherche d'une main levée. Qui veut poser…

Soudain, on lui prit le micro des mains.

— Excusez-moi. Désolé de vous interrompre. Juste un mot rapide avant qu'on passe à la suite.

Marcus se tenait derrière sa chaise, une main sur le dossier, le pouce lui caressant la nuque à un endroit qui lui donnait toujours des frissons.

— Du moins, si ça ne dérange pas Summer.

Sa collègue était adossée contre son siège, les doigts croisés sur les genoux, un grand sourire éclairant son visage d'elfe.

— Prends tout le temps nécessaire, Marcus. Je ne suis pas pressée.

— Parfait, dit-il en se tournant vers le public. Leila, moi aussi je dois clarifier un point. Juste pour prolonger la réponse d'April.

La jeune femme se redressa de nouveau.

— Ah, d'accord ?

— Mme Whittier ne semblait pas certaine, donc je vais préciser, déclara-t-il d'une voix forte et assurée, avec des rides rieuses au coin de ses yeux bleu-gris. Nous ne nous séparons pas, du moins si j'ai mon mot à dire.

April se tourna pour le regarder, pétrifiée. Il baissa le micro et se pencha vers elle, une main tendue, attendant sa permission.

Elle hocha la tête.

Il lui caressa la joue et l'observa avec attention.

— Est-ce que j'ai mon mot à dire ?

— Oui, souffla-t-elle d'une voix à peine reconnaissable, empreinte de soulagement et de tendresse.

— Bon, alors…

Il baissa la tête pour déposer un baiser sur ses lèvres tremblantes, puis un deuxième.

Il brandit à nouveau le micro et ajouta :

— C'est officiel. On sort toujours ensemble. Voilà la réponse à ta question, Leila.

April était contente d'avoir une déclaration aussi univoque. Mais franchement, Leila aurait compris sans ça, de même que toute autre personne qui aurait regardé la vidéo ou lu sa transcription. Surtout quand April se leva pour serrer Marcus dans ses bras et plonger les deux mains dans ses cheveux si doux afin de l'attirer plus près.

Leur étreinte fut longue, pleine d'ardeur et passionnée, et impliqua davantage de langues qu'il n'était approprié pour un événement considéré comme familial.

Et pour les fans du *Royaume des dieux*, ce baiser fut le point de départ d'un millier de nouvelles histoires.

Signalétique : Adultes
Fandoms : *Royaume des dieux*, E. Wade – *Royaume des dieux* (série télé)
Relations : Cupidon/Psyché, Cupidon & Vénus, Psyché & Vénus
Tags additionnels : Univers alternatif : moderne, Cupidon/Célébrité, Psyché/Fan, Allons, vous saviez que ça arriverait, April Whittier a trop de chance, Enfin un bon gode
Stats : Mots : 925, Chapitres : 1/1, Commentaires : 22, Kudos : 104, Favoris : 7

Un baiser de légende

CupidonGay

Résumé :

Psyché refuse encore de croire que Cupidon la fera toujours passer en premier, maintenant et plus tard. Mais quand sa mère essaie de séparer le couple lors d'un salon, il va montrer à Psyché la véritable profondeur de son attachement… et sa passion. En public, et en privé.

Notes :

Si vous n'étiez pas à la Conv des dieux, vous avez manqué quelque chose. La vidéo sur YouTube ne rend pas justice au baiser. Mais alors, PAS DU TOUT. Gloire à April Whittier, souveraine des fans du *Royaume* !

En tant que modératrice de la session, Psyché n'était pas censée répondre elle-même à des questions. L'idée ne l'avait même pas effleurée. Qui voudrait parler avec elle, une géologue sans intérêt, alors que Cupidon, le mec le plus sexy de la terre, était assis à ses côtés ?

Et pourtant.

Lorsqu'elle leva les yeux, elle vit se dresser une personne du public pour la question suivante, et à sa grande horreur, c'était Vénus. Sublime, parfaite, et vengeresse… La mère de Cupidon couvait son fils d'un amour si étouffant qu'elle aurait pu le pousser aux crimes les plus affreux.

— Regarde-toi, siffla la déesse avec dédain. Jamais mon fils ne désirera une femme comme toi. C'est une star. Tu n'es qu'une fan. Votre prétendue « relation » n'est qu'un coup de pub. Avoue, Psyché. Devant le monde entier, afin que chacun sache quelle menteuse tu es.

Les larmes lui brûlaient les yeux. Mais avant qu'elles aient pu couler, des pouces doux et chauds étaient venus les essuyer.

— Montre-leur quelle femme tu es, protesta-t-il, le micro portant sa voix dans toute la salle, claire et forte. Montre-leur que tu es la femme que j'aime.

Alors il prit Psyché dans ses bras protecteurs, sans tenir compte du ululement d'horreur de sa mère, et l'embrassa tant et plus, jusqu'à ce qu'elle ait l'impression qu'il avait désormais des ailes qui les emportaient vers les cieux.

Ce soir-là, pour la première fois, elle lui mit un gode.

Épilogue

— Je n'arrive pas à croire que c'était Ian depuis le début, soupira April, les sourcils froncés, en regardant Marcus par-dessus l'écran de son ordinateur. Il partageait les scénarios avec sa femme, ou… ?

Marcus s'étira sur le canapé d'April, les mains derrière la tête, savourant l'instant. Elle, en train de travailler avec bonheur à une courte fiction, sur la table de la cuisine. Lui, entre deux projets, se délectant du temps qu'il avait pour lire et écrire des histoires, retrouver leurs amies Évinie sous le pseudo de LENFR, et attirer April sous la couette aussi souvent que possible.

Cela faisait désormais bientôt deux ans qu'ils étaient ensemble, et fiancés depuis près d'un an.

Le mois dernier, ils avaient mis en vente sa villa de Los Angeles, et commencé à chercher une maison du côté de San Francisco, quelque chose d'assez grand et pas trop loin du travail d'April. Ils avaient précisé à l'agent immobilier d'éviter le secteur autour de chez ses parents, même si April et lui se faisaient un devoir de se rendre plusieurs fois par an dans la maison où il avait grandi, où ils passaient des après-midi gênés en compagnie de ses parents.

Gênés, mais plus douloureux, depuis qu'il leur avait envoyé cette lettre, et qu'April les surveillait d'un regard froid et prenait sa défense à la moindre anicroche.

Franchement, il avait l'impression que ses parents étaient terrifiés par sa fiancée. Ce qui, étant donné l'opinion qu'elle avait d'eux, n'était pas absurde.

— Non. Ce n'est pas l'épouse de Ian la coupable…

C'était ça, le meilleur. Il avait vraiment hâte de voir sa réaction.

— Il dévoilait les scénarios auprès de son fournisseur de thon, en échange d'une réduction.

Elle abaissa lentement l'écran de son ordinateur et le dévisagea.

— Il…, s'écria-t-elle en penchant la tête de côté, ses cheveux cuivrés lui tombant sur l'épaule. Tu es en train de me dire que Ian a violé les termes de son contrat pour une ristourne sur du poisson ? Est-ce que j'ai bien entendu ?

— Ouaip ! répondit-il en faisant claquer la consonne finale pour marquer le coup.

— La vache… c'est dingue.

Elle descendit ses lunettes sur son nez et le regarda en clignant des yeux.

— Ça fait des mois que la saison a été diffusée. Pourquoi ça sort maintenant ? demanda-t-elle.

— Ian joue un personnage moins sportif dans sa nouvelle série, alors il a cessé de s'entraîner autant. Moins de sport, donc moins besoin de protéines. Moins besoin de protéines, donc moins besoin…

— … de thon, conclut-elle en tapotant la table avec une branche de ses lunettes. Humm. Ian a été dénoncé par un marchand de poisson dépité et vengeur. Je dois avouer que je ne l'ai pas vu venir.

Marcus esquissa un grand sourire.

— Ça m'étonnerait que Carah ait réussi à s'arrêter de rigoler depuis qu'on a appris la nouvelle, ce matin.

Dans la conversation de groupe des acteurs, elle avait écrit :

On n'a pas fini de le mettre en boîte, ce thon.
HahahahaHAHAHA!

Il était resté ami avec ses collègues du *Royaume*, certains plus intimes que d'autres. Tous, en tout cas, étaient restés plus proches que ce qu'il aurait imaginé deux ans plus tôt, sans doute parce qu'ils le *connaissaient* désormais vraiment. Il s'écoulait rarement plus de quelques jours sans un message : ils parlaient de leurs nouveaux tournages, de leurs familles, ou des occasions de se réunir tous ensemble.

Ils avaient toutefois exclu Ian du groupe le matin même parce que *quand même*. Un fournisseur de thon !

— Ah, et Summer te dit bonjour, ajouta Marcus en se grattant paresseusement le torse. Elle veut dîner avec toi la prochaine fois qu'on sera à Los Angeles.

Depuis ce premier salon, son ancienne épouse à l'écran et sa fiancée dans la vraie vie étaient devenues bonnes amies, en partie parce qu'elles avaient eu de nombreuses occasions de passer du temps ensemble. Lors de cérémonies de remise de prix et lors de manifestations. Pendant des visites à Los Angeles. Et aussi pendant quelques semaines au printemps dernier, lorsque lui et Summer tournaient à San Francisco.

Son premier projet après *Le Royaume* avait impliqué de jouer un personnage qu'il connaissait bien : Énée. April était très amusée de voir ses parents si effarés. Il s'agissait cette fois de l'Énée de Virgile, et non de la version de Wade, ou – il devait réprimer un frisson – de celle de Ron et R.J.

Pour la première fois, il avait participé à la production de son propre film. Un long-métrage pour une plateforme de streaming à gros budget qui voulait bien investir dans des projets originaux, du moment que des grands noms apparaissaient au générique. Des stars comme, par exemple, Marcus, Carah et Summer.

Les fans ne lui avaient pas tourné le dos lorsqu'il avait abandonné son personnage public, et il avait eu le choix d'autres rôles de qualité. Mais passer derrière la caméra était sa façon de s'assurer d'avoir davantage son mot à dire sur le scénario, les personnages, et le choix des autres acteurs. C'était aussi un défi, et de nouvelles compétences à acquérir. Et, à sa grande satisfaction, il pouvait aussi s'arranger pour tourner quelques scènes clés à San Francisco, le plus près possible de la femme qu'il aimait.

Non qu'April soit incapable de se passer de lui quand il travaillait ailleurs. Mais lui s'était senti esseulé pendant de longues années avant de la rencontrer. Trop pour accepter facilement des mois de séparation, surtout si des solutions existaient.

Lorsqu'il avait pour la première fois abordé, timide, l'idée de coproduire une nouvelle version de *L'Énéide* et d'y jouer aux côtés de Carah en Didon et Summer dans le rôle de Lavinie, April avait attrapé un tel fou rire qu'elle était tombée sur leur lit où elle avait pleuré d'hilarité.

— Tu… tu es conscient que c'est comme une grosse *fix-it* en réaction au *Royaume des dieux*, hein ? avait-elle demandé en s'essuyant les joues.

Bon, il n'avait pas vu ça ainsi, mais…

— Euh… oui. D'accord.

— Mon Dieu, tu es tellement *mignon*, avait décrété April avant de l'attirer dans le lit.

La conversation avait pris fin de façon abrupte.

Le souvenir de cette soirée était plus que plaisant. Il était carrément *motivant*.

Il décida donc de mieux mettre son corps en valeur sur le canapé, et se tourna légèrement vers April. Elle semblait avoir oublié son ordinateur, et le contemplait toujours. Il tira parti de cette opportunité.

Une main toujours derrière la tête, il fit glisser l'autre sur son torse nu et ne s'arrêta que juste au-dessus de la ceinture de son jean taille basse.

Elle haleta. Il lui sourit lentement, de son sourire le plus sexy.

Puis un téléphone sonna.

— C'est toi ou c'est moi ? demanda-t-il.

Elle regarda sur la table.

— Moi. Ma mère.

Comme souvent, elle ne décrocha pas.

Ce n'était que maintenant, au bout de deux ans, que JoAnn était capable de mener de temps en temps une conversation dans laquelle il n'était question ni de sport ni de régime. Dès que ces sujets étaient abordés, April raccrochait. Pourtant, la vieille dame avait du mal à retenir la leçon.

Cependant, April continuait à donner à sa mère une nouvelle chance de changer.

— Au final, ce n'est même pas moi le problème, lui avait-elle expliqué après une de ces discussions avortées. Ce sont ses propres peurs. Je ne suis même pas certaine qu'elle se rende compte qu'elle parle de ça.

Mais April n'avait pas toujours l'énergie ni l'envie de découvrir si JoAnn parviendrait à respecter ses limites pendant tout un coup de fil, et quand c'était comme ça, elle ne décrochait pas.

Marcus aurait préféré qu'elle bloque JoAnn une bonne fois pour toutes, mais ce n'était pas à lui de décider.

Au moins, ils ne se voyaient plus en personne. Ils ne s'étaient pas rencontrés depuis ce premier déjeuner désastreux où JoAnn n'avait cessé de proposer à sa fille des menus allégés.

Sous la table, il avait pris la main d'April. Elle l'avait serrée si fort que ça lui faisait mal.

Puis elle l'avait lâchée, s'était levée, avait glissé son sac sur son épaule et était sortie du restaurant sans un mot.

La vieille dame s'était mise à pleurer à table, toute petite et recroquevillée sur elle-même, et il aurait voulu ressentir davantage de compassion pour elle. Mais il avait été témoin de la rage fragile et du chagrin d'April après ce calamiteux repas d'anniversaire, l'avait vue nue et tremblante et doutant étrangement qu'il ait envie d'elle sous la lumière crue du plafonnier, alors non.

Non, il n'était pas plus indulgent envers JoAnn qu'April envers ses parents.

— JoAnn, avait-il dit avant de suivre April. S'il vous plaît, faites mieux la prochaine fois. Sinon, vous perdrez votre fille, malgré tout l'amour qu'elle a pour vous.

Ce soir-là, April s'était blottie dans ses bras sous une énorme pile de couvertures. Il ne l'avait vue si glacée qu'une seule fois par le passé.

— Je ne referai jamais ça, avait-elle fini par lui chuchoter dans le cou.

Il avait appuyé la joue sur le haut de sa tête.

— Rien ne t'y oblige.

Par bonheur, malgré l'interruption du coup de fil de sa mère, elle n'avait pas du tout l'air d'avoir froid en cet instant. Bien au contraire. Elle caressait du regard son corps exposé de la plus séduisante des manières, et il sentait sa peau s'enflammer et son sexe durcir.

— Grand-mère, ronronna April à voix basse en quittant sa chaise, les yeux rivés sur la bosse de son jean. Que vous avez de…

Notification de téléphone. Encore.

Il ferma les yeux et se frotta le front.

— C'est moi ou c'est toi ?

— Toi. Attends, je regarde qui c'est.

Il y eut un silence.

— Merde. Marcus, je crois…

Bruit de pas, puis il reçut l'appareil sur le ventre.

— Je crois que tu devrais regarder ce message.

À regret, il ouvrit les yeux et consulta l'écran, tout en caressant la hanche d'April de sa main libre. Il espérait que l'ambiance ne retomberait pas pendant cette interruption. Seul le jeu du Foreur innocent et de la Géologue lubrique battait à ses yeux leur interprétation coquine du Petit Chaperon rouge.

Lorsqu'il vit qui lui avait écrit, il se redressa si vite qu'April sursauta.

— E. Wade m'a écrit ! s'écria-t-il, bouche bée. Pourquoi E. Wade m'a écrit ?

Elle leva les yeux au ciel.

— Je vois au moins une façon très évidente de le savoir, Marcus Caster-trait-d'union-Rupp.

Il activa la fonction lecture de son téléphone, le posa sur la table basse et monta le volume.

« Bonjour Marcus, disait l'auteure. J'espère que vous me pardonnerez cette intrusion, mais j'ai appris que votre adaptation de *L'Énéide* sortait bientôt, et je voulais vous féliciter. Votre interprétation d'Énée était l'un des rares points positifs de cette maudite série, et j'ai hâte de voir ce que vous pouvez faire du personnage avec un scénario correct. »

Debout devant lui, April le contemplait, radieuse, ses yeux d'un brun doux emplis de fierté. Il la prit par la main pour l'attirer sur ses genoux. Lovée contre lui, elle écouta la suite du message dans ses bras, moelleux de l'une tout contre les muscles de l'autre, chaleur contre chaleur.

« Si jamais vous décidez un jour d'écrire vous-même vos scénarios, je vous livre un petit conseil : comme nous le savons tous deux – hélas –, certains scénaristes croient que la mort, le malheur, la stagnation sont plus dignes d'intérêt, plus authentiques et réalistes que l'amour, le bonheur et le changement. Mais la vie, ce n'est pas que le chagrin, et trouver sa voie dans une existence difficile pour accéder à la joie, c'est un travail difficile, profond et riche de sens. Bien à vous, E. Wade. »

Il ouvrit la bouche, mais n'eut le temps de rien dire avant que la suite du message ne soit lue.

« P.-S. : J'aime vos fanfics, mais elles manquent de sexe. Il fallait que je vous le dise.

P.-P.-S. : Si vous avez besoin de conseils en la matière, votre fiancée et Alex Woodroe débordent de talent de ce côté-là. »

Effaré, il se tourna vers April, qui avait elle aussi les yeux écarquillés.

— E. Wade sait que j'écris des fanfics du *Royaume*.

— E. Wade pense que je déborde de talent pour les scènes de cul, objecta April. Je veux que tu le fasses graver sur ma pierre tombale !

Ah. Un intéressant rappel du jeu en cours, que Wade avait presque fait dérailler.

Il baissa la tête pour lui effleurer le cou du bout des lèvres.

April rit. Puis, lorsqu'il lui mordit le lobe de l'oreille et effaça la douleur d'un coup de langue, elle frissonna.

Il la fit basculer doucement sur le canapé, lui arracha son pantalon et sa culotte avant d'écarter ses cuisses rondes et pâles. Il les caressa, admirant chaque centimètre de sa chair.

— Grand-mère, reprit-elle d'une voix étranglée, que vous avez de…

Il s'agenouilla tout près d'elle, un regard brûlant posé sur ses doigts qui jouaient entre ses jambes, et elle conclut sa réplique :

— … grands yeux.

Il leva la tête pour croiser son regard. Cette fois, comme toujours, il prononça la phrase avec toute l'emphase qu'elle méritait, et chaque mot était sincère.

— C'est pour mieux te regarder, mon enfant.

Elle sourit en réponse d'un air doux, aussi doux que le halètement qu'elle poussa quand il mordilla une délicieuse fossette de sa cuisse. Doux comme son corps offert. Comme son regard sur lui dans la lumière de l'aube, chaque matin dans leur chambre.

Comme son cœur. Comme celui de Marcus.

Ensemble, ils se forgeaient un chemin de joie dans des existences parfois dures. Mais ils étaient tous deux intelligents, tous deux robustes sous cette apparente douceur, tous deux prêts à travailler. L'un pour l'autre, et pour leur propre bonheur.

C'était tout le sens dont il avait besoin. Suffisant pour toute une vie.

— Grand-mère, gémit April en l'attrapant par les cheveux pour diriger sa bouche où elle la voulait, confiante, espiègle et magnifique.

Ainsi qu'il la désirait, maintenant et pour toujours.

— Que tu as de grandes dents !

Son passage favori, enfin.

— C'est pour mieux te manger, mon enfant.

Il s'installa et s'attela à la tâche, aussi déterminé que chaque fois à offrir au Petit Chaperon rouge – April, Litsie, la femme qu'il aimerait toujours, toujours – un happy end bien à elle.

Comme dans leurs fanfics.

Comme celui qu'elle lui avait donné.

Remerciements

L'existence de ce livre est en soi un heureux dénouement, joyeux, mérité et plein d'amour. Mon amour pour l'histoire elle-même, évidemment, mais aussi l'amour de mes amis, de ma famille, de mon agente et de mon éditrice pour leurs livres et leurs auteurs. Je voudrais pouvoir remercier chaque personne qui m'a soutenue dans la création de ce roman, mais ça n'en finirait pas, alors je vais me concentrer sur les principaux artisans de ce livre.

Sarah Younger, mon agente, se bat tellement pour moi et pour mon travail. Elle est ultra-professionnelle, mais elle s'enthousiasme personnellement pour mes histoires, et je lui en suis très reconnaissante. L'ambition qu'elle a pour moi, son labeur acharné et sa bienveillance sont des trésors.

Elle Keck, mon éditrice, a cru en moi et en ce livre, et m'a poussée à continuer à le peaufiner jusqu'à ce qu'il brille. Merci de m'avoir guidée avec compétence dans ce processus. Merci pour ta bonne humeur et ta patience, et merci d'avoir bien voulu de moi parmi tes auteurs. Je suis plus que reconnaissante.

Un immense merci à l'équipe d'Avon qui a travaillé sur ce livre, en particulier Kayleigh Webb, Angela Craft, Laura Cherkas et Rachel Weinick. Je suis très heureuse d'avoir pu compter sur le concours de mon illustratrice préférée, Leni Kauffman, pour cette sublime couverture ! Leni, cette image m'a fait pleurer, et pas seulement moi, car nous nous y sommes reconnues comme nous nous reconnaissons rarement. Je ne te remercierai jamais assez.

Margrethe Martin a passé d'innombrables heures à me parler de géologie sur FaceTime – au point de mettre ma batterie à plat plus d'une fois – et elle a ensuite relu mon brouillon pour s'assurer que je n'écrivais pas de bêtises. Ce qui bien sûr était le cas, mais elle m'a aidée à les corriger. C'était incroyablement généreux de sa part, un geste d'amitié véritable. Merci. Et merci de m'avoir fait visiter la galerie de minéralogie et le simulateur de séisme, malgré tes doutes sur ma santé mentale ! J'étais tellement contente de réussir à les caser tous les deux dans mon histoire !

Emma Barry a lu ce texte et l'a nettement amélioré, comme toujours, et je lui en sais gré. Mais ce que je retiens surtout, c'est sa gentillesse, son attention, son rire communicatif, et cette façon de croire en moi plus que moi-même. Le regard de Lucy Parker sur ce livre m'a aussi énormément apporté, de même que son amitié.

À toutes mes amies de Romancelandia pour leur soutien sans faille. Elles m'ont donné de l'énergie pour mes corrections alors que le monde était en flammes. Merci tout particulièrement à Therese Beharrie, Mia Sosa, Kate Clayborn et Ainslie Paton.

Merci à mon mari qui m'aime, comme je suis, d'un amour inconditionnel. Avec lui à mes côtés, tout est possible. Tout. Ma fille est le soleil de ma vie, si éblouissante que je dois parfois cligner des yeux pour ne pas être aveuglée. Elle illumine chacune de mes journées. Ma mère a traversé récemment l'une des périodes les plus difficiles de sa vie, mais elle continue à avancer avec détermination, sans cesser de rester à l'écoute. Merci d'être ma famille et de m'entourer de votre amour.

Et pour finir, à tous les auteurs de fanfiction : je vous aime ! Pendant plus d'un an, mon angoisse était telle que j'étais incapable de lire un roman publié, mais je parvenais toujours à me perdre dans vos histoires. Des récits hilarants, à couper le souffle, forts en émotions, dans lesquels on devine une telle créativité et un tel talent que je ne pouvais les lire qu'avec la plus profonde admiration. Ces histoires, vous les offrez au monde, et c'est à vous que je dois ma santé mentale (du moins ce qu'il en reste). Je tire mon chapeau au fandom Braime, où je me suis terrée pendant cette année. Il se peut que vous vous reconnaissiez un peu entre ces pages !

Achevé d'imprimer en janvier 2022
Par CPI Brodard & Taupin à La Flèche
N° d'impression : 3045467
Dépôt légal : février 2022
Imprimé en France
38122436-1